新人間
79

行過洛津

施叔青⊙著

目錄

卷三 改編《荔鏡記》

卷四 招魂

卷五 聲色一場

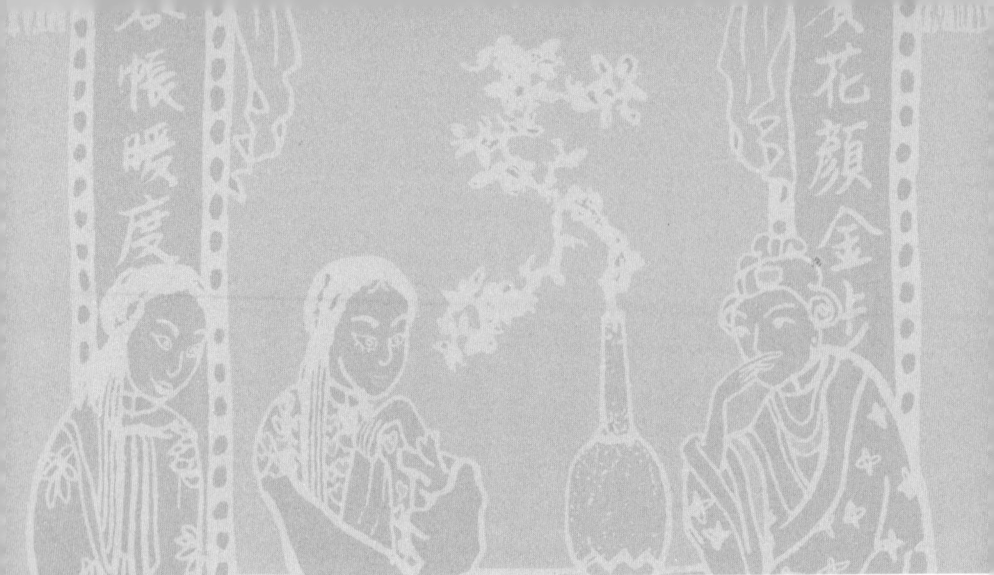

卷六　鳥踏

卷七　此情誰得知

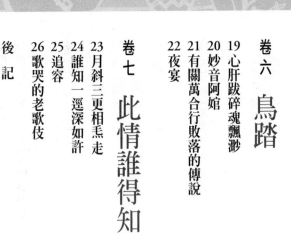

走出「遷移文學」的第一步

南方朔（著名文化、文學評論寫作者）

「遷移」（Migration），無論它指的是跨國的移動，或一個國家的內部流動；也無論它的原因是經濟性的或政治性的，它所涉及的都是最嚴酷的人間條件。

由於大規模的遷移，多半都和時代與社會的重大改變有關；而當遷移發生時，它普遍都伴隨著離枝棄葉的滄桑，生命的剝離，甚至野蠻的復歸，以及意義的失落與尋找，這也使得遷移儘管是人類亙古以來最重大的歷史現象之一，但它除了散見於支離破碎的官方檔案、筆記、鄉野傳奇之外，卻一直少受到文學創作者的青睞，因而變成了一個個多少都有點漫漶的記憶。它只有到了後多元、後殖民的近代，始成爲一個文字上的新興課題。魯西迪（Salman Rushdie）有鑒於「遷移」的這種特性，因而說道：「作家已成了許多不同國度的公民，包括了可觀察的實際生活的有限而又具有邊界意義的國度，無限想像力的國度，以及記憶已經半失落的國度。」

此外，稍早前曾協調主催了一場重要的「遷移及文學國際研討會」的英國薛飛大學教授懷特（Paul White）也指出，人們過去對於遷移知道得太少，社會科學以往著重在事件以及集合體式的理解上，對遷移的個人經驗，以及它所造成的紛亂、多重、移變的生命及社會歷史意義每多無法掌握，因而它遂特別期待文學對這個議題的介入。遷移是個重要的「邊界問題」，人們在遷移裡透露出歷史交會的邊界，道德及人性衝突的邊界，認同的失落及再覓的自我裂解邊界，甚至也還包括家庭及性別課題會被推到臨界狀態的邊界。人在世界裡遷移，遷移是個幾乎所有的意義都在那裡飄起而飛揚沉浮的場域，而從跨時間的角度而言，它則是個歷史的回聲在經過千折萬迴後，仍然兀自在那裡徘徊縈繞的一種空曠，有待被人們重新撿起。

因此，「遷移文學」這個新興的課題，乃是隨著全球化造成「遷移時代」的到來，而被重新凸顯的新文學領域。近代「後殖民論述」裡所謂的「流離書寫」，其實只不過是其中的一部分，而且還是很小的一部分，「遷移文學」乃是個更大的範疇。例如史坦貝克（John Steinbeck）的《憤怒的葡萄》，即是敘述大蕭條時期慘厲的美國人民內陸遷移，並在作品裡將「渴望」、「家」、以及「母性」重新定義；近代主要女作家普洛兒（Anne Proulx）幾乎都在寫遷移，包括自我放逐的遷移，藉著面對海盜祖先的過去而重獲救贖的遷移，以及破碎的異國遷移等。遷移除了經常有助於反省自己的社會外，它也經常是針對異文化而做出對照的起點，例如從一八七〇至一九二〇年代，歐洲超過千萬遷移到美國的人口裡，大約有三分之一後來都選擇返回的旅程，這些從來就未被重視的人裡，就有許多動人的異文化反省之作。

而做爲移民社會的台灣，除了比例極少的原住民外，遷移乃是我們的共同基因，但非常不可思議的，乃是我們的文學作品幾乎很少去碰觸這個課題。艾略特（T. S. Eliot）在《四首四重奏》

的第四首〈小吉丁〉裡有詩句曰：

那些你以為是你來此的意義
不過是個殼，一個意義之莢
只有當它實現後其目的始告迸裂。

因此，我們這個移民社會對遷移這個課題的冷漠，難道眞的是因爲我們還找不到遷移的意義，因而這個「意義之莢」遂無法迸裂嗎？

而到了現在，終於有了施叔青踏出這重要的第一步。她繼「香港三部曲」之後，終於著手一個新的弘大圖謀，而寫作「台灣三部曲」，第一部《行過洛津》也告完成。她試著要打開這個社會有關遷移的「意義之莢」。

《行過洛津》寫的是嘉慶年間，洛津（即鹿港）這個漢移民社會的形成及其興衰沉浮。除了藉著殘存的街巷建物、商號和筆記史料等來重新拼回業已漫漶的記憶外，它也意圖重新爬梳鄉野傳奇，使過去那個遷移的時代更加明晰，它有如用古燈殘月的微光來重覓過去的痕跡。那一塊塊夾雜著滄桑風華的色塊，難道眞的只是聲色一場嗎？

正如同「香港三部曲」以一個流離雛妓黃得雲的際遇爲軸，打開了香港殖民史這幅巨帙圖畫，施叔青在「台灣三部曲」，也由一個泉州七子戲班旦角月小桂（即後來成爲鼓師的許情）的生平遭際爲主線，切進了洛津的移民史頁。一干下層社會的戲子演員如玉芙蓉、月小桂、阿婠，搭配著豪門郊商石氏家族，以及官僚朱仕光，屈辱與繁華，粗礪和造作的對比裡，那個遷移的時代就像走馬燈般的一幕幕閃過。這些男女眾生就像戲班舞台一樣，在聲色一場裡走進了歷史昏黃的暗影裡，成了低低的回聲，註解著那個時代的蒼涼。

而我們也都知道，對於台灣這個移民社會，龐大的歷史堆疊出厚重而難以言宣的遷移經驗和記憶，尤其是它的歷史仍然在不穩定的跳躍中，因而它的「意義之莢」要如何的打開，實在是個巨大的難題。復以筆記、稗史和傳奇雜錯，很容易就讓人淹沒在過多的瑣碎和重覆裡。或許也正因此，遷移這個重大的課題儘管一直在人們的懸念中，但卻無人敢於踩出那先發的第一步。而我們不懷疑，施叔青幾乎是全台灣作家裡唯一有條件和能力去碰觸這個問題的作者。而正如同「香港三部曲」的起頭第一部最難，而後即逐漸天空海闊，這也是在《行過洛津》之後，第二部和第三部更值得期待的理由。

其實，以施叔青來寫「台灣三部曲」，幾乎是當代作家的唯一人選，她自己出身鹿港望族，對昔日「一府、二鹿、三艋舺」的繁華傳奇自有沁入心靈深處的體會，加上長期在世界各地不斷的遷移旅行，也增長了胸中的丘壑，因此，在這個意義上，她前一階段的「香港三部曲」未嘗不可以說是在替現在的「台灣三部曲」做著準備。畢竟，香港在一八四〇年代在多次不平等條約下淪爲殖民地，被迫改變身分，走向歷史，其進程仍只不過百餘年的滄桑，而台灣這個邊陲島嶼從明末清初開始，在長達四百年的歷史浪濤席捲下，就已歷盡不同的山河歲月。縱使只從最狹義的漢移民社會而言，其複雜性及內蘊的時代精神，就已龐大得極難清理。這時候，作者的跨歷史視野，深沉的同情與理解，長期的寫作歷練與文字掌握的精準，也就成了掌握這歷史巨帙的根本。

而毫無疑問的，在「香港三部曲」寫作裡，施叔青對歷史的敘述已有了充分掌握的能力。這次她以鹿港作爲場景，意圖尋回早期移民社會的記憶，也的確有濃縮的代表性，鹿港自清初海晏河清後即快速成爲繁華港埠，以廣大的中部平原爲後盾及腹地，在乾嘉年間達於極致，並在道光中後期由於過度墾殖，成了泥砂淤積和地震災害等自然環境的變易下繁華漸褪，而顢頇的官吏並沒有能力來加以改變。對於這樣的場景，我們只能用「前現代」的觀念來加以統攝。「前現代」指的是一切都「自然的」發生，環境的自然演變，自然的人性，自然的繁華與滄桑。而洛津（鹿港）即因而進入了這樣的一場輪迴。

而這場輪迴式的繁華，即透過戲旦及豪門富室這種古代社會的組合而被展開。優伶的這種角色，就如同中古歐洲的「閹人歌手」及藝色雙全的「青樓女子」(courtesan)。他們有著跨越社會階層的功能，因而他（她）們的眼睛與身體也就成了時代最好的見證。豪門世家如石氏家族，地方士子陳盛元，以及同知朱仕光，在優伶如玉芙蓉、月小桂、珍珠點、妙音阿婠、弦師蔡尋等一干人的主軸下，就讓歷史、遷移的滄桑，以及整個社會，在他（她）們中間穿過。

而也正因要處理的經驗是如此的龐雜，因而在這部作品裡，我們遂看到了許多情節不斷的反覆的出現，對此，或許文論家或讀者自會有其評斷，而我則寧願稱之爲「走馬燈文件」，它讓複雜的背景像走馬燈般一直重現，蓋只有如此，細部的線索才得以相連。

而除了試著處理那些移民社會的總體經驗和記憶外，這部作品裡最細膩而可圈點的，仍在於藉著性別與角色問題，而將優伶做爲一個反映總體記憶的鏡子的表現方式。優伶是繁華的邊緣人物，他（她）們以自身的殘缺粧點著時代的繁華與蕭瑟，也同時反映出整個社會的萬象紛紛。尤其是其中的這個場景，反串的旦角月小桂被他的恩主烏秋包養和改造，甚至意圖要將他去勢，俾讓他成爲永遠的閹人旦角；而就在同時，月小桂卻又邂逅了妙音阿婠，滋生出原始而本能的愛戀慾情，並要像《荔鏡記》這齣戲名裡的陳三五娘一樣，偕同私奔。私奔當然未曾發生，但施叔青處理這個情節時，讓去勢的想像與私奔的慾望不斷剪拼般的出現，如同兩個畫面的不斷跳接，而就在這樣的對比和凌厲的氛圍裡，移民時代那種蒼涼如幻景般的命運圖像，也就凝固了起來。這樣的選材和筆法，大概也只有像施叔青這樣的作家才有這樣的境界。

《行過洛津》藉著戲班與豪門的對比，剪影出漢移民社會早期的粗糙、好勇鬥狠，以及跨張的聲色之娛，還有那種自在的生命張力與許許多多的哀歌。也正因此，對施叔青會如何繼續她的第二部，我就更好奇的盼望著它的出現了。但可以相信的是，面對「遷移」這個問題，我們至少已不再是空著手的一張白紙了。

情慾優伶與歷史幽靈

——寫在施叔青《行過洛津》書前

陳芳明（政大中文系教授）

一、

禁錮的肉體，緊纏的小腳，壓抑的情慾，碎裂的夢想，構成傳統歷史書寫的主軸。在幽黯的時光甬道裡，埋藏了多少苦痛與折磨。這些被扭曲、被鞭笞的靈魂一旦化爲官方歷史紀錄時，卻反而是以貞烈、聖潔的文字呈現出來。在儒家思想支配下的歷史，道德與正義終究是得勝的。所有受到禁錮的與壓抑的生命，終於在潔淨的史書中全然化爲烏有。鏤刻在史書裡的文字寫得越崇高越昇華，那些做爲傳統文化祭品的人們就越失去他們的聲音。生前受到囚禁，死後遭到消音的情慾、感官、想像、欲望根本不可能在歷史上留下絲毫痕跡。

施叔青的《行過洛津》，再次爲發言權被剝奪的社會底層生靈發出聲音。那種歷史的召喚，雷霆萬鈞，在時光裡展現了無與倫比的動力。擅長使用以小搏大策略的施叔青，在最細微的地方窺覓了未曾爲史家所發現的生命力。對於她的文學生涯而言，這部小說不僅在翻轉底層人物的記憶，而且也是在改寫台灣社會的歷史。一九九七年完成了《香港三部曲》之後，施叔青重整心情，又擘劃了另一部頗具格局的歷史小說。從「我的香港」到「我的鹿港」，那種轉身回眸的姿態，等於是爲台灣文學預告一個全新的可能，同時也暗示她自己的藝術追求又將邁入全新的階段。

洛津，係鹿港舊名。這是施叔青夢魂縈繞的原鄉，也是她靈魂深處最爲牢固的據點。十六歲就在文壇登場，發表第一篇小說〈壁虎〉於《現代文學》，而這正是來自故鄉鹿港的最初藝術追求。啓程之後的施叔青，便開始涉入無盡無止的遠航。從鹿港到台北，而後到紐約又到香港，投身在如此漫長的旅行，其實是在經驗一場聲濤拍岸的心靈探險。她的美學道路，穿越過六〇年代的現代主義，七〇年代、八〇年代的女性主義，以及九〇年代的後殖民主義。幾乎每經過一個轉折，她就創造出生動而迷人的小說。每個時期都有典型的代表作，包括《約伯的末裔》（一九六九）、《拾綴那些日子》（一九七一）、《常滿姨的一日》（一九七六）、《愫細怨》（一九八四）、《完美的丈夫》（一九八五）、《情探》（一九八六）、《韭菜命的人》（一九八八）、《維多利亞俱樂部》（一九九三）、「香港三部曲」（一九九三—一九九七）。漂泊的生涯未嘗損害她的藝術生命，反而使她的小說創作有了豐收。

直到折回她的生命原鄉之前，廣闊的世界已經爲她鍛鑄一枝敏銳的筆與一顆果敢的心。她的文字，可以華麗到令人感到心悸，即使是肉體最爲細膩的感覺都能從小說中直逼讀者的官能。當她觸及性別議題時，她全然不做表象的描述，而是另闢蹊徑直抵神祕的，不爲人熟悉的無意識世界。她的小說技藝專注於探測人性的幽微，爲的是要挖掘出人的眞實。

二、

在情慾與歷史之間，施叔青選擇站在眞實的那一邊。

《行過洛津》的書寫策略，猶似《香港三部曲》的手法，仍然是採取以小搏大的路數。施叔青的這部小說工程較諸她的香港時期還要精微而細膩。她從鹿港的歷史著手，企圖建構一部驚心動魄的台灣移民史。然而，不同於男性史家構築大歷史(grand history)的思維模式，施叔青避開帝王、英雄、將相、事件等等的雄偉敘述，而是抽絲剝繭從名不見經傳的梨園戲優伶切入。針腳細密地編織一幅錯綜複雜的台灣歷史圖像。這種小歷史(petite history)的建構方式，全然不去更動原有的歷史事實；而是在史實與史實之間的縫隙中，穿插小人物的生命流動。具體而言，朱一貴事件與林爽文事件，是台灣史上所艷稱的農民起義故事。凡是撰寫台灣史的史家，必然都是以這兩個事件做爲移民社會的轉折關鍵。在施叔青筆下，這兩個事件只是小說中遙遠的背景。她拉近鏡頭，放大歷史事件背後微不足道的庶民形象。

她的歷史鏡頭，不斷縮小焦距。從台灣移民史移鏡到鹿港開發史，又從鹿港小鎭運鏡到梨園戲班，更從戲劇舞台聚光於男扮女裝的旦角，而後把小說的重心置放在優伶歌伎的肉體情慾之上。故事從此開啓，沿著閩南梨園戲經典《荔鏡記》的劇情，次第暈開了豐富的想像。戲夢人生，亦眞亦幻。陳三五娘的愛情故事，究竟是歷史的虛構，還是歷史的眞實，正是施叔青的小說最爲魅惑之處。如果是虛構的，爲什麼陳三五娘的形象竟能風靡閩台兩地。如果是眞實的，陳三五娘又存在於何時何地？辯證的故事敘述，不斷使歷史幽靈受到情慾的召喚而轉化成有血有肉的生命。在每位生民的心靈角落，都供奉著陳三五娘的形象。這對惹人議論的千古情人，變成了台灣移民社會的集體記憶，變成了共同的歷史無意識(the historical unconscious)，甚至變成了超個人的現實(transpersonal realities)。

小說始於泉州七子戲班的來台演唱，主角許情的優伶生涯，渲染著移民社會的歡樂與悲情。許情三次前赴鹿港演出，分別是在嘉慶、道光、咸豐三個時期，也是他從伶童到旦角到鼓師的成長階段。在移民的農業社會，旦角一律是男扮女裝。這個可疑的身分，正好使許情登上了歷史舞台。施叔青巧妙地讓陳三五娘的私奔故事，成爲台灣移民史的隱喻。舞台上的悲歡離合，與歷史中的恩怨情仇，在小說中雙軌同步進行。

被邊緣化的台灣社會，一如許情之被陰性化，都同樣被權力支配而喪失主體性。擁有男性身體的許情，在嚴酷的身段訓練下必須維妙維肖演出女身的小旦。當他妞妮作態，猛拋媚眼而現身於舞台時，縱然沒有遭到閹割，卻是儼然成爲去勢的男人。他的命運，猶似歌伎出身的珍珠點與阿婠。一位藝妲的誕生，也是從慘無人道的纏足塑造出來的。直到她們能夠柳腰輕擺搖曳生姿時，腳下足踝也已扭曲得傷害到骨肉不分了。優伶與藝妲的鍛造過程，竟然就是男性審美經驗的培養過程。男體與女體都是在稚齡階段，開始依照傳統男性的美感標準精心雕塑。童伶必須練習夾緊雙腿，歌伎則是被迫緊纏小腳。變態的美，構成了男性藝術文化的主調。

施叔青極其傳神地點出台灣歷史是如何有計劃地被陰性化。優伶與藝妲的被虐，終於轉化成床笫的快感。他們能夠享受傳自肉體深處的快感時，男性的人格與女性的體格已經淪爲扭曲變態的存在。但是，歷史上的台灣永遠是邊緣的角色嗎？至少從官方的眼光來看，這個被扭曲的島嶼既要繼續扮演陰性化的角色，又同時必須接受正統文化的收編。這種既要收攬又要遺棄的相剋態度，都投射到優伶歌伎的命運之上。

小說的另一條軸線，便是當權的同知朱仕光，抱持維護倫理道德的立場，有意要爲陳三五娘的故事改寫出一部潔本的《荔鏡記》。中原文化對移民文化的干涉，正是進行權力收編的典型反映。如果陳三五娘的舞台劇不加以改編，則男色的頹廢文化就要腐蝕大清帝國。有多少匹夫匹婦觀看《荔鏡記》之後，竟然模仿戲碼而演出淫奔醜行。對於泉州語言全然陌生的朱仕光，在劇本中凡遇到粗鄙與色情的對白，必毫不保留予以刪改。他對潔本《荔鏡記》的期待是，讓粗魯無文的庶民藝術回歸到端正敦厚的傳統。這正是他做爲父母官的天職。

然而，朱仕光的體內也與庶民沒有兩樣，充塞著過於飽滿的七情六慾。藉著對劇情的理解，他下令泉州七子戲也在衙門演出。這位飽讀詩書的官員，在觀賞愛情故事之餘，終於也無法抗拒男色的姿態之美。戲幕落下時，竟也是朱仕光向許情求歡的高潮。握有權力的官員，縱然可以改寫劇本，甚至也改寫歷史，卻全然不能改變他的追求色慾於絲毫。小說發展到這個階段時，施叔青事實上已經在挑戰所謂歷史的眞實。如果歷史是屬於帝王將相、正義道德的紀錄，則曾經爆發的洶湧情慾會是歷史的虛構嗎？

三、

歷史書寫權長期掌控在男性手上。或者，確切地說，台灣歷史發言權長期受到中國男性史家的壟斷。他們編造出來的歷史盡是堯舜禹湯，然而生涯中的私密行爲卻是男盜女娼。施叔青早已窺見男性歷史書寫的陷阱。盡信書，不如無書。盡信男性史，不如改寫男性史。如果歷史早就受到男性的竄改，爲什麼女性就不能重新改寫回來？《行過洛津》累積她長年以來的小說技藝，爲台灣歷史提出全新的證詞。如果把小說中的敘事觀點倒轉過來，就可發現過去的台灣史是如何被塑造出來的。從優伶歌伎看庶民社會，從鹿港小鎮看台灣歷史，從島嶼命運看中國權力，層累造成的史觀舖陳出整個陰性化過程的弔詭。也就是說，嘗試把施叔青拉近的鏡頭再重新拉遠，就可透視到優伶的命運，女性的命運，台灣的命運，其實是同條共貫的。

《行過洛津》是施叔青另一項書寫工程的開端。這部小說完成時，台灣移民史的詮釋已經獲得翻新。她將繼續建構預設的《台灣三部曲》。台灣人的移民史、殖民史、生根史，必將成爲這部大河小說的主軸。對於台灣文學而言，施叔青憑藉她豐富的歷史知識，熟悉的故鄉記憶，以及純美的文字鍊金術，已經拓出了開闊的想像空間。迥異於過去男性作家所構思的大河小說，《行過洛津》並不受到英雄人物與歷史事件的羈絆，全然超脫官方的、男性的史料紀錄，形塑了完全屬於她個人的女性史觀。多少被禁錮的、緊纏的、壓抑的靈魂，都因爲她的書寫而獲得釋放。情慾比歷史還來得眞實，庶民比官方還來得眞實，女性比男性還來得眞實。細細觸摸她鑄造的文字，都可感受到無可抑制的生命力。

行過洛津

卷一 行過洛津

勸君切莫過台灣

轉眼繁華等水泡

一開始，他看上的是玉芙蓉

媽祖宮前鑼鼓鬧

1 勸君切莫過台灣

大清咸豐初年，泉州錦上珠七子戲班的鼓師許情橫渡海峽到洛津來，這是他第三度前來，此行是應本地戲班班主之邀，前來組織洛津第一個七子戲班，讓七個童伶圍著鼓邊，由他教唱表演《荔鏡記》，陳三五娘悲歡離合的愛情故事。

許情在泉州獺窟港口足足等了半個月，終於盼到吹北風，才能發舟航行。帆船一離開碼頭，海上水天相連，茫茫無涯方向難辨，既看不到飛鳥，遠山逐漸隱逝，耳邊只聽風聲泠泠，水聲淙淙。船夫焚香計程，舵工捧著指南針等候風信定下趨向，生怕弄錯子午帆船漂流到呂宋或暹羅。

航行了兩三個時辰，突然一股巨浪襲來，船身起伏如盪秋千，乘客中午下肚的米粉，一條條盡吐了出來，接著海上起了暴風，風聲有如鬼哭神號，令人聽了毛骨悚然。日落黑天後，船身搖晃更是激烈，像是凌空而起，躺在船艙裡難以入眠的許情，恍如御風而行，一時之間以為已葬身海底，靈魂出殼遨遊太空，人一驚嚇，暈死了過去，醒來已是天明，甲板上傳來興奮的叫聲：

「到了，到了，看到陸地了！」

獺窟與洛津相距八百海里，正常風速下，一晝夜可抵達。

許情爬出陰暗的船艙，被海上更爲熾熱的陽光刺得睜不開眼，趕忙抬手遮蓋眼瞼，張目四望，海之盡處隱約橫躺著灰色的陸塊，延伸無限，帆船乘風破浪，往那片灰色急駛過去。本來熾熱難當的日光，一瞬之間突然隱沒，幾百隻黑色的鳥群集向帆船撲飛過來，黑壓壓一片遮天蔽日，狀極驚怖，任憑乘客揮趕也驅之不去。

緊接著，又不知從哪裡飛來千百隻鬼蝶異物，繞船飛舞，船夫舵工個個抱頭哀叫不祥，說是碰到凶兆，果然舟船開始搖晃不定，頃刻就要沉入海底似的。船夫令乘客一致跪下，祈求媽祖保佑平安渡海，許情跪在角落也叩頭如搗蒜。

兩岸橫渡的乘客無不深信海中女神媽祖一見帆船有難，便會立即腰懸桅燈，凌波踏浪前來解危，使船隻化險爲夷。許情搭乘的這艘帆船受到黑鳥鬼蝶的侵襲，昏天地暗中，不止一個乘客看到天空閃過一絲白光，鼻子聞到一股奇香，氤氳繚繞中，一個白衣飄然的影子翻飛水上，款款升天而去，目睹這奇景的乘客一口咬定是媽祖顯身，才使騷擾的異物失去蹤影，整船人有驚無險。

隔著一層濃濃的灰霧，島嶼在望，船客歡聲雷動，以爲危機已過，舵工在距離港口甚遠的外港拋錨下碇，不知是經驗不足，還是故意，結果丟失了拋下海的鐵錨，船隻一無所繫又漂出外海，海浪摧折船舵，鷁首又裂了開來，一船人命在旦夕。

許情以爲碰到奸惡的船戶，串通識水性的海匪，在船底鑿洞使之進水，讓整船人沉到海底葬身海腹，以便搶走乘客的財物，乘小船逃逸。閩南漳州、泉州傳誦的〈渡海悲歌〉，前四句就是這麼唱的：

勸君切莫過台灣，台灣恰似鬼門關，個個青春無人轉，知生知死都是難。

即使船底不鑿洞，驚濤駭浪渡過海峽，船夫故意不靠岸，看到沙洲陸地，把乘客僞騙下船，他們叫做「放生」，沙洲距離海岸極遠，必須涉水才能上岸，乘客走到深處，陷入泥淖，慘遭滅頂，惡船戶形容爲「種芋」，求生的乘客在涉水中途碰到漲潮隨波而去，葬身魚腹，他們稱之爲「餌魚」。

許情閉上雙眼，等候死神召喚。他早先曾經兩次橫渡海峽隨戲班到洛津來演戲，沒料第三次隻身前來教戲，會命喪邪惡船夫毒手，成爲未竟之旅，正在感嘆遺憾，沒想到錯怪了船夫，耳邊聽他驚恐萬狀的吼叫：

「唯有划水仙求水仙尊王保佑，方能免於一死！」

船夫教乘客解開腦後長辮，蹲在船邊，用筷子做撥划狀，口中模仿戰士出征打仗的鼓聲，咚咚，假裝做掉船回航的樣子。這樣裝神弄鬼折騰了半天，總算撿回一條命。

後來許情跟一個經常駕船往來於兩岸航海，經驗豐富的船老大提及這次驚險的遭遇，船老大說幸虧他們這船人命大，得到水仙尊王的庇佑。據他說水仙尊王就是夏禹，因治水有功，受出海人崇拜，尊祀當水神，成爲航海守護神，府城三郊商人在五條港邊建了一座水仙宮，供奉水仙尊王，保佑郊商海上往來貿易的船隻平安抵岸，香火極盛。

船老大問他可曾聽過「過蕃有一半，過台灣攏無看」這一句俗話，「蕃」指的是南洋，閩南人渡海到印尼、馬來西亞、暹羅，有一半人還回得了家鄉，過台灣的幾乎沒有人回得去。難怪說南洋即樂土，是閩南移民的第一個選擇。

許情搭乘的帆船在番仔挖海港深水處，距離海岸約三海里之處停泊。洛津海港自嘉慶中葉以後，泥沙淤積壅塞嚴重，濁水溪、大甲溪等河川西流入海，含沙量大，沖刷下游造成海底平淺，高山地質脆弱，經過移民濫墾濫伐，破壞水土，一遇颱風雨季，豪雨沖刷而下，挾帶大量沙土淤塞港口，沙灘綿延，致使洛津的海岸線不斷往南推展，港路愈來愈狹窄紆曲，加上受到地形的變動，西部海岸逐年隆起，泊船艱困不易，洛津港口被迫遷移，航道也不得不一再更易。

道光中葉以後，往來貿易商船，改由距離洛津不遠的王功港出入，進出口的貨物用舢舨、竹筏轉駁裝卸運載，王功港成爲洛津的內港。道光末年接連兩次大地震，天變地動海岸隆起更爲嚴重，濁水溪又氾濫，帶來泥沙更是雪上加霜，王功港沙淤流淺，暗礁遍佈，港路淺狹船隻入港困難。

帆船靠西北風從閩南內地渡海來台，如果順利一晝夜可抵達王功港，卻必須等西南風船隻才能進港，如果風向不順，還需原船折回，或被迫駛往北港登岸，可見一渡之難。航行日益艱困，到港的船數，平均每兩、三天才有一艘，嘉慶中葉許情第一次來時，洛津港口帆檣雲集，海面風帆爭飛，萬幅在目，接天無際的盛況，已經一去不復返了。

道光末年福建巡撫曾經專程渡海巡閱，查悉王功港又被沙淤，港道淺狹船隻出入困難，下令當時駐洛津的海防同知另覓新港通商，距離王功港七海里的番仔挖，外有沙汕一道，迤邐由南而北，東岸至口門沙汕距離約十海里，尙稱港闊水深，深水處可供二、三千石的船隻進出，從港內經王功港再到洛津，番仔挖成爲洛津的外口。

許情立在甲板上，看到番仔挖港岸上舟車往來，居民鋪戶頗勝，但似乎帶著農村鄉野之氣。番仔挖至洛津有二十多海里水路，下了帆船，許情轉乘內港使用的舢舨，經過王功港，沿著洛津溪漂流，又過了一個多時辰，洛津城在望，舢舨愈駛愈近，從南邊往北看，洛津溪整條河港的形狀景觀，似乎與他先前兩次來時改變了許多，本來彎彎的，半月形狀的海岸線，彷彿不再那麼曲折有致了。

爲防止河水倒灌，岸邊的堤防築得高出水面，在溪流狹窄之處搭造了一座利濟橋，接連外鄉的通道，因爲是當年彰化知縣楊桂森在任時搭建的，又被稱爲楊公橋。許情看著岸上的屋舍樹木街景，似曾相識卻又感到陌生，心中湧起一股莫名的情怯。後車路隘門深處，那棟門楣貼著紅紙寫上「鴻禧」二字的紅磚屋如意居，隨著他水上漂浮，似乎一下子近在咫尺，卻又彷如遠不可企及。但不知如意居裡的那個人是否別來無恙？

舢舨在洛津城中間的六路口淺水碼頭泊岸，港口停泊著幾隻小船，零星的舢舨、竹筏順流而下，往許情剛來的番仔挖外港駛去裝載帆船卸下的貨物，水面漂浮著杉木、竹子，岸上成排的縴夫肩胛套上粗繩，往上游拉縴，吆喝聲不絕於耳，岸邊一處船塢正在修理被風浪擊破的船隻。

六路口因後車站、米市街、金盛巷、暗街仔、車埕、九崁仔六條路交會而得名，碼頭有挑夫挑著貨物往五福街鬧區急步前去，牛車搖著牛鈴，沿著河邊的沙石路要到車圍去換磨損的車輪，車埕鐵鋪傳來打鐵的叮噹聲，走近了還可聽到風箱呼呼作響，火爐焰火猛吐，鐵鋪前擺了剛打好的鐮刀、牛犁等待菜園附近的農民上門選購。

這情景與許情第一次抵達洛津所見，簡直有天壤之別。

第一次來，那時他才十五歲半，是泉州泉香七子戲班的小旦，藝名月小桂，戲班應洛津郊商之首石煙城之邀，搭乘石家萬合行旗下的一艘戎克船，從東北角的海口駛入洛津溪，直接停泊在泉州街石家的私人碼頭，還是少年的許情步出船艙，立即被眼前的情景所震懾：

整條港溪頂自船仔頭，下至利濟橋，兩邊泊滿了大大小小的貨船，只留下當中一條水道，以供船隻進出，舢舨、竹筏來往穿梭，與戎克船爭道，港口擁擠而忙碌。

洛津溪海口的河段更是檣林如薺，其中一艘三桅帆船裝載整船的米、糖、樟腦等台灣土產，正揚帆待發，靠著風向，往北駛向寧波、上海，最遠可到天津、錦州、膠州等處。剛剛駛進港口泊岸的，則是一艘龐然的斗頭船，從泉州運來大批木材、布疋及其他日用品、藥材等，船底又載了大批的紹興酒、惠安開採的優質花崗岩壓船艙。

洛津自嘉慶中葉後，與大陸貿易往來鼎盛，市面繁榮，到處都在興建廟宇、修築民宅大興土木，福州的木材、惠安的花崗岩等建材需求甚殷，只見搬運苦力七手八腳合力從艙底卸下杉木、石板各色貨物，沿著石家碼頭後青石鋪的長條形廣場，一路鋪展過去，堆積如山。

一群群腳踏草鞋，身寬赤膊的碼頭工人，把卸下船的一箱箱貨物用人力車裝載，與搬貨上船的苦力擦身而過，船頭行的掌櫃、伙計站在後面一排囤積貨品的倉庫門口，與盤商議價，一旦成交，即喚來苦力肩挑背負買來的貨物，由工頭在前面領隊，踏著雜亂的步伐，吆喝前面讓道，向五福街或牛墟頭去送貨。

斗頭船從蚶江而來的船員魚貫上岸，萬合行負責安置船員住宿的伙計正在發愁，最近一年多以來，洛津與蚶江對渡往來空前繁忙，沿著岸邊搭建的寮房早已人滿爲患，工寮不夠敷用，看來只好騰出倉庫，讓船員將就往下，明日再向石老闆反映住宿問題。

安頓好船員後，伙計匆匆回到碼頭，他很高興不必爲安排戲班伶人的住宿而傷腦筋。按照以往慣例，讓他們連人帶戲籠住進後寮仔茄苳樹旁那間面海的空屋，那裡本來住著一個老漁民看守魚塭，老人死了以後，廢棄的空屋成爲渡海而來的戲班下場之處。

洛津雖然人人愛看戲，然而對辮髮垂垂，男扮女裝陰陽怪氣的戲子極爲鄙視，平常請戲班酬神演戲，家家戶戶都嚴加看守家物，生怕伶人手腳不乾淨，順手牽羊偷東西。魚塭空屋四處沒有住戶，把戲班與住家隔離，也是請戲者的主意。

伙計吩咐負責戲籠砌末道具的正、副籠把行頭卸下戎克船，裝上三條等了好半天的竹筏，前面道具戲籠堆得像座小山浮在水面上，後面載著一群辮髮垂垂、模樣舉止異於一般人的行列，這個異於尋常的景象招徠了碼頭上所有人的眼光，苦力們停下手中搬運的貨物，倉庫前五福街的中盤商，甚至南北各地前來採買辦貨的商人，全部趨前引領觀看這水上划行的戲班。一種另類的表演，與正戲開演前的踩街簡直有異曲同工之妙。

竹筏沿著洛津溪往南划行，泉香七子戲班划出了岸上圍觀的人群的視線範圍，轉了一個彎，輪到伶人們驚嘆了，恍如從水中浮起一座華麗無比的水晶宮殿，一大片青瓦紅磚的建築，鱗次櫛比海浪似的一路延伸過去，簡直看不到盡頭，連雲的甲第在元宵過後的陽光下，輝煌氣派令人不敢逼視。

十五歲半的少年許情心想這必是重新修復彩繪的天后宮媽祖廟。泉香七子戲班此次應邀到洛津來演戲，主要是爲了慶祝北頭天后宮重修完工，趕在媽祖生日前連演兩個月的戲大事熱鬧一番。

撐竹筏的船夫呵呵笑泉州來的伶人少見多怪。

「咳，你們講是天后宮媽祖廟，也莫怪，嘛有人講大厝從泉州街的前街一直通到後街，頭前還有個日月池，卡親像龍山寺咧！」

岸上這地區叫泉州街，地名的起源是福建泉州南門外的黃姓族人，早在乾隆初期就渡海在此處聚居，形成街衢，以故鄉命名。乾隆四十九年，洛津開正口與泉州蚶江對渡，石煙城的父親石萬眼光遠大，佔據了泉州街口扼帆船進出口的咽喉，建碼頭開船頭行與泉州貿易致富，泉州街從前街到後街整個爲石家所擁有。

竹筏順流而下，熟悉這一帶水流的船夫，用右腳挾住撐筏的竹竿，空出一雙手指點，他把頭搖得浪鼓似的……

「不是廟啦，既不是天后宮媽祖廟，也不是觀音媽龍山寺，你們看有到的攏總是石老闆的新起大厝，叫著萬合行，你們頭先看到囉，海水一直流到大厝的門口，拜堂邊那坑水塘叫做日月池，正是石家的風水靈穴寶地……」

手指連雲甲第當中屋脊最長，連貫綿延的青灰瓦頂，船夫要伶人們注意看清楚。

「嘿，中間這五落大厝，看嘸沒，是萬合行的正厝，石老闆一家大小攏住在裡面。」

船夫搬著手指頭數：

「這五落大厝，第一落大廳，左右有廂房，接下來是正廳，聽人講是接待人客的客廳，天井大到可以裝一個戲棚，下面還可以坐二、三十人看戲，第三落的神明廳，拜關公、觀音菩薩的，廳堂是五門開——喂，你們知道五門開的廳頭有多大間無？」

戲班演小丑的想到泉州媽祖廟的三川門。

「親像媽祖廟那麼大間！」

船夫點頭認可：

「嗬，差不多。神明廳再來是馬廄、廚房，前公館是石家子弟的書房，後公館是賓館，給泉州船頭行的人客住的。」

「那五落大厝兩邊，毗連的一大片厝，是別人家住的吧？」

「誰講的，你們眼睛看得到的，全條泉州街，攏是石家的，其他這大片厝是給族人宗親住的。」

戲班伶人們個個聽了肅然起敬，大氣不敢吭。

「石老闆，請咱戲班的，就是伊。」

班主囁囁地說。

竹筏沿著洛津溪流的河道又繞了一個大彎，最後停泊在後寮仔那棵茄苳樹下，戲班卸下行頭住進那間面海的空屋。稍後伙計到來，按照萬合行掌櫃的指示，與班主講好演戲期間供應的白米、豬肉的斗數、斤數，火油、粗紙，以及多少擔火柴和草鞋錢。

伙計又告訴班主，今年天后宮的爐主由石老闆抽到，媽祖生日酬神戲的演出時辰，搭戲棚的方向和演出戲碼，到時石老闆將親自由班主陪同，捧著戲簿到媽祖神像面前擲筊決定。

2 轉眼繁華等水泡

洛津人相信五福街的天公爐神祕失蹤之後，是洛津城由興盛轉向衰敗的轉捩點。

洛津人很重視正月初九天公生日，富有人家會從泉州專程請傀儡戲到家中搭設的天公壇前搬演，隆重奉祀玉皇大帝，祈福除煞。一般人家也以紙糊的燈座來代表玉皇大帝的神位，用雞鴨魚肉等五牲粿品分上、下桌拜祀，其重視的程度遠爲過年所不及。

天公生日前夜，沐浴潔身，祭祀時辰一到，全家恭立天公壇前，大小依次輪流三跪九叩拜天公。初九這天戶戶不准曬衣、倒垃圾，以示對玉皇大帝的尊敬。

正月初九玉皇大帝誕辰，除了家家必拜天公，答謝神庥，洛津的郊商也共同連合祭拜玉皇。

洛津開埠後，沿著西邊河港碼頭築建一條市街，瑤林街、埔頭街、九間厝連接成一條長街，隨著洛津貿易繁榮，與舊街平行南北縱橫，興建了一條五福街做爲中盤零售商的新的商業中心，長街北連崎仔腳街、城隍廟口、菜市頭街，南接頂街尾，一共分五段：順興、福興、和興、泰興與長興，合稱五福街，每段住戶商家，也設天公爐祭拜玉皇，每年選出爐主主持敬天尊祖的祭祀活動，以信仰糾合眾志，用五牲祭拜，辦桌宴飲同樂一番。

道光末年，五福街中的泰順街及福興街爐主家中案頭插了兩枝金花，貼上紅紙寫有「安爐大吉」的天公爐在毫無預警之下不翼而飛，沒隔幾天，長興街、和興街的天公爐也相繼神祕失蹤，徒然留下繡有「玉皇大帝」四字的龍頭桌裙，消息傳出，人心惶惶。

遺失了天公爐，祭祀被迫停止，緊接而來兩次天翻地覆的大地震，洛津由興盛走向衰敗，天公爐的遺失正好是分水嶺。

許情回憶第一次抵達洛津，所搭乘的戎克船直接停泊在東北角溪口入海的石家碼頭，港口桅檣及風帆片片，岸上苦力裝卸貨物往來如梭，海水一直流到石家五落大厝的繁榮景象，如夢一樣，已然無痕無蹤了。

一等在城南龍山寺附近的戲館稍做安頓，兩天後便起了個絕早，想來個舊地重遊，許情心中懸念後車路隘門後，門楣貼著「鴻禧」二字的紅磚屋後的那個人，相隔多年，牆頭那一叢隨著陽光花色由深變淺的金銀花，是否爬滿磚頭疊成的花格長窗，風情依舊？

他是為她而回來，那個朝夢夕想無時無刻不在念中的人兒。由於情怯，許情腳下不聽使喚，反而是朝著五福街的方向走來。

五福街從南到北連綿二里多長街頂有蓋，洛津人稱為「不見天」盡頭就是泉州街石家的萬合行船頭行。

洛津臨海夏季酷熱，午後西北雨來襲，街上積水盈尺，水退後又泥濘不堪難以行走，每年秋冬九降風一起，飛沙揚塵，寸步難行，街道寸土寸金，不可能廣種綠樹來改善自然生態。

爲了方便商旅往來，給予北從通宵南至瑯璠（屏東）的中盤商一個舒適的採購環境，五福街的店家在屋前建屋簷涼亭防曬避雨，俗稱「亭仔腳」的騎樓。每家店鋪又用「四點金柱」的結構，即四支桁樑間各以單柱支撐，再上鋪麻竹葉或月桃葉，然後鋪上瓦片，彼此相銜接，成爲有蓋的商店街，即是所謂的不見天，洛津人稱爲街路亭。

街道上有頂蓋，行人夏天可防颱風，免受日曬雨淋之苦，冬天又可避免寒風塵沙的侵襲，進入其中有賓至如歸之感，可在笑談中談妥生意，住戶也可在鋪著紅色方磚的街路亭乘涼下棋或聊天。

詩人有詩形容：

方磚鋪遍滿地紅　天蓋相連曲巷通　郎住新興儂大有　往來恰似一家中

不見天街道寬度僅十二至十五尺之間，十分狹窄，兩邊商家爲了爭取街面經營買賣，只有把居住的空間一進進往後延伸，店面後的住家一進一天井用來採光，形成進深大，院落層次多的長條街屋。這種建築格局來自也是地小人稠的泉州，俗稱竹筒屋。

洛津住民有鑒於地震頻仍，特意把房屋建得棟樑堅固、榱桷棲櫅力求緊密，饒是如此，依然禁不起道光末年的兩次強烈地震。

第一次地震發生於道光二十五年正月，震垮了四千多戶的民房，近四百名男女當場被壓在瓦礫堆中斃命。

第二次是道光二十八年十月初八清晨，彰化、嘉義遭到遠較三年前嚴重的震災，洛津死傷無從計數，彰化的四個城門，其中東門是由嘉慶年間洛津首富萬合行的石煙城獻金倡建的，也在這次強震中夷為平地，監獄、衙門也難逃劫數，摧毀殆盡。

時至今日，洛津仍未從這兩次大地震中恢復過來。

許情在毫無準備的狀態中，目擊了劫後的災情。第一次從洛津唱完戲，過了十六歲生日回泉州，喉結突出，變了聲，高音上不去，失去童伶男旦的條件，以後輾轉改投宜春七子戲班學當鼓師，第二次隨班到洛津慶祝龍山寺戲亭落成開演，那是在兩次大地震之前。

五福街連棟街屋禁不起連續兩次強烈的地震，以及數不清的餘震，不少都被震垮倒塌，許情人沒走幾十步，就看到一間間門戶塌陷，屋頂不翼而飛，樓閣半倒廢棄的屋子。一長排街屋，當中突然現出一個個凹洞，此起彼落，像極了一排牙齒，間中被拔去幾顆，露出一個個黑窟窿，令人異樣的心驚。

事隔多時，廢屋的殘磚敗瓦已經清理移走，廢墟一樣的空地上徒賸幾根歪斜的柱子靜靜豎立在清晨的陽光下，也有幾處蔓草莽榛竄長，枯萎的瓜藤爬掛著半倒的破牆，殘枝敗葉，看來滿目荒蕪淒涼。死寂的街心，突然一陣蟬鳴，聲嘶力竭的聒噪，聽在許情的耳裡，恍如震災罹難者被埋入瓦礫堆的瞬間，斷氣前最後的慘厲呼號。

長興街倒塌一棟三進大厝，主人姓莊，是富有的郊商，許情在記憶中搜尋大屋坍塌前的模樣。印象中臨街有屋簷遮掩，店面顯得低矮，他記得裡頭的木質帷幕壁看起來樸素無華，並不起眼，沒想到門面被震垮後，內屋可一覽無遺，許情很驚訝原來裡面店堂進深是如此深邃，屋頂如此之高聳。

踏著殘破前赤紅美麗的方形紅磚，許情佇立已然透天的大廳，想像大厝被震垮之前，彩繪粉牆，樑坊木刻會是何等的喧嘩華麗。

洛津靠兩岸貿易起家，嘉慶中葉以後，市面空前繁榮，舟車輻輳百貨充盈，居民爲了炫耀，大事重修廟宇，廣造民宅，才剛翻修過的角頭廟又不惜工本大興土木，重新粉刷裝潢，在簷下柱頭、花堵門窗極端有限的空間，層層精雕細縷，極盡繁複雕琢之能事，藝匠連廟宇屋脊飛簷都不肯放過，用五顏六色的瓷片剪黏成飛龍走獸，花花綠綠裝飾了一大堆，如此繁紋縟飾，減去了廟宇的莊嚴肅穆氣氛，卻多了一股本地特有的色彩風味。

暴發致富的郊商，商家住民宅第不按規矩，家家雕樑畫棟不肯落人後，爭相在門口兩旁分置石獅，儼然王府一般，一屋子金光閃亮，硬木太師椅披上平埔族人獵得的鹿皮，腳下紅色方磚鋪上黑色豬皮，顯示威風。

暴發富麗的大厝，地震劫後更是慘不忍睹，許情往裡走去，但見第二進樓閣半倒，樑上孤懸著一只宮燈，經過日曬雨淋，紅絹顏色已然暗淡，大屋樑上的匾額橫披一行金字依稀可辨，應當是「金玉滿堂」。破牆殘存彩繪的痕跡，柱子原本塗上耀眼的佛頭青顏色，已經變成白慘慘的死灰色。

再往裡走，地面鋪著長條石板的天井，寬敞有若庭院，左邊廂房的木窗，僅賸下半邊斜掛空中，卻可看出窗櫺精細巧麗的雕刻。

置身一片殘磚破瓦，憑弔破敗前的榮光，許情不勝欷歔，所見滿眼蕭條，真應了地震後流傳洛津街頭的一句〈竹枝詞〉：

轉眼繁華等水泡　大街今日堪騎馬

正在感嘆，突然街心響起一陣咯咯搖動的聲音。泉州並非斷層帶通過之處，年近半百的許情至今未曾經歷過地震，然而，置身震災巨創的廢墟，他直覺地感覺到那是地牛翻身的聲響，腳下不聽使喚，沿著長街，跑了起來，邊跑邊感到天在晃地在搖。

跑到和興街的盡頭，他發現了咯咯碰觸響動聲音的來源：一棟門面、屋頂蕩然無存的廢屋，天井左邊的廚房牆壁倒塌，露出一座磚砌的灶，像墳堆一樣隆起，圓井旁邊花崗岩砌成的盆景架卻依然屹立無恙，一個五、六歲的小男孩，坐在圓井邊一只大鋁盆內，雙手抓著盆口來回使勁地搖動，鋁盆摩擦著石板，發出似夜裡咬牙的磨碾聲音。

獨自一個人玩得正起勁的小男孩，一個不小心失去重心，連人帶鋁盆整個翻了過去，額頭向圓井撞過去，哇一聲哭了起來。人類的聲音。許情釋然了。

走出不見天長街，北頭天后宮前的廣場傳來陣陣吆喝聲，牌樓下聚集了一群轎夫，圍在一起開場聚賭，搖攤擲骰聲吆喝，光天化日下個個賭得雙眼紅赤，一長排沒人乘坐的轎輿棄置道旁，無人理會。

廟口幾家專賣洛津風味土產的糕餅店門可羅雀，店家早已不賣順風餅了，那是海峽兩岸貿易頻繁時，洛津船頭行爲了與內地的船商聯絡情誼的禮物，送順風餅給即將啓航的商船討個吉利，預祝回程海上一帆風順。

鴉片戰爭後海峽不寧，商民視渡海爲畏途，航道日艱，從蚶江或獺窟到洛津的船數，最近愈來愈稀疏，平均每二至三天才有一艘。

糕餅店唯一的伙計，捧了只土碗，蹲在店門口吃飯，一大碗黃色的蕃薯上面浮著兩三隻魚脯，許情簡直不敢相信眼前所見。洛津曾經以輸出稻米著稱於全中國大陸，運米糧的船隻遠赴寧波上海，最遠至天津、錦州、膠州。道光四年天津大旱，稻米歉收，饑民嗷嗷待哺，救災最踴躍的是洛津，其中泉郊金長順商號，運去三千多石的白米糴濟饑民，道光皇帝下令讓原船帶回的貨物一律免稅，還頒贈匾額以示獎勵。

相隔才二十幾年，而今洛津居民以蕃薯充饑，怎不令外地來的許情也感慨係之。本來農產豐饒的彰化平原，卻因地震頻繁，濁水溪經常氾濫，天災加上人禍，內地偷渡客，誤以台灣爲樂土，上岸才發現非淘金之地，又缺乏錢財回轉內地，變成游民，生齒日繁加重負擔。

內憂加上外患，鴉片戰爭後，清廷被迫開五口通商口岸，洋商從南洋輸入大量便宜的稻米，台灣出產的米難與爲敵，外銷市場被剝奪，農民雖然知道農事至急，卻無心耕種，致使田地荒蕪。

鴉片戰爭結束後，洛津同知曹士桂東來就任，作〈道上行〉七言絕句四首，形容初履斯土沿途所見：

竹籬茅舍結村居　半飽薯芋半飽魚
漫向台陽誇富庶　蕭條滿眼欲欷歔
漠漠平原十里沙　一望枯草伴蘆芽
只緣水澇成沮洳　不藝禾苗不藝痲

此時洛津財力聲勢已大大不如乾嘉時期，中落後已顯衰相。

舊地重遊，許情來到泉州街，更是面目全非。幾次地震後，洛津溪的地形改觀，溪道南移，本來直臨入海的溪口，萬合行的私人碼頭，許情第一次過海而來時，戎克船停泊之處，於今變成一個新月形的湖，船航故道已然淤淺湮沒，滄海變沙灘，換上一番與從前截然不同的風光。

北頭海民以沖積的泥沙築堤做爲屏障，插上二、三尺長的痲竹養蚵。放眼望去，一望無際的蚵枝。

海岸往外擴，海水早已不像從前一樣，可以一直到萬合行的大門口了，船仔頭引導船隻入港的燈樓已然荒廢，亭前的日月池，石家蓄風水靈穴寶地，乾涸見底，當年石煙城整船載運惠安花崗岩，過海興建石樓，才造了一半，地震一來石柱歪斜坍圮，徒然浴於如血的夕陽晚霞。

萬合行大厝深處，那一頂屋子一樣大的紅眠床，於今何在？許情苦澀地想。那一頂圍屏精雕細琢，床前還設有一條短廊，寬度可擺上一只小桌几，盛放點心以供床裡的人就近享用的紅眠床，石家三公子垂下繡著鴛鴦戲水的紅綢帳幔，讓他和演大旦的玉芙蓉侑觴媚寢，三人頭並頭合睡一起日夜作樂。

當時還是藝名月小桂的他，天眞地想利用自己的身體來換取他想得到的自由，屈意迎合石家三公子床上的種種奇癖，以為借著萬合行石家的錢勢，他得以擺脫郊商掌櫃烏秋，脫下假男爲女的妝扮，回復本來面目。除了用身體交換，他一無所有。

苦趣不堪重記憶。

3 一開始，他看上的是玉芙蓉

泉州錦上珠七子戲班的鼓師許情應邀到洛津來教戲，協助班主黃離組織本地的第一個七子戲班，戲班萬事皆欠缺，唯獨先取了一個瀟灑的班名，篆書金字「逍遙軒」匾額橫掛戲館門上，許情看著，也不忍嘲笑。他把泉州帶過來的一面南鼓安置在三腳木架上，讓逍遙軒的童伶圍在鼓邊學戲。梨園戲的鼓師亦是教戲的師傅，一齣戲從口授的唸白、唱腔到走台、科步動作，以及角色的聲音笑貌，全由鼓師一舉手一投足的傳授。

許情因家貧，七歲被母親賣入泉香七子戲班學戲，先唱小生，後改學小旦。十六歲變聲失去了童音，高音唱不上去，被班主驅逐離開戲班，從此輾轉於泉州幾個七子戲班，從管理戲籠後台的雜役做起，後來獻上一筆豐富的禮金，拜梨園界著名的鼓師魚鰍先為師當副鼓，留心師傅的鼓技，背後偷著學，利用戲班穿城走鄉休息的時候，偷偷一個人跑到有水塘的地方對著水影練習，沒有水塘就對著日影練。晚上大家都入睡了，他躺在鋪草蓆的地上，拿自己的肚皮當鼓板，嘴裡默唸口白和唱詞，用手指頭按著肚皮打板眼。

許情的功夫就是這樣苦練得來的。

圍在他鼓邊的這七個戲童，都是因家中清淡日食難度，「綁」給逍遙軒的班主的，賣身的期限八年到十二年不等。許情按照戲童的身材長相分派行當，有個名叫蘇螺的七、八歲男童，生得粉面紅唇，笑起來頰邊漾現一對大酒渦，使許情想起剛入戲班學戲時的他自己，不免多打量了幾眼，覺得這孩子既適合當小生，但扮起旦角，好生雕琢，日後一定可顛倒眾生。

班主告訴他蘇螺出身南管世家，祖父這一代便已精通簫弦，他父親一把二弦拉得神乎其技，有「南管才子」之稱，年紀輕輕就被請到清水、朴子教南管，可惜南管才子嗜抽鴉片，煙癮極大，把祖上留下的家產燒光了，家道中落，無力撫養子女，才把長子綁給逍遙軒，講好十年後贖身，契約上註明教習戲文，任由打罵。

蘇螺童心未泯，有一回倚在門邊看戲館外空地上的孩子擲銅板玩樂，正看得起勁，不料被班主發現，隨手抓過鼓槌，一陣毒打，打得這孩子滿地尖叫亂滾。

「你是來牛灶，不是來書房，不知守本份，打呼你死！」

打得這孩子奄奄一息，還惡聲惡氣地恐嚇他，賣身戲班，像老鼠鑽進牛角，只能進不能出。

許情在一旁聽了，嘆了口長氣，把頭扭過去。

按照梨園規矩，開蒙的師傅叫「頭水」，也叫「開坊」，先教「十八步科母」，行內所稱的父母步基本功，向前跨三步退半步，這二步半不能跨出一塊二尺的方磚，七子戲棚空間極小，不過一丈見方的面積，童伶如不受嚴格的訓練，隨時會滾到戲棚下去。基本科步、唱曲學會了，專門聘一位「二水」師傅來教戲排練劇目。逍遙軒戲班草創，許情只好一身兼頭水、二水師傅一把抓，利用「爛索牽豬」的方法，一步步不耐其煩地示範，由童伶依樣畫葫蘆，慢慢引導與雕琢。分派角色時，許情幾經躊躇，最後決定讓蘇螺學旦角。

逍遙軒戲館距離城南龍山寺不遠，趁著教戲空檔，許情經常漫步走來，坐在前殿三川門御路石旁的龍柱下，抽水煙默默想他滿腹的心事。他細長的眼睛，顧盼之間，頗有些女氣；扶著水煙的手，尾指蘭花指一樣的翹起。深深吸了一口煙，皮肉鬆弛的臉頰現出各一道凹陷的深槽，一對大酒渦的痕跡，紫黑色的嘴唇線條依然優美，隨著吸煙的動作，溫柔地起伏有致，可以想像年輕時是多麼迷人。

龍山寺的邊門有了響動，許情尋聲望去，看到衣著邋遢的瘋文成，站在紅磚砌成四方形的惜字亭前，用他骯髒，但卻修長如文人的手指，從鼓起的衣袋，掏出一頁頁書紙，放入爐中焚燒，一邊嘴裡喃喃有詞。

瘋文成本來是個讀書識字的阿舍，年輕時交友不慎，留連後車路，迷戀一個叫銀珠的藝妲，床頭金盡後，銀珠另結新歡，文成受不了打擊，精神錯亂，整天喃喃自語，離家出走，流浪街頭。人雖瘋了，讀書人敬惜字紙的習慣卻沒改，在路上，看到丟棄的書頁紙張，他都會彎腰拾起，裝入衣袋裡，裝滿了後，到龍山寺的敬紙亭焚燒。

一開始，烏秋看上的是飾演黃五娘的大旦玉芙蓉，而不是演婢女益春的他。

烏秋是洛津八郊之一的南郊益順興的掌櫃，年紀不大，三十剛冒頭吧，長得矮矮壯壯，鼻頭圓圓的，額頭頰邊星星點點的凹洞，出過天花的痕跡，坑洞不深，看起來並不礙眼，反而增加點怪趣。他習慣兩手插在褐色或寶藍的團花短褂的口袋裡，邁著外八字腳，好似隨時要去赴約會的疾走，長袍腰帶上，學著郊行的掌櫃附庸風雅，繫著古玉佩囊，隨著他搖擺走動晃來晃去。

有關烏秋的來歷，洛津八郊行號中人頗有些說法。眾說紛紜中，有一說他父親早死，十來歲跟著族人離鄉背井，遠渡重洋到爪哇國討生活，從路邊擺榴槤賣水果做起，因爲他人很機警，又善於心算，沒多久就發展成一家小規模的青果批發商，爲了跟當地的土豪爭一個眼睛晶亮，在神廟跳舞的舞孃，烏秋拿一把鋒利的水果刀劃破情敵的喉嚨，殺了人爪哇待不下去，半夜摸黑偷偷上了一條商船離境，偷渡的剛好是南郊益順興到南洋貿易的商船，烏秋跟著回到泉州附近的深滬，也不想上岸回老家探親，同船到廣東採買鰱魚、草魚苗以及一些雜項，就這樣到了洛津，發現這新興的海港城市商機無限，找了一個同鄉做擔保，投效益順興，憑著他心算快，十三檔算盤盤進盤出，不出幾年就升上掌櫃。

商場中有人卻指天咒地爲他辯說，烏秋在爪哇南洋的行跡，根本不是「榴槤」——那是華僑界的一句暗語，指的是華僑在老家已有配偶，到了僑居地還和當地土女同居生子。

另一種說法頗爲聳人聽聞；烏秋是泉州同安人，嘉慶年間滋擾東南海面十餘載的江洋海盜涂黑和他是兒時的玩伴，小時候同上一個私塾，一起學習擊刺蹤跳之術，日後涂黑馳騁海上，搶劫得來的金銀財寶贓物，全部交給善於計算的烏秋看管。

涂黑在海上興風作浪，最後被官兵追趕，窮途末路，炸船自沉，烏秋幸運逃脫，免於一死，在府城落戶，據說還娶了西門一間專門進口安溪鐵觀音茶的茶行千金爲妻，在府城五條港區小有名氣，是港邊紅樓酒肆的常客，每年端午在港道較寬的佛頭港划龍舟，碼頭把持地盤的五個姓氏，爲了插五色令旗的排列順序引起爭端時，還得靠烏秋去擺平。

與他比較親近的人證實了第二種說法，烏秋的確在海上漂流多年，沾到不少海盜的習性與忌諱，其中一項就是視女人上船爲不祥之事，如果犯了這個禁忌，乘坐的船便會翻覆。海盜個個盛年好淫，爲了解決所需，在船上豢養男寵替代女色，烏秋也染上這種作風。

第一次正戲還沒開演，玉芙蓉就注意到烏秋。

北頭天后宮媽祖生日賀壽扮八仙，〈小梨園七子戲班只有七個角色，八仙缺了一個，通常由大旦扮的何仙姑抱孩兒爺湊數〉李鐵拐引導眾仙出場，玉芙蓉抱著孩兒爺殿後，一上戲棚，便感覺到有一對眼睛跟在他身上轉，李鐵拐開始戲弄何仙姑時，玉芙蓉已經確定那個人在盯他。

扮完仙跳加官，請戲的爐主，泉郊的郊商石煙城送上紅包討好意頭，按規矩，放在戲棚當中的紅包，得由大旦穿上鳳冠霞帔上棚拾起紅包。玉芙蓉彎下腰時，他和那雙跟了半天的眼睛對上了。

當晚玉芙蓉唱五娘思君〈大悶〉，唱到「紗窗外」那一段，「餓成飫飢失頓」時，戲棚下有人送上一串粽子給他充飢，同時揚起一個男聲：心肝喂，要餓死囉，卡緊吃喔……

引起觀眾一陣笑聲，棚上棚下交流打成一片。玉芙蓉猜送粽子的是兩眼不懷好意地瞅著他的那個人。七子戲班走東鄉進西村，衝州撞府演戲，對棚下觀眾的即興唱和一向見怪不怪，認爲是戲中的一部分。觀眾對同一齣戲，一看再看，戲文早已朗朗上口，幾乎達到倒背如流的地步，演員的每一個動作、每一句唱詞都逃不過他們的法眼，稍有差錯或疏忽，即被當場質疑。

泉州有一個七子戲班，靠一個演小旦的紅遍閩南幾個縣市，戲班被請到府城來演戲，演《留鞋記》，月英入山門，弓鞋脫下後，忘了顚腳，觀眾起鬨不依，追根究底，那旦角依恃名氣大擺架子，不願按照棚下要求重來一次入山門，觀眾哪肯罷休，鬧到後來，罰了戲班一場戲才擺平。

有了這個前例，戲班對觀眾再也不敢掉以輕心，敷衍了事。泉香班初次渡海到洛津來演戲，誤以爲台灣這海角小城未必有人懂戲，認定此地觀眾是「矮人觀戲，隨時嘆賞」，矮子看戲，前面被高個子的擋住，看不到戲棚上的角色，卻不斷爲戲子叫好。

沒料第一天在土地公廟前演日場就引起抗議，演「小七送書」那一段，飾演小七的丑角出場唱「聽見杜鵑」之前，樂師必須先響起鳥鳴聲，結果因大意疏忽漏掉，立刻遭到前排一群婦女的質疑起鬨，不得已，擊鼓的師傅叫小七退回後台，重來一次，吹哨吶的樂師用特技吹出鳥叫聲，再出場演戲。

經過下午這一鬧場，戲班起了警惕。

演戲本爲酬神，娛樂神明，夜裡人散了，曲卻不能終，必須演到天亮，所謂「三齣光」。半夜玉芙蓉獨唱五娘思君的〈大悶〉消磨漫漫長夜，副鼓的鼓點子打得無精打采，樂師呵欠連連，睏得前仰後合，只有玉芙蓉的嗓子，嗓音脆亮，有著甜甜的嗲味，聲腔愈晚愈好聽，所謂的天生夜嗓子。

一邊唱一邊引領四盼，想以他淒絕美絕的嗓音召喚那雙瞅著他的不懷好意的眼睛。玉芙蓉把那雙眼睛和送粽子的聲音聯想在一起。

第二晚夜戲，玉芙蓉掀起簾子出場，先在台口亮相，讓觀眾看到他，一雙單鳳眼，眼尾微睇，向戲棚下流盼來回掃視了幾遍，邁著碎步，來到棚中央，再用師傅以筷子轉動教出來的靈活眼神，略過前幾排婦女戲迷，把眼睛放在後面抱著雙手看戲的「烏皮」（戲班對男觀眾的稱呼代號，指的是男人穿的黑色長袍，平時捨不得穿，看戲時才像赴盛會穿出去）。

玉芙蓉雅步媚行，從戲棚這頭到那頭，雙唇微啓，喉嚨裡忽高忽低，委婉轉折，一再拖拉，搜尋那個送粽子的人。一無所獲。那個人沒來。他心中感到失落。

突然戲棚下的人群擠撞著，引起一陣小小的騷動，有觀眾捧角開賞給玉芙蓉一個大紅包，班主笑顏逐開的貼上紅紙。推撞的人群當中，有一雙眼睛似笑非笑地在看著他，今天晚上這人看戲如赴盛會，穿了一身簇新的黑色長袍，名副其實的「烏皮」，兩隻手習慣地插在上身短褂的口袋裡。

玉芙蓉掩嘴得意地笑了，差點忘了唱詞。

這七子戲的男旦故做矜持，一直等到第五晚才向烏秋「放目箭」。他故意緩緩地把腰身一偏，朝著烏秋的方向，用他靈活的單鳳眼，斜斜睨視，飛眼放目箭，撩撥挑逗。棚下的烏秋被那眼風電得心神蕩漾，幾乎無法自持，慢了一秒鐘才趕緊雙手提著衣襟，躍上前，像撲翠鳥似的，把玉芙蓉的眼神兜住佔爲己有，怕接遲了會被旁邊的看客承接去。

沒想到旁邊一個觀眾自作多情，以爲玉芙蓉的目箭是以他爲對象向他射過來，便忙不迭的牽起衣襟去兜。這一舉動惹惱了烏秋，兩人相互爭奪吵起架來，最後拳打腳踢，差點鬧到官府。

戲棚上的玉芙蓉和戲棚下的，簡直判若二人。不演戲時，他無精打采懶洋洋的，面色發黃，衣衫不整地張開兩條腿毛又濃又黑的瘦腿，坐在牆邊抽水煙。他總是心不在焉，很少開口，別人找他說話，他只是睜大兩隻空洞洞的眼睛，一臉迷茫，也不知把話聽進去沒。

戲班的鼓師形容不演戲的玉芙蓉失魂落魄，只是個沒有生命的軀殼，一等到扮妝上戲，他的勁全來了，坐在棚後草蓆子上，對著小鏡子化妝，食指從粉盒挖出一大塊鉛粉打底，厚厚的塗了滿臉，連眉毛都是白的，爲了讓粉膏吃進皮肉裡，玉芙蓉用兩個手掌心劈哩叭啦拍打自己的臉頰，拍得皮顫肉搖，一直要拍到白粉均勻吃進皮膚裡才滿意，然後他把眼睛一瞇，慢慢地描兩道眉，畫好了，放下眉筆，點上胭脂，小鏡子裡的人像是才活了過來，有了生命鼻息，戴上耳環，穿上戲妝，化妝後的玉芙蓉變成了另外一個人。

戲班演丑角的對他有個比喻：

平日玉芙蓉像個沒有生命的紙人，扮好妝，一出場，好像眼前有人用迷藥朝他一彈，靈魂精氣附在紙上，他立刻就活了。

烏秋這戲迷連續幾晚來捧場，給他賞錢貼紅紙，戲班都取笑他，那個精通法術的「走馬天罡」、「半天秀才」術士，把玉芙蓉變活，攝取他的魂魄、吸取他的骨髓來了。

一個飄雨的黃昏，烏秋不約而至，闖到戲棚後台找他捧的戲子，玉芙蓉剛吃完點心，趴開兩隻枯瘦長滿黑毛的腿，腳旁擺了缺角的土碗，坐在竹凳子上，雙手捧著一粒堅硬的蕃石榴，齜牙裂嘴的啃著，半開的領口露出一大截沒有上白粉，黃瘦的脖頸，隨著嘴巴嚼動，氣管僨張，像隻醜陋的長頸鴨，垂掛的耳環來回晃撞。

烏秋掀起簾子的手凝止，站住腳，往前邁步的欲望完全消失了，望著吃相難看的玉芙蓉，他臉上露出困惑之色，掌心拍了一記自己的額頭，哂然一笑，放下簾子返身走開。

玉芙蓉嘴大張、五官移位的吃相，滿嘴黃牙讓他看不下去。烏秋認爲伶人的嘴型最重要，氣口的轉換、行腔的抑揚頓挫不能齜牙咧嘴，如果硬要唱上去，會破壞美感。玉芙蓉演的都是夜戲，煤油燈下燭火閃爍，從戲棚下遠遠看他，纖纖細腰一小把，輕妙地一轉身，秋波流盼，柔媚入骨。烏秋沒去注意玉芙蓉的嘴型。

他從此不再去捧玉芙蓉的場。

泉香七子戲班的樂師們偷偷地耳語，玉芙蓉怕是步上他師傅的後塵，抽上了鴉片，有人看到他摸到城南龍山寺附近的下等煙館，與那裡魚龍混雜的羅漢腳、乞丐並躺著吞雲吐霧。

玉芙蓉的師傅早年是泉州風靡紅極一時色藝雙全的名角，他的班主相信童伶如果在十六歲之前破了身，幹男女那種勾當，嗓子會變壞，以爲光是把他看得嚴緊，以免被戲迷引誘壞了嗓子不能唱戲這還不夠，竟然想出個狠招，縱容他抽鴉片，上癮後就不會去想男女之事，嗓子還在，只是丹田氣弱，反正童伶過了十六、七歲就變音長出喉結，不適合登台亮相唱七子戲，散棚後有鴉片癮與班主無關。

玉芙蓉的師傅染上了鴉片癮，拿到教戲的戲銀，就抽煙膏，沒有銀子就去下等煙館吸煙屑，結果壞了一身骨頭，不到四十歲就彎腰駝背，經常起不了床，他給玉芙蓉說戲，有好幾齣都是躺在床榻上說的，由他唸口訣，讓玉芙蓉一句曲一個科步學戲。

後來師傅病得無法開口，玉芙蓉的〈玉眞行〉，高文舉的髮妻千里尋夫，跋涉崇山峻嶺之間，唱作並重的折子戲，便是在師傅病床前，由他表演，師傅以點頭或搖頭來取捨學成的。

繼玉芙蓉之後，飾演五娘婢女益春的小旦，藝名月小桂的許情成爲烏秋的新獵物。

他讚賞許情這一張嘴，兩片經常潮濕、因年輕而殷紅的薄唇，烏秋形容許情的唇型線條像是睡著了的山巒，溫柔地起伏，笑起來小嘴一抿，頰邊的酒渦一漾一隱，迷死他。

說著，烏秋伸出食指掰開許情因受到讚賞有點害羞，緊抿的嘴唇。烏秋的食指強行進入他的嘴裡，慢慢的擾動，眼睛露出看玉芙蓉時那種不懷好意的笑意。

烏秋送給他的訂情物是一只蓮花形狀的鉛製粉盒，送給他扮戲化妝時用，許情如獲至寶，小心翼翼地捧在手中，始終捨不得用它。

泉香七子戲班被請到洛津地藏王廟前演了一場極特別的戲，這場演出與酬神無關，出錢請戲的請主犯了嚴重的錯誤，被八郊裁定罰戲一場當眾謝罪。被罰戲的正是烏秋，他被控告強姦了城南郊外客家村的一個風韻猶存的寡婦。

客家人隨著歷史上幾次重大的變亂，從中原不斷的向南遷移，廣東潮州的客家人早於明代末年，便過海登陸洛津，建了三山國王廟。清初施琅平定台灣後，以「粵地屢為海盜淵藪」，曾下不准粵人移民來台的禁令，一直到康熙末年朱一貴作亂，當時鳳山各地的客家人組織義民軍協助，因平亂有功才解除，使粵人來台不再受歧視。乾隆末年開始有大批客家人渡海而來，他們語言、信仰、風俗習慣與泉州人不太相同，而且比起洛津人多勢眾的泉州人，顯得人單勢薄，處處遭到排擠，無法在街市立足，客家人被迫到荒郊野外的城外拓墾，洛津郊區逐漸形成幾個客家聚落。

烏秋被罰戲謝罪的這個寡婦，善於縫繡，她用十字挑花繡及辮繡刺繡魚戲蓮圖案的肚兜，精美之至，極富地域特色，客家人嫁女兒，嫁妝少不了肚兜一樣，按照客籍婚俗，新娘肚兜內要藏有曆書一本、桔餅兩個、冰糖一包、小鏡一面、洋銀一枚，取其押煞、大吉大利、甜和團圓之意，洞房花燭新人分食桔餅、冰糖。

寡婦上街去送做好的肚兜，剛巧被路過的烏秋看到，見她風韻猶存，一身客家女人的妝扮：上身一件麻質的素色大襟衫，寬寬的褲腳下一雙天足，樸素的衣褲穿在她身上黑裡帶俏，別有一股風韻。最吸引烏秋的是她頭上又高又大的髮型，有如戴了一頂有帽沿的帽子。

客家已婚女人的髮型，額頭及兩鬢梳得膨鬆誇張，頭髮少的女人髮內需要撐架才能梳這種高髻，甚至用菜瓜布襯墊，使髮型膨脹又不失彈性。

烏秋與許情相熟之後，他告訴許情，爲了好奇的想知道寡婦髮髻襯墊的是何物，才與她勾搭的。烏秋此舉，使得客家村的男人嘩然激動。早年客家男人偷渡來台，都是單身，客家人生性節儉，吃苦耐勞手頭甚豐，卻找不到客家女人婚配，不得已只好到閩南女人的娼寮找尋慰藉，客家男人稱閩籍娼婦爲「學老嫲」（福佬婦），娼婦稱客家嫖客爲「客兄」（契哥）。

烏秋侵犯客家寡婦，反其道而行，客家村的男人威脅要用私刑處罰色狼：或割下耳朵，或強灌屎汁，更殘酷的懲罰是用爆竹捅進強姦犯的肛門，點火爆炸。客家男人聲稱上個月在半露亭，一個過路的婦人被強姦，結果色狼被村人挖坑活埋，賸一顆頭露在外面，讓過路人用腳踢，吐口水，任意拿鞭子抽打以示懲罰。

事發後，烏秋矢口否認犯的是強姦，他一口咬定寡婦經他調戲而兩情相悅成姦，他答應捐贈整套的錫器佛具給客家村的廟宇，只要求不要刻上他的名姓與捐贈事由，以免長年令人恥笑。

本來這種事應由洛津的海防同知朱仕光來制裁定奪，然而地方政府力量薄弱，防止叛逆已然力不從心，不得不借重郊商來解決糾紛。烏秋的姦情最後由南郊的郊主出面向客家村說情，除了捐贈錫器，罰一場戲謝罪，並在戲棚前貼上一張告示標明受罰的事由，當天演戲之前，烏秋要分送檳榔謝罪。

烏秋恐怕分送檳榔時遭人毒打洩恨，堅持戲班不可在客家村演出，談判再三才達到協議，在城南街尾的地藏王廟前罰戲。

演戲當天，本來天氣晴朗，不料演到一半，戲棚上空突然飄來一大塊烏雲，五月齊天大聖孫悟空的生日，應了孫悟空七十二雲頭的諺語，烏雲一來，西北雨立即傾盆而下，風雨聲比鼓聲還要響，住在廟埸附近的觀眾回家拿了斗笠，披了簑衣站在雨中看戲。戲班事先沒防到會下雨，搭得馬虎的戲棚開始漏雨，演員只好找乾的地方做戲，雨愈下愈大，戲棚濕了一大半，許情躲在台角處，啓齒唱唸，吞下好幾口雨水，唱老生的髯口沾了雨水，一路滴，被說成鬍子在流淚水，大家哭笑不得，情況極爲狼狽。

烏秋後來跟許情說，是被他一邊吞嚥雨水一邊唱戲的那張嘴給迷住的。

烏秋帶許情去看他捐給客家村廟的佛具錫器。來到車路口錫坊街，幾條錯綜的斜巷，錫鋪櫛次鱗比一共有好幾十家，錫做的燭台、香爐、花瓶、茶葉罐、粉盒等，是婚嫁祭祖祭神的必用之物，需求量極大，吸引了南北各地的錫匠手藝人到洛津來開店，錫坊街的生意做得火紅。

烏秋訂貨的「老波錫鋪」，鋪主李老波是嘉義人，嘉慶中葉舉家遷移到洛津開錫鋪，用古老礐石模做出的縷花錫器最受顧客喜愛。鋪子裡的伙計看到烏秋，以一種特別的笑容來歡迎他。烏秋雙手插在緞面寶藍團花的短褂口袋裡，邁著外八字腳，毫不在意地搖擺進到錫鋪，指著一對半完工的六角寶塔蓮花座柑燈、一對寶塔飛龍燭台，還有陳列架子上一套錫禮瓶爵，告訴許情做好了，看好日子就送到客家村去。

錫鋪連著作坊，一個和許情差不多年紀的童工，赤著上身，站在灶火邊，把錫塊倒進一口厚厚的鐵鍋，煮熔成錫漿，另一個把一塊圖案不同的石模燒熱，灌入火滾的錫漿，待冷卻後，再用鐵剪剪開來，變成一片片錫花瓣葉片，許情看傻了眼。

旁邊一個熟手工人使盡力氣，在板上壓錫片，把滾熱的錫漿倒在板上壓成一張張錫片，幾個年紀才八、九歲的童工剪出大小，兩個人一手拿錘子一手拿鐵釘在鑿刻花樣圖案，老波錫鋪出了名的縷花錫器就是用童工精雕細打出來的。

烏秋順手拿起一只錫茶壺，問了價錢，茶壺方方正正的形狀，蓋子上的把柄也是錫做的，嘴短而直，烏秋打開蓋子，查看壺內，伙計說明壺裡這把特製的漏洞管，直通到壺底，茶葉裝進去，沖熱水泡茶，倒出時只有茶汁，渣葉不會隨著倒出來。

許情倒是覺得壺上刻劃的一對金魚戲遊於浮草水間，很是可愛，指給烏秋看，伙計帶著深意的眼光瞅著他們。

檯子上有只精巧的小壺，壺蓋上有隻麒麟，許情以為是喝功夫茶的小茶壺，拿起來作勢往嘴裡倒，錫鋪伙計笑彎了腰，經過說明，才知道是一只婦女梳妝用的水壺，用來倒水調和脂粉，大戶人家嫁女兒訂做的嫁妝。

烏秋買了一只蓮花形狀的粉盒給他做訂情之物，許情左手捧著它，右手用蘭花指小心翼翼地打開蓋子，搔首弄姿的神態似是與美麗的粉盒爭妍，烏秋一時之間分不出彼此。

烏秋斜乜著這裝模作樣的童伶，他與店裡精工細雕的錫器排在一起，彷彿也是一件待價而沽的工藝品，一件奢侈精美的物件。烏秋想起一個發生在一家骨董店的故事：

一個大官的兒子去逛骨董店，見到兩個東主豢養的孌童生得俊美異常，把他當作一件珍奇古玩，想據爲己有，向店主拿了價値一千兩銀子的古玩，聲明用孌童來交換。兩個店東每晚輪流與孌童共宿，捨不得放棄他。大官兒子的門房向兩人進言：把孌童送去等於送去一件骨董字畫，即使回來時有所破損，也不至於價值全無……

回過神來，烏秋湊近看了一下：

「唔，少了香花粉塊。」

一進門就用一種特別的眼光看烏秋兩人的伙計，指點他們：

金盛巷的水粉鋪，轉角過了巷口就是。

4 媽祖宮前鑼鼓鬧

洛津靠海爲生，海上風濤險峻，媽祖爲護海之神，從事兩岸貿易的海商，無不祈求媽祖庇佑顯靈，在暗夜的海上提一盞明燈，茫茫的黑海中爲船隻指點引路，媽祖成爲洛津郊商的主祭神。

每年三月二十三媽祖的誕辰，洛津商民聚資從泉州請來七子戲班，在天后宮前搭台張燈分班連台演戲酬神，日夜不歇。今年爲了慶祝天后宮重修完工，適逢石煙城是一年一度的爐主，按照傳統由他向爐下郊員鳩金斂錢合資請戲班酬神之外，又碰上他當郊主的泉郊會館落成，雙重喜事使石煙城決定大事熱鬧一番，以之補償因海賊涂黑作亂而停演的那幾年，因此一早便從泉州先請來閩南聞名的泉香七子戲班，從二月二日土地公生日便起鼓演戲。

按照石煙城的構想，他準備在媽祖誕辰時，多請幾個七子戲班渡海而來，在天后宮廣場打對台拚戲。他打算到時特地開一條萬合行旗下的戎克船，專程到蚶江把幾個戲班的伶人樂師、行頭砌末載滿整船，飛渡過海。

之所以想同時邀請四、五個戲班拚戲，是緣由於石煙城在南安一場十分奇妙的看戲經驗，他希望將那個晚上的奇遇在洛津還原，讓父老鄉親們分享。

近幾年來萬合行船頭行的生意蒸蒸日上，去年歲末石煙城一直忙到年前才離開洛津回泉州過年。十五元宵石煙城偕妻子到南安拜望母舅，十六那晚月光極美，一陣喧天鼓樂從神廟里巷傳揚過來，石煙城循聲而去，以為不過是一般歲時節令酬神，請來梨園七子戲班，棚口柱架上懸掛二、三個煤油燈照明，演夜戲而已。

出乎他意料之外的，廟場前搭了一座又長又深的大戲棚，在皎潔如白晝的月光下，只見戲棚上由四枝竹竿區隔成四個表演場地，各懸班燈標誌著四個戲班的班名，卻只有一個樂隊，一位白頭老師傅右腳壓在南鼓上壓腳司鼓，嗩吶、三弦、笛聲齊揚，戲棚下擠滿了觀眾。

原來今晚請戲的主事人姓趙，據說此人頗有來頭，祖先可追溯到南宋宗室，到了他父親這一代，家中還豢養優伶組家班，過著豪奢童伶家伎供娛樂的日子，家道沒落後，移居村野避債，雖已淪落為尋常百姓，戲癮卻是難改，為了想考一考穿城走鄉酬神演戲的七子戲班，是否還能保持嚴謹的技藝水平，他說服廟會的戲頭，從泉州戲班中遴選了四個七子班同台演出，從海邊找來七條船的跳板，合併起來搭了一個十三米長、三米多深的戲棚，由一位師傅司鼓，同時表演小梨園的傳統劇目《呂蒙正》。

呂蒙正赴試不第返回，身居破窯，劉相府拋繡球招婿，獲相府千金劉月娥識拔英才，降身相就，劉相國欺貧重富打趕窮書生，千金小姐慨然相隨，過橋入破窟甘受貧寒。後呂蒙正高中狀元，劉月娥上京與丈夫相會後，再回破窯，在窯前豎起狀元旗竿祭窯回京。

石煙城擠在看戲的人群裡，抱著手，先是帶著過年節看熱鬧的心情閒閒地看戲。隨著鼓聲輕重起承轉合，四個戲班的童伶一舉手、一投足，同起同落，詠唱道白、喜怒哀樂同聲同息，整齊劃一絲毫不差，科白、唱腔皆無一差異，不同師傅教習同一個劇目，竟然如出一轍，令石煙城大爲讚嘆，戲棚下的觀眾也鴉雀無聲，按指抖足嘆賞不已，戲散了猶不捨得離去。

那一晚，石煙城平生首次領略到戲曲藝術之精妙，經歷了一場難逢的奇遇。隔天晚上，他又情不自禁地踏著月色回到廟場看戲，坐在最前排觀賞一個十四、五歲的旦角獨唱《荔鏡記》中的〈大悶〉，陳三五娘私情敗露，相偕私奔，林大不甘黃家毀婚，告到官府，捉拿陳三入獄，有情人被拆散，五娘深夜獨坐繡房，菱花鏡照出佳人憔悴損的容顏。戲棚上的旦角如泣如訴的唱腔和以絲竹弦管，婉約細膩的身段做工，極盡視聽之美，令他意消。

石煙城要把南安演戲的盛況在洛津重現。

泉香七子戲班在北頭天后宮前酬神演戲的第三天，一個春寒料峭的午後，日戲剛散，戲班的後台棚下來了一個膚色黝黑寬肩矮壯的年輕女子，睜著一雙眼窩凹陷黑白分明的大眼睛，盯住擺放戲服的戲籠目不轉睛，赤著一雙大腳板，十個腳趾分開，定定地站立不動，一直到圍觀的人群漸漸散開，她還是不肯走開。

等到棚下只賸下她一個人，這女子向管戲籠的示意，伸出勞動粗糙的手指頭，指了指戲籠，用聲調不很純正卻極悅耳的泉州話說明來意，一張嘴，一口用澀草或芭蕉花染的黑牙齒。她是個漢化的平埔族女人，除了赤著一雙大腳，衣著與漳泉女子無異，腦後還梳了一個已婚女人的大髻，已經不會說本族的語言。

潘吉是來問戲班買舊的戲服，平埔族的男女喜歡在祭典節慶時，穿上梨園優伶的戲服，番社的土官披上淨角滾龍繡鳳五彩奪目的蟒袍、皀靴，戴上絨球的絨帽，露出半臂，顧盼之間增加威儀，戲棚上旦角穿的顏色繽紛花樣絢麗的大襖裙子，更是平埔族女人的最愛。

平埔族的男女都不在乎舊的戲服合不合身，他們迎神飲宴時，拿色綢錦緞重疊，圍在腰間，肩膀披著刺繡華麗的綺羅，左右打結，手上頸間掛上一串串本族的琉璃瑪瑙珠，手拉手圍著圈子頓足舞蹈，彩衣隨風飄颺，以之向親朋炫耀。

平埔族人是洛津最早的住民之一。據說幾千年前，他們從呂宋、婆羅洲、爪哇、蘇門答臘駕著獨木舟，在茫茫的大洋中漂流，不知經過多少晝夜，發現大海中一塊蕃薯形狀的陸地，頭目率領族人上岸，其中馬芝遴社的平埔族人選擇彰化洛津一帶落戶，屬於巴布薩族。

最早定居的平埔族人，男女冬夏皆赤身裸體，女人在腰間結了草裙，男的穿耳戴了大耳環，女的用澀草或芭蕉花擦黑牙齒，他們斬竹蓋廬舍，裁種旱稻及蕃薯、甘蔗以及雜糧，還在田畔種野菜。

隨著時代演進，平埔族人學會織布，他們把兩幅布左右兩邊縫到腋下，中間開一個洞，套進頭，沒有袖子，這種服飾叫「籠子」，女服前面加了個結，領口織上紅綠的紋飾做為裝飾，手上戴著銅鐲子穿瑪瑙珠，頸項掛了一大串彩珠、螺殼串成的項鍊，頭插五彩雉尾的羽毛。

洛津與蚶江對渡之前，已有梨園七子戲班渡海來酬神演戲，平埔族的男女從四面八方到廟前看戲，頭目土官看中戲棚上滾龍刺繡的優伶蟒衣，甚至神佛盔帽，爭先向戲班購買穿舊的戲服。

潘吉今天一早離開她大橋頭旁竹圍仔的草棚，腳下一雙天足赤著邁開大步，從洛津最南端往北頭一路走來，好幾次與鄰村和美、線西趕來看戲的戲迷相互衝撞，雙方惡言相向，爲了搶先到戲棚下霸佔好位置，也就沒有雙手插腰站在路口罵個不停。

午戲散後，駕牛車進城看戲的迤邐回去，潘吉等人走光了，拿出在手掌心捏了半天，汗漬斑斑的銀圓，換了兩件繡花的梨園故衣，一頂盔帽，緊緊地挾在腋下，穿過天后宮前熱鬧滾滾的廣場，雀躍地往大橋頭的方向走回家。

洛津的天后宮隨著貿易日盛商業繁榮而聲名遠播，來自南北各地的進香客終年不絕，廟前廣場人潮洶湧，有祈求媽祖保佑平安的，有的來乞火分靈回去設壇建廟祭祀，也有的祈神有了靈驗回來還願，這些香客們手持線香與渡海尋找商機的大陸客摩肩擦踵，擦身而過。

南北兩路到洛津來辦貨的船商，與八郊各郊行的掌櫃、伙計重又在廣場上相遇，相互點頭寒暄，結伴到廣場邊的糕餅店買禮物，盤商挑選了豬油糕、鳳眼糕等洛津名產拿回去當禮物，郊行的伙計則是採購了大批的順風餅，送到即將啓航回蚶口的商船，預祝船隻回程海上平安，郊行以此表示心意與對岸的船頭行建立情誼，極富人情味。

糕餅店附近周圍形成一個嘈雜的黃昏市集，漁民叫賣打撈上岸的活魚蝦蟹，用鹽水滷煮得油亮的蝦猴一隻隻排列整齊，公的母的價錢各異，賣牡蠣的以絕無滲水爲號召。牌樓下更是人山人海，相命卜卦測字的術士攤子擺了一長排，守候等著爲客人指點迷津。幾個江湖賣藝的在表演打拳呑劍，有一處豎定一把大刀，橫布條寫著幾個粗劣的大字：「人要害人天不肯，天要害人在眼前」，布條下的赤膊壯漢，一把青龍劍耍得虎虎生風，賣膏藥的王祿仔手上的浪鼓搖得咚咚響，招攬行人買他掛滿貨擔上的丹膏丸散，口口聲聲保證各項疑難雜症藥到病除。

距離牌樓不遠的地方，三兩個襤褸的乞丐，頭戴著草環，用煤煙把臉塗得漆黑，齜牙咧嘴，拿一塊磚頭搥打胸口，力道極猛，紅磚飛濺星星碎片，旁邊一個則是從地上撿起尖銳的玻璃碎片，朝著自己的額頭一陣亂砍，鮮血湧出流了一臉，狀至恐怖。乞丐們以傷殘自身來博取同情，路過的行人不免隨手丟下幾個銅板，卻個個掉過頭去，不忍心去看那幾個缺腿短手滿地爬的孩子，他們是乞丐的畸形兒。

四處游走的羅漢腳，聽到行人施捨乞丐的銅板擊落土碗發出聲音，從四面蜂擁而來，也伸手向行人乞討，乞丐們上前呵斥，雙方扭打了起來。

過了牌樓，重修過的天后宮燦爛輝煌，五扇大門後的正殿更是香火繚繞，龍柱旁圍聚了一群外地來的進香客，在聽一個三角臉矮瘦的男人講述天后宮的歷史，這人身上披了件藍布大褂，衣服太大極不合身，袖口下襬縫線脫落，他似乎毫不在意，只把衣服當作蔽體的身外物，腳下趿著後跟踩平的破布鞋，當拖鞋穿，連同他身上的藍布掛四處抹來掃去。要不是聽他口沫橫飛把天后宮的建廟歷史、建築特色講得頭頭是道，而且指著乾隆皇帝御筆的兩個匾額「神昭海表」、「佑濟昭靈」，引經據典說明一番，光看他這副襤褸模樣，很難不把他歸類到廟場上游食四方閒蕩的羅漢腳一夥。

這人兩頰無肉的臉上，一雙暴突而又骨碌骨碌轉的眼睛跳躍著一股怪異的光，翻著眼白，斜斜地從下到上看人，他姓施單名輝字，認識他的人都叫他瘋輝仔，常見他在天后宮義務當導覽，他有句口頭禪是：「在海上，遇到颱風……」今天不知怎的忘了說，而改以天后宮的地理位置話說從頭：

……從前天后宮前是一片海，施輝隨口引了一句詩：「天后前處啼春晴」，天后宮面對大海，與湄州媽祖廟遙遙相對，說起歷史，康熙皇帝派施琅將軍過海來打鄭成功的孫，伊特別去莆田湄州天后宮把六尊開基媽祖中間的一尊請來，當做隨船的保護神。媽祖婆顯靈，施琅將軍兩三下就打敗鄭成功的孫。班師回朝時，把這尊神像留下來，將軍特別吩咐，起廟奉祀媽祖婆，廟門向西，遙望福建的湄州灣……

施輝說明洛津一共有三間媽祖廟：

「……草仔市附近有一間興化人建的，還有乾隆末年林爽文事變後起的新祖宮，不過，天后宮這一尊媽祖是唯一從湄州請來的開基媽祖，最靈最正牌！」

右手手掌向上，朝媽祖神像的方向一指，施輝語帶恭敬地說：

「施琅將軍請來的開基媽本來是粉紅面，年代太久，乎香火薰得變做黑色，所以叫做香煙媽。」

眾香客輪流上前，瞻仰珠簾後的香煙媽，也向兩旁侍立的千里眼順風耳致敬，接著跟隨施輝去欣賞湄州祖廟賜贈的大玉靈及大神符，媽祖出巡時的鳳輦全副儀仗。來到天后宮正殿右廂，供奉施世榜的長生祿位，洛津人爲了感謝他捐地建廟特地闢室紀念，懸掛康熙皇帝賜給施氏宗族的「世代原流」匾額。

施輝挺起胸膛，自豪地宣稱自己是施世榜的直系子孫，每年十月二十五日施世榜生日，施氏後代子弟在右廂房隆重祭祀，他也在其間。至於這位先祖何時從晉江渡海來台，歷史上有兩種說法：

一說他是施琅將軍的族姪，康熙二十二年，隨著將軍出兵平台，凱旋得勝後，施琅班師回朝，懇請施世榜留在洛津蓋天后宮奉祀聖母。

另一種說法是康熙末年，朱一貴造反，皇帝派施琅的第六子施世標渡海平亂，施世榜被命爲兵馬司副指揮進渡鹿耳門，還寫了一首詩。

施輝搔了搔紊亂如野草的辮子，想了半天才記起其中兩句：「『……霜飛金雀舫，水漲碧波纓』，有詩爲證，先祖應該不是隨施琅將軍來的，伊在朱一貴亂平後，在彰化平原落籍，得到官府許可，拿到墾照開墾權，開發彰化洛津一帶……」

香客們對施世榜究竟何時來台興趣缺缺，施輝意識到再說下去聽眾隨時有走光的危機，趕忙把臏下的小貓兩三隻帶到三川門後欣賞八角藻井，洛津人稱之爲蜘蛛網的雕刻。

「各位鄉親來看七子戲，搬戲前有扮八仙，各位目睭睜大，認一認八仙在哪裡？」

經他登高一呼，人潮陸續回籠，當他們的視線逐漸適應了壁堵廊簷琳瑯滿目的雕刻，七嘴八舌逐一分辨八仙的雕刻，施輝對他們的指認一一認可：

「……對，這一尊是張果老……喂，神仙不可用一個手指頭去指，應該手掌朝上，親像這款，心裡虔誠指向祂……張果老真真神奇，祂倒騎白驢日行萬里，暗暝睏眠時唸咒語，把伊的白驢一變，變做一張紙，張神仙把伊摺疊成四方形，放入行李裡，第二日起來要坐驢子，用水噴噴唸咒語，又變回驢子……大唐天子李世民，伊的孩兒唐高宗、武則天攏總召見張神仙，攏想見識一下這頭神驢，張果老就是不讓見，還是神仙卡大。」

「呣，還是神仙卡大。」

聽眾附和，肅然起敬地朝著雕像雙手合十。

曹國舅、韓湘子、漢鍾離、呂洞賓、何仙姑……一一被指認，唯獨少了藍采和。這位神仙遨遊天下，來去無蹤，連祂的造型也不一定，戲棚上的扮仙是手拿一只橫笛，廟宇雕刻把祂塑造成提了一只裝有果品花卉的籃子，也有手持三尺長的大拍板。

八仙之中，施輝最心儀這位身世成謎，帶醉行歌，乞食於街市不知自己是何許人也的神仙，他把自己與戲棚上藍采和一身破藍衫，一腳穿鞋一腳赤足的神仙惺惺相惜。

眾人鼓譟，八仙少了一仙。

施輝有點不情願地指著那一尊袒胸赤足，手上把玩蟾蜍，一副財大氣粗的劉海：

「『劉海戲蟾蜍，步步釣金錢』，這兩句俗語你有聽過沒？劉海被認做撒錢財的財神，洛津靠海上走船做生意起家，爲著討好意頭財源滾滾，用劉海來代替藍采和。」

施輝撫著廟壁，有點怏怏不樂地說明。導覽至此結束，他跨出三川門想到廟埕喝碗杏仁茶解渴，一出廟門，石階前下象棋的兩個同姓施的白頭老翁，一言不合吵了起來。

「正港吔姓施的，施琅將軍的正牌子孫，」白鬍子的老翁豎起大拇指戳戳自己的胸口，以正宗的「後港施」爲榮，對他的棋友口氣極爲不屑：「不親像你們這些前港施，一些阿里不達的雜姓來依傍咱們。」

洛津施姓分別來自錢江的前港施，和來自潯海的後港施。前港施大房二房住在近碼頭的瑤林街、埔頭街，不少是開船頭行的，後港施分散在北頭、宮後、后寮仔、菜園一帶。

白鬍子老人說：「你沒聽過一句俗話：『大燈寫施府，半暝刣木主』，我來講呼你聽，呼你開智慧。」

看熱鬧的漸漸圍攏過來，老人索性不理他的棋友，面向他的聽眾，侃侃而談：

「當年施琅將軍打敗鄭成功的後代——喔，有無姓鄭的在偷聽？沒有，好，講落去，施琅將軍平定台灣，風風神神去北京呼康熙皇帝召見，皇帝問伊，爲什麼你的將兵特別勇敢用命？施琅將軍拍拍胸脯大聲回答：

臣的部下攏是施姓族內的子弟兵，同族的，有血緣關係所以能夠團結。各位鄉親，苦哇，哪裡來這麼多姓施的宗親，其中當然混了不少阿里不達雜姓的兵，親像伊這款。」

說著，指了指杵在一旁不理睬他的棋友。

「施琅將軍話講出口，後悔了，恐驚皇帝派人實地去抽查，看是不是眞的攏姓施。還是施將軍有氣派，星夜派部下回去鄉里，傳令呼住在前港錢江那些雜姓的，一律聽命令改姓施，所謂『不是施打成施（是）』，家家戶戶乖乖聽話，不過，案頭的神主牌，門口掛的大燈還是這個姓黃，那個姓許……施琅將軍的部下當場就強迫前港的雜姓換大燈、刮神主牌，攏總換成姓施，給伊們賺到。」

說到這裡，正巧施輝迎面走來，白鬍子老人指著他，吐了一口痰，語氣不屑地告訴眾人：

「喏，那個就是不是施打成施的……」

施輝和平埔族的潘吉因一次颱風而結合。

洛津人相信「六月初一一雷壓九颱，七月初一一雷九颱來」。嘉慶十八年六月初一那天，家家戶戶燒香拜天公，祈請老天偏憐，午後果眞響起一聲乾雷，洛津父老個個額手稱慶，以爲這個夏天得以平安度過。沒想到九月初秋後，卻來了個秋颱，而且走的行徑十分詭異，開始時風速緩慢，風在台灣中部沒打成，北上淡水轉了一圈，不出海，去了又回頭，拐向西南方向直撲洛津，一路有如秋風掃落葉。

這次九命怪颱來襲之前，潘吉聽到一陣烏鴉淒厲的慘叫，判定是凶兆大禍即將臨頭，看看天是東邊日出西邊雨，潘吉使盡所有的力氣，把竹籬內那個舂米用的木臼搬進屋，堵住柴門擋風。

剛一進屋，颱風像強盜一樣來撞門，那百來斤重的木臼無濟於事，兩三下門就被撞開了，狂風拔木壞垣，飄瓦裂石，愈咆哮愈起勁。潘吉突然感到屋裡一下白亮了起來，隨之身子一冷，原來房頂被風颳走了，成了透天，狂風夾著急雨淋得她全身濕透，鄰家屋瓦飛來撞去，令潘吉看傻了眼，差點被飛過來的磚瓦擊中腦袋。

雨不只從天而降，地下也溢出大水。滾滾黃泥水越過竹籬笆，爬過門檻嘩嘩湧進屋，桌椅、鍋碗像變魔術一樣，全都漂浮了起來。大水很快漲過潘吉的腰，驚慌中她撈過一支浮在水面的竹棍，拖泥帶水地往外逃命。

走出竹籬笆，周圍的景觀完全改變了，全都淹沒在黃泥水裡，看不到道路，也不再有方向，附近池塘畔的木瓜樹全倒了，潘吉發現池塘的鯉魚在黃泥水中游竄，便不顧性命地上前抓魚。一個踉蹌，腳下踩到爛泥，人滑了下去，幾乎沒頂，耳邊聽到一聲驚叫，住在隔壁草篷的施輝正奪門而出，看到這平埔族的女人淹到水裡，奮不顧身把她撈了起來。

「來來來，到五福路六路口去，那裡地勢高，大水淹不到……」

洛津最早於明朝末年在舊港口北附近的客仔厝設街，舊港淤淺加上街區地勢低窪，不敷居民居住，清初才遷街，施輝聲稱他早就說過，洛津最古老的街道本來是在海中。

「喏，就在天后宮東南方二里外的地方，地勢又低又濕，清朝皇帝才把街市移到現在的地方，五福街屬龍蝦出海吉穴，地勢高，從來不淹水，其中又以六路口最高。」

果眞被施輝言中。

大水退了以後，兩人發現原來比鄰的草棚屋不翼而飛，家當全失，只賸滿目瘡痍。潘吉撿來吹倒的竹柱，又從大橋頭的溪裡拖了兩支不知從哪裡漂來的浮木，照平埔族人架屋的方式，搭了間棚屋，她邀請無處可去的施輝同住遮風避雨。

兩個不同族群生活風俗習慣迥異的男女，同住在一個屋頂底下，尤其是施輝的羊癲瘋不時發作，平時也少不了裝瘋作傻，因此啼笑皆非的情事層出不窮地發生。

冬至後幾天，潘吉起床後，覺得胸口氣悶身痠腿軟，發熱頭眩，她以爲是微感風寒，並沒在意。幾天之後，大腿小腹長出點點紅斑，她想是冬至進補吃了已經腐爛的鹿角泡酒，中了毒，才會全身長出這種不知名的疱疹來。

平埔族人喜歡把鹿角放在瓦片上烘焙成粉，和酒一起泡來喝，他們相信鹿角儲存了鹿的血氣，吃了會增加精力，女人尤其愛把鹿鞭用炭火燒乾，切成細片與豬肉、酒一起熬來喝，咕嚕一碗下肚，臉頰紅赤，眼神精壯，撲上男人動手扯他的褲帶。

潘吉的病情急轉直下。頭面頸項浮現一粒粒紫色的水泡，身體顫抖得像風來時，竹籬芭外的樹葉，嘴唇紫黑腐爛滿口惡臭，牙齒本來就用芭蕉花塗黑，現在連牙齦也黑靡，排出的小便皆是血水，雙腿痙攣，彎曲不能伸直，一動便疼得她哇哇大嚷大叫。

施輝聽她亂叫亂嚷中了魔似的，看她斑斑點點又腫又硬的臉，以爲是平埔族黥面番人祖先借她的病體附身，說些他聽不懂的番話好像在詛咒他，害怕得奪門而出，幾天不敢回去，跑到龍山寺的廟埕，與聚集在那裡的羅漢腳流浪漢爲爭一席地睡覺而大打出手。

三天後，聽到菜園的威靈廟做醮，施輝聞鑼鼓聲前去，正巧趕上一位法力高強的紅頭道士舉行除妖斬魔的道教儀式，只見穿著八卦圖案道士袍的法師，左手托淨水瓶，右手握住一把七星劍收降魅魔，由弟子所扮的魅魔身穿黑衣，頭戴紅髮，臉畫陰陽面，手腳各繫黃色冥紙，兩人在廟埕展開一場廝殺，道士把鬼魅打得滾來滾去，最後跪地求饒，魅魔卸下身上的冥紙放入壇桌下的「斗」內，道士揮劍插入斗內，表示封山，魅魔從此不得出關，天下太平。

年事已高的紅頭道士經過一場廝鬥，已是累得上氣不接下氣，對施輝請他收妖的請求搖頭不肯。河水不犯井水，好男不與女鬥，漢人番仔各信各的神鬼，他建議施輝到番婆庄請平埔族的女巫去作法除妖。

請不到高功道士，施輝失望地離去，走入威靈廟旁的暗巷，肩膀被人從後面重重一拍，嚇得他離地彈跳三尺，以為附在潘吉身上的番鬼，知道他找道士除妖先對他下手，一看，原來是紅頭道士的徒弟，裝扮成魅魔的那個，腰間繫了個包袱，裡面裝著從師父「借」來繡八卦的道士袍，還有那把斬妖魔的七星寶劍，順便從廟裡拿了一疊靈符，說是有青龍、白虎、朱雀、玄武的神符四靈護身，百魔不侵，自願為施輝除妖。

回家打開竹籬笆門，道士徒弟聳著扁塌的酒糟鼻，東嗅西聞說是妖氣瀰漫，雖然日正當中，在他眼中卻如冥界暗暝，他腳踏七星步，忽東忽西又縱又跳，揮砍手中的七星寶劍，耍得寶劍虎虎生風。

踢開柴門竄進屋內，裡頭靜無人聲，潘吉失去了蹤影，連她初嫁生的兩個兒子也不見了，道士徒弟斷定妖婦把自己的兒子當點心吃到肚子裡了，施輝呆性爆發嚎啕大哭。

屋子裡收拾得比平日乾淨整齊，潘吉親手砌的土灶上留下一只她從不離身的瑪瑙手鐲，擦拭得晶瑩透亮，留下來給同居人作紀念。潘吉得了天花，平埔族人和山上的山地人一樣，把出天花當作絕症，她抱病將兩個兒子寄在番社娘家，自己躲入甘蔗叢中孤獨地等死。

潘吉沒有死，出完痘子回到家，施輝看到她，以為見了鬼，嚇得大嚷大叫，又一次奪門而出。

卷二　小步花磚面

洛津無城門可守

楊柳活著抽陀螺，楊柳青著放風箏

總鋪師的那套傢伙

5 洛津無城門可守

乾隆末年，林爽文在彰化擁兵作亂，一把火摧毀了不堪一擊的竹城，事變過後多年，洛津首富，靠貿易起家的萬合行船頭行主人石煙城，有意獻金築建被焚毀的彰化城門，防禦敵匪侵犯，具帖宴請洛津的父母官——理番海防同知朱仕光商議建城門事宜。

滿清朝廷以台灣多地震，加上移民慓悍，不許台地築造城牆，唯恐擁城屯兵，清軍鞭長莫及，難以攻堅。

朝廷不准台灣建造城垣，這些天朝棄民，只能自求多福，廣建廟宇，祈求神明保護。一直到後來，台灣的一府三縣才被准許用木柵圍城，聊備一格，在柵城外種植莿竹，以防盜賊、番人襲擊。這種因陋就簡的竹柵城，容易腐壞，不耐火，莿竹常被砍伐，城牆如同虛設。

彰化爲三縣中之一縣，也具建城門資格，共設四個門，周邊四里多，以莿竹圍城，栽樹爲城，經過林爽文之亂，竹城夷爲平地。事變過後，清廷不得已准許府城用磚頭建城，卻置亂起之地受害最慘重的彰化於不顧，至於不在三縣之內的洛津，甚至連種竹爲城的資格都被剝奪。

洛津無城門可守。

洛津是一個沿著河流自然形成的海港城市，洛津溪從北邊的泉州街蜿蜒而下，一直到街尾入海，溪流的形狀像個彎月，街市未經規劃，沿著河港自然形成，由西北向東南延伸，街道也順著這方向縱走，形成東西窄、南北長的形勢，與河道平行，蜿蜒而下。

從清朝初年開始，海商從泉州、漳州渡海而來，相繼在洛津成立船頭行，船商沿著溪灣臨水建立碼頭，同時臨港建設庭院，暫時停放運往福建的米、糖、樟腦等農產品。批發交易商品的店鋪及住家逐漸應運而生，連棟戶戶緊接，形成帶狀的街市。

除了東石海邊的沙丘，即本地人所稱的崙，以及土城游擊營的所在地，稍稍突出平地，其餘地勢一片平坦，由北到南綿延三里的狹長海岸，赤裸裸地暴露於海天之下，既無山坡天險，也無城門可守。

赴宴那一天，同知朱仕光一早從衙署府邸醒來，洛津的同知府坐落於城南龍山寺附近的粟倉，是棟三進的紅磚建築。同知朱仕光醒來時，發現枕蓆汗斑斑，摸摸額頭，熱汗涔涔，清明剛過，天氣卻是一反常態的炙熱，脫去昨夜入睡前所穿的單袷，仍然熱得汗流浹背。

同知朱仕光命令僕役翻出去年盛夏穿的竹衣，侍候他更衣，海島暴熱的天氣使揚州來的官吏不得不入境隨俗，同知朱仕光在葛麻的家居袍服與內衣當中套上那件用竹枝串成的竹衣，用以避免汗流貼在身上，穿上去可清涼通風去暑熱。

台灣炎熱季節長，洛津的冬天簡直與他揚州家鄉的夏天一樣，眼看清明才過，已經酷熱難當。同知朱仕光感嘆這種天氣對他這來自四季分明的大陸客，簡直不知如何穿衣，整個亂了套。

去年夏天他渡海到洛津上任，正爲暑熱所苦，沒想到從呂宋連來了兩個颱風，狂風大作，一雨成秋，同知朱仕光取出行篋中那件狐貉羊裝，那是他隻身上任臨行夫人爲他整理行裝，怕台灣隆冬嚴寒，親自替他放入行篋的。

同知朱仕光和其他派駐台灣的官員一樣，害怕台灣風土惡劣，不願攜帶家眷，而是隻身上任，反正在台地做官，三年官兩年滿，任期未了，即可打道渡海回家，這已成爲外放官員的慣例。

深夜無眠，同知朱仕光就著一盞孤燈給遠在揚州的夫人寫家書，想到炎炎夏日竟然披上羊裘，令他哭笑不得，格外思念家人，尤其感念夫人心細。寫到一半放下筆，摸摸臉頰，竟然濕成一片，不知是思鄉落淚，抑或羊裘逼出的汗水？

台灣孤懸海外，瘴癘蠻雨終年不斷，內部崇山峻嶺，蜿蜒起伏，生番出草獵取人頭，山林草叢毒蛇密佈，同知朱仕光聽說有位派駐台地的朝廷命官，上山狩獵後大開筵席慶功，沒兩天就因痢疾而一命歸天，難怪有詩人形容此地：

驚聞海東水土惡　征人疾疫十而九

歷任福建巡撫只知對朝廷粉飾太平，自身畏懼台灣風土惡劣，極少踏足海島，萬事交給當地衙門處理了事，同知朱仕光自覺被拋棄在這窮山惡水的海角餘地，感到孤單無依。

同知朱仕光悒悒地跨上衙署前等候的那頂藍呢大轎，一路鳴鑼喝道，往泉州街去赴萬合行老闆石煙城的午宴。

既然洛津無城牆可守，除了廣造廟宇，祈求各方神祈守護保佑，另一個防禦盜賊、番人、兵災侵犯的方式是，在對外通道、街市要衝，以及街巷口等地建築隘門。防禦力強的隘門，築有槍樓，可供好幾個人放哨，遇到敵人來襲，可開槍射擊。

隘門內的居民住戶物以類聚，全是血緣籍貫相同，或是從事一樣的行業。同知朱仕光聽說，洛津流行一句諺語「怙惡不過隘門」，一發生械鬥糾紛，只要逃入自家的隘門內，對方就不得再追趕。一走出隘門，等於離開自己的勢力範圍，失去家族同行的保護，會被別人恃眾凌寡。

周圍面積不過四十平方公里的洛津，大大小小一共就有五十七個隘門。

泉州街的隘門以萬合行石煙城一家爲首，重重的門圍有如城中之城，圈內有自己的角頭廟，與外界劃分得格外明顯。

爲了歡迎同知大人駕臨，萬合行張燈結綵，一早主人石煙城率眾肅立大門外石獅旁恭候貴客蒞臨。一等同知朱仕光掀簾下轎，便必恭必敬地把他讓到三開間六門扉氣派軒昂的正廳，恭請貴客在雕鑲珠螺片的紫壇仙床上坐。主人石煙城生得方臉大耳，兩片厚厚的嘴唇，唇緣往上翻，不開口時抿成一條線，顯得果斷剛毅，一雙眼睛炯炯有神，一副精明模樣。

石煙城的先祖最早在福建永春山區落戶，山林荒僻無田可耕，困苦無以爲生，傳至第四代舉家移居晉江邊的詔安，以捕魚爲業。石煙城的父親石萬九歲喪父，隨著族中長輩到海上捕魚，長大後也兼販海鹽、魚脯漬物。

乾隆中葉，石萬跟隨家鄉勇於冒險的子弟，從蚶江出海，橫渡四百里的海峽，登陸洛津尋找商機。其時濱海的洛津早已不是康熙初年，那個平埔族捕魚、射鹿，與世隔絕的幽僻小港了。那個時候，只有每年十一月捕烏魚的季節，海口才顯得熱鬧，其餘時間，偶爾有船隻來載島上產的芝麻、粟豆，內地作奸犯科或官逼民反活不下去的偷渡客偷偷上岸藏匿。

洛津到了乾隆中葉，已發展成爲「煙火數千家，帆檣麇集，牙儈居奇」的海港，具備都市的雛型，石萬發揮他與生俱來的生意長才，往返於泉州、洛津之間，將海鹽漬物賤買貴賣，不出幾年，積攢了可觀的家財。

滿清朝廷爲了杜絕走私稻米及偷渡客，將洛津正式開口，與泉州蚶江對渡，通航之後，洛津與大陸轉口貿易驟增，發展有一日千里之勢。石萬看準時機，捨棄海鹽漬物買賣，回泉州開萬合行船頭行，自購船舶載貨轉運，與洛津進行貿易往來。

石萬經營得法，貿易蒸蒸日上，自己往來於泉州、洛津之間，把石煙城留在故里照顧慈母幼弟，一直到石煙城年過三十，才帶他渡海幫助料理生計。石萬年老落葉歸根，回老家詔安重修家祠祖墳頤養天年，石煙城接掌船頭行的營業，時至今日，洛津萬合行仍然是泉州本店的分號。

每當有人奉承讚嘆他父親眼光獨到，掌握機先開船頭行載運貨物致富，石煙城總是謙稱善於洞察時勢的父親：

「家父只是來對了時候！」

洛津的父老對石萬以一介鹽販，如此迅速暴發致富，都把他的發跡歸功於他急公好義，安葬無主屍骨的功德。

早期偷渡到洛津的流浪漢，身死異鄉，無人埋葬，屍體骸骨暴露荒野，任憑日曬雨淋。據說有次石萬運鹽到港底販賣，夜宿港邊小船，夢見關帝爺顯靈，要他行善積德多做善事。

「港溝亂塚曝現屍骨處處，命你前往收拾，妥爲安葬。」

隔天石萬前往港溝一帶，果然發現白骨暴露，於是出資在後街尾購置幾甲旱地置爲義塚，蓋有應公小廟，祭祀這些死無葬身之地的孤魂野鬼。

傳說石萬得鬼神之助，改行船運，自此一帆風順。石家船頭行的業務在石父創業基礎上，由於經過石煙城接掌，經營得法，更上一層樓，儼然成爲洛津首富。海賊涂黑被殲滅後，石煙城在萬合行的舊址大興土木，擴大地坪築建連雲甲第，造屋所需的一木一石皆來自內地，石家派人到惠安由臂力過人的石工開採質地優良的花崗岩，連同福州樹齡百年以上的福州杉，用自己船頭行的大船回程壓船艙，一船船運到洛津當建材，紅磚也是到泉州開磚窯特製，爲堅固防盜，大厝的牆壁砌內外兩層磚，石煙城又延請閩南名師渡海設計拜亭，屋內彩繪及細木工程則網羅了潮汕、泉州等地的良工巧匠，花了三年時間精心雕琢才告完工。

萬合行的主人安適地坐在門外屹立兩隻石質晶瑩如玉、造型威武氣盛石獅子的宅邸，接待朝廷命官商議捐建彰化縣城。他頭戴瓜皮帽，身穿簇新的淺灰對襟馬褂，浮著泥金團花，長度只到肚臍，是嘉慶一朝新近流行的長度，馬褂的衣料是錦緞中最名貴的，金陵織造的雲錦，萬合行船頭行的糖船運載蔗糖到寧波上海，打通關係托人特地高價捎回的，淺灰與泥金也正是目下京官時興的顏色。

相形之下，同知朱仕光身上這件乾隆年間，因福文襄所喜愛的深絳色而被稱為「福色」的團花馬褂，比照郊商石煙城所穿的雲錦，顏色式樣都顯得發烏過時。

同知朱仕光拿眼角的餘光打量一旁陪座的石煙城，感覺到他在俯首卑恭之中帶著倨傲與矜持自信。福建山多地貧，閩南地區借臨海之便，向海上發展，競相造舟，從台灣轉運蔗糖、稻米回大陸，搖身一變，靠貿易可成富翁，利之所驅人人仿效。傳統社會本來士農工商，逐利的商人敬陪末座，洛津海城人人卻只知重利，而不輕視商家，只懂得以錢財來衡量成就，不受士大夫觀念絆羈。

令同知朱仕光氣結的是，洛津這商人的聚落，像石煙城這類賤買貴賣致富的海商，在地方上卻扮演舉足輕重的角色，勢力及影響力竟然凌駕官府之上，甚至像是維持地方秩序及治安，排解糾紛，主持廟宇祭祀，修橋築路，建廟宇置義塚等也非得倚賴他們不可。

滿清政府將台灣納入中國一部分，政策上只偏重海防與理番，台灣既不受重視，官府力量自然薄弱，洛津時至今日雖發展成為台灣第二大的海港貿易城市，但地方仍呈現自治的狀態。

石煙城垂眉低眼，狀似恭謹，往上牽的唇角卻洩露了他的心思，暗中與前來作客的地方官較勁。

同知朱仕光後悔今天沒穿戴他五品補子白鷳官服在這郊商面前顯示官威。在他眼中，八郊商民再是神氣，也只限於洛津海角城內，不要說石煙城捐建彰化縣城的提議，非得經過他這理番海防同知上奏福建巡撫，級級上報至朝廷方能成事，就連三縣之一的彰化知縣，官居七品，比他矮了兩品，也在他的管轄之內。自乾隆末年林爽文作亂後，朝廷重視洛津海口軍事位置重要，海防同知的地位也水漲船高，連彰化縣城的知縣也得聽命於他，受他的督飭。

同知朱仕光坐在萬合行三間開六門扉寬敞氣派的正廳，打量四周的擺設；五彩遍裝的樑坊門楣，似乎還可聞到新漆的刺鼻味道。暴發戶的味道。他把視線投在正中壁堵一幅巨大的彩繪，一隻逼眞威勢十足的螭虎，雙眼爆突，凶悍跋扈，主人似乎以此做爲興家之典範。左右兩壁一邊塗繪「文王訪太虛」，一邊是「劉備三顧茅蘆」，似乎有意以這兩個歷史典故暗喻石家在商場上的謙沖和知人善任，寓意不可不謂深遠。同知朱仕光暗起戒心，不能小看這商人。

傭僕端上蓋茶碗奉客，主人殷勤地以果點相待，楊桃、柑橘等四色水果盛放在描繪四君子的彩瓷高腳碟，青綠的鱗片圖案透著鄉野粗氣，中分五隔的瓷盤，分別盛著龍眼乾、李仔鹹、松子、糖等茶點，瓷盤邊緣一圈叢花野草，紅綠閃耀，一看就是福建燒的粉彩。

這個金銀閃亮的廳堂，一屋子的桌案椅几，不是鏤雕漆紅描金，就是嵌鑲珠螺片，本來素靜穩重的紫壇木太師椅，也嵌鑲得密密麻麻，看在同知朱仕光的眼裡，只覺得糟蹋可惜。

同知朱仕光來自人文薈萃的揚州。康、雍、乾三朝，揚州憑著城內水道縱橫交通便利，成爲南漕北運船舶必經之地，轉運使兩淮鹽利甲天下，鹽商麟集，財力雄厚，他們闢地建園林，演奏戲曲、收藏名畫古玩，詩文宴樂，繁華奢靡到了頂峰。兩淮鹽業商總大鹽商黃至筠在鹽阜東街幽靜的深巷底蓋了花園，以竹葉形狀取了個風雅的園名，叫「个園」。

同知朱仕光外放洛津上任之前，黃姓鹽商特地在个園擺宴席為他踐別。這名園以盤旋變化的疊石取勝，太湖石玲瓏剔透美不勝收，最稀罕的宣石，內含石英閃亮發光，有如月夜薄霜覆蓋。酒宴開始之前，主人帶領賓客遊園一圈，環繞假山，竟然出現四季不同的景致：門景竹石的嫩綠為春之柔美，湖石戲水是夏之艷景，黃石杏黃一如秋之潔淨，宣石雪光等同冬之冰寒。遊園一周，猶如巧度一載。

同知朱仕光環視石煙城這暴發俗麗金銀堆砌的廳堂，石家雖也靠販賣海鹽發跡，但與揚州兩淮鹽商在品味格局上實在是無從比較。

同知朱仕光啜了一口茶。洛津距離海近，郊商石煙城再是從福建安溪捎來頂級鐵觀音，泡出來的茶鹼味還是蓋過茶香，同知朱仕光放下蓋碗，不覺思念起他那「長堤花柳全依水，一路樓台直到山」的家鄉。他多麼渴望喝上一杯用揚州大明寺泉水泡的好茶，那泉水遠自宋代大儒韓愈就讚口不絕。一杯在手，耳聽林間鳥鳴，鼻聞茶香，舌品茶湯，喉頭甘潤，達到「唯覺兩腋習習清風生」之境界，妙不可言。

彰化建城的費用，主人石煙城在宴席後提議：

「可由民間籌措捐獻，縣城東、西、南、北四個城門，萬合行可認捐東段，煩請大人奏明聖上，如獲見准，敝船行將派最大的斗頭船至泉州載運磚塊，建築堅固的城堞，防禦敵匪侵犯！」

萬合行獨家斥資認捐四段城門中的一段。好大的口氣。同知朱仕光從茶碗後審視這面團團的富翁，他是如何在短暫的時間積累這樣可觀的財富？

不只是同知朱仕光疑慮不解，十多年前，洛津第二十任海防同知盧鴻對石家也曾起了疑心，懷疑這個海商與當時橫行海上作亂的海盜涂黑裡外串連。

從嘉慶初年以來，竄擾浙、閩、粵三省海面的海盜涂黑，不僅在海面搶殺擄掠，使商旅裹足，涂黑也與陸上天地會互通聲氣，登陸攻城掠寨，結合山賊豎旗舉事，自封「鎮海威武王」，建元光明，還祭天地出文告，親率船隊攻入鹿耳門，進逼府城，北侵淡水、艋舺，全台震動。

幾年之內，涂黑的海盜船先後六次在洛津海面游弋，都是在春天海面風平浪靜的季節，反而顯得詭譎怪異。令洛津第二十任同知盧鴻疑惑不解的是海盜六次佯裝侵犯洛津海域，每次只是虛張聲勢，最後都是不攻而退，並沒有眞的進犯，洛津自始至終安然無恙，港口絲毫不受干擾，帆檣雲集，一如往昔，反之南部的府城、北邊的艋舺連番遭到襲擊，人人自危，南北兩城盡成危地，市面蕭條，同知盧鴻從手下防禦海防的許游擊密報得知，平常人跡罕至極爲荒源的海邊沙丘，洛津人稱爲「崙」，常常有些不尋常的異動，三更半夜崙背隱祕之處火把通明，海防哨兵巡察時發現火光，一走近，對方十分機警，聽到沙灘上的腳步聲，立即滅去火把，躲在暗處。

海盜海面掠食，非得靠陸地供應淡水、米糧、槍械不可，閩、浙、粵三省沿海各口岸的海防水師營訊，爲緝捕海盜，嚴加巡邏，諒涂黑不敢上岸取得供應。

同知盧鴻尋思，涂黑海賊會不會轉而利用泉州同鄉聚居的洛津，做爲補給米糧、槍械所需的通道，同時把各處掠劫得來的財物搬運上岸消贓，這等勾當只能在深夜人靜的海邊沙丘岸背後偷偷進行。

至於暗中供應補給賊船所需，把海邊當成私貨集散地消贓做內應，代爲掩護，如此大事，非北頭一般討海爲生的漁民足以勝任，海港船隻密集，顯然有賊船夾雜其間，是誰有如此本事，調動舟船來個魚目混珠？

爲了試探虛實，同知盧鴻曾經紆尊降貴，赴石煙城的生日壽筵，那時石家尚未翻修大厝，那天清明剛過，也和今天一樣，天氣突然暴熱，上轎之前，同知盧鴻爲了穿衣戴帽而煞費腦筋，他爲無法決定是該戴夏天用的那頂涼帽，還是按照季節戴暖帽，而猶豫了半天。後來轉念一想，石家不過是以利益爲重、靠賤買貴賣起家的商販，何需如此講究，爲圖涼快舒適，同知盧鴻決定戴上黑紗做的一頂便帽，施施然跨入等候多時的轎子。

同知盧鴻在他任內所寫的《洛津隨筆》，可惜並無隻字片語觸及他試探石煙城與海賊勾結銷贓的結果，倒是對戴帽一事留下如此評語：

「……余爲之哂然一笑。海角餘地區區商民之家，何需計較禮儀，以余科舉進士出身，此間從捐班到道台見余，無有不低頭奉承，侍立一旁者。」

海盜從海上銷聲匿跡之後，洛津應運而起，從本來一個名不見經傳的島內小港躍升爲台灣第二大港，港口梯航交集，頗有凌駕府城之勢，城內街衢縱橫，百貨充盈，住民個個「含哺而熙，鼓腹而遊」。同知朱仕光上任不及一載，洛津大興土木修建廟宇，先後擴建南靖宮、城隍廟，重修天后宮，並用餘款翻修大眾廟、地藏王廟，民間財力之雄厚，可見一斑。如果說洛津是因涂黑之亂而崛起，似乎並不為過。而萬合行的石煙城，洛津首富錢財多到要去築建十幾里路外的彰化縣城。築城禦敵，防衛縣城。石煙城說得漂亮，可是那對無城門可防守的洛津可是於事無補啊。

這海商是如何在短短時間積累如此龐大的財富？

辭別萬合行主人，同知朱仕光踏出天井，給階前一株花苞累累的曇花吸引了過去。只見這比人高的曇花，幾乎每一片葉狀莖的缺刻處都垂掛著一朵朵花苞，包在褐色的網筒裡，算算怕不有二十來朵，花蕊含苞待放，不難想像今晚夜深時，二十幾朵純白色的曇花齊放，照亮了天井的光華，連空中的月亮勢必都得羞隱到雲層裡。

石煙城見貴客駐足賞花，趕忙上前說道：

「這是先父親手種的，從福建祖家那盆曇花分剪了幾枝，帶過來插到土裡，」他指著天井那口圓井：「先父淘這井水澆花，總算水土適合，長出新芽，結苞開花，一開十幾朵，可惜先父先走了一步，要不年年可欣賞花開……擴建萬合行，我把這株曇花留下來做紀念！」

「當然要留，睹花思人啊！」

提到父親，石煙城神情黯然，仍不忘記邀請同知朱仕光來觀賞十幾朵曇花同時綻放的盛景。

同知朱仕光記起揚州有一道菜式，取開過的曇花切片煮肉絲湯，清甜可口。近日天候冷熱陰晴不定，易招風涼，曇花涼血清肺，可止咳化痰，冰糖曇花能治咳嗽。

石煙城答應明日一早送盛開過的殘花到衙邸，讓同知朱仕光既可當藥又可解饞。

揚州的曇花要到初夏才盛開，値此清明過後暮春時節，家鄉瘦西湖畔長堤春柳想來已然迎風抽長，點點綠意，古塔側旁那株唐代銀杏，也快綻出鴨掌似的葉子了吧？

告別主人，同知朱仕光打道回府，坐在轎子裡，他記起洛津金盛巷的風情，十分近似揚州的小巷。去年冬天，爲了探訪民情，特地來一個微服出巡，當他從風沙蔽天，幾乎寸步難行的車路口，拐入金盛巷彎曲小巷，立刻感覺到和靜如春，老人坐在門口曬著冬陽，往來巷中的行人，步伐從容閒適。

同知朱仕光走在寬約三尺，最多不及七尺寬的小巷，紅磚鋪地，兩邊磚造樓壁對峙，天成一線，他心中湧起陣陣鄉愁，揚州也以窄巷聞名，什麼玉器街、彩衣街、花局巷等，名稱都很別致，也是彎彎曲曲九轉十八彎，屋脊山牆的轉接，店家的擺設極見巧思，巷子最短的只住二、三戶人家，窄得像袖子。揚州有句諺語：「一人巷，一人巷，一人走來一人讓。」

黃昏下起了雨，一雨竟成秋，同知披上一件襯綿藍綢短褂，佇立窗前望著淅瀝的雨絲，鄉愁更是濃得化不開來。爲了排遣漫長的雨夜，同知朱仕光翻閱第二十任同知盧鴻的《洛津隨筆》，其中對海賊涂黑的生平發跡敘述甚爲詳細：

涂黑是泉州同安人，小時候在村塾讀書，練習擊刺跳縱之術，即口出狂言：「他日得志，誓必踞邑屠城殺官。」長大後，以彈棉花爲業。

乾隆末年，安南國國王招海上亡命之徒，資以師船誘以爵賞，命令他們在海上搶劫商旅，以補助安南國用的不足。涂黑盜艇出沒粵海，夏至秋歸，隨後嘯聚黨徒兼併群盜，不久羽翼豐滿，成爲海寇中雄桀，擁眾數萬，船數百，橫行竄擾浙、閩、粵三省海面，搶殺擄掠，其勢之盛，只有明末鄭芝龍差堪比擬。

《洛津隨筆》提到海賊涂黑似乎效法鄭成功之父鄭芝龍的做法，鄭氏併吞李魁奇、劉香等海商船隊，控制了東南的制海權，任何想在南海航行的商船必須付保護費，「以換取通行證，否則不得鄭氏令旗，不能往來」。

鄭氏父子先是從海商起家，漸漸轉變成爲政治實力，涂黑頗具步後塵之野心。海盜如一味搶劫，往來船隻無一倖免時，會使得海上漁、商絕跡，如此一來，則無以爲生。爲了增加經濟來源，想出生財之道，凡是按照索價繳費的，便受其保護，漁民船商只得借錢消災。

盧鴻的猜測在一份「嘉慶皇帝密諭閩浙總督玉德」中得到證實，這份後世才公開的密諭提到涂黑出售「免劫票照」。

涂黑的「免劫票照」是否只售以萬合行爲首的洛津海商，才使盜船先後六度佯裝進逼洛津，始終不攻而退？

盧鴻在他的《洛津隨筆》裡提出了一個可疑的問號，這個疑問並未得到解答。

西窗外的芭蕉晚來風急，肆意擺動，映著燈火紙窗影影綽綽，像一幅幅寫意水墨畫，同知朱仕光放下《洛津隨筆》，望著舞動的芭蕉暗影出神。洛津第二十任同知盧鴻時運不濟，一上任即遇到海賊涂黑佯裝來犯的威脅，銼了勇氣，失志毫無作爲，抑鬱不得志，隨筆中只錄海盜滋事，同知朱仕光有意寫一部方誌，以補盧鴻隨筆之不足。

同知朱仕光自認講究美食飲饌，也喜歡賞花品茗，追求生活情趣，自許爲揚州名士，不過，身爲朝廷命官，他一心想發揮儒家經世致用的精神，既無意到古典經書中爬梳尋覓，老來辭官後，他也不想倘佯山水以過餘生，同知朱仕光自知不適合習靜談性求頓悟的心性探究。

他考慮這部方誌應該是從清領後迄今，詳加記載彰化、洛津二地史地名事，成書之後，當可具經世教化之功能。大清王朝至康熙以降，已充份認識到方誌是輔治之書，大事提倡纂修。撰寫方誌也可明哲保身，乾隆一朝的幾大文字獄，至今仍餘波未了。

浮想聯翩，同知朱仕光眼前顯現裝幀考究、藍布書皮的《洛津方誌》，翻開卷底赫然可見：「朱仕光，江蘇揚州人，嘉慶四年進士，選為翰林院庶吉士，散館後任江西吉安知縣，嘉慶廿年七月調洛津同知。

考朱仕光生平，根柢於忠孝，而發乎文章，居台三年授徒化番，揚大漢之天聲，作中流之砥柱，功在社稷，高氣亮節洵堪推重。」

6 楊柳活著抽陀螺，楊柳青著放風箏

南郊順益興的掌櫃烏秋，雙手插在玄黑色素緞對襟短襖的口袋裡，邁開外八字的步子找樂子玩，他的行逕應了洛津一首童謠：

「楊柳活著抽陀螺，楊柳青著放風箏，楊柳死就踢毽子。」

烏秋三種遊戲樣樣精通，離他住處不遠的興化媽祖宮前，有一粒幾十斤重的陀螺，烏秋裝模作樣擄起袖子，把長袍塞入腰裡，抱起陀螺，手拿一根粗繩繞好，頂朝下，針朝上，向前一抛，陀螺在半空中翻轉，烏秋繩子一拉，轉身向外跑，陀螺落地的溜溜團團旋轉，廟埸圍觀的人群喝采拍掌叫好。

他跟許情吹牛，他有本事讓陀螺在空中飛，而且可以和地上旋轉一樣嗚嗚響。許情搖頭不信，烏秋選了一個風和日麗的黃昏，帶他到海邊空地放風箏，裝有響笛的風箏，做成陀螺的形狀，烏秋兩手輕輕壓住棉線，慢慢放長，人隨著風向奔跑，風箏徐徐上空，眞的嗚嗚作響。

「聽到了吧？這叫做風箏滿天吼！」

烏秋偏愛在月明之夜放風箏，把周圍點上線香，夜空裡火光點點，美麗極了。他也會使壞心眼，叫人糊了七、八尺長的大蜈蚣風箏，裝上一把小鋸子似的暗器，放到高空，跟一只形狀古怪的煙筒風箏打架相鬥，體積小靈活的煙筒風箏，鬥不過長蜈蚣，便放長線去絆拉蜈蚣的腳，企圖把它拉下來，結果被蜈蚣所藏的暗器切斷棉線，煙筒風箏斷了線往下墜，一群孩童追逐蜂擁而上，去搶墜地的煙筒風箏，搶到爛糊糊。

烏秋說他人生有三愛，依序爲：南少林拳、燒酒、曲。

泉州早於唐朝就有了南禪少林寺，傳南少林拳。說到少林拳——烏秋立刻興奮得連頰邊麻子都雀躍舞跳起來——和達摩拳、羅漢拳、白鶴拳、猴拳合稱五祖拳，烏秋如數家珍，他也練宋太祖趙匡胤所創的「三十二勢長拳」。一邊說，一邊煞有其事地擺出架式，打了一兩個招數給許情拍手叫好。

「拳示其勇、酒示其豪、曲示其雅。」

烏秋說，隨口哼起南管曲：

「透早起來天漸光，想著鏡盒來梳妝，就叫愛玉來隨阮，隨連步到花園。」

翻來覆去就這麼幾句。許情稱讚他唱得好。

「這叫做近絃管邊，豬母也會打板。」

烏秋笑嘻嘻的對恭維他的許情睞了睞眼。

他住在興化媽祖廟旁邊窄巷一棟兩進的磚屋，屋子離地而建，門前有三層石階，必須拾級而上才到得了廳堂，屋頂很高，陰暗的大廳，供著關公神像，烏秋告訴許情，關公擅長算數記帳，又有義氣，商家講求信用，都奉祀關公。

廳堂後一丈見方的小天井，鋪著紅方磚，墊得高高的，感覺眞像一個離地搭起的七子戲棚。烏秋燒酒喝多了，把辮子往頭上一繞，換上一身武打勁裝，在小天井摩拳擦掌打南少林禪拳。酒精漸漸使了力，腳步有點顚盪不穩，他一邊揮拳一邊問一旁觀看的許情，可曾看過一種拳叫醉拳？

打完拳，拭去一頭臉的汗水，一邊一手抓開衣襟，繞著小天井搖搖擺擺走台步，稱孤道寡接著演起戲來，過他的戲癮。烏秋自稱嗓子倒了，他也不會像許情一樣用旦角的假嗓，只有扮老生演帝王將相過過乾癮。

烏秋抓過圓井旁邊一支挑水的扁擔，表演軍將持刀執器過場，還意猶未盡，丟了一把竹掃帚給許情，兩人一來一往大打出手過招，說是在演劉知遠大戰瓜精的武戲，烏秋的扁擔等於劉知遠的木棍，他把它耍得虎虎生風，逼得許情扮的南瓜精連連後退到牆角，樂得烏秋哈哈大笑，吹噓他的拳法和棍法的招式變化得自五祖拳，很是得意。

他把木棍放到許情手中，然後出其不意奪了過來，大喝一聲：「來段『三娘奪棍』。」他扮守瓜園的劉知遠，與許情的李三娘爭奪哨棒，又舞又跳演起生旦身段做工戲。

儘管已經口齒不清，醉得糊裡糊塗，烏秋猶是不肯罷休，命令許情舉高竹掃帚，當作旗旄走在前頭當衛卒，他自己搖擺做出前呼後擁帝王出巡的威武雄姿，繞天井疾走，烏秋如此與優伶串戲相狎笑樂。

酒醒後，許情笑他，出乎意料之外的，烏秋竟然說羨慕像他這樣的伶人，穿青裹紫，一下帝王將相一下公侯伯爵，扮什麼是什麼，他說自己借酒裝瘋，把心事藉戲詞唱出來，一吐爲快，和許情這個戲子演戲，過過癮。

「咳，反正『搬戲瘋，看戲憨』，天下事，眞眞假假的鬧不清，戲棚下看戲的人雖然明知其假，戲棚上演的人未必不以爲眞。」

烏秋說他恨不得也上台軋一角。

一次兩人燕息醒來，烏秋採取主動（他總是採取主動），不需要懇求，這十五歲半的童伶並沒露出排拒的神色，烏秋用他的食指擺弄童伶兩片令他著迷，唇型優美的嘴。先是沿著許情因爲稚年鮮紅的唇緣，慢慢輕輕蜻蜓點水似的，一圈圈划劃輕點，一直到被挑逗的雙唇滋潤生津，他才用手指戳開插入嘴裡，在裡面不急不徐的繞轉著。

許情在他懷中曲盡女態，尚未長出體毛的身體斜斜橫臥，窄窄的臀部，腰生得很高，不見肌肉硬突的胴體，散發出一種青稚的慵懶，任由烏秋轉動擺布，靜默無聲，卻又嫵媚之至。

眼前這種風情媚態，使烏秋記起他在後車路的鴉片煙館裡，有次跟一個喜歡看戲的老戲迷閒聊，據戲迷說，從前在泉州，七子戲班的童伶，有的下了戲，也沒想換回男兒身，照樣蟬鬢傅粉的打扮，往來街市扮假男爲女，有的甚至還綁了小腳。

手肘撐著上身，烏秋斜靠床上，支起一隻腳，望著完事後下床梳頭的孌童，只見他坐在窗前，迎著光對鏡梳髮，他留著女人的頂髮，爲了在戲棚上假男爲女扮旦角，滿清朝廷特別開恩准許伶人蓄的髮式。

手握一把細齒的紅骨篦子，許情慢條斯理地順著一頭長髮，隨意披在身上的紫紗薄綿小襖隨著手臂半舉而滑落了下來，露出半個圓圓的肩膀，敞露著胸。烏秋抖著腿回味手指滑過那細長的脖子，在頸子凹處逗留把玩的感覺，胸前幾處被他噬咬過，紫紅色的淤血齒印斑斑可見，烏秋揚起嘴角笑得很是得意。

照鏡子的人看來稚氣未脫，卻不闇弱，天生骨架柔美，身材纖細，腰肢一小把，長年扮演女人，已顯出女性姿媚的神態，他的皮膚細嫩，也不算黝黑，只是美中不足，有點黃黃的，不夠白皙。烏秋打量著窗前攬鏡搔首弄姿的小旦，頭梳好了，左看右看好像少了什麼似的，烏秋記起小天井那株觀音茶花正盛開，趿上鞋子，出去摘了一朵給他別在鬢邊，爲孌童的姿顏平添姿色。

除了這株盛開的觀音茶花，小天井的石台擺了一排盆栽，烏秋幫過忙的一個雜貨中盤商送給他的年節禮物，那幾盆福建風格的盆景。興致好時，烏秋也會附庸風雅，修剪澆水照料那一排雀梅、九里香、羅漢松、山毛櫸，他除去盆栽枝上的頂芽，讓側枝長出來，使那盆羅漢松的樹型看起來更完整。爲了雕鑿雀梅的樹身，固定它的姿態，烏秋用鉛絲捻撚整型，還特別記住前一天不澆水，使枝條容易彎曲，在纏繞鉛絲雕塑樹枝形狀之前，先把枝幹微微拉彎，拉到他覺得好看適當的角度，再緊緊紮住。

由於缺乏經驗，烏秋粗手地將雀梅的樹枝彎折過度，用力過猛，有一次整個枝幹被折斷了，他只好將殘枝剪除，用棕櫚將裂開的地方縛牢。

許情走後，烏秋負著手，盤旋小天井探看他養的盆栽，這半月來郊行結算忙碌，無暇照料那盆清水檜，忘了重覆修剪，摘去新芽，控制新生的枝條，任憑它隨意滋長抽芽，結果枝條整個變了形。那盆羅漢松，他強剪留下的疤痕煞是難看，烏秋用小刀把多餘的木材切除。

他最得意的是雕塑那盆懸崖式的山毛櫸，爲了使整個樹幹傾斜到一邊，越出盆外，讓樹根慢慢向下伸長，像是峭壁懸崖一般，他用鉛絲、用鑽孔將根群固定紮住，重覆粗紮細剪，爲這盆山毛櫸整形。植物枝幹隨著他的心意彎曲傾斜，如果再往下傾斜些，造成直洩而下的奇險之狀，烏秋會覺得更具藝術造型之美。

拿起鉛絲，他又一次裹纏那幾枝垂枝，用力盡情往下拉勒，幾乎要拉斷了才住手，烏秋端詳重新修整過的盆景，對它倒懸的傾斜度感到滿意。

植物可以隨著想望雕塑造型，那人呢？

眼前浮現童伶許情的影子，鬢邊插一朵紅茶花，剛才烏秋爲他別上花時，他乖乖地俯下頭，任由烏秋擺佈，態度是那麼溫順。這十五歲半的童伶總是怯怯的，對烏秋俯首聽任，凡事逆來順受，從無怨言。

人也一樣可以像盆景那樣地雕塑造型吧?!

小梨園七子戲的師傅，教童伶演戲，用的行話也叫做雕，「教戲有如雕佛像」，假以時日用心雕琢，把有天賦的孩子雕成名角享譽菊壇。

烏秋立在小天井，對著那盆懸崖式的山毛櫸，想到年齒尚稚，喉音未改的許情，他是不是可以按照自己的審美要求，將這童伶修冶調教，把他雕成一個比女人還要女人，塑造成他心目中的理想的女性形態，供他玩賞？

泉州七子戲班的童伶，下了戲，照樣蟬鬢傅粉，假男爲女往來市中，後車路鴉片煙館那個老戲迷說的。

他決定先從許情的皮膚下手，接下來再修冶他的身段體態。許情的皮色雖然不至於黝黑，不過臉黃黃的不夠白皙，如何使他的皮膚轉爲白潤悅目，摸上去滑不留手？烏秋首先調他的飲食，只准他吃些少油鹽的清淡食物，清除他的腸胃，每天拿鵝油香胰給他洗澡擦身，再用麝蘭薰香肌膚，烏秋估計不消多時，這童伶的顏面肌膚勢必逐漸轉爲白潤香澤。

烏秋希望許情下了戲棚，不要換裝卸妝，仍是裝扮成女相來見他，而不是像現在這樣留著女人的頂髮，卻穿男人衣裳，弄得非男非女的模樣，十分不倫不類。烏秋知道這童伶天生畏怯，又人在異鄉，怕本地人欺生，倘若假男爲女招搖過市，萬一被戲迷指認揭穿，惹出是非，勢必無法招架。

要他男扮女往來街市，需要費點口舌說服。一次閒聊中，烏秋提到台灣男人多女人少，致使女人稀罕矜貴。

台地男眾女寡，早在明鄭時代即有這種現象，清朝統治後，實行海禁政策，限制渡海移民攜帶家眷，致使台灣一府三縣的新住之民「全無妻子，間有在台灣娶妻者，亦不過千百之十一，大概皆無家室之人。」男女懸殊不成比例，難怪有句俗諺：

「一個某卡好三個天公祖。」

許情玩味這句諺語。泉州正好相反。他被賣進戲班不久，泉州流行一場瘟疫，不僅奪去飾演小旦的男童伶的生命，班主的女兒阿美，與許情同齡，也得病夭折。班主讓許情跪在田都元帥的神像前，祈求戲神恩准讓他改學旦角，他聽到班主的妻子在一旁感嘆：

「唉，阿美甲這囝仔同款肖虎，伊夭壽早死，還是這囝仔命卡大！」

班主居然慶幸活著的是許情，而不是自己的女兒。

「夭壽美一條小命，換得這囝仔，嘛也值得，伊可以扮查某搬戲。」

班主的妻子不作聲了。

許情把這段話覆述給烏秋聽。

「嘿嘿，你那班主實在眞會打算盤，親生查某囝仔死了，嘸痛惜，橫直不使上台搬戲，賠錢貨，眞正的女的，顚倒沒你這假的有路用，眞是奇啊！」

烏秋歪頭想了一下，拍掌叫好。他與班主心有戚戚焉。只有男人才知道怎樣去扮演女人，才知道男人心目中理想女性的典型。他向許情強調台灣的女人是爬到男人頭上的，與泉州大不一樣。

「喔，眞的嗎？那阮呢？戲棚上搬查某旦，也可以算作假的查某嗎？」

男扮女裝的童伶對自己的性別起了質疑，烏秋摸著下巴，乘機說出他心中的想望。

許情心領神會。下回他到「三層階」——他給烏秋家取的代稱，許情用一條包袱，把扮戲用的鏡子白粉、胭脂、耳墜、手鐲包在一起，又偷出戲服，來到興化媽祖廟旁斜巷那間二進的磚屋，上了三層石階，穿過又黑又高的廳堂，到了後室，拿了把凳子坐在床邊窗前，就著天光塗脂抹粉像每天上戲前那樣打扮。

不消片刻，一個肩披鬢髮耳垂璫、粉面朱唇的小旦俏生生的站在烏秋面前。烏秋把頭搖得浪鼓似的。這與他想像中的距離太遠了，他說他不是要穿戲服的月小桂從戲棚走下來，他要許情穿女服，扮成眞正的女人。

「不是在搬戲。」

烏秋盯著許情／月小桂身上那件任何人，不管高矮胖瘦都在穿，一點都不合身的戲服，他心中有了主意，隔天帶著許情／月小桂到斜巷子口找擅長針線裁衣的貓婆，給了銀子讓她縫兩件女服給這童伶穿。烏秋註明花色樣式，他決定按照自己的心意把這個戲子從頭到腳打扮起來，衣鞋頭面全都爲他量身製作。

裁縫鋪的平台堆放一疋疋五顏六色的布料，許情禁不住伸手去摸，貓婆覺得他好玩，拿過一疋疋布，教他分辨這是縐紗、這是秋羅、紡綢……許情喜歡衣料滑過手的那種感覺。

拉開布尺，貓婆爲許情量身，上上下下量過了，他還是不肯離去，貓婆便讓他拉著一截石榴花水藍色底的絲綢，她用竹尺量到她要的尺寸，對摺成兩半，手捏住摺痕，對齊了，嘶一聲，把絲綢撕成兩半，那聲音好聽極了。

貓婆用布尺，上上下下爲許情量身，按照肩頭胸圍尺寸縫製出來的衣裳，穿到身上，居然和他扮小旦所穿的女戲服感覺完全兩樣。從來他的裝扮只爲了演戲，飾演不同的角色，胭脂水粉化好了妝，（不管演哪一個角色，都化同樣的妝）伸出兩隻手，讓管服裝的阿嫂給他穿上凡是演小旦的都輪流穿過、汗臭脂粉味混合成一股噁心異味的戲服，搖身一變，變成了小旦月小桂，飾演黃五娘的婢女益春或是其他的角色。

管服裝的阿嫂叫他穿這戴那，然後在指定的鼓聲中出場，把師傅打罵教出來的約定俗成的科步身段、唱腔口白，舉手投足依樣畫葫蘆表演一番，演完進入後台，摘下本來就不屬於他，也不是爲他量身定做的頭面珠翠戲服，回到自己。他把益春留在戲棚上，留在看戲觀眾的腦海裡。

貓婆按照他的身材比例縫出來的女服，穿起來很是合身，好像是他身體的一部分似的，絳紅浮暗花的女襖，下身一條水藍色牙子飾邊的大襠褲。

許情覺得是衣服在穿他，而不是他在穿衣服。

烏秋雙手抱胸，從頭到腳打量他一手裝飾打造的女人，很是心滿意足。最後他把眼睛停留在許情的一雙大腳。七子戲班假男爲女的童伶，有的還眞裹了小腳，後車路鴉片煙館的那個老戲迷說。這雙大腳令烏秋引以爲憾，他心目中理想女性美的條件之一，是足下一雙三寸金蓮，走起路來扭捏嬌嬈作態。幸虧許情的雙足不甚粗大，要眞的裹腳太遲了，他想到可以用踩蹻來補救。烏秋想像他一手雕塑成女人的孌童綁蹻，腳尖著弓鞋，站立不穩，不斷移步的樣子，一定很有看頭。

穿上新裝的那個晚上，許情做夢，夢見回到八、九歲，剛從小生改行轉學小旦戲，開坊師傅教他練旦角的碎步，拿了一張紙夾在他的兩膝之間，命令他開步走路，每次一抬腿，夾紙就掉落下來，苦練了幾天幾夜，怎麼也沒學會。開坊師傅手中的戒尺打斷好幾根，還是一抬腿移動，夾紙就掉下來。

最後怒氣沖天的師傅換來一支木棍，大聲喝道：

「死教不會，不成才的死囝仔，叫你兩隻腳併緊，是不是胯下那兩粒丸子碰來碰去礙事，不如我去拿刀割下，閹公雞一樣把你閹了！」

「師傅，不要，不要！」

許情雙手護住胯下，不敢哭出聲，噎著氣，小臉嚇得刷白。

實在害怕被閹割，加倍苦練終於抓住要訣；紙夾在膝蓋間走路，跨出的步子要極小，併緊膝蓋，慢慢移動，走小小的碎步。

在夢中雙手護住自己的胯間，保護自己……一個恍惚，許情感覺到自己穿著爲他量身製作的新衣，滿頭珠翠，被簇擁著走進一個喜房，裡面花燭高燒，他被帶進床幃之內，一個烏秋模樣的男人，用一根細長的棍子輕輕挑起他的裙襬，許情低頭一看，竟然露出一雙纖纖金蓮小腳，心一驚，醒了過來。

7 總鋪師的那套傢伙

許情第一次隨泉香七子戲班渡海到洛津來演戲，先在北頭天后宮前演了半個月的酬神戲，接下來為慶祝剛落成的泉郊會館，萬合行的石煙城選了個黃道吉日，在會館前搭棚演戲。

新落成的泉郊會館是一棟雕樓畫棟、華麗堂皇的建築，正廳供奉媽祖神像，前面擺了插著金花的香爐，左右懸掛一對大燈籠，兩旁佛青底以金字寫上「海晏」「河清」。

洛津移民主要以泉州、漳州為主，少數來自廣東客家，客居異地鄉土觀念深重，從事各種貿易的商人為了保護商業利益，防止他人欺凌，以祖籍、地緣同鄉、家族為基本連帶，相互團結，成立一個個共同體，相當於一種商業同業公會的組織，稱之為「郊」，以移民來自的地區及貿易範圍，分有泉郊、廈郊、南郊等。

洛津的郊商組織，類似中國內陸的行會，不同的是洛津的郊商借助宗教神明的力量祈求庇佑，郊行靠兩岸貿易往來為生，船隻往來於海上，但求風平浪靜，護海之神的媽祖，被各行各業的郊商崇奉為主祭神，其餘各自崇拜不同的神明，例如與泉州貿易的泉郊崇奉天公、關公，與漳州廈門經商的廈郊祭祀蘇府王爺，與廣東潮州往來貿易的南郊崇祀客家主神三山王爺等。

各個商號入郊即成爲郊員，又稱爐下，每年神明誕辰之日，郊員群集所崇拜的主神香爐前擲筊。得到最多的便成爲當年的爐主，泉郊的主祭神媽祖，三月二十三日誕辰，當天爐下幾百名郊員個個長袍馬褂盛裝聚集天后宮，列隊恭立媽祖像前，靜候值年的爐主擲筊，選出下一年的新爐主。

去年泉郊萬盛號的老闆林長發，當完一年的爐主，他雙手捧著大壽金跪在媽祖像前，大壽金上擺著一對筊杯，一旁的司儀揚唱出一個爐下行號及店主的名字，林老闆便將大壽金上的筊杯擲到地上，一陰一陽即記一杯，否則司儀即換唱另一家店主的名字。依序下去，記數最多的，就是得天后眷顧，膺選爲下一年的新爐主，次多的幾名則爲頭家。

經過幾個時辰的擲筊，萬合行的老闆石煙城連得十二個筊拔了頭籌，成爲今年新出爐的爐主。侍立一旁擅長書法的郊員立即在紅紙上龍飛鳳舞地寫上捷報，在廟埕外邊等候的八音樂隊，吹吹打打到泉州街的萬合行去報喜，送去一尊媽祖神像，一只插上兩朵金花的香爐，連同一對一尺高的蟠龍形狀的糖塔，供奉在石家正廳的神桌上，大門兩旁高高掛起一對燈籠。

郊商以神明會的形式存在，本來並無固定聚集開會場所，各郊有事務商討都在值年的爐主家中舉行，泉郊爐下商號成員高達二百餘家，而且家家財力雄厚，嘉慶中葉以後，泉郊成爲八郊之首，執洛津經濟之牛耳，郊員早就覺得有必要籌建會館，供奉媽祖神像。

今年石煙城拔得爐主，泉郊會館完工落成，他帶頭重新釐定郊員規約。規定以後爐主的任務只需掌管祭祀，主持三月媽祖生日祭典，以及七月中之普渡盂蘭盛會，此外延聘顧問仲裁排解糾紛，在落成的會館設公秤、公砣、公斗、公量各一，以為各商秤的標準。

慶祝泉郊會館落成，為了熱鬧，館前的空地搭了兩個戲棚，泉香七子戲班之外，又請了東石來的七子班對棚拚戲，戲沒開演，棚下已是人聲沸騰。

煎牛舌餅、杏仁茶擔、炸果、蚵仔煎等攤販，搶先佔了好位置，開始做起買賣，賭博的主頭沿著戲棚旁草叢邊鋪上草蓆，共有五、六處，青布包頭的北頭賭客也不等天黑，圍坐一圈聚賭下注，其中更有游擊營的班兵明目張膽做莊當主頭，大聲吆喝「將士相、車馬砲、雙六十二點、對對」等暗語，與呼喊賭客下注的聲音此起彼落。

戲棚下更是人頭攢動，前面幾排早已被身穿羅綺靚妝的婦女觀眾團團圍住，這些婦女平日節儉過日，慳吝不捨一文，一遇做醮神誕演戲，則傾囊倒篋相助毫不吝嗇，三五成群披金戴銀，一早霸佔戲棚前好位置，更有不辭遠道，從附近鄉鎮線西、和美、秀水前來看戲的婦女，他們一早起身，塗脂抹粉艷裝打扮，驅使丈夫駕著牛車，長途跋涉迤邐而來，招搖過市來到戲棚下等著看戲。

人群中也夾雜不少赤足敞衣的羅漢腳，這些流浪漢聞風而來，混入人叢，伺機扒竊，另外口嚼檳榔嘴角濺血的勞動苦力工人相偕搖擺結隊而來，身穿袈裟的和尚，夾在剛從海上捕魚歸來，一身鹼腥的漁民當中，尤其醒目。

施輝陪著他平埔族的妻子潘吉來看戲，他窸窸窣窣喝完一碗杏仁茶，鼻子嗅到一陣烤香，循著香味，看到一個攤販正在烤牛舌餅，一種橢圓形的薄餅，洛津的特產。一個半大的男孩，戴了頂髒兮兮的破瓜皮帽，拖著兩條黃黃的鼻涕，襯得他異於常人，毫無血色慘白的臉的皮膚更白，男孩眨巴他白睫毛下的眼睛，像是噙住盈盈欲滴的淚水，承受不了午後的日光。

男孩兩隻膚色同樣慘白的手倒是沒閒著，他從攤桌上一只鋁碗抓起一把濕麵粉，揉了些麥牙糖、黑糖，一手在上一手在下搓揉成一個個小圓球，遞給攤子前的赤足男人，用擀麵桿擀成一張張橢圓形的薄餅，施輝注意到那張擀麵的木桌使用的時日久了，中間出現了個凹槽。

擀好的薄餅放在燒著炭火的平鍋上面烤熟了，男孩抓起一個木頭印章，沾了一下紅色水，在烤好的餅當中蓋上一個紅印，然後放開嗓子吆喝行人買牛舌餅。

半大的男孩兩條黃鼻涕幾乎流到嘴裡了，他捲起舌頭一吸，把鼻涕吸到肚子裡，伸手抹去殘留的鼻涕，然後用同樣一隻手抓起濕麵粉揉捏……

「喂，少年郎，我來考考你，你們賣的牛舌餅，另外還有一個名稱，叫做什麼？」

施輝眼睛看著開始圍攏過來的人群，自問自答：

「叫蕃王餅，知影沒？再考考你，少年郎，常吃牛舌餅，有什麼好處？」

他很想動手去摘下那男孩頭上的破瓜皮帽，還是忍住了。

「可以不長白頭髮。」施輝自問自答。

「喂，瘋輝仔，蕃王餅的蕃王，是不是親像番社那些查脯戴鐵圈大耳環，查某頭插閹雞毛，屁股後長了條大尾巴的，你最知影的番仔？」

人群中有一個認識他的首先發難，眾人起鬨，聞聲而來的羅漢腳也跟著鬼叫：

「瘋輝仔，番仔屁股後面的尾巴有多長？一尺？兩尺？」

「喂，你爲著要爽，娶一個番仔做某，乎官府抓你去打多少大板？一百大板，打乎你屁股紅透透，親像一隻紅猴！」

清廷法令禁止女人來台，造成男眾女寡的懸殊現象，平地男子娶平埔族女人爲妻，卻又令本族男人無妻可娶，人口銳減，從乾隆皇帝開始明令漢人不得與番人結親，違者打一百板，爲防止漢人娶番婦佔番地，又設北路理番同知專司番務，對原來的住民採取撫恤威壓並行的政策。

聽到人家在消遣他，施輝爭辯：

「我講的是紅毛蕃，通身上下的毛攏總是紅赤赤，紅毛底下的皮肉，白青青……」

邊形容邊發現賣牛舌餅的半大男孩連眉毛睫毛都是白的，皮膚更是毫無一絲血色，白得透明，施輝給嚇了一大跳，以爲嘴裡說的紅毛蕃在眼前現了身。

這個名叫阿欽的半大男孩，模樣的確與眾不同。一出娘胎，產婆將他舉起來，看到嬰兒通體透明，連肚子裡的腸子都可看得一清二楚，驚叫一聲，手一滑，嬰兒跌到地上，母親看他皮膚慘白，頭頂一小撮毛髮是金色的，以爲是妖怪借肚投胎，讓丈夫用半條破草蓆把他捲起來，丟到下菜園豬槽旁，讓人撿了餵豬吃。

也是命不該絕，剛巧有一個單身漢路過，聽到啼哭聲，撿了回去，由他瞎眼的老母親餵養，長大了幫著擺攤賣牛舌餅。

圍聚的人群對紅毛蕃聽出興趣，催促施輝往下講。

「紅毛蕃從很遠很遠的地方坐船來咱台灣，這種人膝蓋直直的不會彎，走路一跳一跳的，親像殭屍同款。」

連說帶示範，施輝兩手垂直，學殭屍跳，原地一縱一跳，這一表演吸引了更多過路人駐足旁聽，這一來他講得更起勁了。

「各位鄉親，人講台灣頭甲台灣尾才有紅毛蕃，我來問你們，那台灣中呢？咱洛津有沒有紅毛蕃？」

眾人面面相覷。施輝拿起一只剛烤好的牛舌餅在眾人面前晃了晃當作提示，還是得不到回應。

「當然嘛是有，要沒誰教咱們煎牛舌餅！」

「同你睏做堆的番婆教的。」

「咳，黑白講，蕃王甲番婆那有相同！」

兩個無賴一唱一和，感覺到其他聽眾蠢蠢欲動想附和，施輝手一揮，擺出語不驚人死不休的架式：

「紅毛蕃不只來咱洛津，還在咱的鄉土造一座四四角角的城，城起在哪裡？」

幾十隻眼睛盯住他，充滿期待，施輝有滋有味地啃著他的牛舌餅吊大家胃口，突然出奇不意又爆出一句：

「在土城的山頂。」

「喂，瘋輝仔，免黑白講，唔驚下頦落下來，土城是游擊營的營地，哪裡來的山？」

「這你就有所不知。咱洛津的土城本來是崙仔，親像崙仔頂土丘，古早時代九月初九重陽登高，古早人就是爬上土城的，不知影就敢跟我辯！哼！」

發難的人見識到施輝的漢文功夫，雞嘴變鴨嘴閉口不敢吭聲了。

「紅毛蕃一來，把咱的土城崙背墊高，派平埔族的人到海邊挖土塡山，塡得親像一座小山，就在山頂用土堆起一座四四角角的城，四邊有四個城門，城下種莿竹，挖了個紅毛井，井水鹹死人，可以鹹死九隻貓。」

施輝講到荷蘭人向平埔族的頭目「買」土地。

「用什麼買？當時台灣沒有牛……」

眾人嘩然：「台灣沒有牛，洛津也沒有牛？瘋輝仔，你唔驚講到嘴會歪？沒牛，那路中拖車田裡種田的是什麼？」

「是虎豹獅象，對不對？瘋輝仔。」

「紅毛蕃的時代，台灣眞正沒有牛，」施輝斷然地搖頭：「牛是紅毛蕃從天竺買來的——天竺在哪裡？我嘛不知道，頭先買十二隻，用船載來台灣，牛生子，子生孫，後來台灣不止有牛，而且有許多牛！」

除了牛，他還補充紅毛蕃帶了好多東西進來：蕃茄、荷蘭豆、蕃薑（辣椒）、高麗菜……

言歸正傳：「紅毛蕃把一些馴服不了的野牛，放去吃草，大多數宰了剝牛皮，伊們拿了一大疊牛皮放在阿烏烏頭目面前，一張張鋪在地上，鋪了一地，伸出兩隻手比手勢……」

施輝十指併攏，在眾人面前晃了晃：

「親像這樣，紅毛蕃的手，十隻指頭併在一起分不開，親像戲棚上的傀儡，伊十個手指手心手臂在阿烏烏頭自面前翻了五十翻，再指指地上的牛皮，意思是講要用牛皮換一百倍大的土地！」

據施輝說，阿烏烏頭目點頭表示同意，成交後，紅毛蕃拿一把大剪刀，把鋪了一地的牛皮剪成細條，一條條圈圍土地，圍到的就變成是他的，然後把平埔族的原來住民趕到深山林內。

「有了土地，沒人種田，怎麼辦？紅毛蕃把大船開出海，到對岸去載回一船船的漢人，幫伊們耕田，種甘蔗、養鹿，紅毛蕃放到野地吃草的牛，本來牛生子，子生孫……生了一大堆，幾年後台灣又沒有牛了，路中沒牛拉車，田裡沒牛耕田，牛跑到哪裡去了？」

愈聚愈多的聽眾受了催眠似地搖頭，連一大一小烤牛舌餅的也聽得出神，被羅漢腳偷去好幾只也渾然不覺。

「紅毛蕃不吃五穀，跟咱不相同，滿山遍野的野牛攏是伊們刣的，刣死一隻大牛，別項不吃，單單吃一條舌頭，牛頭、牛肚、五臟六腑、牛腿……統統丟棄，單單吃這個——」

伸出舌頭用手指了指：

「不到半年，全部的牛攏呼伊們刣了了，從洛津到彰化找不到一隻牛，紅毛蕃肚子飫，按怎樣?」

施輝從攤子上拿起偷膾的最後一只牛舌餅：

「沒牛舌吃，改用麵粉做出牛舌的形，形狀親像，吃起來味道也同眞的牛舌差不多！就是這個因故，牛舌餅又叫做蕃王餅，吃了不長白頭髮，來，鄉親啊，試試看！」

泉郊會館前的空地被戲棚與圍聚的觀眾擠得水泄不通，當天晚上慶祝會館成立的宴席，被安排在萬合行前的大廣場，露天搭棚辦桌，入夜後廣場燈火通明，與海上的漁火相互輝映。二十桌酒席杯盤齊全，鋪著紅桌布顯得一片喜慶洋洋。

當晚主廚的總鋪師，是洛津第一把刀，人稱囝仔師的黃華先，十二歲被帶到府城拜師學藝，他沒讀過書不識字，小小年紀卻機靈得很，師傅交代他到菜市買東西，他畫圖做記號，食堂要兩隻鴨，他就找了一塊紙片畫上兩隻鴨子的模樣，諸如此類。因爲人生得極爲矮小，他出師後在大灶前烹煮，必須站在椅子上才搆得到鍋，食客讚賞他的手藝，到廚房一看，廚師竟然是個拿椅子墊腳的孩子，因此笑稱他是個囝仔師，這個綽號傳回洛津沿用至今。

黃華總鋪師除了手藝了得，他的拿手好菜如金錢蝦餅、魚翅筍花、鮑魚燴肚等令美食家讚不絕口。他還從老師傅那裡學到婚喪喜慶的禮俗和沖煞破法等祕訣，有次他爲洛津的富戶辦婚筵喜酒，眼看新娘因坐的方位不對，突然臉色蒼白，席中差點昏厥，黃華總鋪師立即拿了一只裝水的碗，倒放在「囍」字下的桌子，用法術破解，結果新娘平安無事。

每一次訂婚席上，他一定切記把那盤象徵「起家」的白斬雞的雞頭剖開，這樣才不會「雞講話」（愛講話），造成婆媳不合。黃華總鋪師對辦桌用菜的禁忌也瞭如指掌，婚宴上忌用鱸魚——結婚一次就好，不要連續，鱉也不能上桌，龜龜鱉鱉，親戚間會彆彆扭扭，用紅蟳會張牙舞爪，鴨與「壓」同音不吉利，喜宴要吃芹菜，親家才會親近，久久長長的韭菜更不可缺，好彩頭的菜頭也是必備之物。

生日壽宴投作壽者所好，菜式均取添福增壽的名稱，如福祿壽盤、白鶴香蛋、神仙白菜等等，黃華總鋪師沒有一樣不拿手。

按照習慣，總鋪師只負責下廚，辦桌所需的材料得由主人自行張羅採買。去年石煙城拔到爐主，萬合行的管家就在郊外圈地飼養豬羊雞鴨，以供二十桌宴席之用。在盛會幾天前總鋪師又知會管家，辦桌需要的雞蛋得事先派人到四處鄉下零買湊數才夠用。距離辦桌尚有七天，黃華總鋪師親自到石煙城大厝的廚房去發海參、鮑魚、魚翅、干貝等乾貨，接著殺豬宰羊、剁鯊魚做魚漿，一些費工的手路菜，像雞捲、千層酥等小點心，則先在家裡做好，動員全家老小幫忙。

辦桌前兩天，總鋪師率領幾個徒弟以及二十幾名臨時找來的助手、小工，浩浩蕩蕩到萬合行廣場勘察場地、設計布局，經過一番考量，選定在東南方向的牆邊安灶，命令手下用磚頭、土塊搭建土灶，把人力車拉來的一車車木炭、火柴堆在灶旁。

總鋪師將清洗碗盤鍋鑊的區域設在另一頭，以免地上濕滑妨害行走，切菜的菜台搭在另一面牆邊，安置松木的砧板，一共有十來個。一切安排妥當後，隔天黃華總鋪師失蹤了，石家總管派人上門來找總鋪師詢問酒席出菜的細節，家人回答一早出門不知去向，差點沒把總管急出心臟病來。

原來黃華總鋪師去河邊釣魚，他坐在岸邊，手拿釣竿，人閒了下來，腦筋卻沒閒，他在思考新的菜式，考慮在原有的菜式上加以變化創新，如何調配油鹽醬醋，以及在刀工上講究，以期燒出更上一層樓的佳餚。一直到了日落西山，才拎了半桶鯽魚回家。他想到兩個新菜，磨刀霍霍，立刻就動手試驗。

隔天一早，黃華總鋪師用帆布袋裝著他的那一套寶貝傢伙——黑鐵打造的大小菜刀一共七把，兩只勺子、一只瓢，這是當年府城師傅送給他象徵出師的信物，在黃華總鋪師的眼中，這套傢伙是千金難換的無價之寶。

他用其中一把刀，把薑絲切得細到可以穿針，切好的筍籤細到被誤認爲米粉，這些傢伙配上他的手藝，令黃華總鋪師名揚洛津，成爲第一把手。

當天宴請三十六道菜，一盤菜配一碗湯，吃得人人讚嘆，散席後泉合利船頭行精於美食的東主，特地召來總鋪師，詢問那道五味九孔的作法，這九孔比用水煮的鮮美而有咬勁，口感極佳，他對那道鰻魚更是讚不絕口，宴席上常見用中藥燉煮，或是油炸，聽說總鋪師採取勾芡的新作法，不由得豎起大拇指叫好。

賓客散盡，已至夜深，廣場上杯盤狼藉，燭火搖曳，萬合行的主人石煙城負著手佇立溪岸邊，夜空下，海面星火點點，本來就不甚明亮的下弦月被雲層遮住了。老天的臉說變就變，宴會開席之前，突然下了一場驟雨，要不是住了多年的洛津，石煙城領教了此地天氣的反覆無常，事先叫手下搭雨篷以防變天，這一場突如其來的大雨，不把兩百多個食客淋成落湯雞才怪。

石煙城閉上疲倦的眼睛，黑暗的海面溪口帆檣雲集的船隻，與停泊的位置，他無需細看，卻是歷歷在目。港口每天有一百多艘的船進出，這還不算竹筏、手梯船（即舢舨）等小船；沿岸的漁船稱做網仔船，如不在海上打魚，可在沿岸河港兼運貨物；另一種吃水比較淺，沿岸船行用的溪船，還有戎克船，以及海運載貨的兩種大船斗頭船、舨船，大大小小的貨船穿梭般往來於兩岸之間。

戎克船船首兩側邊的魚眼圖形，稱爲龍目，是爲趨吉避凶之用，泉州與福州的龍目畫法各異，福州船漆黑色，大型的俗稱「花屁股」，構造複雜，泉州船漆白色，外白內黑而形扁。

最大的斗頭船是三桅帆船，專供兩岸運送貨物，載量約五百至三、四千石，等於五百噸，外形龐然，十分壯觀。斗頭船這種大船，從洛津載運農產品，如米糖、鹿脯、樟腦等出口到內地，甚至遠航至天津、膠東半島各地，回程空船危險，從閩南載運花崗石、木材壓船艙，另外也採買一些絲織品、白布、藥材等台灣所不生產的日用品，輸出的比輸入的要多。

另一種比斗頭船外形稍小，載量也很大的舨船，也來往於兩岸載運貨品。

涂黑之亂平息之後，洛津八郊齊興，除了泉郊之外，其餘各郊商也都自備船隊，塞滿港口，船楫接天無際，這些船以貿易地區來分，廈門來的稱廈船，蚶江來的稱蚶江船，虎門來的稱五虎船，廣東的則稱爲南澳船，廈門與台灣對渡的稱爲橫洋船，其中較大的供運糖的稱爲糖船。

洛津港風帆爭飛的盛況，誠如石煙城讀到一首出自本地詩人的詩：

控扼天開古渡仔　飽風片片映朝陽
波搖曙色千檣立　影掛斜陽萬幅奔

只消把詩中的「朝陽」「曙色」改成月夜星光，便十分貼切此時此景了。

本來台灣從明鄭至清代初期，鹿耳門是唯一與大陸通航港口，對渡的廈門位於鹿耳門的西北方，帆船必需靠北風才能啓航，洛津地處台灣的中軸，與對岸的蚶江航道距離更近，僅四百里，風順時半日可達，如遇西北風由蚶江來台，日夜可渡，從洛津回返也無論春夏季節，吹西北風均可揚帆而平安抵內地，八更可到泉州的獺窟，九更到蚶江，十二更到廈門，不僅航程短，且有順風之利，往返方便，洛津除了佔地利之便，又有農產豐富的彰化平原可做腹地，大陸來的新移民在這裡上岸尋找商機，造成市面的繁榮。

早期洛津港灣水深優良，山秀水清港深浪靜，漁舟釣艇、商船哨船都聚於此。雖說早在康熙末年，就有洛津港口淤塞難行的記載，但口門通暢，雍正初年附近的海豐、三林海口都已壅塞，只有「洛津最稱利涉」。濁水溪那次大氾濫，幸虧沒殃及洛津，到了乾隆中期，船隻大的有七千石，約四、五百噸可直接入港，二千石以下的船可停泊王宮前。洛津開正口與蚶江對渡後，港務新興朝氣蓬勃，七千石大船仍可直接入海，但是已經必須遠泊港口外二十里，依賴駁船接運。

林爽文之亂，福康安率大軍從蚶江崇武出海，飛渡洛津，海上航行只需一晝夜，洛津已然在望，然而全軍登陸卻費時三日，其故安在？石煙城對著如墨的海天自問自答：

「舟大不能附岸，需洛津出小船二十里來渡兵也。」

此時距離洛津開設正口才第三年，港口已經不良於航。

曇花一現。

石煙城蹲下身，彎腰從岸邊掬起一捧海水，洛津溪起源於大武郡，也是濁水溪的分流，長達十公里的海岸線都是平直的沙岸，每次颱風，濁水溪帶來大量的泥沙土石，淤積河床，外海沙灘連綿。每年冬天吹季風，南推北送又受到黑潮北流的影響，泥沙南北漂流沉積，河口附近也形成漂沙，增加河道的不穩定，港口淤積沙汕多，使得港口的通暢無常。

除了海港流水淤塞，又加上地殼變動，西海岸連年地形增高隆起，海水往後退，增加航行的困難。近來潮勢甚急，碇泊困難，最近兩個月，大型斗頭船需要大潮水深才能進港，否則不能附岸。如果港路繼續惡化，洛津溪河道南移，石煙城擔心萬合行直達洛津溪入海河段，船隻停泊的碼頭，萬一隨著河道南移，距離港口日遠，萬合行的地位優勢一失，貿易商務勢必江河日下。

這裡是海港的咽喉，石家的私人碼頭將建在這咽喉之處。

父親石萬的聲音響起。

十二歲第一次隨著父親搭船，歷經風浪冒生命之險抵達洛津，那時候未經規劃的黑色沙灘，種了一排排的木麻黃當防風林，石煙城童心未泯地從針葉上抓了兩隻長鬚的天牛，放在手掌心看牠們相鬥。

站在一株苦楝樹下的父親，舉高右手拗斷一根指頭粗的樹枝，退去樹葉，然後用力往大雨過後鬆軟的沙地一插：

「這河段是洛津溪入海咽喉之處，石家的私人碼頭將建在這咽喉上。」

石萬雙手插腰，對著海天雄心萬丈地宣稱。

第二天他率領一齊渡海而來的族人砍下一大片竹林，削成尖銳的竹枝，沿著平直的河岸圈圍，將洛津溪北岸的一里之地層層重重圍起柵欄。光是圍地據爲己有還不放心，新舊移民爲了爭水灌溉、爭地播種發生械鬥，血流成河的事件時有所聞，石萬派他詔安同來的族人，十幾個壯丁留守，在野草叢生荒涼的河灘蓋了幾間草篷，做爲棲身落腳之處。

草篷後來成爲建萬合行的基地。

第一次洛津之行，一個至今難忘的遭遇：當時天后宮廟埕前，不論白天夜晚總是有一群衫褲不全赤腳的流浪漢，影子一樣四處游走，這群不務正業游手好閒的羅漢腳，聽說台灣黃金遍地而偷渡上岸，浪蕩街頭，死了也無人收屍掩埋，任憑屍體暴露田野，發臭膨脹。

一次石煙城和父親在網埔村路上走著，一隻黑色野狗嘴裡咬著一根東西搖擺迎面而來，走近了，石煙城看到咬的是半條人腿，血肉模糊支離破碎，他忍不住扶著牆噁心大嘔大吐，一旁的父親好像見慣了這種事，靜靜地等兒子嘔吐完了，強拉他的衣袖硬逼石煙城往前走，不准他調頭回去，一定要他經過幾隻野狗撕扯叫嘯，爭食那具殘缺不堪入目的屍體的現場。

石煙城佩服父親的高瞻遠矚，佔據入海優越的位置，然而，石家在一群比一群更慓悍的移民中，最後出人頭地的過程，也是一片腥風血雨，他們搶先機圈圍據爲己有的碼頭，柵欄的竹枝被後來的卡位者一再拔起，不是投入海中，就是堆聚成小山縱火焚燒。

石萬也不甘示弱，率領族人從林內砍下更多的竹枝，削成尖銳無比當做武器，刺擊搶奪地盤的入侵者，穿腸刺肚，被擊者一個個倒地，鮮血染紅了沙岸，石家族人拿起沾血的竹枝，重新圍起柵欄，養了一群凶悍的狗守護，狗群中被咬掉半個耳朵的那隻，齜牙咧嘴，石煙城覺得像極了咬了半條人腿的那隻黑狗。

敢於冒風險，不怕與人競爭，石萬發揮了他與生俱來的商人本色，從無到有，開創了萬合行船頭行。他早年往返於泉州洛津，販賣海鹽漬物，海上航行經驗十分豐富，養成善於觀測氣候，捉摸寒暑交替潮汐的變化，他評斷何時適合啓航，讓旗下載米的糧船無驚無險地乘風破浪抵達蚶江，回程運回藥材、絲綢白布、紙綑等日用品批發給五福街的商號。

兩岸貿易，石萬重施他販賣海鹽賤買貴賣的伎倆，經常以守候風信爲理由，運米的糧船遲遲不發，等到泉州內地米價高漲，他才乘機哄抬高價售出，賺取厚利，石家才得以在短時間內累積了如此大量的財富。

靠海港起家發跡，石萬心中只有這個港口，他可以不計一切，只爲保持海面船隻暢通無阻。

在商言商，他沒有意識型態的包袱，以評估市場行情起落的眼光來評估時局政情。

時至今日，洛津街頭仍可聽到父老耳語相傳，海盜涂黑落魄時，曾經得到石萬的義助接濟，後來他闖蕩江湖，竟成海上巨寇，不忘困頓之時，石萬之恩，命令手下各盜：「凡萬合行之船隻，不得搶劫。」

其中奧妙，不由得令人深思。

勞累奔波了大半輩子，石萬到了晚年，卻換了個人，衣錦榮歸回詔安爲石家遠祖尊德公及夫人重修墳塋，回歸故里終老之前，石萬喜歡坐在萬合行兩進磚屋的天井——那是早年草篷的原地，堪輿師傅認定的風水寶穴——白髮蒼蒼的老人，坐在天井那把竹椅，一隻手撐在椅把上，另一隻閒閒下垂，臉上是奮鬥勞苦過後的安適，眼睛望著他從老家折枝移栽的曇花，好像在詢問何時才會結苞開花。

父親那種探詢的神情，是石煙城在他叱吒商場、論事果斷堅毅的臉上從未曾見的。

百鳥在林，不如一鳥在手。石煙城繼承了父親在商言商，功利實際的經營手法，克紹箕裘更上一層，二十年不到，在父親留下的兩進磚屋，建築了這一片如雲的宅第，爲了防止盜賊悍匪入侵搶劫，磚牆砌有內外兩層，星光下看起來有如一座固若金湯的城堡。

年少時第一次到洛津來，看到野狗咬著人腿，父親不准他掉頭而去，強迫他往前走。多年來他一步一腳印目無旁顧地把路走下去，青出於藍，走出一大片天。石煙城但願再過兩年他也能夠追隨父親告老返鄉頤養天年，年初已派人先回老家重修家祠，明年清明他將率領洛津族人返鄉祭祖，他多麼希望卸下肩上的重擔，像父親當年一樣，有閒情等待花開。

洛津口門淤廢在即。

石煙城緩緩地站直身子，照這樣下去，只有兩條路可走：一是疏濬港口，清除淤沙，這個人與自然抗爭的工程，既艱鉅又漫長，即使不計較財力的耗費，就怕功效也不易掌握。疏濬港口需有朝廷許可，洛津理蕃海防同知說是三年一易，嘉慶一朝，前十年換了十三個同知，每一個上任席不暇暖，立即又束裝離去。涂黑亂平後，雖說洛津情勢穩定，市面繁榮，上任的同知依然是三年官兩年滿，石煙城想像不出會有哪一個朝廷命官，有如此魄力承擔疏濬海沙的使命。

另一條路是另覓港口，找一個水道深通的港口來取代，商船可不必因海港淤積而繞道，或因海底過淺，不能容納大船，必需等大潮船才能進港。距離洛津不遠的王功，港深一丈一點二尺，水深碇泊容易，距海岸二里處即可泊船。石煙城知道王功目前只是一處荒僻海地，他考慮斥資修建一座媽祖廟，爲商民祈福，不能等洛津口門淤廢，再另闢港口，到時就太遲了。

夜深了，海風蓬蓬吹來，撩起石煙城的馬褂，褲管灌滿了風，晚宴時被敬酒花雕喝多了，在胃裡翻轉，使他感到有點眩暈，腳下海水洶湧，一波又一波拍擊岸邊，今天是漲潮的日子，潮水湧來很快地呑沒了沙岸，改變港口的曲線形狀。恍惚間，石煙城感覺到佇立的碼頭漂浮了起來。

洛津港口正在漂流而逝。它在一夕之間崛起，從一個名不見經傳的海邊荒地，搖身一變成爲大港，轉眼之間眼看著又將沉寂殞落了。沒有三日好光景。多麼短暫的繁華榮景，這個漂流正在逝去的海港。石煙城的口袋裡有一支籤詩，爲港口興廢他到天后宮媽祖前抽的，前兩句「危途實可憂，未免得無愁」應了他的憂慮，後兩句「細思千里外，山水兩悠悠」，望文生義，石煙城把它解釋爲指的是海峽那一端才是他落葉歸根之處。

不管疏濬港口，或是另闢王功港取代，洛津只不過是暫居之處。

今晚的餘興節目是到後車路如意居聽珍珠點唱南管曲，石煙城知道眾人一定眼巴巴的在等著他，等他去評定歌伎珍珠點新學的一曲〈思春〉優劣如何。近兩個月來，後車路的常客繪聲繪影的渲染一件前所未聞的奇事，一個永春來的南管子弟迷戀珍珠點，竟然爲了她不惜放棄身分，加入歌管，成爲弦仔師，每晚幫珍珠點拿琵琶跟在她後面到酒樓旗亭獻唱當伴奏。

石煙城感到筋疲力盡，他沒有力氣到後車路聽曲。

卷三　改編《荔鏡記》

濁水溪的神話

有人豎旗造反

潔本《荔鏡記》

珍珠點腳一小塊，嘴唇烏沉沉

8 濁水溪的神話

古早時候，泉州一位精於堪輿風水的地理師，聽說台灣的地理屬龍穴，受好奇心的驅使，渡海實地堪察，從安平上岸往北走，發現台灣崇山峻嶺河流短促，河川流速迅快，上流水勢湍急，一到平地即露出乾渴的河床，豪雨一來河川水位高漲破堤，呑沒田地。

風水地理師很是納悶，這種雷暴的地形哪裡來的好風水？一天他走進山裡，發現一條溪，有兩條水路，一條是清水，一條是濁水，心中暗想：這眞稀奇，溪水怎麼有一條清一條濁？風水地理師想看個究竟，走在清水和濁水兩條溪當中，走了七天又七夜，沿途觀察得到個結論：

清水是金鴨母穴結成的，濁水是銀鴨母穴結成的，溪流的源頭必有一座金山、一座銀山。

風水地理師又往深山裡走了七天又七夜，始終沒見到金山銀山，卻命喪於雨傘節毒蛇。臨死之前，地理師對遠不可及的金山銀山望了最後一眼，沒想到看到的是一道七彩的彩虹，形狀很像是自天而降的巨蛇，兩個頭跨天接地。

就在這一刻，泥沙多的濁水，把清澈的弄髒了，水便混濁了，兩條溪併成一條，就是今天的濁水溪。

這故事是青暝朱說的。

洛津人稱目不識丁的粗漢爲青暝牛，比喻文盲睁大一雙牛眼，大字不識一個。

每天入夜後，頂街尾文祠邊石碑旁，講古說書的青暝朱，圓睜一雙視而不見的青光眼，他卻是滿腹經綸，出口四句聯還帶押韻，一部《三國演義》，從桃園三結義一路講下來，愈講愈精采。每天黃昏，老人們一手牽著孫子，一手拎了只小竹凳，趕到文祠佔好位置聽青暝朱講古。

有人說青暝朱講古說書那一口音量飽滿，中氣十足的嗓子，是瞎眼後當乞丐，逢年過節挨家挨戶乞討說好話時訓練出來的。他不是在洛津乞食，而是混入外地的一個丐幫，身穿襤褸破衣，背麻袋，赤著腳板一碗一筷走江湖。一個梧棲中盤商人，經常到洛津五福街批發日用雜貨，他一口咬定年節時那個手上拿了一支榕樹枝，掛上紅綠串掛銅錢當作搖錢樹，在梧棲街上挨家挨戶高聲唱唸吉祥好話的盲乞丐，正是青暝朱。那一口泉州腔，只有到洛津來買貨時才會聽到。

傳說他混入丐幫，是爲了祈求神明顯靈，治好他的眼疾。梧棲的乞丐晚上在郊外的地藏庵棲身，庵外是個萬人堆，收納無主枯骨。乞丐當中有一個天生雙足屈曲、不能站立的殘廢，他用手代腳匍匐爬行的樣子像極了青蛙，大家叫他水蛙仔。一天夜裡，地藏庵黑臉的八爺出現在水蛙仔的夢裡，彎下身提起他屈曲的雙腿用力拗開，幾乎要把這殘廢撕成兩半。水蛙仔從一陣徹骨的劇痛中醒來，黑臉的八爺失去了蹤影，彎曲的雙腿被拉直了，腿疾不藥而癒，從此如常人一樣行走。

青暝朱連續兩個月躺在地藏庵外的萬人堆，期待庵中的八爺顯靈，爲他的雙眼點上甘露，使他重見光明。

他的盲眼依然故我。

外號瘋輝仔的施輝從小聽青暝朱講古長大。施家住在車埕，父親中年得子，望子成龍心切，幾歲大的孩子《三字經》背錯一句，就罰在天井跪到天黑，到了啓蒙的年紀，重金從泉州禮聘一位屢試不第的老秀才，住家嚴格管教，施輝在老秀才的戒尺下，熟讀《四書》、《千家詩》、《幼學瓊林》，他父親常以《昔時賢文》中的幾句來教訓他：

「運去金成鐵，時來鐵成金；讀書須用意，一字値千金。」

十五歲不到，做父親的成天嚷著要送兒子到彰化縣府參加歲考，施輝一聽考個生員當秀才得通過十八關的考試，心中已經有了主意。考上秀才後，父親疾言厲色地宣稱，他將不惜變賣家產籌措經費，讓他先赴府城參加三年一次的科考，然後渡海到福州考舉人，如此才不致辱沒施家祖先，死也瞑目。

父親做兒子高中舉人的夢，施輝裝作窗下苦讀，一等天黑，他就跳窗跑去聽青暝朱講古。

施輝聽青暝朱講《封神榜》，聽得入迷，當講古的形容異人個個都有異寶，他也去弄了一條繩子，藏在懷裡當法寶，希望和土行孫所用的綑仙繩一樣，只要口唸眞言，祭起空中，神仙繩便從懷中飛出，變得又長又粗，受他的意志指揮，最好把手持《詩經》搖頭晃腦朗誦的老秀才綑住。萬一法力失靈，他可借《封神榜》中的縱地金光法遁走。

施輝天性善良，認爲草人法術的毒計太過殘酷不想如法炮製，聽瞎子娓娓道來，卻是引人入勝：

「殷商陣營裡的截教門人姚斌，在落魄陣裡設一香案，台上紮一草人，草人身上寫姜尚之名，頭上點三盞催魂燈，足下點七盞促魂燈。姚斌每天在其中披髮仗劍步罡念咒，連拜三四日，就把姜子牙拜得顚三倒四，坐臥不安。

姜子牙以牙還牙，也在營內築台紮一草人，上書趙公明三字，作法二十一日後，用桃箭射草人左目，成湯營裡趙公明大叫一聲，把左眼閉了，第二支桃箭射中草人右目，趙公明右眼也閉了，第三箭射中心臟，趙公明倒地斃命。」

施輝把老秀才恨得癢癢的，他動過念頭，眞想用草繩紮一個老秀才的形狀，拿木箭射去他頦下一把長鬍子，讓他跳腳，那應該極爲有趣。

父親被不成材的兒子氣得一命嗚呼，施輝依然執迷不悟，每天與神仙法術爲伍，口唸咒語不斷。人家看他成天喃喃自語，當他失心發瘋，開始叫他瘋輝子，他也不以爲意。父親去世後，不事生產的他，坐食山空，在潘吉那次颱風大水收留他之前，施輝已是衣衫襤褸，從外表上看簡直與那些游食四方的羅漢腳無異，所不同的是他不嫖賭摸竊，也不參加械鬥，而且出口成章，對洛津的歷史掌故自有一番說詞。

他瘋瘋癲癲胡言亂語，自稱料事如神，頂菜園一富戶屋後有一口水井，附近的菜農都來挑水澆菜，施輝一口咬定井裡有妖精夜裡出來捉弄婦女，還說他坐鎮家中張開通天眼看到的，話傳出去，弄得取水的農家雞犬不安，富戶一氣之下，叫長工拿了扁擔追打施輝，打得他抱頭鼠竄，閉口不敢再講。不過洛津發生的奇事有幾件眞的被他說中，像是牛墟頭不平靖鬧事是蟾蜍精作祟，就是他一語道破的。

講古的青暝朱一些不尋常的舉動，也使施輝疑神疑鬼，把他與神鬼產生了聯想。照說這個睜眼的瞎子，應該是不修邊幅，模樣邋遢才是，令人不解的是他身上一襲藍布衫，總是乾淨整齊，沒見掉過一粒絆扣，腦後的長辮更是梳得烏光水滑，明眼人一看就知道一定有人代勞。

青暝朱以威靈廟後邊菜地旁一間廢棄的空屋爲家，廟裡供奉的主神是明末抗清的大將爺劉綎，閩南語「大將爺」與「大眾爺」同音，威靈廟便以大眾爺廟代稱。民間所謂的大眾爺，指的是成群無人祭祀的孤魂野鬼，隻身渡海來台墾荒的單身漢，染上疫癘或爭水械鬥死於溝壑，被仁人善士收埋，建祠當作大眾爺祭祀。

廟內的七爺、八爺造型荒冷，懾人心魄，廟埕常見撿骨師在曬屍骨，把枯骨一根根裝進金斗甕中，大白天也顯得鬼影幢幢。

每年中元蘭盂，洛津結束長達一個月的普渡，三十日傍晚拆除威靈廟前豎立的燈篙，舉行大型的「收庵」法會，召回初一由地藏王廟「放庵」的孤魂野鬼，傳說青暝朱用法力支使沒被收庵的孤魂爲他代勞服役。偷偷到他菜地旁的土屋探險的施輝回來說，青暝朱的家收拾得纖塵不染，牆角、床下全不見一絲蜘蛛網，雖然隔著窗偷看，也感覺到陰氣逼人，相信他是養了魅物幫他打理。

施輝壯著膽子，朝土屋吐一口痰，說也奇怪，一口濃痰立即被拭掉消失了。他養的是一個有潔癖的魅物。嚇得吐痰的拔腳就跑。

施輝仔細觀察青瞑朱好些怪異的行逕，其中最特殊的是在文祠說完了書，青瞑朱施施然起身，右手拄著拐杖，左手往前平伸，伸長手臂，五指大張，在空氣中摸索了一回，好像碰到什麼堅硬的物體，找到了依靠似的，放心地把手掌放上去，抬起盲人不太靈活，也因久坐僵硬的腿腳，緩緩開步走路。

青瞑朱的動作有如前面有個明眼的人在爲他領路，讓他把手搭在那個人的肩膀上，一前一後朝威靈廟的方向走回家。施輝和幾個好事之徒，禁不起好奇，晚上躡手躡腳跟在青瞑朱後面，去看個究竟。

那晚月光好得像一面鏡子，把影子拖得長長的，投在碎石子路，從衣紋輪廓，還有左手直伸，搭在前面看不見的人的姿態，毫無疑問那是青瞑朱的投影，那個好像在前面領路的，碎石子路上卻是空空如也，不見影子。

人有影，衣裳有紋，鬼無影，衣裳也無紋。

幾個好事之徒大叫見到了鬼。

青瞑朱是否通靈，與冥界鬼神打交道不得而知。頂菜園有一個地方因青瞑朱發生的一個故事而命名，倒是千眞萬確，巷名雖然粗俗不堪，卻是洛津老幼人人皆曉。

他家土屋斜對面是一條又窄又長的小巷，本是一條防火巷，兩邊深長的長條形街屋，紅磚高牆夾峙下，才兩尺寬的小巷，大白天也顯得陰暗。青暝朱喜歡取捷徑，每從窄巷出入，一手拄杖，一手摸著牆跌跌撞撞往前走。

爲什麼沒有鬼魅在前面領路？答案是鬼物見不得陽光，晝伏夜出。這是施輝的說詞。

這一天，青暝朱聽著拐杖敲擊地面發出的回音，他知道有兩面高牆保護，心中比較踏實，左手便不去撫摸磚牆挨著牆角走了，於是自由自在地讓這隻手毫無目地的漫空亂抓。

沒想到張開的五指，竟然抓到一個圓圓的、軟綿綿的物體，隨著圓形曲線，他的手掌自然地兜扣下去，一個盈盈一握的肉球，美妙的觸感，耳邊傳來一聲尖叫，青暝朱摸到一個提菜籃抄小路買菜的少婦的右乳。

這就是頂菜園「摸乳巷」名稱的由來。

施輝打聽出青暝朱對洛津首富萬合行石家的過往掌故知之甚詳，似乎與石家有非比尋常的關係，瞎眼之前，經常被看到在萬合行的帳房走動，與掌櫃神祕低語。施輝不止一次問起瞎子的身世，被問的三緘其口，顯得莫測高深。

青暝朱對石家不說則已，一說卻口出驚人之語：

「賊來迎賊，賊去迎官的角色！」

他以這兩句來論斷萬合行石煙城一家。

施輝心中藏著一個懸而未決的疑問；崙仔頂墳場有座王芬塚，埋葬一具有頭無身的屍體，他是林爽文手下的平海大將軍，墓塚旁本來建祠祭祀，已經頗為特殊，不久前更大興土木，擴建成廟宇，名為福靈宮。

這是洛津祭祀抗清的義士，唯一的廟宇，令施輝納悶不已的是，洛津人對這位當年追隨林爽文抗清，被封為平海大將軍的王芬看法分為兩極，崇拜者尊稱王芬為大哥，相信他神靈顯赫，具有驅邪避癘的法力，入廟燒香有求必應。但也有人鄙視王芬，把他當作造反的賊目，對福靈宮望之卻步。

一褒、一貶判若雲泥，在洛津尚無他例。

青暝朱是屬於褒的這一派。

王芬是泉州人，他說，從小魁梧有力好打不平，隨著父親來台，先在洛津落腳，後來搬到沙鹿，加入天地會組織，漳州人林爽文痛恨清廷官吏橫徵暴斂貪污顢頇，揭竿造反，王芬拋開狹窄的地域觀念，追隨林爽文抗清，被封為平海大將軍。

一開始林爽文攻城掠地勢如破竹，諸羅陷落，府城岌岌可危，泉州人聚居的洛津惶恐不安，萬合行的石萬父子本著商人的直覺，決定識時務站在優勢的一方，依附豎旗造反的這邊，正當石萬、石煙城父子苦於投靠無門，王芬在這關鍵性的時刻出現。石萬答應與王芬配合，供應所需之軍糧、武器用以抵抗清兵，並負責提供清廷援軍情報，若援兵一到便立刻通報，條件是要王芬保證，洛津船隻出入貿易照常，林爽文的軍兵不入街市，王芬依言不派駐軍封鎖港口。

眼看林爽文事成指日可待，不意戰局發生變化。南部鳳山縣的林大田突然率眾降清，林爽文圍攻府城攻克不下，客家義民又幫助清軍收復彰化，石萬父子靜觀勝負，看出林爽文的集團只是一群散兵餘勇，草莽流民，不能成氣候，而且已陷入相互傾軋自相殘殺的地步。於是見風轉舵，轉過來與清軍並肩作戰。

當乾隆皇帝派福康安率領的十萬大軍、軍艦數百艘從蚶江飛馳而來，石萬父子並未遵守當初通風報信之諾言，洛津港口旌旗蔽海，居民到海口設香案迎謁，歡聲震天，石萬父子接受清廷頒授的「盛世良民」之旗，率領族人爲清軍做嚮導，佐助福康安平亂。

這就是青暝朱所謂的賊來迎賊，賊去迎官。事過境遷，石家有意掩埋這段歷史。

關於王芬的下場，洛津有兩種說法：

貶他的人說：林爽文起事南下攻打府城，派王芬留守麻園莊，泉州義民不滿王芬依附漳州人的林爽文，視之爲叛逆，聚眾圍麻園殺死洩憤。

另一說是王芬與福康安的軍隊在彰化、諸羅血戰數日，終因寡不敵眾，退敗到清水虎頭山麓，乾隆皇帝知道他赤膽忠心，深愛其才，囑咐手下好言招他降清，王芬拒降，福康安大怒，才發動包圍夾擊，王芬知大勢已去，自刎成仁。

青暝朱連連讚嘆王芬寧死不屈的氣節，他的故事還沒有完：清軍砍下王芬首級送京報功，乾隆皇帝感念他血性勇猛，將首級發還洛津埋葬，鄉人將之埋於崙仔頂墓地，骨骸則是葬在清水虎頭山麓。上個月，王芬托夢給福靈宮的廟祝，希望骨骸從清水虎頭山挖掘出來後，帶回洛津連同首級重新埋葬，免得他長年身首異處。

一般認爲林爽文是山賊，只知攻城掠寨，不懂扼控洛津海港，他的失敗在於沒有封鎖海口，清廷派福康安調遣四省之兵，十萬大軍前來征討，便是從洛津海口登陸。

青暝朱以爲其實並非如此。其實早在揭竿反清之初，林爽文、王芬深知洛津海口地理位置之重要，有意率兵入駐，以防止清兵登陸，之所以沒有封鎖洛津海口，而只在偏僻的郊區紮營，是因與洛津郊商有了協定。沒想到後來郊商不遵守諾言，注定了林爽文的失敗。

青暝朱譏諷石萬父子商人本色，凡事以利益爲優先考量，對時局見風轉舵，搖擺不定，言而無信，辜負了王芬。

青暝朱數落萬合行石萬父子後兩個月不到，從呂宋形成的強烈颱風橫掃台灣中部，強風暴雨山洪爆發，夾帶大量的沙石泥土流入濁水溪，向南漂流，泥沙淤積洛津海港，使得本來已經水路迂曲淺狹更是雪上加霜，連中型船隻都得等候潮漲才能附岸。

洛津口門淤廢在即。

施輝自稱是康熙年間獻地建洛津天后宮的大善人施世榜的後代。他認祖歸宗的過程頗爲偶然，父親還在世時，一位宗親從晉江攜來修訂的《施家祖譜》，當時正沉迷於古靈精怪神仙世界的施輝，誤以爲那是一部搜神幽怪的神怪誌異，翻開一看，赫然發現自己是施世榜直系子孫。

自稱施世榜直系孫的施輝，在這次颱風暴雨中腳下泡著滲入草棚的雨水，雙手抱胸百思不得其解，他的先祖在一百多年前就在濁水溪象鼻山之下開築水圳，導引河水下流灌溉彰邑八堡，一共一百零三庄的農地受益，農民爲了感恩施世榜築八堡圳的功德，建廟奉祀把他當神明膜拜。

何以同樣一條河——濁水溪，他的先祖引水流滋潤乾旱的農地，哺育生靈無數的一條河流，一翻臉便成禍害，如此暴戾無常，一下變成一條狂暴的巨蛇，憤怒的奪路而走，劈開河道迫使堤岸潰決，不僅造成大水災，使生靈塗炭，沖積而下的泥沙淤積河床，更令大船進不了洛津港，眼看很快要活生生的截斷港口的生機。

濁水溪已經從溫柔的母親，變成肆虐的暴君。施輝坐在風雨之中，隱隱感覺到鼎盛的洛津，崩潰就在眼前。

八堡圳一百零三庄的農民，至今仍傳誦一則神奇的故事：傳說當年施世榜建圳通濁水溪灌溉農田，一開始屢試屢敗，後來得到一位神祕高人的指點，八堡圳才得以建成。那神祕高人是一位身世成謎、衣冠古樸談吐風雅的文士，因見施世榜幾次嘗試失敗，便現身告訴他：

「聞子欲興彰邑水利，功德固大，但未得法耳。吾當爲公成之。」

問他姓名，文士笑而不答。最後才說：「但呼林先生可矣！」

施世榜按照林先生相傳的祕法施工，打通濁水溪水道，每一段築寬得四、五丈，深得二、三尺不等的水圳，各處架有木橋方便行人，導引上游的河水灌溉面積從二水向西至彰邑八堡，總共一百九十餘甲的土地，彰化一共有十三堡半的農民，施世榜引的水灌溉了其中的八堡，因此將他開的水圳稱爲八堡圳。

受惠的農民爲了感恩，在二水圳寮蓋了一座廟宇，供奉林先生神主，旁邊祭祀開圳的施世榜，香火終年不斷。水圳完工後，施世榜從晉江家鄉招募大量無田可耕的農民渡海拓荒，由他供給農具、耕牛、種子，乃至田舍與自衛武器，使這些農民成爲他的佃農，施世榜每年收地租。彰化、洛津一帶在他的經營之下，變成泉州人蟻聚之區，鄉音處處可聞，鄉名處處可見，如泉州街、石廈街、安平鎮街等都是以故里命名。

洛津的施姓族人成爲諸姓之冠。

既然神祕高人林先生肯傳授密法給施世榜打通濁水溪，建鑿八堡圳，自稱爲施氏直系後代的施輝，認爲憑著血緣關係，一定能獲得林先生青睞，授以祕法整治淤積的洛津港口。施輝打定主意，不日起程，將沿著八堡圳逆流而上，先到二水圳寮供奉林先生的神主牌下，他將長跪不起，祈求高人現身指點迷津。

施輝已經打聽清楚了，從洛津出發，經過員林、永靖，便可到二水。施輝開始籌措他的濁水溪之旅。

9 有人豎旗造反

泉香七子戲班在天后宮前演戲的第三天清晨，距離廟埕幾步之遙五福街不見天的隘門邊，不知從什麼時候開始豎立了一支黑色的布旗，旗幟比人還高，黑布泛白字，照說很醒目，應當會惹來路人駐足看個究竟才是。

有個看戲看到天光的戲迷清晨回家路過隘門，睡眼惺忪，看到那面黑旗，絲毫不感奇怪，以爲有人惡作劇，把戲棚上演戲的旗子移插到隘門邊而已。

不見天街口有人豎立黑旗那天，天濛濛亮，五福街中盤交易商的早市開始了。伙計們手腳俐落地拆下店面門兩邊的木板長條板壁，當作展示貨品的櫥窗，用來方便貨物搬運出入，然後掛上寫著商號的燈籠，等候買客上門。

眨眼工夫長街開始運作，陸續進來南北各路來採購的盤商，他們有的帶著挑夫，或自己背著大包袱，沿著店街一路走過去，油、魚脯海貨、藥材、絲布、染布各式商品應有盡有，一發現自己村莊需要的貨品，看中意的即與伙計或帳房討價還價，你來我往，聲浪節節升高。

店家一早到西邊河港碼頭，向船頭行批發的日用品雜貨，僱請挑夫擔到店裡文市零售，苦力挑夫魚貫前來，揚聲喝道與盤商的叫價聲交織，一里之外清晰可聞。

那面黑旗靜靜垂立街角，沒有人注意到它的存在。

整條五福街，最熱鬧的要屬順興街南邊，菜市頭附近的城隍廟前的廣場。洛津城隍廟是從泉州石獅分香而來，掌管陰間的城隍爺塑像威嚴，文武判官、負責擒拿押解的牛頭馬面、七爺八爺分立兩旁，正殿懸掛一面銅鏡，寫有「善惡分明」四個大字，廟裡有個大算盤計算每個人生前所做的善事與惡行。

洛津人碰到無法破解的疑案，都會求助於神機妙算的城隍爺，找尋失物則求助於那尊面目黝黑、五官短小的榜牌爺，祂一手執令牌一手執鏈銬，威武無比，最近才破了米市街一件大竊案，為居民津津樂道。

城隍廟前的空地擺滿了小吃點心攤，洛津人戲稱此地為「餓鬼埕」。每天午後人聲沸騰，北頭一帶出海的漁民船夫收工上岸來這裡祭五臟廟，因狼吞虎嚥的吃相而得名。

時近日午，廟裡的金燭燒香，混合著炒菜的香味，瀰漫了半條長街，一個土城游擊營的班兵，身著兵服，坐在小吃攤前吃香喝辣。班兵來自福建的汀州，擅長用豬皮製作皮箱、皮鞋，每個月固定把做好的皮貨賣給和興街的店家賺取外快，今天剛交貨提了個空布袋來吃午餐，生炒五味、蚵仔煎下肚，土碗裡的魯肉飯扒得精光不賸一粒米，班兵啣著牙籤想到天后宮拜拜求支好籤。

人一跨出不見天，一陣九降風從海面咆哮而來，寒風怒吼，威力猛烈，吹得汀州來的班兵連連後退，他連忙轉過身拿背去抵擋刀子似的強風，就在轉身時，瞥見街角那面迎風橫掃的黑旗，粗通文字的班兵，辨識旗上的幾個白字：

奪國大元帥蘇天霸

有人豎旗造反。

駐守土城游擊營的吳游擊剛上任不久，一聽街頭有人舉旗造反，想乘機邀功，跨上馬鞍直奔五福街口拔了黑旗，一口氣來到粟倉旁的同知府報告同知朱仕光。

「咳，台民喜亂，如撲燈之蛾，死者在前，卻投者不已。」

同知朱仕光搖頭感慨。幾個月前他才將一個自稱在海上造反，自封爲「靖國大將軍」的亂民，押到東石海邊的網埔砍頭，就地正法。同知朱仕光明知這個手無寸鐵的匹夫駕著一條竹筏，絕無造反的本事，爲了以正視聽，還是將囚犯五花大綁遊街示眾，一路敲鑼打鼓到刑場。

多半又是無賴故意陷害仇人，寫上仇家的名姓，豎旗造反。同知朱仕光眼前閃過街頭四處影子一樣游走，那一群不務正業、游食四方的流浪漢，本地人稱爲羅漢腳。同知朱仕光自許飽讀詩書，喜歡引經據典，對「羅漢腳」這稱謂幾經推敲，始終納悶不解。

原來典故出自漳、泉兩地無產無業、無技無術的一群游民，他們聽說台灣遍地黃金，爭相偷渡來台，也有的因作奸犯科尋求逃匿之所。上岸後無屋可居，只好借住於寺廟後殿十八羅漢腳下度日，羅漢腳的稱謂由此而來。

這些既無田宅也無妻子家小，不務正業，衫褲不全，赤腳終生，終日無所事事游手好閒的流浪漢，浪蕩街頭，隨處結黨，嫖賭乞騙、摸竊打鬥樹旗，一切奸盜淫邪之事悍然行之，無所顧忌。他們好鬥輕生，一遇街上有人爭執，即呼嘯集眾加入滋擾，每逢漳、泉人械鬥衝突，便乘機造謠生事，擴大事態，以利搶劫。

這群爲數不少，爲洛津居民所厭惡嫌棄，形容他們除了兩腿之間夾了卵葩，之外身無一物的羅漢腳，群集龍山寺的廟埕，動則滋事，最近有愈聚愈多之勢。同知朱仕光從線民密報得知，街尾一些貪玩浮動的不肖子弟也加入他們，一起爲非作歹。

同知朱仕光命令吳游擊緝捕黑旗上的奪國大元帥蘇天霸，一併追查豎旗的人到案，吳游擊興沖沖的銜命而去。同知朱仕光讓差役拉開這面造反的旗，果然不出他所料，是戲班演戲時大元帥出場用的龍虎旗。

兩天後，吳游擊將豎旗者追捕到案，一問何以豎旗，此人招認不諱地回答：

見戲內有大元帥旗號，遂起意書寫豎立。

此人是菜園地區的浮浪子弟，向鄰居鳩斂銀錢籌資爲威靈廟大眾爺演戲酬神，但存心不良企圖從中漁利，被廟的爐主告發，不甘侮辱，於是仿造戲裡大元帥的旗號，誣陷爐主，想置他於死地。

同知朱仕光聽了，呵斥道：

「愚不可及也！」

下令將豎旗的無賴打五十大板以示懲罰。

台灣移民延襲閩南風俗，每逢過年過節，神誕喜慶、廟宇修建、還願或謝恩、生日彌月，無不演戲慶賀，致使神祠里巷、城外鄉衢郊野幾乎鼓樂喧鬧，管弦嘈雜不斷，所謂「月落露侵劇未收，喧喧簫鼓還歌謳」。

八郊之首的泉郊郊主石煙城自從迷上典雅曼妙的梨園戲之後，一心想把泉州七子戲班演出的盛況在洛津重現，今年準備獨資邀請了四團七子戲班同台演出，其中最富聲譽的泉香班，將從二月二日土地公生日，一直演過端午。戲棚下議論紛紛，說是石家的三公子石啓瑞看上了泉香七子戲班的小旦月小桂，是他硬把戲班留了下來，才會駐演足足三個月之久。

不管傳言是否屬實，泉香七子戲班日夜演戲遠近爭睹，迷上戲班小生小旦的戲迷為了捧戲子，爭風吃醋大打出手，主婦置家務於不顧，整天跟著戲班跑，像黑皮豬聞到餿水一樣，造成無數的社會事件以及家庭糾紛。

五福街口的豎旗鬧劇，加上戲迷癡狂的程度，令同知朱仕光暗自心驚，百姓受戲曲的影響如此之深，已經融入他們的生活變成生命中的一部分，像菜園的這個無賴，把演戲的旗幟當作眞的害人的利器，這股力量不容忽視。其實何止平民百姓沉溺劇場，同知朱仕光聽說淡水分府，為了迎接新上任的總兵，臨時來不及縫製具威儀的服飾，班役火速向戲班借長秀雉尾、額眉、紅綠衣帽給歡迎隊伍穿戴。

同知朱仕光把它當笑話聽了，其實內中深意頗堪玩味。

過去把戲場當作官場的鬧劇也有先例，康熙皇帝在朝最後一年，原爲鄭成功部將的朱一貴在岡山養鴨爲生，看不慣府城知府魚肉良民，揭竿造反，糾眾數萬打敗不堪一擊的官兵，短短十餘日就佔領了整個台灣，自稱中興王，國號大明，因他養鴨出身，人稱他爲鴨母王。既然反清復明，他大封的國師、太師、公侯將軍的尙書總兵以千計，卻對朝廷官場的體統制度一無所知，以爲就是戲棚上帝王將相的裝扮。

於是這些新封的公侯將相到戲班強行索取蟒服行頭搜刮殆盡，他們把戲服當做官服，結果出現了頭戴明朝帽，身穿清朝衣的怪相。官員太多，戲衣冠帽不足，便將戲棚上的道具、桌圍椅帔等，只要有顏色的，都拿來披掛上身。

這一群穿著戲場鏷頭、蟒服的元帥將軍，赤腳騸著牛，在府城街市招搖過市，與披掛桌圍、椅帔的公侯郡主摩肩觸額，擦身而過，滿街都是，引來婦人小孩圍觀，編出這樣的歌謠來挖苦他們：

頭戴明朝帽，身穿清朝衣，五月稱永和，六月還康熙。

豎旗事件過後，泉香七子戲班在天后宮演《荔鏡記》，劇中陳三、五娘自元宵燈節在燈下賞燈相遇，到次年陳三重回潮州，五娘倚樓相望，投下荔枝與陳三訂情，爲了接近佳人，陳三喬裝磨鏡郎，打破黃家寶鏡賣身爲奴，五娘婢女益春從中穿針引線，兩人成其好事，私情敗露，林大逼婚，陳三誘五娘出逃，私奔到他的故里泉州。

戲棚上的戲唱到這高潮，戲棚下的觀眾陶醉其中，陳三、五娘敢於衝破禮教的藩籬連夜相偕私奔，挑動了棚下看戲男女的情心。有不少情不自禁，眞想假戲眞做，模仿戲中人，戲迷當中眞的有一對男女付諸行動。

北頭郭厝一個失婚的漁民，勾搭從溪湖來看戲的婦女，曠夫怨女，台上戲還沒演完，等不及戲終，相偕私奔逃匿，下落不明，婦女的親夫不甘，告到廳衙來。

同知朱仕光怒不可遏。洛津近來風氣轉爲奢侈浮華，小家女子也金手鐲銀腳鍊全身披掛，婦女出門看戲，無不靚妝，身穿羅綺，披金戴銀，搶坐台前位置，男女混雜齊聚觀戲，這下終於惹出淫奔情事。

台灣男眾女寡造成女人氣焰高漲，難以遵守三從四德的古訓，同知朱仕光有意在洛津作出一番政績，以德化此間風俗爲己任。他想效法他的本家，宋代理學家朱熹，這位儒家大儒，前後兩次到閩南上任，早年曾任泉州同安縣主簿，晚年又到漳州一年，閩南婦女上街露面不顧廉恥來去自如，朱熹認爲有失體統，出令限定女子出門必須以花巾兜面，這種遮面巾當地人稱之爲「朱公兜」。理學家禮教德化有方，泉漳二地貞節烈婦爲南方諸冠，泉州城外受表揚的貞節牌坊，綿延數里之長。

朱熹一到閩南上任，立即禁止演戲劣風，出示勸諭榜文即有一項：

「約束城市鄉村不得以禳災祈福為名，斂掠錢物，裝弄傀儡。」

榜文一出，四野優伶一見此狀，連夜散逸逃遁。

朱熹在閩南倡述孔孟理學，使漳泉從濱海下邑，一躍成為海濱鄒魯。三十年後，他的弟子漳州文人陳淳有見於當地淫祀眾多，終年演戲不斷，向漳州太守上書，列舉戲樂的八大害處，其中一條「誘惑深閨婦女出外動邪僻之思」，另一條「曠夫怨女邂逅為淫奔之醜」，果眞不幸言中。同知朱仕光扼腕感嘆，亡羊補牢，已經太晚。早知應該追隨廈門、澎湖兩地官員，以《荔鏡記》陳三五娘這齣七子戲，太過淫詞醜態傷風敗俗而下令禁演，他尤其佩服這兩地官員的勇氣，對富家大族爭相蓄養戲子的醜態也敢於不畏權勢，明令禁止。

同知朱仕光卻有他難以言明的苦衷，這次引起事端的泉香七子戲班，如果不是顧忌請戲的是地方上舉足輕重的郊商之首石煙城，聽說他兒子中的一個迷上戲班的小旦，他眞想立即下一道命令即日起停止演戲，將伶人戲班驅逐離境，限日搭船回泉州。

心思深密的同知朱仕光，不想輕舉妄動，決定先懲罰奸夫淫婦以正視聽，對禁止演戲一事從長計議。他估計這對淫奔男女必是逃入北頭郭厝，由漁民藏匿包庇，當下派得力手下前往緝捕。

北頭郭厝居民刁蠻慓悍，較之洛津其他地區，有過之而無不及，尤有甚之，漁民枉顧王法，視朝廷法制如無物，一直是同知朱仕光的心中大患。

大清王朝對漢人薙髮留辮極爲重視，林爽文叛變被擄後，罪大惡極的罪狀之一就是他鼓勵民兵將額頭前的頭髮蓄長，以之表示對滿清統治者的憎恨，在額前頭髮蓄長之前，他命令民兵用纏頭巾來掩飾薙髮的恥辱。

北頭郭厝漁民，不分老少，也膽敢不遵守朝廷規定的髮式，不論寒暑終年以青布包頭，他們以北頭近海風大做爲藉口，拿一條一丈長的黑布或藍布，繞頭五六匝，認爲既防風吹又增加美觀。這種交纏頭看在同知朱仕光眼裡，認定漁民是爲了遮掩薙髮的髮式。

憑著靈敏的政治嗅覺，同知朱仕光一到洛津上任，馬上聞嗅出表面上平靜無波的郭厝，其實頗不尋常，暗地裡有一股不安定的氣氛在騷動著。他的這種感覺在洛津第二十任同知盧鴻的《洛津隨筆》也隱約提到，可惜語焉不詳。

郭厝想當然爾是郭姓族人聚居之地，而且不只是一般姓郭的，而是忌食豬肉崇拜阿拉的回教徒。傳說鄭成功手下的先鋒部隊領袖郭義，當年曾率領福建白奇鄉一支驍勇善戰的回教鄉軍，經過諸羅山，越過西螺溪駐守洛津靠海的北頭，建立一座雄偉的清眞寺供兵軍聚會祈禱。

明鄭之後，清眞寺被施琅一把火焚毀，郭氏鄉軍留下來屯墾，以討海捕魚爲生，族人不改回教徒清規，除了忌食豬肉視之爲不潔之外，家中有人亡故，還會不遠千里，從福建聘請「阿訇」法師爲死者引路。

郭厝漁村巷道縱橫交錯，外人一進入，有如入了迷魂陣。據說當年郭義將軍居安思危，將家兵以八卦形狀分置，建造低矮的三合屋寮房，中央設太極練武場守望相助，盜賊以爲門戶鬆簡入內搶劫，經過練武場，銅鑼大響，各路人馬陣陣包圍，企圖逃竄的匪賊，受八卦陣建築地形所惑，尋找不出生路而被擒。因此郭厝盜賊不敢入侵，風水術士認爲乃漁夫撒網吉穴。

洛津無論官方或民間都一致認定，滋擾東南海面長達十餘年的海盜涂黑，曾經先後六度進逼洛津海面，佯裝來攻，自始至終未曾上岸，只是虛張聲勢而已。頂街尾文祠說書講古的青瞑朱並不以爲然。據他的說法，海賊黨羽曾經趁著夜黑風高，偷偷登岸夜襲，眼見郭厝門戶大開，下手搶劫，經過練武場時，銅鑼大響，海賊四處逃竄，找不到出路，最後束手就擒。

郭厝逃過慘遭海賊搶劫蹂躪，青瞑朱說全拜八卦迷魂陣之賜。

事過境遷，當年洛津海商與橫行海面的海盜涂黑之間耐人尋味的關係，時至今日仍然令洛津人津津樂道。不久前瑤林街的奕興行傳出一件天下奇聞，這家姓蘇的船頭行，早年屬下擁有幾十條船往來海峽兩岸，經營託運載送貨物從中牟利。奕興行的主人與石煙城有姻親關係，往來密切。

一個暮春午後，蘇家的院子外人潮洶湧，爭先恐後地搶著看豬母掛耳鉤的奇景，一隻百來斤重的母豬，被穿了耳洞，掛上一對赤金大耳環，只見牠在院子裡自由遊走，豬鼻鑽進茉莉花叢中，亂啃亂咬，白色的花苞散撒了一地。如此縱容畜生，洛津前所未聞。

家丁抓著掃帚跟在母豬後頭轉，笑嘻嘻地掃起豬屎，對圍觀的街坊鄰居說這豬母是蘇家的大恩人。前兩天發情，不安於槽，撞破柵欄四處亂闖，家丁追捕母豬進入囤積貨物的棧房，撞翻打破了一只褐黃色的陶甕，裡頭所裝的海產醃漬物流了出來，家丁發現甕底閃著白燦燦的銀光，原來藏了一錠錠的白銀。

船頭行的掌櫃看傻了眼，翻出嘉慶初年一本塵封的青布帳本，查出堆在角落一排十二只陶甕，裝的是泉州海味名產珠螺膾，貨主交給奕興行託運到洛津發售，過了兩年一直不見貨主憑單來提貨。按照行船規矩，奕興行沒收了這批珠螺膾，充當運費。

做夢也沒想到甕底竟藏了寶，主人獲得一大筆意外之財，爲了感謝這頭發情的母豬，幫牠穿耳洞，戴上一大對赤金大耳環做爲稿賞。

這樁奇聞趣事傳到講古說書的青暝朱耳裡，他十指交叉握在肚腹上，覺得這件事很是蹊蹺，天底下哪有貨主甕內藏了白銀而不來取貨的？瑤林街的奕興行與泉州街的萬合行，兩大家族通婚嫁娶，上一代關係至爲密切。青暝朱若有所悟，右手在膝上一拍，告訴爲這奇聞來向他請益的閒人：

「白銀乃當日海盜涂黑之贓物也！」

涂黑在海上興風作浪，將搶劫的金銀財寶當作海產漬物，假藉託運，私儲在奕興行棧房，以備日後取用。涂黑被官兵追緝，最後沉船自亡，蘇家年輕一代的主人不知上輩爲海盜銷贓的瓜葛，或者明明知道，故意不提。

「講是貨主沒來提貨，講得容易！」

青暝朱赫赫一陣冷笑，鼻子噴出兩滴鼻涕，愛乾淨的他竟然渾然不覺。

前去捉拿奸夫淫婦的官兵，一進郭厝，果真如入了迷魂陣。此處風情頗具特色，爲洛津他處所無，窄得像袖子的深巷底，但見不出海的老漁民纏著青頭巾，坐在三合屋低矮的屋簷下，就著午後的天光縫補魚網，一旁的老婦張著牙齒掉光的嘴嚼檳榔，手上拿著藺草，熟練的編一只草鞋，另一家天井堆滿莿竹，一個缺了一條腿的男人，坐在矮凳上，拿鋸子把長長的莿竹鋸成一截截，剖開成兩半削尖，遞給拖著鼻涕的孩子，把成串的貝殼掛在削好的竹枝上，準備明天一早帶到蚵圃插在海口養蚵。

轉過巷口，撲鼻一陣鹹酸味，混著漁蚵的腥味，薰人欲嘔，背著嬰兒的母親在用鹽醃製青瓜、菜心，鄰居曬了一竹竿的鯊魚乾、魚脯，人一走進，整群蒼蠅飛揚了起來。路上三五個半大的男孩赤足拎了個鉛桶，結伴到海邊沙灘捉青蟹掘沙蝦，他們與身穿薯榔染的赭色衣，戴斗笠，背著一簍簍蚵的漁民擦身而過，出外海的漁民此時則正在海上與波濤搏鬥捕魚未歸。

官兵在八卦陣裡彎來拐去挨家搜查，經過一間低矮的三合屋，門前堆滿蚵殼，腥鹹味奇重的屋子裡，一個久病的老漁民在生與死一線之間做最後的掙扎。官兵一聽有人臨終，覺得不吉利，於是過門而不入。如果他們強行入內搜查，官兵將會被眼前所看到的景象震驚到目瞪口呆，直至從驚嚇中恢復意識後，一定毫不遲疑地將眼前所見與叛亂謀反的舉動連想在一起，從而判斷郭厝一定有天地會的黨徒潛伏，進行反清復明的勾當。

臨終病人的床畔，做兒子的正在舉行一種明朝滅亡，改朝換代後的儀式：

他離地高高站在一張椅凳上爲父親穿殮衣，旁邊有人打了一把黑傘，高舉遮住兒子的頭部，口中鏗鏘有聲地說著讚詞：「頭不頂清朝天，腳不踏清朝地，穿漢服，歸漢土。」殮衣是明朝衣冠樣式，共有七層，每一件殮衣做兒子的背向前反穿，等七件穿齊後，一併脫下，再一併穿在斷氣前的父親身上。

滿清入關統治迄今已有一百五十多年之久，郭厝居民時至今日仍然延襲這種與大清不共戴天的儀式，對異族統治還是耿耿於懷，可以想見當初清廷強制漢人薙髮易服所遭到的反抗是何等的激烈，激烈到最後清廷不得不讓步，施行男降女不降，生前暫服清規，死時仍著舊明衣裝。一個半世紀之後，郭厝人仍嚴守儀式不改。

10 潔本《荔鏡記》

泉香七子戲班應召到栗倉同知署廳衙演戲，戲班的排場行列轟動了整個洛津，堪稱是港口開埠以來前所未見的奇景。金盛巷、米市街、杉行街的住民，聽了由遠而近的敲鑼聲，抱著看廟會的心情奪門而出，發現迎面迤邐而來的隊伍，不像是常見的藝閣陣頭遊街。

爲首敲鑼的身穿官衙僕役服，米黃衣朱色滾邊，胸背綴有圓形「欽加五品御」字樣，乍看之下，以爲是同知府裡鳴鑼喝道的僕役。然而，一見他鼻梁和嘴唇點上白粉，使人頗有相識之感，那怪趣的嘴臉，令眼快的衝口而出：

「唉喲，那個敢不是戲棚上的小丑？搬小七的那個？」

戲棚上插科打諢滿臉是戲的丑角，此刻領頭邁著莊嚴的步伐，揚起紅綢布包裹的鑼錘，不疾不徐地打著那面銅鑼，噹、噹、噹、噹一共十三下，和官府道台出巡一樣。

隨後而來的是一支繡龍織鳳黃綢的三層涼傘，接下來一面寫有「小梨園七子戲泉香班」，另一面寫「翰林院」的班燈。然後是籐條編的戲籠，分別裝置男、女角色服飾行頭、頭盔籠、砌末籠等，由負責管行頭道具的正籠、副籠用龍鳳尾的扁擔挑著魚貫而來，樂器架子上懸掛鑼、響盞、小叫、拍等，殿後的是《荔鏡記》一戲中，陳三磨鏡的鏡擔，裝飾著精美的金木雕刻，懸掛一只銅鏡，垂著漂亮的穗子。

圍觀的群眾目送泉香班一行人浩浩蕩蕩進入門禁森嚴的同知署三進廳衙。衙中當差的僕役領著一行人來到第二進的門廳，平常同知府招待內地來的官員、游宦都在這廳中三面設宴席，當中鋪上一席紅氍毹，從後車路找幾個聲藝色俱佳的歌伎，淺斟低唱清歌曼舞以娛賓客。

班主看了一眼地上的紅氍毹，跨出天井，覺得同知府第二進的庭院寬敞深遠，極適合搭棚演戲，便與當差的僕役交涉，表明泉香七子戲班遵循勾欄古制，請求搭建戲棚。

「小梨園七子戲班絕對不是落地掃，剛才我們出演的排場您也見過了……」

小梨園七子戲的前身原是豪門宗室的家班。宋室南渡，南外宗正司遷置泉州，王公皇孫貴族世家從臨安、溫州隨身帶來的歌舞樂伎、俳優家班演戲唱曲，成員均為童伶，設有七個行當角色，所以稱為七子戲。

隨著時間推展，豪門貴族的家班入境隨俗，與泉州流傳的南管音樂結合，發展出特有的曲調，為了適合童伶發聲吐氣，採用月笛伴奏。改朝換代後，家班隨著官宦豪族的沒落，流入民間成為職業的七子戲班，又稱小梨園，以有別於由成人敷演從浙江傳入的「上路」、漳泉二郡的「下南」唱腔的大梨園。

班主向同知府值班僕役強調七子戲出身皇族家班，才能保存出演時風光的排場架式，一如官吏出巡。

交涉結果，班主在第二進天井院落露天搭戲棚，用兩塊四尺多高的棚椅作架，上面橫鋪三扇門板，在四角上豎立四根柱子，頂端用木棍扎成四方型，覆上帆布，戲棚後區是樂隊的位置，伶人的出棚口在左上角。

不到一丈見方的戲棚上，擺放了一條長凳，桌椅等道具依場面需要擺設，班主將一條繡有「泉香班」戲班名稱的凳帔繫在條凳上，又在棚口柱架兩邊，各懸掛一個火油燈。

一等同知朱仕光在廊簷下太師椅坐定，《荔鏡記》開演：泉州陳運使的小弟陳伯卿，人稱陳三，因送哥嫂到廣南赴任，路經潮州，正逢元宵燈節，戲棚上的伶人扮做賞燈人，個個手拿牡丹燈、繡燈、關刀燈穿插鬧元宵，美麗的花燈與棚口柱架的火油燈相互輝映，樂隊弦歌四起，不知不覺間，同知朱仕光恍如置身如花似幻的燈飾裡，走進了戲中的場景。好一個火樹銀花不夜天，滿城鼓樂管弦鳴的元宵夜！

月光風靜，燈月交輝，簫鼓喧天，上下樓台火照火的元宵佳節，行人相挨相搡相牽手在燈下行過，城西黃員外的千金碧琚，人稱五娘，帶著婢女益春、李姐上街賞燈。陳三看燈下的她滿面花月，玉筍纖纖，疑心燈前月下人是從畫裡走出來的，故意墜下一把金箋扇，讓婢女益春拾了去。扇面的詩句及題名等於給佳人自報身家姓名。

黃五娘偷瞧這位頭戴烏紗巾、身穿繡錦襖的翩翩公子，止不住讚嘆：

「泉州花錦山川，才會出這等人物，滿街公子王孫，來來去去，無一人像伊那麼標致。」

他是爲五娘而來。

難耐相思，陳三一到廣南即告別兄嫂，駿馬雕鞍漫步潮州街市，正巧五娘爲元宵燈下的郎君亂了方寸，趁著賞夏叫婢女益春陪伴上樓挑荔枝解心悶。主僕認出樓下騎馬而來的郎君，彷彿燈下官人，五娘用羅巾裹了並蒂雙荔，投下向陳三透心意。

爲了接近佳人，陳三假扮磨鏡匠，頭戴黑馬尾鬃編織而成的圓筒狀的鬣仔巾，挑著鏡擔，前往黃員外家磨鏡，故意打破黃家青銅寶鏡賣身爲奴三年，在西軒住下……

不知不覺間，同知朱仕光漸漸忘記了他看戲的初衷，隨著劇情轉折喜嘆悲啼，達到忘我之境。

同知府的《荔鏡記》演完謝幕過後，同知朱仕光負手立於廊下，幾天前燈火搖曳、優伶綽約如眞似幻的戲，曾如變魔術一樣的出現，也像魔術一樣的消失。同知朱仕光吸吸鼻子，空氣中殘留伶人的脂粉氣味，廊柱、山牆之間似乎仍有笙歌管弦、樂音在迴盪著，黃五娘思君的悠深細膩纏綿的唱曲，猶是哀怨盈耳，聽來意消志移。

飾演黃五娘的大旦玉芙蓉星眸乍迴、若有情若無情的眼神，仍在眼前，而月小桂的婢女益春，腰細如柳輕盈如燕，只見他掉頭擲眼流盼掃視如水斯注，那使人心蕩神移一身火起的眸光，四處都是，至今仍無所不在。

泉香七子班的戲子們入侵了同知府，陳三五娘悲歡離合的故事佔據了同知朱仕光的腦海，連風弄竹聲都使他以爲聽到急管繁弦、潘哇艷曲。

同知朱仕光暗自心驚，沒想到假男爲女的優伶在戲棚上能如此極盡聲色之美。把腰挺直，深深吸了幾口長氣，緩緩呼出，同知朱仕光伸手敲敲自己的腦袋，提醒自己，召這泉香班戲子進府衙演戲的初衷，可完全不是爲了愉情遣興，而是想從中瞭解何以這麼一齣鄉俚俗劇，能令庶民村婦如癡如狂，觀之猶不足，甚至還模仿戲裡的陳三五娘，演出淫奔醜行。

戲子們在堂堂的同知府衙內，上場亮相流盼掃視，眼風輕佻放肆，充滿了挑逗，風言風語肆無忌憚，逾越禮制，同知朱仕光應該覺得被冒犯才是，怎能沉迷其中。同知府的《荔鏡記》演完後的第三天，同知朱仕光從搖情動魄，目眩神迷中清醒了過來，他調整了自己，拒絕繼續讓泉香七子戲班佔據同知府，玉芙蓉、月小桂進駐不去。他自認不屑流俗，與那般狎弄男旦的京官同流合污，大清帝國已被男色腐蝕，頹廢墮落，令他痛心疾首。

乾隆以後，禁止女優伶在京城演戲，旦角皆由男人扮演，朝廷禁止官吏宿娼，不許京官狎妓，京官於是將目光移向男性旦角，以狎玩相公做爲取代。乾旦在台上做眉做眼，以眼色相勾，一等下了戲，京官便把看中的相公帶上車直奔酒樓茶館飲酒作樂，還虧他們自圓其說，稱讚相公「既有女容卻無女禮，既可娛目，又可制心，可謂一舉兩得」。《懷芳記》的作者蘇長公甚至表示食河豚値得一死，他的秋芙倘是女子，「爲我作妾，亦値得一死也」，這秋芙還不能度曲，只是以色取勝的伶人。

同知府演完《荔鏡記》陳三五娘荔鏡奇緣的故事，臨離開前，泉香七子戲班的班主從戲籠小心翼翼地捧出《荔鏡記》的本子，行話稱爲落籠簿，雙手奉上獻給向他索求的同知朱仕光，神情凝重，有如獻的是傳家的寶貝。這部用黃綢布包裹、污漬斑斑殘破不全的青皮手抄戲簿，扉頁印有「乾隆榮發班」字樣，是上一朝戲班演出的手抄本，戲文是由粗通文字的伶人根據教戲師傅口述，用墨筆抄寫在紅格竹紙上，摺頁上欄刻有「固德齋」，可能是一家印刷舊式帳本的鋪號。

同知朱仕光翻閱這部流傳七子戲班的劇本，他一反平日伏案閱讀的習慣，手拿一把竹尺，挑翻桌上的戲簿，不肯用手指去翻看，那草紙一樣粗糙的黃色紙張，墨筆字體拙劣幼稚，旁邊附著蚯蚓一樣的工尺譜，看起來慘不忍睹，虐待同知朱仕光的眼睛。

勉勉強強用竹尺翻閱了幾頁，發現戲文生造字連篇，詞不達意。同知朱仕光放下竹尺，喚來廳府中的書吏，囑咐他把戲本重新抄寫一遍，還特別叮嚀不必照原文重抄，而是把其中的泉州閩南土語一律翻譯成官話，授意書吏對戲文中的口語對白只需取其大意，不必忠實原著。閩南這種俚俗的方言一向不被士大夫看重，口白用詞本來就沒有獨立的文字，聽起來更是詰屈聱牙，全然不可解。

同知朱仕光提醒書吏，在謄寫翻譯的過程中，一見粗俗和色情的道白，盡量刪除過濾，務必去蕪存菁，還必須大刀闊斧去其枝蔓，削掉繁複的鋪敘。同知朱仕光聽說觀眾在戲棚下看累了，回家睡一覺，回來再看還接得下情節，他也要改革這種拖泥帶水的結構。

同知朱仕光進而表示，爲了方便他進行刪修改編劇情，要書吏不必用典雅的文言文來翻譯，而是改以通俗淺易的白話來取代。這樣才能接近民間鄉土的感情。同知朱仕光說。

書吏是位紹興師爺，對泉州土語一竅不通，不得不找了個流寓洛津的泉州文士，由他口述進行翻譯。

這泉州文士是個屢試不第的秀才，宦途無望使他灰心喪志，流寓洛津之前，曾經在泉州城外的清源山道觀修行，體悟到中國一部二十四史，無非是帝王將相的家譜，從此棄筆不寫儒家正統思想的八股論文，把興趣轉向民間俗文學，開始關切庶民生活。

文士曾經下過一番功夫校理刊定從明朝嘉靖以來與《荔鏡記》戲齣相關，有脈絡可循的話本小說。讀到一篇〈聯芳樓記〉，明朝人寫的話本小說，情節與《荔鏡記》極爲近似，敘述昆山鄭生與薛氏姊妹的戀愛故事，也借荔枝而結合：

夏月於船首澡浴，二女於窗隙窺之，以荔枝一雙投下。生雖會其意，然仰視飛甍峻宇，縹渺於霄漢，自非身具羽翼，莫能至也。既而更深漏靜，月墜河傾，萬籟俱寂，企立船舷，如有所俟。忽聞樓窗啞然有聲。顧盼之頃，則二女以鞦韆絨索，垂一竹兜，墜於其前。生乃乘之而上。既見，喜極不能言。……至曉，復乘之而下。自是無夕而不會……

泉州文士讀畢掩卷，對故事情節無限嚮往。

協助書吏爲同知朱仕光譯寫梨園七子戲的《荔鏡記》劇本，從一開始，泉州文士便向書吏表示；閩南語早自秦漢由中原地區傳至閩，保存中原古音，其實是極文雅古典的，他強調閩南語的文法、語言的思維方式與北京官話大有出入，倘若不用心句句推敲，翻譯出來的白話文可能辭不達意，背叛原來的意義，使這齣經典老戲變得支離破碎。

書吏對文士的警語嗤之以鼻。他將屬於民間的陳三五娘據爲己有，大刀闊斧斬去他所認爲的枝蔓，削除繁枝，自認爲棄其鄙俗糟粕。書吏看不慣劇中男女主角「品行低劣，語言粗野，面目可憎，難登大雅之堂」，於是大力刪除庶民生動的口語，堆砌一些毫無意義的詞藻。

泉州文士看到書吏「改良」過的本子變成有如沒有生命活力的殭屍，大罵書吏糟蹋了本來合乎人性的原本，成爲他自娛的消遣品，一怒之下拂袖而去。

同知朱仕光坐在廳衙書房，室內窗明几淨，桌上放著書吏去蕪存菁大事過濾的潔本，同知朱仕光筆酣墨飽，等著縱筆伸紙，改編這齣從明朝流傳閩南，至今仍是滿城沿村爭唱的荔鏡奇緣。他的目的是挪用陳三五娘庶民故事的素材，將之加以重新改編裁製，編出一齣符合教化的道德戲曲。

曠男怨女效法戲棚上的人物相偕淫奔的醜行，事發已過半個月，那兩個狗男女仍在潛逃尚未捕獲到案。醜聞發生後，同知朱仕光眞想立即下令禁止戲班演戲，又怕引起戲迷的反彈，惹出禍端，觀眾迷戲可迷到不可理喻的地步，他聽過一個眞刀殺死假秦檜的眞實故事：洛津街尾一個屠夫，收市後挾著屠刀去看戲，台上演秦檜陷害精忠報國的岳飛，飾演奸臣的伶人將秦檜的陰狠暴戾表演得入木三分，屠夫看得入情，氣憤不過，衝上戲棚，用殺豬的屠刀一刀砍死假秦檜洩恨。

愚俗百姓以假當眞，對戲曲迷惑到這種地步，若想讓民俗反璞歸眞，人心思善，同知朱仕光以爲倒不如將計就計，從戲曲下手，取些合乎禮義道德的故事，借著伶人在台上喜嘆悲啼，激發他們善惡分明之心，借演戲移風異俗，可以事半功倍。

同知朱仕光提筆進行他的改編。

一開頭就對梨園戲的稱謂有意見。「梨園」一詞來自唐明皇坐部伎子弟三百人教於梨園，稱皇帝梨園弟子，本是古代帝王培養藝人的場所，而這名不見經傳的閩南地方戲劇，卻膽敢以梨園爲名，同知朱仕光難以苟同。雖然聽了耆老說明，泉州的戲班拜田都元帥爲戲神，民間傳說田都元帥去世後，唐明皇封他爲天下梨園都總管，此爲梨園戲的來源，他猶是不能釋然。

批閱戲文，他首先無法接受陳三打破黃家寶鏡，賣身爲奴的這一節情節。劇中的陳伯卿是官蔭人子，叔父當太守，長兄是遇使，同知朱仕光認爲他不去赴試科舉已大不該，一個寶馬羅衣相貌堂堂的公子，爲了貪風月接近黃五娘，竟然自貶身分，化裝爲磨鏡匠，學古人盧小春，打破玉盞捨身分，故意打破黃家祖傳青銅寶鏡，甘願賣身爲奴。

同知朱仕光覺得陳三此舉，有辱斯文，他讀到陳三入黃府後，連自己也不免質疑：「因何走到這地步」，同知把這句台詞解釋爲陳三後悔自己賣身的行徑。幾經思索，他想出兩個改編的方案；一是陳三「無意中」打破寶鏡，一是陳三磨好寶鏡後，交給益春，婢女抱過手，沒接妥，不小心打破。同知朱仕光自覺兩種改法均極合情合理，可由戲班任選其一。對自己的創意極爲滿意。

至於賣身後的陳三，屈居人下與僕傭無異，掃地做粗工之外，為親近芳澤還替益春端洗臉水給五娘洗臉，伺候她梳洗做小伏低，與五娘有主僕之分，她罵他「賊奴」，斥退後猶嫌不足，不管天冰水冷，動手把整盆水往陳三身上潑去，淋得他像落湯雞。陳三受辱，居然還蹲下身去拉五娘的裙子來拭面，大言不慚地說：

「想也未有大罪過。」

讀到這裡，同知朱仕光擲筆興嘆。他可以想像媽祖廟前看戲的男女，尤其是婦人，看到這裡一定樂不可支，拍手叫好。他絕對不能容許這種氣味低俗的庶民趣味，男尊女卑天經地義，唯有如此，社會才不致脫序，哪有像這齣戲裡陳三一個堂堂的讀書人，被五娘顛倒過來罵他膽敢無尊卑。

同知朱仕光必須把顛倒過去的顛倒回來。

台灣女人只知看戲玩樂，終日不事生產，既不紡績也不解蠶織，同知朱仕光把移民混淆冠履衣服之禮制，衣冠不遵守體統，歸罪於女人不守本份。台灣既不種桑養蠶，也不種棉苧，布帛、紗羅綢緞藉著海運便利，從泉州、福州以及江浙寧波進口，移民對冠履之儀全然無知，負販菜傭、擔夫皂隸個個身穿絲綢，以綾羅為下衣，羅漢腳無賴之徒，也不乏綾襖錦襪搖曳街衢。

同知朱仕光一上任，看到衙內的皂隸身穿綢衫任役，大為震怒，當下命令扒去打四十大板，廳內侍候茶水的僕役，袖口是雪白紡綢，腰間灰色錦胯露在衣衫外，足足一尺有半，名為「龍擺尾」，腳下襪不繫帶，脫落足面，叫「鳳點頭」，同知朱仕光大嘆化外之地，不懂王法。

身爲朝廷命官，他熟知衣冠禮制，朝廷規定一般士民不准穿靴子，洛津氣大財粗的船頭行老闆，公然穿靴子來見他，朝廷明令若無官職不能用冠，冠頂以不同材質來區分官吏品級之高低，絕對不准僭越，嘉慶皇帝雖有嚴禁僭用帽頂的示諭，台灣天高皇帝遠，富人花錢捐納官職的風氣日盛，九品的芝麻捐官，戴五、六品的頂子大剌剌招搖。

移風易俗得先從此間的婦女下手。書吏譯寫《荔鏡記》劇本時，已經把五娘開口「賤婢」閉口「我死囉」的庶民用語悉數刪除，同知朱仕光有心把五娘塑造成爲傳統士大夫心目中的佳人閨秀。

11 珍珠點腳一小塊，嘴唇烏沉沉

「帶你去見一個人，腳一小塊，嘴唇烏沉沉。」

烏秋告訴許情，要去見的這個女的，唱起南管曲，連洛津的父母官同知朱仕光大人都說讚，還要教她說官話呢！

許情對著鏡子打散長髮，把頭髮繞曲梳紮於腦後，梳了一個時下未婚女子的時興髮型，叫「麵線紐」，臉上塗了少許胭脂，比戲棚上淡妝了許多，換上新裝，垂頭邁著碎步，跟在烏秋後面出門。

後車路與瑤林街平行，是五福街後方一條狹斜的窄巷，早年因載貨牛車往來絡繹不絕而得名，巷中一道丈多高的隘門，紅磚砌的門楣上方可見「門迎後車」四字。洛津開埠後，與河港並行的後車路佔地利之便，發展成爲郊商巨賈宴客取樂的銷金窟，窄巷兩邊鴉片煙館、賭場、歌伎間、妓館林立，其中攙雜著良民百姓的住家，昔日絡繹不絕的牛車換上了陣陣徘徊的尋芳客，青樓娼家大門半掩，稱爲半掩門，以之有別於尋常百姓家，每天黃昏後，巷子裡遊人如織。

烏秋帶著裝扮成女相的許情，穿過「門迎後車」的隘門，來到一棟門楣貼著紅紙寫上「鴻禧」二字的紅磚屋，牆頭疊成花格長窗，一大叢金銀花攀爬出墻外，銀白色的花，在三月午後的冬陽下，逐漸轉爲金黃色。烏秋雙手插在短襖的口袋裡，昂著頭推門而入，越過一個小小的天井，熟門熟路的進到客廳裡，裡面陳設清雅，湘簾半掩，八仙桌上放了一把琵琶，牆上掛著三弦等樂器。如意居的歌伎珍珠點穿著粉紫緞地的大襟女襖，領口下繡著如意雲頭圖案，下身的黑緞褲滾了一條綠色繡邊，坐在八仙桌旁的如意椅上，左腳架在右膝蓋，露出紅色長筒鞭型弓鞋。

珍珠點雙目微睜，手捧著水煙叭叭吸著，看來輕妙自在，小嘴一張，兩排跟平埔族的女人學的，用芭蕉花擦黑的牙齒，一如烏秋對她的形容：

腳一小塊，嘴唇烏沉沉。

珍珠點來自安溪以鐵觀音聞名的茶鄉，父親嗜賭如命，一沾到賭牌，可以幾天幾夜不回家，賭光了家中幾畦茶田，家中妻小斷了炊，猶是執迷不悟，最後玩四色牌，把女兒輸給一個在內地窮鄉搜買幼女，偷渡賣到台灣的人口販子。

人口販子給珍珠點的父親兩個選擇，一是把十來歲的女兒嫁給四十幾歲的老男人，他可以當個現成的丈人，說不定日後還可坐船到台灣來探親。第二個選擇是給人當童養媳，做父親的選了後者，抹著羞愧的眼淚，立下賣女契約：

立字人林根，有親生女一口，名華，現年十一歲，家中貧苦，日食難度，將女交付銀主前去掌管使喚，一找杜絕，永無後悔，一賣千絕。保證此女係根之親生，與房親他人無干，若女子不受教訓，聽任轉賣他人，根不敢出頭阻擋。此係同媒三面言議明白，甘願名無反悔，如有風水不虞，此亦天命。恐口無憑，合據有炤。

嘉慶十三年五月二十四日

林根在「一找杜絕，永無後悔，一賣千絕」的立據打下手印。

珍珠點（林華）被賣到後車路，買她的鴇母月花看她兩道彎彎的眉毛，雙目微睜，顧盼多姿，小小年紀，女態盡現，一開口，嗓音清亮，有如黃鶯出谷。憑著她的閱歷，知道是可造之才，於是不惜工本有心想把她調教成為一個色、聲、藝三全的大色歌伎。

首先是裹小腳。「為什事，裹了足？不因好看如弓曲，恐她整天出房門，千纏萬裹來拘束」。

《女兒經》上這麼寫著。鴇母月花除了害怕買來的童養媳「出房門」偷跑，裹了腳拘束她，更重要的，歌伎一旦腳下一雙三寸金蓮，則身價百倍。

等不及秋涼小腳娘的生日才給她裹腳，月花翻閱黃曆，選了個「纏足吉日」，便讓女孩坐在矮凳上，叫她踢掉木屐，一看一雙腳狹長瘦小，鴇母月花連連點頭，說山裡養的孩子，難得生了這麼一雙單薄的腳，裹起來可少受點罪。用熱水洗完腳，移開腳盆，趁著腳還溫熱，鴇母月花拿過一條寬三寸、長八尺漿過的藍色裹腳布，月花說漿過的布纏到腳上才不會擠出皺摺，她把用錢買來的童養媳的左腳放在自己的膝蓋上，腳縫撒些明礬，將四個腳趾緊捏，朝腳心拗扭，然後用裹腳布緊纏，纏了兩層，叫一旁的婢女拿針線把縫口一針針密密地縫合，接下來一面狠纏一面密縫，如此連續纏裹，將賸餘的布端以手指塞入足下腳布縫中。左腳纏畢，如法再纏右足。最後裹成兩個尖尖粽子的形狀，套上一雙紅布鞋，命令她站起來試步走路，鴇母月花一旁再三叮嚀足尖不可朝天，以免腳型後倒被入恥笑。由於四個腳趾拗折彎曲，觸地產生劇痛，女孩痛哭慘叫，鴇母還是不肯讓她坐下來。

平常人家爲女孩裹腳，不會一開始就下狠勁裹，從四、五歲起輕輕用裹腳布攏著，讓兩隻腳習慣這種拘束，再一次一次慢慢加緊。鴇母月花爲了速成，也生怕童養媳的一雙腳已經太大難以裹成三寸金蓮，因此使勁力氣往死裡裹纏，纏得女孩痛徹心腑，全身顫抖不止。

白天痛得寸步難行，夜裡腳掌發熱膨脹，炭火燒著一樣痛苦，輾轉不能成眠。

爲了怕童養媳痛不欲生，趁人不備解開裹腳布，鴇母月花將她雙手反綁床頭，這樣還不放心，又派了一個婢女日夜監視。十天後，解開洗足，撒些明礬粉，再用力捲縛，一次比一次裹得更緊，雙腳皮腐肉爛，鮮血淋漓，發出陣陣臭味，皮膚變成瘀紫色。

接下來進行第二階段的纏足：裹腳頭，所謂的裹瘦，裹的時候要把裹腳布纏到最緊，把小趾蹠骨死勁向下推用力扭轉，使舶狀骨脫臼。纏好後，痛得無法行走，在鴇母鞭打下，童養媳掙扎著，用後腳跟墊著走，走一步痛一下，兩腳抽筋，她以爲活不成了。

求生不得求死不能，日夜啼哭哀嚎，解開裹腳布，跟著把潰爛的皮肉撕下來，一片血肉模糊，女孩眼看雙腳腐爛的血肉變成膿水，流盡後有如幾根枯骨，腳趾頭都抄到腳內側邊，鴇母月花說要裹到腳內緣能摸到腳趾頭，才算是「瘦」到家。

裹瘦之後還得裹彎，裹彎是要在腳底掌心裹出一道很深的凹陷，裹到腳掌摺成兩段，鴇母月花把童養媳的腳跟往前推，把腳背往下壓，前後施力束緊，大拇指經此一束，向下低垂，腳心出現凹形，再死勁去纏，弓彎愈甚。

可憐女孩又在床上整整躺了半年，期間鴇母也沒讓她閒著，找來一個羈旅洛津的文士教她讀書粗識文字，又從車圍的歌管聘請曲師來教琵琶，在田都元帥神像前拜師，鴇母按照規矩，擺酒席請曲師，奉送束脩。珍珠點跟曲師從琵琶的推拉、吟揉等基本手法學起，鴇母手執鞭子立在一旁監視，稍一鬆懈便是迎頭一陣毒打，邊打邊破口大罵：

「賤人生來就是賤，哪不甲我好好學曲，我就甲妳賣呼半掩門，去做趁食查某，呼大家黑白騎！」

打罵威脅奏了效，童養媳力爭上游，抱著琵琶日夜推拉撥彈，不敢稍歇，彈到十指汩汩流血，染紅了琴弦，短短時間便學會了〈牽紅姨〉一類淺俗明快的民間小曲，半年後記了十六闋曲，漸漸能按譜尋聲，彈奏《荔鏡記》陳三五娘戲曲片段。

腳傷癒合後，鴇母月花給她的小腳脛下套上長筒形的繡花色褲，遮住纏腳布，增加美觀，又用一雙極小的假鞋套在裹腳上，假裝成三寸金蓮，讓她扶著牆學習走路。鴇母教她把重心放在腳後跟，腰肢輕擺，才能婀娜生姿。

林華出道前的藝名並不是珍珠點，這名字是在一次酒筵，一位南京來的文人，看她琵琶橫抱，兩道彎彎的眉毛，顧盼多姿，當下即興寫了一首詩，其中有兩句：

娟娟媚態雙彎月　嚦嚦歌聲一串珠

傳誦出去，珍珠點取代了她原來的藝名，歌伎間以如意居為名，也是這文士取的。

烏秋把許情推向珍珠點，說這女的是草厝來的，竹竿接菜刀還真是個遠親的孤女，一雙大腳，命裡注定到半掩門討飯吃，帶到如意居來長點見識，開開眼界，請珍珠點指點，這雙大腳如何處置？裹腳太晚了，是不是學人家戲子踩蹻，可用一塊木頭裝在腳下好像纏足，走起路來搖搖擺擺，加點姿態。

珍珠點微睜的雙目，掃了許情一眼，並不看他的腳。

「唉喲喲，外口的人咧講：『草厝搬到後車路』，來搶地盤，眞是有影喔！」

草厝是洛津郊外一個偏僻的村子，私娼為了發展，搬到後車路來高樹艷幟，以新貨為號召。

洛津有一首〈竹枝詞〉：

幾處柴門半掩開　遊人陣陣此徘徊

煙花三月後車路　新貨搬從草厝來

珍珠點借它來諷刺。

烏秋恨自己一時口急，胡亂瞎編草厝這個不恰當的地名，尷尬得連連搖手：

「講笑的，什麼來搶地盤！」

珍珠點扭過頭，草厝來的貨色不值得她理會。

「你很久沒來坐，隔壁迎春閣出了代誌，有聽講嘸？」

迎春閣的紅牡丹栽在一個羅漢腳手中，給騙財騙色，聲名毀於一旦。這個羅漢腳，珍珠點形容，和那些敞衣赤足滿街游走，除了「雙腳夾兩粒卵葩」其他身無長物的羅漢腳不同。

如此粗俗的言語，出自珍珠點口中，和烏秋來之前告訴他的，連同知大人都對她讚賞，還說要教她說官話的那個大色歌伎會是同一個人？許情懷疑。

他哪裡知道同知朱仕光對後車路娼家與民家雜處這淫蕩之地深惡痛絕，在任期內曾經微服出訪，到後車路實地探查，被老鴇月花誤以爲是上門聽曲的尋芳客，請出珍珠點橫抱琵琶唱一曲〈昭君怨〉。同知朱仕光一聽她用閩南土語來唱曲，覺得難以入耳，糟蹋了這首琵琶古曲，於是將唱詞一句句以官話逐句教珍珠點，臨走還囑咐她牢記。

同知朱仕光從後車路回到粟倉的府衙，當晚即以八行公文，呈請福建巡撫上奏朝廷下令台灣娼家與民家界線分明，以端正風氣。

……台灣無論鄉村城市，隨地皆民家，隨處皆娼家，娼民往來而不以爲恥，民娼通婚亦無嫌的情況，已達不可救藥的程度……

同知朱仕光痛定思痛，以管仲治齊，設置女閭三百爲例，說明娼民分家的重要性，他提出爲今之計，便是將私娼變爲公娼制，集中管理方案。

珍珠點不知道這些，她只是幸災樂禍，笑吟吟地說給烏秋聽，一個白天游走四方，晚上到土城游擊營班兵開的煙渣館，拿偷來的幾十文錢買用鴉片煙灰熬成的煙渣抽了過癮的羅漢腳，到後車路賭場當「賭蠟燭」，供賭客使喚差遣，從賭桌上聽到迎春閣的大色歌伎紅牡丹美如天仙，一身好皮肉，起了歹意，趁賭客不覺，偷了荷包，買了一身長袍，穿上鞋子，上門迎春閣，自稱是泉州茶商的大公子，父親派他到洛津接洽一筆大生意。

「紅牡丹唱曲烏白來，兩粒目睭金瞬瞬，一個人精去呼騙到爽歪歪，誰敢講羅漢腳身無『長物』！」

珍珠點說著，和烏秋交換了個曖昧的眼神。

偷來的銀子用光了，還涎著臉上門，被老鴇擋住，羅漢腳老羞成怒，選一個沒有月亮的暗夜，召集幾個同夥無賴，用墨水塗黑了臉，遮掩本來面目，個個手持竹棍刀槍，把事先浸了油曬乾的粗紙捲成一束束，帶在身邊，摸黑到迎春閣，先用竹棍敲開門，然後把粗紙火把點燃，投到屋裡，趁混亂搶劫洩憤。

「搶完了，聽講跑去乞丐寮躲起來，紅牡丹驚有後害，不敢去算帳，白白吃啞吧虧」。

珍珠點兩手一拍，眉開眼笑。

門後等候的鴇母月花，趁兩人說話的空檔進屋，她腮邊長一顆黑痣，額頭紮一條黑絨的眉勒，當中墜著玉片珠花。老鴇雙手捧著一只金漆描花的福州漆圓盤，盤裡的細瓷小碟盛放紅棗、瓜子等糖鹵果類，給烏秋「點煙盤」。按照規矩，點煙盤有「點空」和「點實」兩種，點空暗示客人只能短暫作陪，點實則可陪宿過夜。

到如意居的途中，烏秋告訴許情，後車路的歌伎間不是一般販夫走卒來得起的。

「來後車路點煙盤，點一次就等於五斗米的價錢，你想，碼頭搬貨的苦力，要搬多少貨才換得到一斗米？」

珍珠點是大色歌伎，價碼比一般的更高。烏秋認識五福街一個油郊的伙計，愛聽珍珠點唱曲，沒銀子上門點煙盤，伙計每天等到夕陽西墜後，如意居響起弦索聲，他就挨著牆角，聽珍珠點唱曲，一邊右手輕按膝頭，隨著琵琶琤琮打拍子，陶醉在樂音裡。

珍珠點被客人請出局，帶著弦仔師到酒樓陪酒唱曲，這伙計也捨不得走，蹲在牆角等待酒樓宴席結束後，客人又回到如意居宵夜「二次會」，重整碗盤，安排杯箸清粥小菜繼續飲宴。

夜闌人靜，珍珠點斜抱雲和，自彈自唱：

為著什麼，遠遊地，長別離……嘆一聲，青春不再來，夜夜床上坐，兩眼淚哀哀……多望春花開來深閨地，深閨終日淚湧成傷哀……

歌聲如泣如訴，珍珠點自嘆身世，牆角外的伙計陪著她酸淚漣漣。聽到夜深，隘門早已關上，猶是捨不得離去。

這天下午，珍珠點表明晚上必須到紅玉酒樓出局，只能「點空」不能久陪。

「金順行的頭家擺宴席，請廈門船頭行的第二公子，」為安撫烏秋，又連忙加了句：「金順行半月前就知船期，早就訂的局！」

烏秋聽了，似乎並不在意，接過珍珠點的水煙，叭叭抽了幾口，歪過頭打量歌伎，眼睛從她扣得嚴嚴的、繡著如意雲頭圖案的領口往下溜，渾身上下裏得密不透風，只有褲腳下若隱若現的一雙尖尖的金蓮小腳，感覺到他注意的目光，小腳故意微微晃盪著，挑逗著他。

烏秋坐不住了，起身上前輕輕捏了一下那小腳，小腳的主人故意作狀躲閃，欲拒還迎，兩人嘻笑著。

鴇母月花過來牽著許情的手，看了一眼他兩隻大腳。

「我帶妳去找阿婠，呼妳去看我那孫媳婦，兩隻腳綁得尖尖的，親像兩粒粽，是眞古錐喔！」

卷四 招魂

那的喚做甚傀儡？

弦仔師蔡尋

十五拋球，十六踏火

施輝為自己招魂

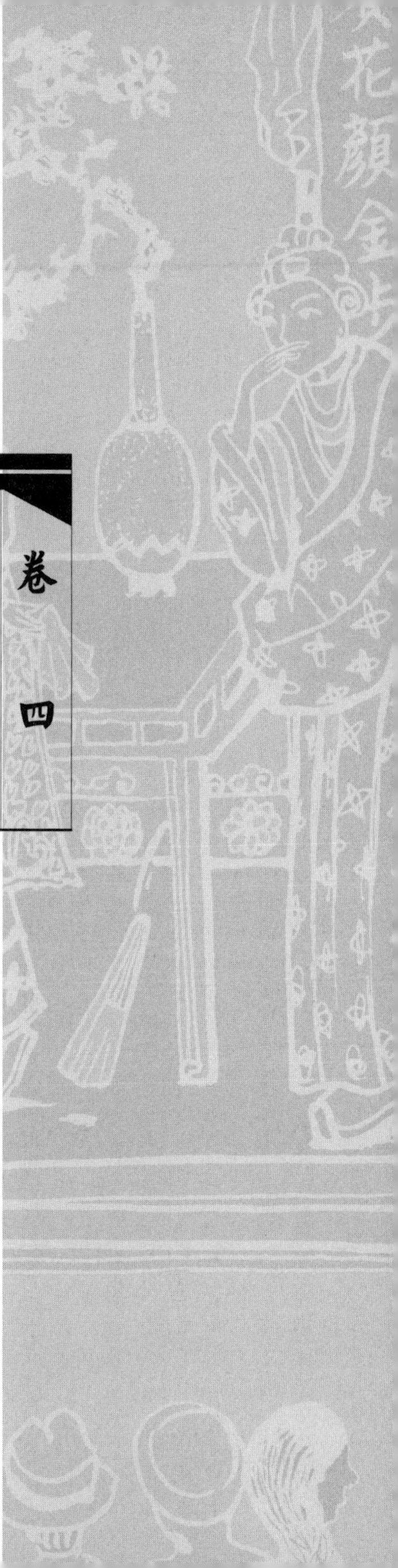

12 那的喚做甚傀儡？

洛津流傳一首〈普渡歌〉，父老孩童個個都能朗朗上口，從「初一放水燈，初二普王宮」一直到「八月初三普乞丐寮」，都能背誦如流。每年一到七月，洛津各個角頭輪流普渡，爲期長達三十三天之久。

〈普渡歌〉從初一放水燈揭開序幕，這一天坐落於街尾的地藏王廟，舉行開鬼門「放庵」的儀式。地藏王掌管陰間十殿閻王，洛津恭奉這位幽冥教主的廟宇，是座典型的陰廟，建築低矮深長，氣氛陰森恐怖。地藏王神像掛了一串念珠，黑黝光潤，正殿懸掛匾額「天竺尊嚴」，廟埕一株老榕樹，根鬚披垂，狀極鬼氣。

地藏王平日冷冷清清，廟埕那座七層的燒金塔少見香火，人跡罕至，兩扇大門總是神祕地緊閉，只開啓左邊的小門，供弔亡祭死的親屬進出。七月初一這天廟前擺置三尊紙紮的丈多高神像，當中一尊即是鬼王，一大早便有紅頭司公道士列隊搖鈴舉行開鬼門的儀式，做法會請神祭鬼，把三扇廟門一齊大開，讓陰間的孤魂野鬼好兄弟到陽間接受普施。

初一晚上，上弦月的月光反常的皎潔，照耀得地藏王廟埸光亮如白晝，廟埕那株根鬚飄垂鬼氣逼人的百年古榕，影影綽綽，披垂的枝葉在燠熱無風的夜晚，投下一地的陰影，顯得鬼影幢幢。那座平時少見香火的七層燒金塔，塞滿了送給好兄弟的冥紙，焚燒的火熄了，兀自冒著因月色明亮而看不見的白煙。

低矮的地藏王廟在月光下，似乎看起來更爲深長，四周插著地香，那是祭拜冥府幽魂的線香，不插入香爐內，而是插在地上，說是讓香氣鑽入地獄，供養地獄裡救苦救難的地藏王菩薩。

每逢鬼月，地藏王廟的廟埕會架起一排排與人胸等高的「轙」，它是以細竹篾編紮成內外兩圈的圓筒狀，外面糊上紅、黃色紙，貼著十二尊牛鬼蛇神。紅色的稱做血轙，專門超渡因難產而溺於血池的產婦；黃色的水轙，則是爲超渡溺水而死的水鬼。死者親屬在祭拜地藏王之後，用手拉著轙旋轉，稱爲牽轙，讓淹死或難產而死亡的亡魂自水中、或泡浸血池中升起，超生投胎轉世。

地藏王廟「開庵」鬼門一開，洛津其他寺廟也豎立長竹篙吊上燈籠，招引孤魂，給空中陸地飄浮的鬼魂下請帖，白天升招魂旗，夜晚點七星燈，讓鬼神按圖索驥依照信號降臨，到此接受盛筵招待。

溺水、船難、流屍的水鬼，置身於陰寒的水中，看不到寺廟豎的燈篙，人們爲水路的鬼魂放水燈來爲照引冥路，初一晚上，人人手持紙糊的屋子形狀或船形的水燈，點上蠟燭，道士敲鑼引路，八郊大燈註明商號及姓氏，走在最前頭，巡繞各個角頭，隊伍中最引人側目的，是後車路的歌伎藝妲，仿照盂蘭盛會的傳說故事，靚裝打扮，頭簪茉莉鮮花，手捧檳榔款待路旁觀看的人群，想方設法招徠尋芳客上門。

隊伍巡迴市街一周後，道士引路到海邊擺香案誦經，點火放海招水靈，等到潮漲之時，將點上蠟燭的水燈放入海水，任它順流漂走。黑色的海面漂浮著點亮的百盞燈籠，燭光映著水面，神祕而美麗。洛津人相信水燈漂得愈遠，放燈者會愈有財運，因此不乏捲起褲管的人入海拿竹竿推送。

洛津七月十五全城公普達到最高潮，午後家家門首搭高台，供奉三牲五牲，粿粽米飯水果，夜裡火炬燭天，笙歌喧市，沿溪放焰火。

輪到各大廟宇普渡，附近的居民更極盡鋪張之能事，在廟埕設祭壇，壇前長達幾丈之長的供桌上，將豬羊雞鴨疊成肉山，滿筐米飯搭成「孤飯籠」，盡量飽足孤魂餓鬼之所需。除了雞鴨豬羊之外，還有一聯十二桌的「看桌」，陳列米雕師傅用米麵粉捏塑製成的飛禽走獸、山珍海味魚蝦水族、花果蔬菜，最前頭的頭桌以龍雕爲首，第十二桌壓桌尾捏塑觀音佛祖、八仙彌勒佛等。這些栩栩如生，造型唯妙唯肖，色彩鮮艷的米雕看桌，成爲香客拜拜求平安保佑之餘，欣賞讚嘆的藝術品。

龍山寺普渡那天，頭戴五帝冠的冥然禪師登壇說法，誦經懺放焰口，使孤魂聞經超渡，撒米變糧普施無祀之鬼，廟埕除了結普渡壇外，另結「孤棚」，圓錐形架棚上，擺滿豬羊雞鴨砌成山塔，羅列百盤果品海菜，人們相信搶到孤棚上的祭品，這一年能凡事順遂，而高掛竹竿頂端寫著

「慶讚中元」的紅絹旗，更是被視爲海上的守護符，成爲大家奮勇爭搶的焦點。

天黑之後，道士做法會擊鑼，召喚冥界孤魂來飽食，聞聲而來的乞丐、羅漢腳、游民群聚棚下等著搶孤。一等訊號一響，立即手腳、嘴巴並用爭先恐後襲擊搶劫棚上的食物，撞翻推倒棚架，混戰一團，相互踐踏攻擊的慘叫聲與鞭炮聲混合，焚燒冥紙的火光沖天，照映這地獄一般的搶食景象。

長達三十三天的普渡，一直要到八月三日鬼門關再度關上爲止，這天家家戶戶大普渡，傍晚撤下給鬼魂照路的普渡公燈，在門外焚燒，頂菜園的威靈廟舉行法會，道士吟唱祝禱高歌，把地藏王爺放出的鬼魂，請回陰間，稱之爲「收庵」。

每年二十一日輪到普福順街後面的後車路。普渡這天，平常不輕易露面的歌伎藝妲，會由捧場的豪客各自護航助興，裝扮成一台台的藝閣，在境內踩街遊行。

這一天洛津萬人空巷從四面八方擁來，聚集在這一條彎彎窄窄的青樓小巷，興奮地等候觀看一個個平時聽人茶餘飯後閒聊，只能耳聞卻緣慳一面紅牌藝妓亮相，捧著胸口，他們便毫不客氣地對著或立或坐在台閣上的美女指指點點，評頭論足一番，往往光看美人，忽略了藝閣本身的創意設計，尤其是當藝妲裙襬上的那兩瓣金蓮小腳掠肩而過時，好像把觀眾的魂魄也勾了去。

洛津自道光八年文開書院創立以來，文風大盛，表現在台閣的題材故事也都極富巧思雅致，商賈的清客，或是陪伴遊宦而來的騷人文士各出點子，不少採取詩詞中的典故，如「沉香亭畔」、「銅雀春深」、「香草美人」等，匠人依照他們的構思搭出一台台有山有水、亭台花木美不勝收的台閣，裝扮成古代美人的歌伎，一個比一個挖空心思，抱著出奇制勝的決心，濃妝豔抹爭奇鬥艷。

許情也跟著擠在三層人牆之後，踮起腳尖伸長脖子看藝閣遊街。這是他第二次到洛津來，已經脫下青紫的小旦戲服，他是泉州宜春七子戲班的副鼓師。

一台「荔鏡奇緣」藝閣走過，扮演黃五娘的歌伎沿路向看熱鬧的人們丟下一串串龍眼代替荔枝，大家爭相去搶，隊伍因之停頓了下來，後面一台「荳蔻梢頭」，取自唐代詩人杜牧的兩句詩：

娉娉嫋嫋十三餘　荳蔻梢頭二月初

妝閣的歌伎聽說是後車路名噪一時的歌伎小彩鳳的養女，即將出道唱曲，小歌伎兩頰塗得紅紅的，在台閣上扭捏作態擺姿勢，看得許情搖頭。

接下來只見四個抬夫步伐一致抬著一座亮麗彩妝的藝閣，經過「門迎後車」的隘門，緩緩走了過來，藝閣取名「秦淮夜泊」，圍觀的人們先是讚嘆一番，然後交頭接耳，說是五福街綢布店的二公子，捧桃花閣的朱桂仙的場，從自家店裡取來幾十丈的紅綢，把台閣堆砌成一座山的形狀，山下用白緞圍繞一圈，代表江水，一條小船泊於柳枝下，樓閣上寫了「桃花閣」三個字，大張艷幟等於在打廣告。樓中斜坐著的藝妓，紅裙下襬露出兩隻纖小尖瘦不足盈握的小腳，隨著藝閣的移動，輕輕搖晃，蕩漾著春情。

許情看著歌伎橫抱琵琶上的那一張粉粉嫩嫩、下巴尖尖，像木偶花旦一樣的小臉，心頭猛然一震，腳下幾乎站立不住，那兩瓣紅蓮，那微蹙的眉頭，簡直就是他夢魂牽繫的人兒。

那一次，那唯一的一次，他握住她解開裹腳布晾在黑漆方凳上的小腳，他溫柔地握住它們，手指探觸到腳底摺疊起來的深縫溝痕深深，幽不可測，他的手指撫摩溝縫的邊緣，漸漸有點濕滑，徐徐深進去、深進去，被撫摸的快感像一道熱流從縫隙感染到全身，她星眼朦朧，發出歡愉的呻吟……

捧著胸口，許情好半天才回過神來。第一次來後車路的如意居見到阿婠，她比「秦淮夜泊」的朱桂仙小了幾歲，也是梳了個鉸剪眉的頭，額前的劉海疏疏落落的，與眉頭齊，煞是可愛，她被珍珠點買來當童養媳，一雙腳被鴇母月花狠纏狠裹，既要裹瘦又要裹彎，使得可憐的阿婠攤在床上，下不了床。

阿婠的生母來自線西農家，十幾歲到板店街一家香燭店當女傭，黑天起早趿著木屐在天井的古井邊汲水，彎下腰把鉛桶徐徐放入深深的古井底，手上的繩子一翻一甩，站直身，拎了一桶桶井水上來，胸前濕漉漉一大片，主母看到了，以爲是井水沾濕的，其實是給汩汩流出的奶汁弄濕的。她姘上香燭店一個伙計，月初才在倉庫裡偷偷生下一個女嬰，還沒滿月。

主母聽說女傭未婚而奶水汩汩流出，並不因她養了私胎而嫌棄，一問生的是女娃，還恭喜她應了兩句民間流行的俗話：

但求生女莫生男，生女可爲錢樹枝。

生母給女兒取名眉娘，她在倉庫香燭堆呱呱墜地，做母親的用嘴咬斷臍帶，看到嬰兒兩道彎彎的眉毛，站起身時，木窗外正好是一彎上弦月，於是給她取了這個乳名。賣給如意居的歌伎珍珠點當養女，喚她阿婠，後來出道到府城「飲墨水」歷練當歌伎，被蘇州文士取了花月痕的藝名，洛津的尋芳客因她擅長唱曲，叫她妙音阿婠。

這些都是以後的事。

第一次見到阿婠，許情還是泉州泉香七子戲班的小旦，藝名月小桂，爲了取悅烏秋湊興，下了戲棚還是假男爲女，蟬鬢傅粉，跟他到街市中行走，烏秋意猶未盡，謊稱他是草厝來的遠房姪女，想到後車路半掩門吃那行飯，先帶到如意居向珍珠點討教，請她指點些狐媚男人的功夫，甚至給他學踩蹻，使行情上漲。

那天許情／月小桂低著頭，走著碎步跟在烏秋身後，剛跨進如意居的小天井，人沒進屋，耳裡聽到一陣女孩嚶嚶抽泣聲時斷時續。後來老鴇月花帶他來到一間小小的偏房，沒見到人，鼻子先聞到一股強烈辛辣的明礬味道，早上老鴇月花解開阿婠的裹腳布，給她洗足，撒上明礬粉，再把她兩隻已經皮腐肉爛的小腳拿裹腳布用力捲縛，一層又一層的緊勒，阿婠愈是哭喊叫痛，月花愈是咬牙使力加緊纏縛，阿婠哭到後來，連哽咽飲泣的力氣都沒有了，攤手攤腳，整個人癱了一樣，杵在床角，兩隻被裹得尖尖像粽子一樣的小腳，好像不屬於她，露在綠綢大襠褲外，上身桃紅花鑲黑邊的褂衣，胸前凹陷下去，裡面有什麼東西破碎了、撕裂了。

她看起來像一具沒有生命的傀儡，花紅柳綠被妝扮成小旦行當的傀儡，竹篾編成的胴體，套在桃紅色衣並不合身的傀儡。

> 那的喚做甚傀儡，墨墨線兒捏著紅兒粧著人樣的東西，颼颼胡哨起，鼕鼕地鼓聲催……

咚咚鼓聲停歇，須臾弄罷寂無事，攤手攤腳被拋棄在床角，胸前心的部位凹陷下去。一個破碎的傀儡。木頭刻成的小臉，下巴尖尖，漆得粉粉嫩嫩，一張只有固定一個表情的臉，陪伴她的，是旁邊躺著的一只琵琶，和她一樣靜寂無聲。

許情也有過那種痛，痛到徹骨之後，變成一個無知無覺的傀儡木偶。

他不知道自己究竟是哪裡的人，也不知道自己眞實的姓氏。他出生在晉江衙口，下地後舉家遷到金牛灣，不知爲什麼改姓許，六歲那年父親被當地土豪的兒子辱打欺負，不敢住下去，又遷至詔安，幾度移居，本來就赤貧的一家人，更是無立錐之地。

被打傷的父親舊疾復發，又不願拖累家小，投河自殺，留下一群嗷嗷待哺的孩子，爲了果腹，許情上山下海找野菜、挖蕃薯秧，鑽入池塘，潛到海裡撈海草紫菜療饑。

才七歲大，母親含淚帶他到泉州，賣給泉香七子戲班，他赤著長凍瘡的雙足，被班主帶到供奉相公爺田都元帥的神像前，下跪叩頭祈求戲神賞飯吃，接著舉行簡單的拜師儀式，班主把竹杯（戒尺）高高舉起，雙手捧獻給坐在一旁的教戲師傅，授以開坊教習之權，打罵由他。

拜過師傅後，許情把分到的一顆紅蛋藏在破衣口袋深處，捨不得吃，他要帶回家與妹子們分享。

許情自此再也沒見過他的親人。

他伺候開坊師傅起居，爲他端茶水、倒夜壺、遞煙泡茶搖扇，才剛入睡，又被從床上拎起來，叫去練嗓子，學十八科母步，師傅唱唸，一句唱詞一個科步，他睡眼迷糊跟著比劃。開坊師傅憑他的身型，決定讓他學小生行當，七子戲中小生的開坊戲《荔鏡記・陳三》、《朱弁》、《呂蒙正》、《董永》，一齣齣教，只要一句口白說不清楚，一支曲唱音不準，師傅的戒尺凌空而下，狂風暴雨罩頭一陣毒打。

學會一、兩齣戲，便塗粉抹朱被班主拉上戲棚效顰仿態演練，自此起五更，睡半夜，早上學戲，下午、晚上登台邊學邊演。班主立下規矩，只要台上有一人唱錯，得打通堂，全班都得代人受過陪著挨打，有一回一個老旦說錯一句白，散戲後，全班一個個扒在板凳上打屁股，打得肉綻血流。

學《白兔記》的劉知遠，開坊師傅一邊抽水煙，一邊教他表演劇中人呑吐浮沉的表情，許情模仿得稍微走樣，師傅的銅煙管照準他的腦袋死勁打過去，被打出病來，頭上綁了條布遮住傷口，還是得上台，演完戲昏死在台口。他以劉知遠唱出了名，有誰知道是多少血和淚換來的！

班主找了個二水師傅，告訴許情看在他還算可堪造就，特地聘了個資深的二水師傅來雕琢他，令他好生學習。二水師傅教戲有如雕佛像，舉手投足要求嚴格，絲毫不得出錯，半路出家改學旦角，許情苦頭吃盡，七子戲班種種的刑罰，什麼「磨地瓜」、「土鰍鑽沙」、「吃油條」、「水蛙剝皮」……他無一不曾受過。

起五更睡半夜，日照水影，夜依月光練嗓，餐餐吃的蕃薯籤菜，經常吃不飽穿不暖。十來歲跟著戲班衝州撞府去演戲，穿城走鄉一路上背唸戲文，好幾次實在渴睡，眼皮耷拉下來，掉進路邊的水溝，差點沒淹死。

二水師傅爲許情說戲時，講起七子戲的起源，說是來自古早時的傀儡，古書上記載有一種叫肉傀儡，是用「小兒後生輩爲之」，就是七子戲的前身，至今小梨園七子戲的科步動作，保持了傀儡身段的古風，如一出手都要用「三節手」，手掌、手腕、手肘的關節像木偶一樣形成三節狀。

小生上場走傀儡步，動作生硬，而且一定足跟向內，足尖朝外，使兩隻腳掌成一直線，每走一步，向上高舉然後放下，師傅稱這爲「傀儡腳」，站立或坐下時，腳跟點地，腳掌和腳尖往上翹，這也是傀儡的動作，因爲木偶膝蓋以下到腳掌是由整塊木頭雕成的，所以腳掌無法貼到地上。

傀儡／小生亮相，一個科（動作）做完了，放下手還原，才能接下一個動作，這都和傀儡師落線操縱有關。七子戲演出時的一些儀式和很多科步動作，可看出與傀儡戲密切的關係。師傅說，爲了表示尊重，世代相傳的一種班規，七子戲與傀儡戲對台，七子班必先請傀儡起鼓開台，不能僭先，所謂「前棚傀儡後棚戲」。

閩南民間以傀儡戲辟邪制煞、禳災納吉，漳州、泉州一帶有一種風俗；新居落成喬遷之期，或是壽慶慶典之日，必須請傀儡來開場演出，以鎮凶煞而延吉慶。一次泉州城南張大戶巨宅花園落成，一時之間找不到傀儡戲班來鎮宅，搬演〈大出蘇〉（傳說戲神相公爺田都元帥俗姓蘇），又因張大戶入宅時辰已看好，迫不得已，臨時找到泉香班的班主，由學小生的許情上場代替傀儡。

許情被帶到一座寬敞華麗的庭園，因爲是以人代替傀儡，所搭棚台不敢正對大門，而是稍稍偏斜，戲棚左右後三面以黑布簾罩住，前面垂掛一條紅布，用來表示傀儡戲的布簾。

鼓聲響起三遍，焚香燒燭放鞭炮，燒紙箔，戲班人齊唱〈嘮哩嗹咒〉，相公爺出場前，先請三十六官諸神到壇，扮成相公爺的許情，站在紅布前，老藝師隱身高高站在幕後的椅子上，伏下身來模仿傀儡牽絲引線，操縱幕前的相公爺，上提下放，伏請相公爺眞神下降，除妖去煞，將屋主的意願上達天庭。

許情所扮的相公爺三跪九叩，雙手提衣角帶做雲步，與傀儡師合演相公摩踏棚動作，先來一個摩腳，接下來傀儡落線的姿態。許情把自己當做傀儡，舞起又半跪下來，一舉一動完全模擬木偶。

演完相公爺踏棚，許情此後一抬足一舉手，總讓戲班的人聯想到傀儡。當他輾轉聽說鄉下的母親病危，只賸一口氣，班主不准他告假回去見最後一面，許情無論走到哪裡，都是用傀儡戲的「七步顛」科步，來表現他的傷心欲絕，當戲班的小丑偷吃了他的半粒蕃薯，許情用傀儡跳來發洩他的滿腔怒氣。

被班主或二水師傅毒打虐待，戒尺籐鞭揮掃過來的瞬間，許情的臉立刻變得僵硬，木頭塗繪固定的一個表情，身體四肢進入一種無知無覺的狀態，把自己轉化成一具不具生命現象的傀儡，全身上下三十六條線，任憑牽線的抽拉哪一根線，那個部位才會有機械反應，像活人一樣睜眼啓嘴舒手探足，不動時，他是一個頭部木頭，胴體用竹篾編成，再以粗布包裹，沒筋沒骨，腳不著地虛懸凌空，倚墻而立的幻孩，自覺只有三尺高。

那的喚做甚傀儡，墨墨線兒捏著紅兒粧著人樣東西，颼颼胡哨起，鼕鼕地鼓聲催。

班主與二水師傅異口同聲不肯承認下手太狠，打壞了，怪罪那次張大戶新居落成演《大出蘇》，最後結束前，傀儡師傅的「辭神」收場沒做好，唱嘮哩嗹咒唱得不夠誠心，又因許情的八字沖犯聖顯而帶來厄運，正神與惡煞同時存在現場，他被煞到惡鬼附身，才會這般不成人樣。

嘴裡這樣自圓其說，不願投下的本錢泡湯，班主拿掉許情身上繫帶爲祈求戲神保佑，上台不會忘詞結巴的相公爺像，以爲神力不夠，爲他換上一尊四寸高的泥塑神像，掛在胸前沖煞。許情依然故我，急得班主帶他四出求神，逢廟必拜，吃遍泉州城的草藥，呑了一肚子的靈符神水，最後來到媽祖廟，班主把他按在神像前叩頭，木頭木腦、許久不出聲的許情突然開口大唱〈嘮哩嗹咒〉，說自己是一條大蚯蚓。

後車巷如意居，杵在床角攤手攤腳的阿婠，像具沒有生命的傀儡，和他從前一樣。

烏秋聽鴉片煙館的老戲迷形容，北京的男旦裝小腳踩蹻登場演戲，足挑目動，在在關情，把台下的看客迷得神魂顛倒。蹻工練得好的，走的是貓步，一條直線，走起來像人在飄，腰自然而然地扭了起來，美極了。烏秋把老戲迷的話說給許情聽，踩蹻的男旦小動肩膀、小挺胸脯的身段最有看頭。烏秋想像許情踩蹻在他屋後的小天井嬝嬝娜娜的移步，所謂小腳走磚面，一定頗有可觀。

綁蹻和裹腳一樣。許情望著杵在床角的阿婠，兩隻裹得尖尖楞楞木偶一樣伸直、沒有生命跡象的小腳。練蹻工也是要用不漂白的本色布從腳面裹起，一直裹到腳踝以上綁好，再用一條兩丈長的夾帶子，從腳尖開始裹，裹好後，套進一雙前尖後圓、腳心處弓起木頭做的蹻鞋。

綁好沉重的蹻鞋，腳趾尖頂著地站著，沒法子走，只好扶著窗台，拄著拐杖，兩隻腳又痛又脹。練蹻工的男旦，一大早就得綁上蹻鞋練站功，一條板凳上站了三個，必須把腿後的筋伸直了，不准三道彎，稍微偷懶，師傅在腿上綁了一個竹籤，一彎腿，就扎一下，痛得哀哀叫。眼睜睜看著香一寸一寸極慢極慢地燒，站在板凳上直打哆嗦。一個人支持不住下來，三個全摔倒。

接下來站磚，先是平放，再來把兩塊磚頭直立起來，拄著拐杖上去，全身的重量用兩隻腳的大拇指頂著。這樣苦練下來，裹腳布血跡斑斑，腳骨頭扭曲變形。綁上蹻整個人就站不住似的，一動就帶著美，老戲迷說，綁蹻登台亮相，兩隻小腳緊貼在一起站著文風不動，這動作最難，他豎起大拇指，這才叫蹻工。

練工的過程，師傅的籐鞭哪兒都打到，就是不打那張臉。給阿婠裹腳的鴇母月花，手上的鞭子也從不落在她粉粉嫩嫩的小臉上，怕破了相。如果誰有勇氣撩起她桃紅色的女衫，底下也是傷痕累累，幾乎不見一塊好皮肉。

許情不自覺地摸著自己的肩膀、臂彎。他的苦難還沒有完。所不同的是，這次是爲了取悅烏秋綁蹻，算是他心甘情願的吧?!

烏秋已經跟他家巷子口的裁縫貓婆計算好了，童伶踩蹻後，身高長了好幾寸，新做的衣裳褲腳管得拉長，遮住他的腳，只有足尖那一對金蓮露在外頭。

小腳小步花磚面。

面對著床上攤手攤腳，痛到麻木失去知覺的阿婠，許情想到他自己。他不知在小床前的那張黑漆方凳坐了多久，忍不住伸出指頭輕輕挑弄躺在床上的琵琶，五條弦一經撩撥，叮叮咚咚，還是引不起任何反應，許情無奈，索性抱過琵琶，放在膝上，推拉撥彈了起來，床角那杵在那裡沒筋沒骨的傀儡終於有了反應，薄薄的瘦肩開始一聳一聳，繼續剛才的哽咽。阿婠鼻翼一抽一抽的，許情注意到她圓圓的鼻子，兩個鼻洞小小的煞是趣致可愛，想像兩片緊抿的薄唇裡，一定是一口碎米牙，不嚼檳榔，也不像她的養母珍珠點，以及後車巷其他歌伎，學平埔族的女人，用澀草或芭蕉花把牙齒擦黑，說是「黑齒助艷姿」。
許情不喜歡一口黑沉沉的牙。

13 弦仔師蔡尋

憶昔離別時，二八少年期，到如今，霜葉兩鬢垂。歎一聲，青春不再來；夜夜床上坐，兩眼淚哀哀。君你設使亡他鄉，亦當在夢裡來。存亡不可知來？將琴彈別調，又恐壞名節。多望春花開來深閨地，深閨終日淚湧成傷哀。又心傷，空斷腸，苦夜長，淚沾裳，悲傷。

幾乎每個黃昏——只要不被叫到後車路的酒樓去伴奏——弦仔師蔡尋都會坐在金門館院落那棵含笑花樹下，以他蒼老嘶啞的聲音緩緩地唱著這首〈百家春〉，路過的行人會從斑駁的門神後，隨著悠悠風來，聽到傳過幾句：「到如今，霜葉兩鬢垂……君你設使亡他鄉，亦當在夢裡來……」

洛津的金門館最早是由金門協台水師官民和金門移民所建，這座金門同鄉會館到了嘉慶年間，已殘破不堪，金門人許樂三臨終懷念金門故土，命其子將所居故宅薄賣改建金門館，提供離鄉背井旅居異地的金門同鄉歇息，也讓移民聚會祭祀鄉土神明。

坐在金門館含笑花樹下歌嘆人生的弦仔師蔡尋，並非金門人，他也曾經像來去金門館暫居的異鄉人，抱著旅行觀覽的心情，從家鄉永春渡海到洛津來，當時他以為自己會在這嘉慶中葉以後，正在興起的海港城市稍做逗留，然後原船回去。

蔡尋怎麼也沒想到，命運安排他以洛津為家，長住了下來，甚至在把他牽絆於此的愛人長眠地下後，為了呼吸愛人呼吸過的空氣，他還是捨不得離開。

永春人雅好南管音樂（當地叫南曲，和泉州一樣）幾乎無處不聞弦歌聲，蔡尋從小出入家中附近的絃館，舉凡簫、琵琶、二弦等樂器，無一不精。

十八歲搭船到南洋菲律賓，給在當地經商的伯父當幫手，離家上船時，行囊只帶三樣東西：一份蔡家祖譜、一本南管指譜、一只琵琶。

他以為南洋異地，沒有南曲館無人唱和，琵琶可自彈自唱，消遣旅居異鄉的寂寥。

馬尼拉南曲的興盛，使蔡尋大喜過望，由事業有成的僑領斥資修建的五大曲館，一館比一館氣派，蔡尋常去的雅聲社是棟兩層高的洋樓，穿過兩排大王椰子樹，一進去軒昂的大廳，一堂紅木家具，白牆上懸掛歷代先賢以及曲館成員的照片。

菲律賓的華僑延續泉州館頭的傳統作風，視唱曲奏樂是用來調冶性情，修身養性，講求成員的家世、門風、人才品性，更甚於音樂彈奏的優劣，把音樂藝術成就放在最末。

每天下午四點過後，蔡尋便到雅聲社曲館，腳踏金獅長袍馬褂坐在太師椅彈曲弄樂，以樂會友，館裡除了有好幾個傭人伺候茶水點心之外，又有喜好樂音，卻不諳樂器唱曲的支持者來「站山」。

這些人平生最大的心願，就是自己身亡去世後辦喪事，他的子孫後人會用轎子把這些弦友接到喪家，由子孫披上紅綾跪接，弦友們在他靈前撐起黑白涼傘，奏一曲〈三奠酒〉，這樣便死也瞑目，「站山」的視此爲最大榮譽，因此對館頭的護持不遺餘力，出錢出力，把弦友們伺候得無微不至。

蔡尋的伯父年老起了落葉歸根之意，結束南洋事業後，他在回永春老家途中，到泉州小留，聽說蚶江對岸的洛津，靠兩岸貿易起家，在極短的時間內成爲新興的海港城市，蔡尋便起了好奇心，搭船渡海過來一遊，投宿泉州街附近的客棧。

有日黃昏，夕陽西墜，他上街漫步蹓躂，忽聞一陣管弦和鳴聲，從小巷流轉過來，悠揚入耳，正是他熟悉的南曲。蔡尋急步循聲而去，來到新祖宮的西廂房，只見房門半掩，裡頭琴弦齊奏，一曲〈梅花操〉的首章「釀雪爭春」，蔡尋駐足於門外側耳聆聽，等到一套指終了，禁不住推門而入。

一進屋，當眼睛適應了屋內的陰暗，蔡尋看到屋樑高懸「御前清客」匾額，香案前五人圍坐調弦，執拍者居中，琵琶居右，兩旁黃傘宮燈，洛津正聲齋的擺設形制等於是永春、泉州的南曲館的翻版。蔡尋像回到家一樣，旅途的疲倦全消。

吹簫的老者起身歇息，問來人可識彈唱，蔡尋也不客氣，接過洞簫，坐下先吹了〈八駿馬〉的前兩節，駿馬踽行閒遊，吹得疾徐斷續、高下抑揚，聲色雅淡韻味無窮。老者看他年紀不大，十個手指，有七個因長年隨簫孔的按捺，頭端指骨一律向下彎，成爲所謂的「洞簫指」，知道他是造詣極深的個中好手。

正聲齋重金從泉州禮聘先生來教曲，正久等候不到，打聽蔡尋過去的經歷，便請他暫代教曲，蔡尋也不推讓，忘了歸程，在洛津住了下來，整日奏樂娛玩。沒過多少時日，即逢南管界的大件事——祭郎君的秋祭。

南管界祀奉五代的孟昶爲樂神。據古書記載五代孟昶「美丰儀，喜獵、善彈、好屬文，尤工聲曲」，每年春、秋二祭，在孟昶神像前奉曲清唱，稱爲郎君祭。

正聲齋延續閩南曲館傳統，每年春、秋二祭，愼重其事，提前籌措，除了邀請本地曲友同好，請帖還會遠送府城艋舺曲館，以樂會友，共聚彈唱三天。又遵循古代天子進香禮儀，在館前搭上長長的錦棚，設酒饌果餌，祭祀郎君爺神像，懸掛先賢圖長軸。

蔡尋發現正聲齋的先賢軸，御前清客列位姓名流芳，上首將五少先賢寫爲五祖，詢問其淵源，曲館耆老皆搖頭不知。

閩南南曲界傳誦一則無人不知的軼事：

清康熙五十年，御駕南遊，偶聞南音，心生愛慕，當萬眾祝典，帝問宰相李文貞：「卿南人也，南音可得聞乎？」李即馳書來泉，從家鄉選五位精通唱和、博學音律的知音妙手，上京朝見，在御苑唱和。

泉州文獻記載：在和〈百鳥歸堂〉一譜中，帝親自執拍。奏罷欲加官職，五人齊辭不受。康熙勅封爲「御前清客」，賜黃涼傘，金絲宮燈，榮歸故里，後人尊爲「五少先賢」。

蔡尋指出泉州南樂本是唐朝中原宮廷雅樂，唐王審知兄弟入閩時，把這宮廷宴樂傳來福建，至今已有一千多年歷史，康熙時代的五少先賢絕非南樂五祖，蔡尋以爲移民渡海傳抄有誤，擔心以訛傳訛，建議改正謬誤，卻遭曲館弦友同聲反對，不得已作罷，不免想起南洋華僑輕視渡海來台的移民，譏笑他們不是闢地墾荒勞動的蕃薯仔，就是粗鄙不文缺乏文化教養、爲非作歹的海賊，正聲齋的成員，雖然不屬於出賣體力的勞動階層，不過，仍然只是靠賤買貴賣貿易起家的商人、賣油米的中盤零貨商，附庸風雅而已，與永春、泉州書香門第，或家學淵源的弦友不可同日而語，便不再與他們議論。

正聲齋爲期三天的郎君祭，吸引了南北曲館的個中好手前來獻藝共襄盛舉，幾十位曲友長袍馬褂共聚錦棚下，輪流到香案前的彩棚，腳踏金獅坐在太師椅上吹竹彈絲。

南管音樂出自古代宮庭的無間樂，在唱法上，南管的套曲、散曲末尾重複唱，演奏時也不得間斷，一曲快過，最後一聲，由下一位演奏者接拍，繼續下去。蔡尋對拍譜、曲詞起落均下過極深的功夫，有意表現一番。

第三天壓軸，香案前的執拍者站起來，輪到蔡尋接拍，只見他從錦棚的另一端立起身，腳踏七星步，有如祭典儀式的進退如儀，優雅與莊重的步姿，使分坐錦棚兩旁的曲友肅然起敬，一位與他學吹簫的後生，感動得啪一聲，眼淚掉了下來。

蔡尋七星步踏到太師椅前，分秒不差的接拍，坐下來開腔唱曲，咬字發音講究，拖腔收聲韻味無窮，令在坐幾十位曲友大開耳界，激賞不已。

自此蔡尋在洛津南管界引領風騷，一直到有位棄儒從商的永春同鄉，渡海到洛津尋找商機，在後車路的紅玉酒樓宴請，蔡尋當陪客，第一眼看到行觴侍酒的珍珠點，那一眼注定了蔡尋下半生的淪落。

爲了接近佳人，蔡尋搬出下榻的客棧，在後車路的一個民宅找到一間小房間，與珍珠點的如意居相距不過幾步之遙。每晚夜深，聽完珍珠點的唱曲，鴇母月花三請四催才把他送出門，蔡尋回到租賃的小房間，對著孤燈獨坐，空氣中飄浮著愛人的氣味。珍珠點並沒有離開他。

初識珍珠點時，正是含笑花開時節，如意居小小天井的那株含笑花，在月光下幽幽地綻放，每天夜深，蔡尋不得不離去時，他會另外塞點碎銀給鴇母月花，換來一把盛開的含笑花，蔡尋捧回小房間，把花捂在胸口陪伴著他。見花如見人，花苞感染到體溫，溢散出濃洌的芬芳，是愛人頸間腋下的香味。

蔡尋床頭金盡，馳書回永春要父親匯銀子到洛津，家人才知道久無音訊的他的下落，告知家中出了大事，他父親遭歹人誣告吃了官司死在獄中。蔡尋倉惶回永春奔喪，受不了家破人亡妻離子散的打擊，著實大病了一場。

一等到能扶牆而立，蔡尋變賣僅賸的家當，換了一張船票回到洛津直奔如意居。鴇母月花看他病後形容憔悴，模樣猥瑣不比往昔，拒絕開門。蔡尋便倚牆等到日落天黑聽珍珠在屋內唱曲，聽到夜深，隘門兩扇門早已關閉，只留一個小門方便行人進出，但必須說出暗語，蔡尋因不諳暗語，被守更人誤以爲是賊，打得遍體鱗傷。蔡尋猶是執迷不悟，隔天又回到如意居倚牆聽曲，任憑鴇母月花驅趕，也無動於衷。

一個颱風欲來，狂風暴雨的夜晚，珍珠點不忍心，差遣童養媳阿婠爲他送去簑衣以避風雨，蔡尋拉住阿婠央求她轉告珍珠點，爲了她，他願意在所不惜地違背弦管子弟不准與倡優同坐奏曲的禁忌，只要讓他棲身如意居，他將傾囊傳授，把他拿手的琵琶曲悉數教她，還指導她彈二弦，使珍珠點的曲藝更上一層。

珍珠點想念他的手指骨向下彎的「洞簫指」，便以蔡尋自甘屈身歌伎間教曲，把她培養成一個大調小曲任考不倒的大色歌伎，打動了老鴇月花。

蔡尋此舉驚動了洛津的南管界。按照身分階層、業餘職業之分，洛津的南管音樂分弦館與歌館。正聲齋這類的曲館，供奉孟府郎君，樂器以琵琶、洞簫、二弦爲主，稱爲弦館，弦友以御前清客之名爲榮。傳統上奏曲者均爲貴冑皇族，泉州的弦館向來是鴻儒碩士、騷人墨客的雅集，入會者要嚴格審查，限制卑微行業者參與。洛津以商業起家，也還是以紳商階層的良家子弟爲主，是一種奏樂娛玩的高尚娛樂，視業餘票友爲榮譽。

弦友應邀參加廟宇祭典，或彼此之間婚喪喜慶出陣頭、擺場，不僅分文不取，不拿報酬，反而自掏腰包來共襄盛舉，而且不論在何處演唱，上場需有人在街上作揖，名爲請場，外地廟宇邀請去助陣迎神，更需經過一套正式無比的禮儀，邀請函摺成十二式，內容有一定格式：

某月某日，爲某地某神，出境安民，恭請諸位尊駕並貴團旌旗金樂賁臨，同隨聖駕。

自親清高的南管子弟票友對演戲的職業伶人、出賣色相的歌伎極為鄙視。社會地位屬下九流的倡優，「所扮唱曲把戲，不過是供笑獻勤以奉我輩」，良家子弟作如是觀。

職業性的歌館也演奏南管樂曲，以笛、月琴、三弦、大廣弦為主要樂器，祭祀田都元帥相公爺，和梨園戲相同，歌館成員在廟會裝扮藝閣，偶爾也登台演戲，到酒肆教歌伎唱南管曲，或當伴奏，婚喪喜慶受僱出陣頭賺取報酬。

歌館職業賣唱演奏南管曲時，有許多規矩必須遵守不得踰越，比如居中拍板者，不准採取弦管子弟的坐姿，不准腳踏金獅、端坐太師椅，而是必須蹺腳側坐，拍板放倒放在膝上等等。

既然歌伎倡優地位卑賤，為良家子弟所不齒，屬於正聲齋弦館曲友的蔡尋竟然自甘墮落，不顧身分，替後車路的歌伎拍板伴奏，作賤自己，也破壞了弦館的清高形象規矩。

正聲齋受到洛津其他館頭的聯合聲討，開除了蔡尋，聚會奏曲時給他享以閉門羹，蔡尋在門外大罵海賊，沒人聽懂他所指為何。

正聲齋把他除名之後，蔡尋索性加入車埕的樂陶軒歌館，以笛子代替洞簫，他發現歌館演奏的曲子與弦管大同小異，只是笛聲輕巧悅耳，容易配合唱腔，行腔轉韻時不如洞簫嚴謹，但通俗明快，他很快學會〈百鳥歸巢〉，以笛聲吹出百鳥啼鳴飛翔的景象，旋律明麗活潑，其他一些民間通俗的小曲更是一學就上手。

自此之後蔡尋整日不離如意居，珍珠點在家應客陪酒演唱，他一旁拍板、拍鼓，打著拍子伴奏，如遇有客人請她到酒樓旗亭出局，蔡尋跟在珍珠點後面拿琵琶，隨她出局吹笛子。

蔡尋唯一的遺憾是自己死去時，南管的子弟弦友不會在出殯前，在他靈前奏一曲〈三奠酒〉，送他最後一程。

14 十五拋球，十六踏火

洛津人稱四月十二日蘇府王爺生日爲小過年，其熱鬧程度不下於媽祖誕辰，北頭的漁民、宮後的鹽民在生日前三天，聯合借用天后宮前的廣場，拿竹架相接紮成八條長桌，用來擺三牲酒禮祭品，全省各地分香出去的香客，也在這幾天陸續湧到洛津來。

生日當天早晨，打鼓的會在境內巡邏，吩咐居民晚間用五味碗犒將，打鼓者手握一把有柄的扁鼓，每唸一聲咒語就打一次鼓，鼓聲鈍重，嗡嗡的回音震得人心發麻，咒語更透著神祕。

民間傳說蘇府王爺原是位明朝的將軍，歷任江西、河南、金門諸縣的縣官，因勤政愛民，被朝廷擢升入閣，赴京途中夜宿於泉州客棧，聽到五瘟神因泉州民眾暴殄天物，不敬神明，決定撒下瘟疫，懲罰泉民之罪。蘇縣官聽完，留下一書勸化泉州百姓向善，愛惜五穀，又托五瘟神轉奏天庭，便奪去瘟藥代罪服下。天帝憫惜他的慈悲，命他上天庭主理文判，並赦免泉州百姓之罪。

蘇王爺掌管瘟疫之神，台地山海潮濕，多霧露，瘴癘蠻雨終年不斷，風土寒熱病叢生，來台拓殖的移民以爲是瘟神作怪，都相信崇拜蘇王爺可免疫病。蘇王爺在洛津顯靈的故事，頗爲傳奇。傳說東石有一個漁夫鄭和尚，捕魚時，發現海中有塊閃著金光的木頭，隨波浮現，跟著他的船漂到岸邊，於是將這光芒四射的木頭帶回家。

當天晚上神靈顯現，自稱玉帝駕前文判，奉旨在洛津開基佑民，並留下一首詩以示其姓：

蔡公去祭忠臣廟（艹）曾子回家日落西（魚），此去金科脫了年（禾），馬到長安留四蹄（灬）。

眾人一拆解，方知是「蘇」，將異木雕成神像。

蘇王爺不僅是北頭海民的主祭神，更是洛津廈郊商人的主祭神，早期廈郊勢力雄厚，與漳州所屬各縣及同安、金門、廈門等地貿易商務繁榮，與泉郊在伯仲之間，早在乾隆中葉，廈郊商號就在洛津溪畔港墘蓋了一座會館，正殿祭祀蘇府王爺，會館被稱為王宮。洛津與蚶江通航後，泉州移民大量湧入，幾次漳、泉分類械鬥，漳州人寡不敵眾，勢力才漸衰，不過仍維持局面。

一年一度蘇府王爺慶典的高潮是生日過後，十五日的拋球，十六日的踏火，洛津市街萬人空巷，全集中到天后宮廣場來觀賞。所拋的球是用長鐵釘釘成直徑八、九寸長的圓球形狀，每隻長釘之間用紅線綑綁絆定。拋球之前先由法師唸咒作法，然後由年輕力壯的青年將釘球朝天拋上數尺高，鑼鼓齊鳴，一聲緊似一聲。

壓軸是由技高膽大的老手出場表演，放手一拋就數丈之高，左右手輪流接球，玩盡各種花樣，最後使出驚險絕招，把釘球拋得高高的，接球時攤開右手放在背後，靠著腰間，那空中滴溜溜轉的釘球不偏不倚正好落在表演者的手掌心。

圍觀的觀眾一致喝采叫好。這功夫需要熟練的技巧，萬一稍有差錯，釘球落在肩膀，會刺得鮮血淋漓，倘若擊中腦袋，則頭破血流，有生命的危險。

十六日的踏火爲驅邪淨身，更是險象百出。天后宮與土地廟中間的廣場，好幾十籠木炭堆成一座小山，引火焚燒，燒了一天一夜，全山通紅，連一塊黑炭都沒有，才把它攤開推平，劃成長一丈多、寬五、六尺、厚好幾寸的炭氈。

這時不怕燙的漁夫鹽民，手持竹桿，一邊把火炭搗碎，一邊劃平，使火力高低平均厚厚一層。等到爐火純青，法師作法，撒上鹽米驅煞辟邪，敕安「五方符」開始過火：

神轎在前信徒隨後，長長一排，一聲吶喊，法師帶隊，南進北出東進西出飛奔而過，踩過炭火堆。跑過火的信徒把赤著的雙足，翻轉過來給旁觀的人看，拍掉腳底的鹽米。沒灼傷。觀眾們伸出大拇指，稱讚踏火壯士神勇，信心足，才可安然而過。

這個百姓歡騰同樂，喧鬧喜慶的夜晚，倉粟同知衙署卻是悄然無聲，一片寂靜。同知朱仕光獨據一桌，一個人就著燈火無情無緒地吃晚餐，他舉起象牙筷，滿桌菜肴卻不知從何下手。青瓷盤碟的蝦猴，洛津沿海沙岸的特產，紅得發亮的顏色，倒有點刺激他的食慾，挾了一隻放入嘴裡，嚼都沒嚼，連忙整隻吐出，舌頭還是鹹到發麻。

海口人的口味重，蝦猴用鹽水一次又一次滷煮，準備「一隻蝦猴配三碗粥」，鹹得簡直入不得口。同知朱仕光憤憤地用象牙筷支開那盤蝦猴。青蒜炒鯊魚片，雖然時鮮，揚州人的同知嫌太腥，難以下箸，他吃不來海魚，除了腥味重，魚肉也粗。同知朱仕光對洛津人嗜食如命的烏魚也沒有好感。

洛津有句諺語「要吃烏魚不穿褲」，為了吃一條烏魚，當了褲子也在所不惜，同知朱仕光聽了一笑置之，覺得洛津人太誇張，諺語也粗俗不堪，眞是海口人的本色。

去年冬天漁民捕到第一批烏魚，選了兩條特別肥的送到行轅來孝敬他，那道烏魚頭煮湯差強人意，然而，哪能與揚州魚片細嫩，魚腸綿軟的黑魚湯相提並論。

渡海上任之前，聽說台地物產豐富，竹筍四季皆有，愛吃筍的同知朱仕光聽了，稍感釋懷，直至喝到一口台灣的竹筍湯，苦得無法下嚥，又不好在宴席上吐出，弄得窘相百出。台地的確一年四季都產竹筍，他在寫回揚州的家書上寫道：「可惜竹筍都苦不可食。」

同知朱仕光把那碗切仔米粉吃了，挾了兩筷生炒五味，放下筷子嘆了口氣，他多麼想喝一口九絲湯，揚州自家府中的廚子用豆乾絲、雞絲、蘑菇絲、蛋皮絲、紫菜絲、筍絲、火腿絲、木耳絲煮的湯，佐以清蒸鰣魚，清明剛過，此時正是吃鰣魚的季節，不必去魚鱗，用網油、火腿片清蒸，人間美味！

望著一桌幾乎沒動過筷子的菜肴，為了解饞，同知朱仕光喚來廚子，明天到市場買個豬頭，在這乍暖還寒的暮春，一雨竟成秋，他寡味的口腹多麼渴望吃一碗豐腴的家鄉菜，多少撫慰了獨居這鳥不生蛋的濱海絕地的愁情。

他教廚子把豬頭拔毛洗淨，換水滾煮一、兩次，至七分熟，再以竹墊托起豬頭，加蔥、薑、調味文火燜煮至酥爛。洛津土法燒出來的豬頭，缺少揚州家廚的手藝，一定達不到油而不膩、香濃可口的程度，不過聊勝於無，將就解饞。

一時興起，同知朱仕光吟誦詩人寫的一闋詞〈望江南〉：

楊州好，法海寺閒游，湖上虛堂開對岸，水邊團塔映中流，留客爛豬頭。

他回味豬頭那誘人流連的美味。

衙府外，蘇府王爺生日慶典達到高潮，貼上五方符的信眾，跟隨在神轎後，長長一排，吆喝一聲，一個個踩過炭火堆，喝采吶喊聲震天，氣氛臻至沸騰。外面眾聲喧嘩，熱鬧滾滾，衙府裡的同知不去與民同樂，往觀踏火的奇景，他深居門禁森嚴的衙府，與百姓隔絕，全無連繫，晚上這種迎神賽會慶典，在他這渡海任職的朝廷命官眼中，不過是村夫俗民的迷信娛樂。

慓悍的移民有的是發洩不完的精力，好勇鬥狠，終日尋隙作亂，清明前幾天，洛津的三大姓：施、黃、許，分別從北頭、牛墟頭、菜園集結同姓壯丁，到崙仔頂墓地，以東西爲界，各據一方，互擲石頭、磚塊對戰，打鬥的互相約定不得投訴官衙，受傷者由角頭安撫。同知朱仕光聽手下吳游擊報告，三姓結黨互擲石頭對戰，是本地一種風俗，聽父老說，被石頭打傷的，跳到池塘浸洗，傷口立即痊癒，洛津如果每年不在清明前後來一次石合戰，那年會流行熱病瘟疫。

同知朱仕光斥之爲無稽之談，命令吳游擊前去禁止，沒想到一向唯他命是從的游擊，竟然敢提出相反的意見，誠惶誠恐地進言：

「依下官看來，三姓人到墓地曠野互擲石塊，摔交打架發洩精力，總比街上聚集鬧事強些，倘若強制驅散，恐將引起反彈。」

被長官聲色俱厲的呵斥後，吳游擊才勉爲其難地領命而去。吳游擊一副宿醉未醒的委靡模樣，看得同知朱仕光心中有氣。

林爽文之變後，朝廷以洛津港口地位險要，設游擊一名率領手下兵丁防守海防，駐軍土城，這些兵丁都是從福建各地營伍抽調，合併成軍渡海的，清廷不准台人守台，唯恐叛變，又提防軍兵駐台，日久坐大脫韁不易控制，每三年輪調一次，軍官和兵丁皆不准攜眷來台，把親人留在內地當人質，使官兵不敢有異心。班兵兵丁出缺，朝廷也不准在台灣就地增補，這些烏合之眾的軍人，戰鬥力薄弱，一不擦槍，二不出操，致使槍枝生鏽，加上軍紀敗壞，官兵魚肉良民，賣檳榔、編草鞋、設賭場，當妓女保鑣，無所不爲，成爲社會毒瘤，軍隊吃空現象嚴重，每逢重大叛亂事件，必須借助從內地調來的專征軍隊。

洛津第二十任同知盧鴻，看出這種班兵制弊病重重，他認爲應該就地募兵，派名將過海駐台訓練，加強軍隊實力，在任期內曾經呈上公文，向福建巡撫建言，建議改革台灣軍制，又以手下許世勳未能盡游擊之職，被議革職。

海賊涂黑屢攻府城不下，盜船逃竄至距離洛津不到幾十海里之遙，情勢十分危險。同知盧鴻自認守土有責，生怕在洛津起用泉州人組織義勇，海賊涂黑會以同鄉之情要求互通聲氣，夥同對付朝廷。幾經考慮，決定徵用彰化的漳州義勇助官兵協守海防，以防海盜入港。他做夢也沒料到此舉會引發一場慘絕人寰的漳、泉械鬥。當幾百名漳州義勇，從彰化來到洛津安平鎮街，立刻與本地的泉州人發生衝突，遭到轎店的人惡語辱罵，漳州人一時氣憤不過，拿起鳥槍一陣射擊，引起全街市的騷動。

街上暴動，人聲沸騰，倉促之間漳州義勇自知寡不敵眾，趕緊竄進土城游擊營避難。當天夜裡，聽到雞叫，游擊營內的避難義民結隊衝出，且戰且走，沿途碰到泉州人即殺，看到泉州人生聚的村莊房舍即放火焚燒。

浮浪的羅漢腳、無賴之徒，趁火打劫，用竹竿縛布作旗，沿街叫嚷，洛津少數的漳州人先是閉門不敢外出，又聽說那些逃走的彰化義勇被泉州人悉數殺害，爲了洩憤，與泉州人互相焚殺，終月不止。

漳、泉人同爲閩南人，言語相通，又多宗戚姻友之誼，只因信仰、語音腔調稍有差異，一朝起釁，竟如此深仇大恨，相互追殺，而且手段之殘酷，令同知盧鴻咋舌。一個泉州女子小時候被送去漳州人家當童養媳，說話帶漳州腔，械鬥一發生，她知道夫家必不相容，連夜奔回父母家避難，結果她的漳州口音被泉人指爲：

「漳賊婦來放火了！」

暴民把這女子拉到偏僻之處，凌遲虐待而死。隔天她父母獲悉女兒慘死，竟然也無可奈何。

經此事件同知盧鴻顏面盡失，他遷怒於游擊許世勳，此人是個武舉人，比盧鴻早一年上任，卻沒事先向他警告漳、泉人結怨如此之深，形同水火，使他沒能及時阻止王松進入洛津，以致發生惡鬥，雙方傷亡慘重。同知盧鴻早已下定決心，一等海賊涂黑犯台事件過後，他將上書福建巡撫，將許游擊革職。

盧鴻上書革除班兵在台募兵補缺的建議沒被採納，就連以後道光一朝號稱治台名臣姚瑩也都明白反對。

「……自朱一貴、林爽文、陳周全、蔡牽諸逆寇亂屢萌，卒無兵變者，其兵將父母妻子皆在內地，懼干顯戮，不敢有異心也。前人猶慮其難制，分布散處，錯雜相維，用意至為深密。今若罷止班兵，改為召募，則以台人守台，是以台與台人也。沒有不虞，彼先勾結，將帥無所把握，吾恐所慮甚大，不忍言矣！」

第二十任同知盧鴻時運不濟，為了召集彰化漳州義勇保衛海防，引起漳泉殘酷的械鬥，一上任即銼了勇氣，失志毫無作為，抑鬱不得志。同知朱仕光自覺比他的前任幸運得多，一上任即碰上了洛津港口帆檣林立、貿易鼎盛的太平盛世，然而，同知朱仕光多麼希望能夠及早離開這孤懸海外械鬥頻仍的島嶼，回到他所屬於的內地。遺憾的是距離他任期期滿，還有一年半時間，雖說台灣作官，三年官兩年滿，提前回轉早已成為官場慣例，可惜還是得熬到今年十月才回得了家，一想到回去時，正是秋高氣爽螃蟹正肥的時候，可吃到蟹肉蝦粉，加細泥五花肉團成的清燉蟹粉獅子頭，同知朱仕光滿口生津。

如何挨過這漫長的半年光陰？同知朱仕光悻悻地推開碗筷。他很想找個人解悶，飲酒聊天，消磨洛津枯燥無趣的日子，環顧周遭，竟然想不起一個可以與他談文論藝的文士。同知朱仕光自嘆屈居海隅，終日與粗鄙不文，服飾僭越的商人草民為伍，心中鬱悶可想而知。上任後不久，因感到客途岑寂難耐，無可奈何之餘，只好放下身段，派手下去請北頭的郭舉人到衙府陪他喝酒吟詩。郭舉人是洛津屈指可數的文士，能詩作畫，還寫得一手好米字。令同知氣結的是姓郭的以身體不適為由婉拒邀請，同知朱仕光大感不悅，卻又找不到發作的理由。

奇怪的是隔天傍晚，這位號稱患病的郭舉人，卻好端端地出現在北頭郭姓的角頭廟——保安宮。廟祝一見是他，連忙熱情地端上茶杯菜，請他上坐。

這位穿著一襲青布袍服，腳下一雙竹布蠟雙樑鞋，捏了把摺扇的文士，出生回民聚居的晉江陳棣鎮，二十歲中秀才，九年後中舉人，受到泉州府台的賞識延為幕僚。他看不慣官場風氣敗壞，倚勢營利一片苟安塞責，只知向朝廷粉飾太平，置百姓生死於不顧。郭舉人不願成為失去理想志向的「祿蠹」，以養病為由，辭去職務，渡海到洛津幫他開船頭行的親戚處理一些文書事物，閒時以詩畫自娛，日子過得逍遙自在。他喜歡北頭討海人的樸實豪爽，傍晚常到保安宮來，給漁民講些明朝忠臣義士的歷史故事。

這天郭舉人望著聽故事的漁民頭上纏著青布，用以遮掩頭頂薙髮的滿洲人髮式，他想起不久前，大半個中國曾經被一股名爲「叫魂」的妖術搞得天昏地暗，那事件是從剪斷髮辮所引起的。傳聞精通法術的奇人術士，先用迷藥彈人的臉面，讓人昏迷後乘機剪去那人的髮辮，然後對著它口唸咒語即可攝去人的魂靈，再將那附有靈魂精氣的髮辮紮在紙人紙馬上，用七只缸盛著，唸咒祭它四十九天，再用活人血點了，紙人紙馬就變成有生命的活物，可派它們去爲非作歹。紫禁城的皇帝將剪辮妖術與漢人謀逆反清聯想在一起，因而寢食難安。

郭舉人已經決定參加蘇府王爺的出巡。每年王爺生日過後，神像會出巡北、中、南，爲期長達三個月，所到之地分香信眾迎接排場之盛大，不亞於福建巡撫出巡。龐大的護駕陣容，除了瑤林街、埔頭街、五福街廈郊的船頭行、商號老闆之外，地方上較爲人知的人物，文武皆有，文士將由郭舉人帶頭，一路上吟詩作對，武人包括精通藥理脈學的拳頭師黃神農、北頭保安宮前豎大刀賣膏藥的王大武、土地公廟旁姓郭的一家七個兄弟都是武功一流，草民信眾如住在東石岸邊烏篷船上，號稱可在水中睡覺的王大肥、從安溪挑了一擔鐵觀音來落戶的茶農、回泉州謁祖帶回手抄祖譜的莊裁縫、背了老家公媽神主牌位渡海而來的吳孝子……

蘇府王爺出巡，三個月南、中、北走透透，動員無數信徒，光是換班抬神轎的北頭郭厝漁民就有幾十個，如果說這只是一項單純的信仰繞境，同知朱仕光難以置信。蘇府王爺本是明朝官吏，種種異於常情的神化跡象，使他聞嗅出異於常情之處。

同知朱仕光不止一次從線人獲得密報，蘇府王爺的信眾中，不乏天地會祕密組織埋伏。拒絕到衙府飲宴作客的郭舉人，究竟在這次出巡中扮什麼樣的角色？

衙府外歡騰同慶的喧嘩，傳到牆內同知朱仕光的耳裡，令他有著被摒除在歡樂之外的感覺，百姓——他的百姓——置他於不顧，自得其樂去了，使他多少有一種被冷落拋棄的失落感。今天晚上，衙府顯得冷清，闃幽一片，他孤單單一個人留守其間，一股深沉的寂寞向他襲來。

今天晚上，同知朱仕光感到身處邊緣，處在一種心不踏實，虛懸擺盪的狀態，這種感覺令他詫異困惑。他本來代表滿清朝廷，這棟三進的磚造同知府，銅牆鐵壁，是洛津最高的行政中心，權力的所在地，而他自己正是權力的核心，不應有身處邊緣的感覺才是。

同知朱仕光吸了一口氣，告訴自己去除這份被排除在外，自怨自艾的自憐情緒。

如何打發就寢前的辰光？同知朱仕光沒有使喚伺候的聽差，拿了燭火步出餐廳，望著隨他走動而閃爍的燭火，同知朱仕光缺乏效顰古人秉燭夜遊的雅興，也覺得無處可去。來自千年古城揚州的他，洛津只不過是既無古蹟又缺名勝可供遊賞的海角餘地而已。入冬後九降風一吹，整個海港城灰濛濛一片，籠罩在風沙之中。

無處可去。同知朱仕光吹熄手中的火燭，意興闌珊地站在二進廊簷下，曾經演戲的庭院灑著寂寂的月光，顯得更爲幽靜。半個月前，泉香七子戲班在院子裡搭棚演戲，笙歌管弦，至今仍似是餘音未了。那夜燈火搖曳下，優伶綽約，眸光頻掃，一場聲色似眞似幻，唱曲纏綿哀怨盈耳，使得同知朱仕光目眩神迷，搖情動魄。

本來他認定泉香七子戲班的兩個男旦戲童，靠的只是青春色相而已，毫無技藝可言，一定上不了檯盤，同知朱仕光以為，這兩個十幾歲小兒，只是被教以歌舞，登台舒手探足媚人，雛伶喉氣未充，沒有歌喉唱曲，不過隨笛管附和，唱腔必然咿啞不可辨，只是有色而無聲。

沒想到郊商石煙城精心挑選的這一戲班，飾演五娘、益春的大旦、小旦，竟然色藝雙全，妙不可言。戲棚上粉膩脂柔，直逼紅粉佳人，一顰一笑、一起一坐，描摹婦人神態，傳神寫照。飾演五娘的玉芙蓉，凝思不語，無言卻對，唱到五娘思君，長夜寂寞，無情無緒轉過身去，騙腿上床，背影寫滿了思君情苦，單身獨臥，又嫌孤衾無趣，幽幽起身，身段做工美得令人嘆賞，而一曲曲傾訴相思的唱曲更是淒絕美絕，五娘懶於梳妝，攬鏡自照，鏡中人憔悴損，玉芙蓉星眸乍回，令同知朱仕光幾乎不能自禁。

月小桂的益春還有一個蠱惑人的身段，小碎步走著走著，突然右腿彎起，放在左膝上，充滿了挑逗之情，邀請看戲的去疼惜愛憐她／他。同知朱仕光想到兩句詩：

「婉伸郎膝上，何處不可憐。」

一個晚上下來，令他血脈僨張，連連彎下身來，還是難以自持。

夜已深沉，蘇府王爺的廟會慶典已然進入尾聲，燈火闌珊，觀看踏火的民眾陸續散盡，徒然留下一地燃燒成灰燼的炭灰，衙府內，同知朱仕光想像中重現的笙歌弦樂一場聲色，也已然曲終。

又是一個孤衾獨眠無以自遣的寂寞長夜。就寢前，同知朱仕光來到書齋，無情無緒地翻閱他改編的《荔鏡記》，劇情進行到婢女益春穿針引線，代陳三給五娘傳書信訴衷情，兩人正要成遂之時，陳三竟想要近水樓台先得月，先向婢女益春下手，硬要拉她床上同坐。

益春罵他色膽大如天，「鴛鴦被成雙，値處有三個。」

陳三答：「三個未是多，三人二好，惜花人早起先沾雨露。」

同知朱仕光將益春指責陳三的這句「既讀詩書不識禮義」刪去，無限羨慕地在旁邊寫下眉批：

「陳三騎虎擒耳，兼而得之。」

今天晚上，同知朱仕光感到特別寂寞孤單。

孤衾獨宿，竟然毫無睡意。折騰了半夜，索性披衣而起，重新命人點燈，又一次展讀床頭的信箋，信是從山西大同捎來的，他的科甲同期的花舉人寫來的。此君迷戀婦人的小腳迷到癡狂的地步，同知朱仕光有一次與他在南京秦淮河飲宴，這位花舉人選中腳最小的妓女，脫下她所穿的蓮鞋把酒杯放進去聞香暢飲，享受載酒行觴，志在聞香的樂趣，令在座飲客側目讚嘆。

山西是纏足風氣最盛的地區，花舉人很慶幸自己身臨其境，婦女爲了爭奇鬥艷互競高下，無不另具巧思，做出各式弓鞋，光是蓮鞋樣式便令他觀之不盡。據他形容，山西一帶婦女的蓮鞋最常見的是鞋跟支以很高的竹片或木塊，鞋尖裝飾成雞嘴鳳頭的形狀，行走時極不方便，有些婦女居家操作，索性用膝蓋跪著走動，有些人爲了便於膝行，還特別做了墊子，墊在膝蓋上。

花舉人信上提到近日廢寢忘食伏案疾書，撰寫一部香蓮頌，書名特取爲《香蓮品藻》，把小腳分爲蓮瓣、新月、和弓、竹萌、菱角五種基本模式，這五種模式又衍生出四照蓮、穿心蓮、倒垂蓮、玉井蓮……等十八種形式。

「香蓮美醜又可細分爲神品、妙品、仙品……等九品……」

這位愛戀小腳成癖的花舉人在信中抱怨，距離六月初六還有兩個月，簡直度日如年。山西大同有個習俗，每年六月初六這天不論已嫁或未婚的女人，都會坐在高凳上脫鞋除襪，連裹腳布一齊解開，把平時羞於展示的小腳伸出來，放在面前的矮凳子上任人參觀品評，山西人稱爲「晾腳會」，花舉人身爲大同父母官，那天由他帶頭品評選美，自不待言。

自五代李後主倡導纏足，歷代講究美人腳的纖妙應從「掌上看」，一直到清朝滿人入主中原，旗女天然雙趺不裹腳，康熙元年下詔禁止婦女纏足，違者罪其父母。然而，千年以來的風俗不易一時挽回，七年後，大臣王熙奏請滿州皇帝收回成命免禁纏足，民間又公然裹起小腳，甚至連旗女也紛紛效顰，到了乾隆一朝，屢次降旨不准滿州婦女纏足，但漢人則裹腳自若。

金蓮的妙處，是讓男人晝裡憐惜，夜裡撫摩。小腳婦站立不穩，要風吹得倒才算是好的，「足下躡絲履，輕輕作細步」，柳腰輕擺搖曳生姿，令人心生憐惜，想上前扶她一把。

夜裡撫摩可增加閨房之樂。把一雙肥而軟秀的纖纖小腳拿在指掌中把玩，柔若無骨，酥到心底。行房時架在肩上，金蓮半舉玉體全現，觀看交合時之進退俯仰各狀，激發情慾的效果遠遠超過胸前雙乳。

同知朱仕光知道婦女裹小腳，走路必須借助腰力，使腰部肌肉發達，臀部及骨盤肌肉收縮，陰阜恥骨肌強豐滿，玉門緊縮宛若處子，讓男人行房得到最大的滿足。

孤衾獨宿，寂寞難耐，直到第一聲雞啼，才朦朧入睡。

15 施輝為自己招魂

一個細雨輕雷驚蟄後的早晨，施輝手握平埔族妻子潘吉給他的番刀，腰間繫上潘吉舂的白米，阿欽背了一大袋牛舌餅當乾糧，即將展開他們的濁水溪之旅。

那天一個在海邊挖蚌捉青蟹的孩子，從沙灘撿到一塊白地青花瓷器碎片，白釉彩繪半支蕃蓮枝的葉蔓，施輝從沒見過這種植物，心中想到一個人，雖然是個獨眼龍，此人見多識廣，在他出發上路之前，該去討些意見。一想到自己可反其道而行，免費拔鹿角司的鹿角，施輝樂不可支。

鹿角司在低厝仔靠近黑貓橋的虎頭澳當修船的師傅。洛津港口出入的小船隻一遇打風破損，或年久失修都會拖來給他修補。鹿角司其實有名有姓，他天生一種怪癖，每次上街買菜或日用品，總愛佔點小便宜，趁賣的人出其不意，拿點免費的小東西，像是多一根蔥、一塊薑之類的，如不給他，他會強要，同時說一句口頭禪：

「這是拔鹿角。」

愛佔小便宜的癖好使他得了鹿角司的綽號，反而把他的眞姓名給忘了。相傳洛津古時候盛產鹿，一隻鹿的鹿肉、鹿皮，尤其是鹿茸都價値不菲，唯獨鹿角毫無經濟價値，只要獵到鹿，都任人免費拔鹿角，因此「拔鹿角」便成爲白要的代名詞。

鹿角司用他的獨眼瞥了一下那塊白地青花瓷片，斷定蕃蓮枝是天竺才有的花樹，這青瓷片來自海底的沉船，他那口氣好像到過天竺親眼看到這奇花異木似的，聽得施輝如墜五里霧中，眞的霧煞煞。

鹿角司的見識得自巡檢沈明倫。洛津米市街的巡檢一職始創於雍正年間，是朝廷派駐洛津的首位地方文職官員，九品的芝麻綠豆官，官卑職小，待遇微薄，早年卻責任繁重常常，既要稽查長達一百四十五里海岸來往船隻，嚴防走私偷渡等不軌行爲，又需掌管地方事物與義塾。洛津開正口後，巡檢歸同知督飭，海防由游擊駐防，巡檢雖仍官卑職小，但也樂得清閒。

沈巡檢是浙江會稽人，生得矮小精幹，祖父精於兵法占卜八卦，曾受聘於兩江總督運籌帷幄，家學淵源，沈巡檢也曾學得一二，派駐洛津，每日坐鎭米市街巡檢署無所事事，閒來鑽研占風望氣之術，自認頗有心得。

有天他在房內休息，對手下說：有一顆星正從西北向東南而行。手下將信將疑，走到外面仰視蒼穹，居然看到一顆閃爍的巨星，照著巡檢所說的方向移動。手下大驚回到屋內問他：

「天上的星辰遠不可及，您坐在屋內，如何運算得知？」

巡檢捻捻鬍子，呵呵一笑說：「我的腹中自有一座星座。」這件事傳揚開來，人人稱奇。沈巡檢經常坐著轎子四處採風問俗，鹿角司也成了他訪問的對象，問了些朔望潮汐的規則。

沈巡檢教他觀察星象，選個月暗星明的夜晚，坐在海邊看北斗星，七夕看銀河，找牛郎織女星。

「水可載舟，也可覆舟。」

鹿角司撫摸那白地青花瓷片，沈巡檢說過，五百年前從泉州后堵港出航的一艘艘大船，載運中國的茶葉、絲綢、瓷器、香料遠渡重洋，銷售世界各地，途中遇到強烈颶風，大船沉到海底，不久前那次驚天動地的地震引起的海嘯，天翻地覆才使沉沒海底五百年的瓷器又重現天日。

沈巡檢說過澎湖島和廈門之間，有段海路最爲驚險難行，那是因爲北方的寒流和南方的暖流在狹窄的海峽相遇，產生帶狀凹陷的潮流，海流形成漩渦翻騰洶湧，此處正是航行者聞之喪膽的黑水溝，船隻難行經常沒頂。

鹿角司斷定這瓷片來自黑水溝海底沉船。那次地震引起的海嘯把它漂到洛津海邊沙灘的。地震發生時幸虧他不在帳篷內，當時他人在岸邊修補一隻小木船。突然一陣天搖地動，地牛來個大翻身，海邊無處躲藏，幕天席地更令他懼怕。又一次劇烈的餘震，鹿角司想也沒想，把那隻修補的小木船翻轉過來，覆蓋在自己身上，雙手捂住耳朵，還是聽到地牛翻身沉重的悶響，朦下的就是一片黑暗，他以爲日夜顚倒了。

「咳，鹿角司，你呼地動震糊塗了，小木船當做棉被，反轉過來躲在裡底，當然嘛是暗蒙蒙。」

對施輝插嘴修正，鹿角司想想也有道理，就不與他爭辯。當時他也不知躲了多久，好像地牛停止了翻身，地不再搖了，他一口氣轉不過來，憋得難受，想鑽出覆蓋的小木船出來透氣。沒想到雙手一頂，木船文風不動，鹿角司心一驚，手腳並用費了好大勁才把顛倒過來的小木船再顛倒回去。他這才知道人在危急時，眞的力大無窮。

重見天日後，感覺海邊似乎更空曠，原來他遮風避雨的帳篷被震垮了，塌了下來。鹿角司想到今晚無處棲身，心中悽惶。

海面的情景令他目瞪口呆。鹿角司發現港邊的海水好像全部退落淨盡，所有的船隻都被擱淺在沙灘上。這前所未有的景像令他感到詫異不解。突然之間，海水乘風破浪劈波斬浪有如從天上滾滾而來，來勢猛烈洶湧無以形容，沙灘上大大小小的船隻全都被衝到海裡，隨著狂流逐波而去，才一瞬間已全不知蹤影。

鹿角司一看不對，返身拔腳快跑逃命，一直跑到筋疲力盡跪到地上，抬頭一看，發現自己跪在北頭天后宮的廟埸。他足足不停的跑了兩里多的路。

施輝耳聽修船人海嘯死裡逃生的奇遇，立在岸邊，感覺到洛津被大海包圍，他一直是生活在大海的邊緣。

「萬川歸海，」見多識廣的鹿角司說：「濁水溪從高山彎彎拐拐流下來，伊的出海口在新吉村，坐船逆流上去，如果看到一團白色的水流在翻滾，那就是濁水溪的出口。」

知道施輝尋訪神祕高人林先生的打算，鹿角司睜大他的獨眼：

「旱路山多崎嶇不便行走，爲什麼不走水道？」

他建議施輝坐船逆流而上，看到海上有一團白色的水流，駛進濁水溪口，不到一天半就到得了二水圳寮供奉林先生的廟宇。

「去二水圳寮請林先生傳授密法，路等於才走一半，我還想往上走……」

施輝呑呑吐吐，一看隱瞞不住，索性向鹿角司推心置腹，他此行的最終目的是往山裡走，找尋濁水溪的源頭，講古的青暝朱說的，那個泉州來的風水地理師被雨傘節毒蛇咬死之前，最後看到的一座金山、一座銀山。

鹿角司一聽他要去尋寶，轉身而去不再理他。

走水路可縮短行程，早日抵達濁水溪的源頭，施輝動心了，感覺到一波波捲過來的海浪在向他呼喚，邀請他。水路需要船隻，海嘯洗劫了沙灘所有的船，包括鹿角司修理了一大半的那隻舢舨，施輝腦子一轉，想到東石的王大肥，此人住在一條烏篷船上，號稱是浮在水中睡覺，武功得自南少林眞傳。

既然王大肥浮在水中睡覺，他想去借那條烏篷船。施輝興沖沖趕了過去，遠遠聽到呼呼作響，以爲海上打雷，看看是個青天白日的大好天，哪來雷聲，走近了，才聽到王大肥鼾聲如雷，仰躺在烏篷船內睡大覺，好夢被吵醒，抓起打狗棒追打施輝。

「騙人囝仔大小，」被追打的邊跑邊叫：「浮在水中睡覺，烏白講，笑死人，我去講給人聽……」

借不到船，施輝不得已，維持原來計畫走旱路。

臨出發前，潘吉從竹床下取出去年收成的還帶稱穗的稻子，用竹籬笆內那個木臼舂米。她保持平埔族人的習性，家中不留隔宿之米，需要米下鍋煮飯才舂米，但為了丈夫遠行，潘吉不眠不休了幾天，把舂好的米裝在布包裡，弄成長長一條讓施輝裹在腰間，又把她祖上留下的一把彎刀交到丈夫手中，叮嚀他肚子餓了，林子裡找山澗洗米，用刀子砍下一截竹筒，鑽木取火，燒薪為炭，把米裝竹筒放在炭火上，煮熟了，清香可口，比什麼都好吃。

施輝帶領賣牛舌餅的阿欽一起去探險，他讓阿欽帶了一大袋牛舌餅當乾糧。本來施輝想讓他背一袋麵粉，沿途烤熱騰騰的牛舌餅吃，阿欽表示他不會做，除非收養他的叔叔也一起去，施輝只好作罷。

出發之前，兩人到城南的龍山寺向冥然禪師辭行。

洛津龍山寺建寺極早。傳說明朝永曆年間，泉州有位苦行僧肇善禪師親手雕刻一尊石觀音，搭船前往浙江普陀山觀音菩薩顯靈的道場朝聖，並供奉石像，在半海上遇到颱風，船隻被暴風漂流到洛津，於是上岸結廬苦修。

洛津從卑濕的舊港口北邊的客仔厝遷街，肇善禪師將石觀音供奉在暗街仔，並用石頭築建台灣最早的佛寺，觀音菩薩神靈顯赫，信眾愈多。

後來洛津逐漸成為台灣中部與閩粵貿易交通要津，龍山寺香火日盛，原來暗街仔的空間不敷使用，禪寺位處喧嘩的鬧街也不適合禪修，駐洛津的守備陳啓光倡議遷地重建，經過名堪輿師的指點，選定了港底郊區，坐東朝西，面向河港的位置籌建新佛寺，仿造泉州龍山寺的格局興建。

遷建工程伊始，就碰到林爽文起事，負責籌建的郊商石煙城的父親石萬、金門來的巨賈許樂三忙於籌組義軍保衛鄉土，遷建工程因之停頓，石萬告老回鄉落葉歸根，龍山寺「鳩庀繕完」的重任，轉移到他兒子石煙城身上。陳周全起兵作亂，石煙城連夜搭船回老家避難，龍山寺的建寺工程又告中斷，亂平後繼續營建，至今龍山寺規模粗具，是座四進九間三院的殿堂式寺廟。

施輝領著阿欽，繞過寺前的日月池，當年堪輿師斷定龍山寺寺址是鯉魚化龍的吉穴，闢池以應風水之說，進了山門前埕寬闊，地上鋪著花崗石的長條石板，左右分置一對石獅，青斗石鑴刻的獅子體型碩大，姿態威猛。

前殿共開五門，中間三川殿的正式入口，燕尾式屋脊，舒展恢宏氣派，廟牆八卦窗石雕造型生動，方便轎輿上下的御路石兩旁，踞立一對白玉石雕成的龍柱，一邊龍頭在上直竄入天，另一邊龍身朝下，龍頭回轉優游自在，爲罕見的翻天覆地雕法。

將來龍山寺的修建工程全部完工後，這對龍柱將會是施輝導覽的重點。

「龍山寺只見其骨，不見其肉。」

施輝這樣形容石材架構搭建已成，可見其規模恢宏的外貌，細部樑坊斗拱的木雕彩繪尙有待完成。他引領阿欽到正殿拜觀音，寬闊的大殿，一共有四十根圓柱，正龕內供奉觀世音菩薩，慈眉善目法相莊嚴，施輝肅然地跟阿欽說明，龕內供奉的正是開寺祖肇善禪師親手雕刻的那尊石像。

拜了觀音祈求一路旅途平安，兩人穿過八卦石門通到後埕，一進去觸目綠蔭滿院，花木扶疏環境十分清幽，與前院大興土木飛沙走石，判若兩個世界。

後殿主祀阿彌陀佛，殿宇優雅，圓形月門通向翼殿的禪房，是內地高僧禪師前來講學傳經修行掛單之處。龍山寺自嘉慶初年成爲泉州開元寺臨濟宗分寺，現任住持方丈冥然禪師，早年在福州古剎湧泉寺出家，曾經長期在寺中的靈源洞靜坐閉關修行。

這位生得高顴骨頤瘦長的禪師曾向施輝描述湧泉寺的多處著名勝蹟；如殿前一座二丈多高的千佛陶塔，上有宋神宗寫的銘文，宋代四大書法家之一的蔡襄，題了「忘歸石」石刻，最令施輝嚮往恨不得一遊的是喝水巖，傳說古代有位法力無邊的高僧，在水巖下大喝一聲，一聲獅子吼，嚇得水流立即停止因而得名。

後來冥然禪師跟隨泉州開元寺的方丈修行，打坐時達到粗心妄念不動，靜寂虛寂心清如水，全身飄飄然，內外不分打成一片，幾乎忘身無覺之境，師父告知他達到冥然之境，便以冥然禪師相稱。

沒有人知道冥然禪師的歲數。遠在龍山寺仍屈居暗街仔，便見他垂眉低眼，置身喧嘩的鬧街，文風不動地打坐修行，龍山寺遷建現址，他暮鼓晨鐘梵唄互答未曾間斷。

去年冬至米市街的沈巡檢造訪冥然禪師證論心法，順便請教龍山寺的歷史掌故，冥然禪師的一席話令沈巡檢驚訝得目瞪口呆，嘴巴久久合攏不過來。

「洛津野老傳說，肇善禪師爲龍山寺開山始祖，雖言之鑿鑿，其實缺乏具體證據，以訛傳訛。」

冥然禪師說著，從蒲團下座起身，步出禪房，跟在後面的沈巡檢心中太過駭異，下石階時不小心踩了空，差點摔跤。禪師帶他到廡廊看幾塊龍山寺移建時，地下出土的石碑，一塊古碑上鐫刻：

「龍山寺開山純眞璞公」。

另兩塊爲墓碑，一爲首位住持善圓滿公禪師，另一塊是第四代住持湛明德公禪師。

「本來人生如夢幻泡影，無需計較，」冥然禪師說：「不過也應該還給純眞璞公師父一個公道。」

拜辭禪師，沈巡檢回頭望那幾塊古碑，在夕陽下閃著幽光，此行改寫了龍山寺的寺史，這始料不及的奇遇令他如在夢中。

施輝求見之前，冥然禪師剛送走郊商石煙城的第二公子，公子準備前往府城參加三年一度的科舉考試，赴考之前，到龍山寺請觀音菩薩賜夢，住進圓化夢禪房，焚香禁食靜坐祈禱三天，昨晚做了腰繫金帶的夢，冥然禪師爲他解夢道喜，又向石二公子講些五蘊、十二因緣的佛法，希望他轉識成智攝心內證，往內融解，這才送走了他。

施輝領著阿欽拜見禪師，向他辭行，爲了表示尊敬，他一把抓過阿欽從不離頭的那頂破瓜皮帽，露出一頭白蒼蒼的頭髮，昏暗的禪房一下亮了起來。冥然禪師半闔的眼睛陡然一睜，掃了阿欽一眼。

他贊成阿欽同行，小孩的眼睛——特別像阿欽——是陽眼，像一面明鏡，無分別心，無煩惱也無熾盛的七情六慾，能見大人凡夫所不能見之物。冥然禪師說：

「濁水溪也屬於佛法系統，天生萬物，所有在呼吸的，都是佛法……」

「濁水溪像一條巨蛇！」施輝說。

「大蛇並非邪惡之物。」

禪師給他們講了個與蛇有關的故事：

釋迦牟尼佛成道之後，到印度各地傳揚佛法，被熾熱的大太陽曬得乾渴欲死，一條受佛陀感動的眼鏡蛇，把頭頸脹大得像一頂帽子給佛陀遮蔭。

冥然禪師留兩人在齋堂吃豆花飯，爲他們餞行，青豆磨的豆腐香甜無比，齋堂纖塵不染，施輝收斂了他平日大聲喝湯的惡習，變得斯文了好些。

出發不到半個月，施輝獨自一人回洛津，阿欽不知去向。被問起他的濁水溪之行，施輝支支吾吾，語焉不詳，難以拼湊出一個完整的過程。

當初他腰間綁著平埔族的妻子潘吉春好的米，帶著阿欽走旱路，一路上想像他的先祖施世榜，一百多年前爬山涉水，環山繞谷，循著巨蛇一樣蜿蜒的大河，盤旋繞轉上山尋找水源，但不知他的先祖最後有沒有爬上海拔三千多公尺的奇萊山北峰，找到濁水溪的源頭，看到那一座金山、一座銀山？有如講古的青暝朱所形容的？

跪在二水圳寮奉祀林先生、施世榜神主的廟宇前，求籤連擲三次筊，都得到笑筊，施輝只有硬著頭皮上路。又走了三天三夜，腰間綁的裝米的布袋愈來愈輕，終於不賸一粒米，阿欽的一袋牛舌餅也吃光了，一大一小開始找林子裡的生果野菜充飢，後來連樹上的昆蟲幼鳥地洞鑽出的地鼠野兔，都抓來餬口，找不到吃的，跑去喝濁水溪的河水，灌了一肚子水，把褲帶拉緊，拉到一個人幾乎勒成兩半，以之減少飢餓的感覺。

溯溪而上，沿途荒野寒風陰霧慘慘，四處鬼魅浮動，白天都會看到幻影，黑夜更是猙獰恐怖。一天在一處荒塚纍纍，鬼火點點的墓地，看到一個背影，踏著枯枝敗葉在林子裡孤單寂寞地行走。以爲是狩獵的獵人，施輝上去招呼，那背影轉過身來，原來是個赤身裸體的山地人。

阿欽尖叫一聲，當下嚇暈倒地。這個黥面的山胞，面目猙獰遍體刺青，背上刺了盤旋飛翔的鳥，從肩膀到臍部盡是網狀的纓絡，兩臂各刺青一串骷髏頭，從手腕到手肘戴了幾十圈鐵鐲，耳朵也戴了一對大鐵圈。

施輝看著這山林中寂寞獨行的山地人，心中好不悽然，先是荷蘭人騙取他們的土地，紅毛蕃走了，換來一批人數眾多的漢人，鳩佔鵲巢，用武力侵墾，壓迫原來的住民，令他們失去活路，被驅逐趕往深山林內，造成山地人的大遷移，越過中央山脈到噶瑪蘭（宜蘭）、台東後山開墾找生路。

耳聽密林深處山地人慶典喧天的號角聲，施輝記起有次颱風過後，他陪平埔族的妻子潘吉回番社深望她的家人，一位年長的族長正在攤曬水災泡漬的一疊土地契約，施輝看到一張施長齡向馬芝遴社番社首阿嘓力立的社賣契。

「土目蒲氏、龜只、孩汝；社約青洲等，有承祖造管下洛津埔地壹所，東至山、西至海墘，南至洛津大車路，北至草港，前因本社社首等，經給陳拱觀前去開墾，茲拱觀轉售與施長齡，今長齡願出銀四十兩廣駝，向嘓等承買盡根……一賣千秋，日後嘓等子孫不敢言找言贖，生端異吉滋事。恐口無憑，合立社賣盡根契壹紙付執爲照。」

漢人先是向平埔族人租用土地，繳納「番大租」，後來給予區區銀兩買斷地權，不必繳租金據爲己有。

施輝現在才懂得，爲什麼平埔族夜祭阿立祖的慶典，哭祭大海的嚎海，會那麼哀慟欲絕了。每年九月初四入夜到初五中午，平埔族人祭拜最高守護神阿立祖神體，擺上檳榔、米酒和粽粿做爲祭品。初四入夜點豬過火，到凌晨族人手拉手起舞唱牽曲，最令人驚心動魄的莫過於初五中午的嚎海，以哭來撫慰當年從南海漂洋來台灣時，途中死於海難的先民。

每當平埔族的族歌牽曲一起，在憂傷的歌聲中主持祭亡靈儀式的女巫尪姨會衝向田埂，倒地翻滾嚎啕抖唱，揪心揪肺地唱出一段段族人的歷史故事。

施輝坐在林子裡一顆相思樹下，曬著月光，他終於懂得平埔族的牽曲唱出沉重的哀慟，除了祭祀死於海難的先民，應該是在悼念失去的土地。與阿嘓力立簽社賣契的施長齡正是施世榜的名號。施輝在想，以後導覽天后宮，介紹到施世榜的長生祿位，他還會像從前一樣，以施善人的直系子孫爲榮嗎？

阿欽被那黥面刺青的山地人嚇昏過去後，一直囈語不斷，像被魔魘住了似地渾身發燙，惹得施輝心神不寧。一日他扒在溪流喝水充飢，清澈的水中浮現一個倒影，愈看愈像他自己，他伸手摸摸雜亂如野草的長辮，齜牙裂嘴，水裡的倒影也模仿他跟著照做。施輝駭然，以為自己的魂魄已經離體而去，難怪他整日昏昏沉沉生病一樣，原來是處於一種失魂狀態。

他一定是運氣不好，碰到走馬天罡惡鬼，汲取了他身上的精氣。一個人精神之靈是魂，軀體是魄，施輝但願他的靈魂只是暫時離開軀體，他必須把那浮在水面、輕飄易逝的靈魂給召回來，讓它與魄團聚。可惜阿欽全身發燙不省人事，無法在林子四處喊叫為他招魂。

急中生智，施輝脫下身上那件破爛到幾乎無法蔽體的破大褂為自己招魂，靈魂認得熟悉的衣物，他拿在手中死勁揮舞，讓它認得路回來，同時放開吼嚨大叫自己的名字：

「喔喔，洛津人氏施輝回來吧，快回來吧！」

一邊叫，耳邊卻聽到一聲喝斥：

「洛津施輝此時不下馬，更待何時！」

《封神榜》裡殷商大將張桂芳在兩兵交會時，憑這一聲如洪鐘的呼叫，有本事使對方乖乖下馬束手就擒。施輝叫了聲：「不好，中了法術。」霎時頭暈目眩，身不由己一頭栽入溪流，順流而下，失去了知覺。

直到他躺在泥漿風化成的河床，腳趾被一隻爬過來的毛蟹螯痛醒了過來，施輝張開眼睛，但見一望無際的地平線，他還以為自己昇了天，人在天宮，坐起身來，地平線盡頭鑲著一道銀白色，在陽光下閃閃發光。

啊，濁水溪的源流，那一座金山、一座銀山，泉州過海的那個風水地理師所尋找的，他走了多少個七天七夜，最後還是沒走到，那遠不可企及的金山、銀山就在咫尺。

施輝雀躍地往那閃閃發光的方向飛奔過去。

那道銀白不是濁水溪的源頭。施輝是被沖到濁水溪的出海口，一如鹿角司形容的一團水流翻滾成白浪。面對茫茫大海，施輝筋疲力盡地跪了下來，開始嚎啕大哭，像平埔族人唱牽曲，倒地翻滾痛泣嚎海，邊哭邊伸手往旁邊一摸，空空的，只抓起一把黏土。阿欽不知去向。

兩個月後，阿欽出現在天后宮廟埸，仍舊在幫他阿叔做牛舌餅，所不同的是他戴了一頂洛津人前所未見的帽子，帽簷很深，形狀尤其古怪，那頂帽子成爲注目的焦點，人們逐漸忘記阿欽與生俱來的那一頭白蒼蒼的頭髮。他穿了一身乾淨的衣褲，胸前掛了一個木頭做的十字架，當中浮雕一個上身赤裸瘦骨嶙峋，下身圍了一條布，雙手張開掛在十字架的雕像。阿欽說這是他的救世主，圍觀的人群有的好奇地伸手想去摸那十字架，卻被阿欽悍然阻止，他恭謹地把十字架送到嘴邊吻了一下。信祂就能得到永生。

阿欽是被一個信耶穌的傳教士救活的。到山林裡跟山地人傳播福音的傳教士，回程路上看到一團蜷伏的東西，以爲是隻野狗，被打死剝了皮，屍體丟棄草叢裡。定睛一看，卻是個半大的孩子，整個身子顫抖不已。略諳醫學的傳教士沒有把他當作魔鬼附體，斷定是得了瘧疾打擺子。

傳教士把阿欽背到一個叫新吉的村子，那裡住的村民既不燒香也不拜媽祖，每天從田裡下田，吃過晚飯便聚集在一個叫天主堂的屋子，由救阿欽的那個傳教士帶領，唸《玫瑰經》，先由傳教士唸一段，眾人隨聲合誦一遍。

村民告訴阿欽，他們信的是荷蘭人帶來的福音，對阿欽白蒼蒼的頭髮，以及毫無血色慘白的皮膚並沒有表現太大的驚奇。傳教士望著阿欽畏光、老是淚光盈盈的紅眼睛，問起他的父母身世，阿欽一問三不知，傳教士好像確定了他的某些臆測，用聖水給他施洗，阿欽皈依主耶穌，領了聖名叫約書亞，他也學會禱告，我們在天上的父……

自此之後，牛舌餅攤經常圍聚了一大群人，叫阿欽／約書亞一遍遍重複講他的奇遇，百聽不厭，也讓阿欽表演右手在額頭、左胸右胸各點一次，然後雙手交叉，跪下來禱告：我們在天上的父……阿欽一說到：我們都是有罪的，人們就一哄而散。

施輝深感被冷落了，雖然阿欽好心地告訴他，距離新吉村不遠有一個施厝寮，村子裡家家戶戶都姓施，可惜沒有領洗信主耶穌，阿欽問施輝想不想去認宗親，施輝也不理睬他，後來一氣之下和阿欽絕交，也不再到天后宮當導覽。

卷五
聲色一場

16 益春留傘

許情隨著泉州宜春七子戲班，第二次到洛津來，爲修建完工的龍山寺演戲慶祝，在前殿三川門後加建的戲亭開演。

戲亭屋頂的八卦藻井是龍山寺的著名景點之一，精工良匠以八組斗拱自樑柱出挑，到了中央部位再分成十六組斗拱集結於頂心，結構之美無與倫比，完全不用一根鐵釘，而是匠人以木頭挖好榫頭拼嵌密合而成，八卦形狀的藻井彩繪輝煌，頂心的金龍盤繞俯首下視，極有氣勢。

戲亭屋頂的中央部分整個被架高，好似牌樓一樣高聳，屋簷向上揚起，與兩側明顯斷開，這種格局稱之爲「斷簷升箭口」，這是爲了方便在亭子內搭建戲台，使光線充足，增加簷下視野廣闊，擴大觀戲之妙。

戲亭內有一面木雕的太師壁，左右兩側各闢有門，分別題爲「出將」「入相」，進了門後即是伶人化妝的後台。宜春七子戲班在戲亭內搭戲棚演戲，長一丈二的戲台道具齊全，演戲時臨時搭棚，無戲時則搬收。

宜春七子戲班在龍山寺的戲亭首演《呂蒙正》，許情擔任副鼓，他隨鼓師魚鰍先拜師學藝，已經把小梨園十八棚頭的戲學會好幾齣，每齣戲每一個行當角色的身姿步伐，手勢眼神，科白唱腔都牢牢記住，嫻熟於心。

酬神演戲，夜裡也唱到天光，半夜觀眾散去，他會代替魚鰍先上場，乘機把默記於心的鼓點子表現一番。許情雙手執槌，右腳踩在鼓上，可以把一面南鼓打出七種不同的音色：旦角用鼓邊輕快的點子，生角用鼓心，丑角則多用鼓角。利用鼓點子變化烘托，加強樂曲的感情，配合演員的科步、口白、唱腔，用鼓音輕重疾徐來刻劃，指揮整台戲的節奏快慢起伏，許情做到「一鼓定全台」，他這鼓師是萬軍稱主帥。

不演戲時，許情也不敢懈怠，躺在鋪草蓆的地上，拿自己的肚皮當鼓板，嘴裡默唸口白唱詞，手指頭按著肚皮打板眼。

臨離開洛津前兩天，許情終於鼓起勇氣，來到後車路，穿過「門迎後車」的隘門，彎曲窄巷深盡處，那一棟門楣貼著紅紙，寫上「鴻禧」二字的紅磚屋，十一年來他沒有一天不思念的如意居，不知是否風情依舊？

他發現牆頭疊成的花格長窗風情猶在，只是舊了些，斑駁的紅磚，經過長時間的日曬雨淋，顏色褪了，變成鹵肉一樣的粉紅。令許情感到訝異的是那株花椒樹枝葉茂盛如傘蓋，十一年前，臨離開洛津前夕，他無心插種的，沒想到竟然活了，而且長得如此繁茂。

那一天清晨，他到如意居的途中經過菜市場，由於馬上能看到阿婠，他心情很好，伸手從菜販攤子拔下一支青蔥欲滴的花椒，拿在手上把玩。許情一跨進如意居的小天井，阿婠從偏房的小木窗探出頭來，清脆地喚了他一聲。那令他的心爲之悸動的一聲呼喚，劃破春雨過後的潮濕空氣，在空中顫動餘音不絕。

聽到呼喚，許情把手中那支花椒往牆角濕軟的土地順手一插，急忙進屋。那一天是驚蟄，他記得很清楚。

彎下腰，許情從地上撿起一顆花椒籽，捏在手指間搓揉，花椒不留籽，花苞一打開，種子就墜落到地上來，紅磚牆外掉了一地的花椒籽。他不知磚牆後小天井的花樹，是否別來無恙？圓井旁那株榕樹長得緩慢，隔了這麼多年至今仍未探出牆頭。倒是從花格長窗的空隙，隱約看到裡頭綠影綽綽，似乎比從前蓊鬱。

十一年前，許情隨著泉香七子戲班來演戲，當時他是藝名月小桂的小旦，愛玩鬧的郊商掌櫃烏秋讓他在戲棚下也假扮爲女子往來市中，帶他到如意居，認識了剛給裹了小腳，下不了床的阿婠。

她坐在小天井邊偏房的小床上，用細細的女孩的手指指著木窗外那棵榕樹，尖聲細氣地央求假男爲女的許情：

「好阿姐，摘些樹葉仔乎我，選圓圓卡水也，我摺成扇子乎妳搧風，好沒？」

阿婠長著一口細米牙，沒有像她的養母珍珠點用澀草染黑，那個烏秋口中「腳一小塊，嘴唇烏沉沉」的紅牌歌伎珍珠點。

阿婠提醒來人，不要去採旁邊那棵木芙蓉，它的葉子軟軟的，摺不了扇子。木芙蓉早上開花，傍晚就凋謝，她說。她每天從早到晚坐在床上，隔著小窗看出去，木芙蓉早上開粉紅色的花，中午日頭直射，好幾層重疊的花瓣顏色逐漸被曬得轉濃，到了下午變成深深的紅，太陽下山花瓣軟垂了下來，接著萎謝了。阿婠說她天天看，已經看好久了。她知道許情會來，她一直等著「她」來解悶，給下不了地的她當腿用。

鴇母月花給阿婠裹的腳，進行到最後一道裹腳面——把小腳纏成弓形，腳背上弓，縮短小腳的長度。裹好後，月花拿尺量了一下，距離她的標準足足還差一寸，於是下死勁用力再纏，使腳心慢慢出現凹形，弓彎愈甚，痛得阿婠在床上翻滾，求生不得求死不能。

「大腳是婢，小腳是娘」，月花告訴阿婠，隘門過去的明月樓，三年半前買進門的童養媳，年紀和阿婠一樣大，最近裹好的一雙小腳，瘦小彎弓不能滿握，穿上漂亮的繡鞋，滿屋子的客人沒有一個不讚美，小歌伎憑著一雙小腳身價百倍，明月樓的老鴇對她是待價而沽。

阿婠聽了，不覺羞極而泣，恨不得立刻削小雙足和明月樓的小歌伎媲美。她痛下決心，無論再受多少痛苦，她一定要加緊把一雙小腳纏到瘦小尖彎，走起路來嬝嬝婷婷，步步動人，喜得鴇母月花嘴裡心肝寶貝直叫，下狠勁把阿婠的一雙腳拗折彎曲，使骨斷筋摧，腳掌縱弓彎度增加，腳心深陷成穹窿，擠成一線深溝，洗腳時，月花可把一個銀圓塞進腳心，這才罷休。

月花讓許情哄著下不了床的阿婠變花樣討她歡心陪她玩，答應幫他修整那兩隻大腳丫，鴇母月花撩起許情的褲管，以她經驗豐富的眼光評斷，如果將他的四個腳趾向內彎聚斂一起，用裹腳布纏勒，不折斷腳面骨，她估計假以時日，可纏成五寸左右，使許情的腳等於在小腳與盈尺蓮船之間，起碼可以瘦瘦窄窄的，反正半掩門的嫖客都是只爲求歡的粗人，不敢太講究小腳。月花安慰他。

榕樹葉摺成的小扇子玩膩了，許情到溪岸邊採來馬蘭草給阿婠套摺各種昆蟲玩物打發辰光，有次還拿了刀子去砍林投葉，除去荊棘刺，削成一條條長長的葉片，阿婠拿在手上沒三兩下，變魔術似的，變出一隻蟋蟀，頭上還伸出長長的鬚像要刺人。她也會用林投葉摺了一群眼睛暴突、體型成角狀的青蛙，選了最大的一隻，擺在床簷，與許情的蟋蟀鬥法，示意他用嘴吹氣，愈吹愈靠近，最後兩個人的頭碰在一起。那張粉粉嫩嫩的小臉，許情第一次起了想伸手去摸一下的衝動。

不知誰送給阿婠一些染色的蓪草，據說這植物長在遙遠的東部後山，採集來了後，光取出中間的心削成薄片，染上各種顏色做紙花當裝飾。柔細得像紅絨布一樣的蓪草心，經巧手的阿婠剪裁交纏旋繞，做出一朵朵漂亮的纏花，送給養祖母月花、養母珍珠點插在腦後髮髻當裝飾之前，她先在許情的鬢邊別上一朵。

下一次去看她，阿婠頭也不抬，抓著一條灰白的長帶子，穿過來繞過去忙個不停。許情逕自在床前的方凳坐下，欣賞她翻來轉去的蘭花指。終於編摺完成了，托在掌心，是一隻蜻蜓，還拖了長長的尾巴，許情大拇指食指合在一起做出捻蜻蜓的姿態，阿婠手掌一縮：

「喲，蜻蜓飛走了！」

玩膩了，阿娟把蜻蜓的長尾巴一拉，變成一條直長帶子，她當著許情撩起上身那件粉紅緞繡綠邊的女衫，拉開水藍色牙子飾邊的褲子，褲頭鬆鬆的，原來阿娟悶得發慌，抽出褲帶編結蜻蜓，玩膩了，要把褲帶穿回去，一時之間找不到洞口，她扭著身子轉來扯去，露出一截白嫩嫩的肚皮，連肚臍眼也隨著她的轉動，俏皮地眨著眼。

驀地，偏房門外響起一陣腳步聲，三寸金蓮的木頭底啄著泥地的聲響由遠而近。阿娟低喊一聲：

「不好，阿母回來啦！」

顧不得把褲帶穿回去，拉扯上衣胡亂地覆蓋褲子，一把抓過躺在身畔的琵琶，叮叮咚咚撥著琴弦，張開嘴，咿咿啞啞地又彈又唱了起來。

也就是在急忙塞回褲帶的慌亂中，阿娟掀起她粉紅的女衫，連同肚兜也一併撩起，袒露了小半個胸乳。微微墳起的半圓肉球當中，兩粒殷紅欲滴的乳頭。感覺到投向她胸前的眼光透著貪婪渴切，阿娟拉下肚兜，臉上不期然地紅了。

她沒注意到許情注視的眼光，貪婪渴切之外，包含著納悶不解。十三歲的阿娟初解人事，精靈過人，然而，再怎樣慧黠也無從想像和她面對面的，會是個扮裝的男戲子，完全不是鴇母月花口中的那個草厝來的，珍珠點的恩客烏秋大爺竹竿接菜刀，八竿子打不到的遠房姪女，說是有意來後車路半掩門賺食，腳綁不成，想踩蹺冒充。小步花磚面。烏秋說的，走起來婷婷嫋嫋，亦殊可觀。

情不自禁地，許情伸出雙手，按住自己平坦的胸前，阿婠那兩粒萌芽的初乳，小小的，他想像如果把他的手覆蓋上去，一定是剛好盈盈半握，柔軟如綿，是許情自己胸前所欠缺的。他面對的是一個眞的女的。她輕聲細語，眉眼嫵媚，笑出一口碎米牙，一雙善於摺疊編織的巧手，十個指頭纖巧可愛，舉手投足每一個動作都流露出自然的美姿，一種有節奏的韻律感。

七子戲的旦角靠手的姿態來表演，手指的動作千姿百態，許情跟著教戲師傅依樣畫葫蘆，什麼螃蟹手、薑母手、尊佛手、觀音手、鷹爪手、蘭花手等等，他一廂情願地以爲就是女人的舉止，直到面對阿婠十指纖纖，摺疊做勞作的那雙手，他才恍然，戲棚上只是模擬作態，哪有阿婠這樣一舉手一投足自然可人！戲班師傅教他一些程式化的虛擬動作讓他上台扮演女人，什麼插手走，膝蓋要靠緊，做垂手，揮袖作舞的姿態，站立的身段叫糕人身，輮身是放腰的仰轉身……

許情跟著師傅所學的，與阿婠的動作對比之下，無一處不是在提醒他的僞裝假扮，他撫摸著扁平的胸，深深意識到自己的缺陷，他並不是完整的。

一天他下戲得早，溜到如意居找阿婠玩，珍珠點出局，被請去紅玉陪酒唱南管曲，屋子裡靜悄悄的，許情直闖小天井邊阿婠住的偏房。一進房內，看到阿婠斜側，以手支頤，半躺在床上，兩隻裹腳套了雙尖尖的高筒繡花弓鞋，相疊直伸，神態有幾分慵懶，昏暗的火油燈下，她唇頰紅彤彤一片，許情立刻聯想到裹腳的她，行動不便，下床跌傷了，流了一臉鮮血，趕忙從腋下掏出手帕，一腳跨上床，要爲她擦拭。

阿婠拂開他的手，吃吃笑著，彎彎眉毛下的眼睛笑成一條縫。這兩天她腳傷好了些，趁珍珠點出局，自己下床，扶牆摸壁一拐一拐偷偷溜進養母臥房裡，打開梳妝台錫盒裡的胭脂花粉，爲自己紅紅白白塗抹了一臉。

阿婠食指點著臉頰，頭斜斜側向裡邊，模仿珍珠點橫波流盼，對著許情媚笑，笑出一口細米牙，嬌聲地徵求著許情的意見，是不是這個角度的她最美麗？

知道珍珠點沒那麼快回家，阿婠拉著許情回到她剛去過的養母的臥房，拿起胭脂水粉，也幫他塗抹一番。許情斜著臉，對著菱花鏡，鏡子裡出現了一個長著女人頂髮，穴耳戴瑯璫耳墜，粉面朱唇的影子。這個敷粉施朱，儼然女子的他，是烏秋繼戲班師傅修冶雕塑成形的。

他看著鏡子裡的那個形影，鏡子裡的人也在看著他。

認識阿婠，而且發現自己與她的不同之前，許情似乎不在意易弁而釵，以假替眞的這種虛擬假扮，樂於穿上烏秋爲他量身訂做的女服招搖市中，來往如意居。烏秋不止一次向他豎起大拇指，對他沒被識破而疊聲叫好，許情自己也以爲是在別標風格，很是得意。

日以繼夜，戲棚上戲棚下他都是以女服扮裝，愈穿愈覺得貼身自在，好像新長在他身上的一層皮膚似的。穿上女衫的他，慢慢掙脫衣服下面那個本來的他，漸漸游離出來，轉化成爲另一個人，另一個由服裝所創造出來的人，與先前的他所不同的。

現在他舉手投足，舉止動作，由外而內無一不與身穿的女服配合，合作無間，甚至連如廁小便也很自然地蹲了下來。每次烏秋向他求歡，他更是宛轉翻身迎合，以爲這就是天經地義唯一的一種愛的方式。

為了討好烏秋，給他一個意外的驚喜，許情偷偷地為他纏足，讓如意居的鴇母月花出盡全部的氣力把他的四隻腳趾使勁向腳心彎拗過去，用裹腳布緊緊勒住，狠纏狠裹一層又一層。纏好了，扶著桌凳，一蹺一拐，他不是在走路，而是用身子與腳心往前挪移，隨時要跌倒下去。那種揪心揪肺的痛，使許情體會到什麼叫做「小腳一雙，眼淚一缸」。實在受不了，他眞想一把扯開裹腳布，讓腳趾回復原狀。一想到烏秋等著看他小腳小步花磚面，裹了腳，會使烏秋對他更深憐蜜愛，便忍痛練習走路。

許情/月小桂只能用身體承歡，除此之外，他一無所有。

只要烏秋開口，許情願意離開戲班，和他在洛津廝守下去。這種想望一直到這一刻，他和阿婠肩並肩站在菱花鏡前，鏡子裡的那個顯影——他的影像，看起來古怪而陌生，這個人會是我嗎？許情不自禁地自問。他撫摸著圓圓的肩膀，扁平的胸脯，感覺到鏡子裡的那個人與他毫不相干，與鏡中人凝視的瞬間，他與「她」分離了，他的心和他的身體分隔開來，一分為二。心裡的那個他，清清楚楚地知道他和阿婠不是同類，是不一樣的。

如果假男為女只是一種表演，從戲台上到戲台下的表演，可以任他把玩，穿上脫下任意穿脫自如，是男是女自由取捨，許情斜著臉照鏡子，那麼此刻他希望打散盤在頭頂的髮髻，摘下瑯璫的耳墜，拭去一臉的白粉胭脂，褪下這一身青紫提花大襟女襖，大紅如意緄邊的大襠褲子，讓自己回到本來的面目。那個心中的他，讓和他並肩而立的阿婠看到他本來的面貌。

究竟什麼是他的本來面目？這個泉香七子戲班的小旦月小桂，烏秋寵愛的孌童其實也不十分清楚。

心中的他望著鏡子裡依附在他身上的那個女衫裝扮的他，乍離乍合，愈看愈撲朔迷離，在兩者之間游離擺盪，界線模糊。

他沒有在阿婠面前卸下女妝。

台灣人把春天的天氣比喻爲和後母的臉一樣陰晴不定，說變就變。一個春寒料峭的早晨，許情縮著脖子到如意居來，阿婠斜靠在小床上，蓋了條碎花綢綿被，看到許情鼻頭凍得通紅，把身子朝床裡挪了挪，示意他上床，兩個肩膀緊挨著並躺了下來。

阿婠豎起耳朵，傾聽隔壁屋裡的動靜，聽了好一會，才把臉湊到許情的耳邊，用極輕的聲音耳語，偷偷跟身旁的人說，她養母珍珠點不止一次吩咐過她，要她當心看守家物，生怕許情這草厝來賺食的查某順手牽羊偷東西。

這樣推心置腹。許情胸口熱熱的。

側躺著的阿婠伸出纖纖小指頭玩弄許情頰邊的酒渦，說它一漾一現的，很像七夕七娘媽生日那天，家家搓的「糖果」，搓圓的湯圓，用食指擠壓出一個圓洞。

「喂，妳知那個坑做什麼用？」阿婠推推他：「盛織女的目屎，一年才看一次牛郎，又要分開，眞不甘，哭了！」

許情想到烏秋臉上的痲子，愈往臉頰後邊愈是明顯，坑坑洞洞數之不盡。烏秋的痲子凹坑盛的是汗水，他極怕熱，大冷天也常是一頭臉的汗。

突然阿婠一聲低低的尖叫，怕隔牆有耳，趕忙伸手捂住嘴。不知什麼時候開始，冬日的陽光跨過小木窗，躡手躡腳爬上床，迎著光，阿婠發現身旁躺的這個人，他唇型優美的嘴——烏秋的最愛——上唇邊緣綻出一根根極細的鬍子腳，在春寒的陽光下，隱隱約約密密痲痲的一大圈。出於本能反應，她的手順勢往下溜，滑到長鬍子腳的這個人的肚腹。她的手被許情一把抓住。

發現許情假男為女後，阿婠在月花、珍珠點面前不露半點口風，對許情還是一樣，把他當作閨中密友，兩人照舊無話不談，只是不和他同蓋一條棉被，像從前一樣耳鬢廝磨毫無禁忌了。

阿婠對新發現的他感到好奇，附在許情耳邊笑問：他胯下多出來的那一塊贅肉，他帶著走路，不嫌礙事嗎？

這裝扮的戲子身上多了她自己所沒有的器官，阿婠絲毫不在意，也不感到受到威脅，產生可能被侵犯的恐懼，即使是她惡戲地撫弄他，採取主動毫無顧忌作弄到令它堅挺怒張，阿婠也不認為他敢向她戳入，佔有她。

眞正令她害怕，卻又會莫名的害臊的，是那些到如意居來聽珍珠點唱曲的客人，不止一次，阿婠從門縫偷看，他們大搖大擺走進客廳，大聲咳嗽，用粗而低沉的嗓音談笑，燭火把他們的身影投到白灰牆上，變得無限龐大，大到好像要向她威壓過來。阿婠害怕的是這些男人，她很清楚她的初夜將獻給他們其中的一個。

祕密抓在她的手中，許情任阿婠擺佈支使，給捉弄玩笑夠了，她又羨慕許情見多識廣，跟著戲班子到處去，天地廣闊得很，甚至老遠從泉州坐船渡海來到洛津。

她央求許情教她唱戲。

推卻不過，也怕阿婠揭露他的祕密，使他以後不能到如意居來找她玩，只好照從前師傅教過的，點了一根香，在她的眼前移動，讓阿婠的眼珠隨著轉，說是訓練眼睛靈活有神。

小旦眉眼傳情，許情教她一個「過眉」表演嬌羞的動作：雙手交叉高高舉起，掌心向外，遮住眼睛做掩面狀，阿婠學來有模有樣。他教她看人時要緊緊盯住，引領對方入戲，阿婠牢記於心，說學會了，用來以後迷聽她唱南管曲彈琵琶的男人，向他們賣弄風情。

她不知從哪裡聽到戲台上的男旦眼睛放目箭，迷惑看戲的烏皮豬，勾引戲迷跟著戲班子跑，阿婠也想學怎樣用眼睛放電，放目箭飛眼風。

許情搖手不肯教，說放目箭太淫蕩，會害死人。

「聽你亂講，目睭看人，按怎會看死人？」

阿婠一臉的不信。他向她解釋：

伶人在戲棚上朝著他心屬的烏皮豬放目箭，挑逗撩撥，棚下被電到的，趕緊雙手提起長袍衣襟，躍上前去，像撲翠雀似地兜住那媚眼，佔為己有，生怕接遲了，會被旁邊自作多情的看客承接去。男戲迷往往為了爭媚眼拳打腳踢大打出手，有時眞的鬧出人命，或是告到官府裡。

阿婠嘟著嘴：

「你不肯教，等我腳好了，出去看你搬戲，學戲棚頂的還不是同款，稀罕！」

禁不起糾纏，許情無奈，只好站起來表演：緩緩把腰身一偏，頭微側，以阿婠爲對象，沒上妝的眼睛還是微微上吊的一雙單鳳眼。許情斜斜睨視阿婠，水汪汪的眼睛含著露水似的，向她放電逼射過來。

初解男女情事的阿婠，捧住心口，彷如承受不住這種撩撥挑逗，好半晌才定住神，說這放目箭眞的像是一把箭，被射中的眞會跟著戲班子跑，和中了魔沒兩樣。

阿婠眉頭一皺，說出她心中的疑問：

眞正的女人才不敢向男人放目箭。連她的養母珍珠點，後車路的大色歌伎，也不會用那麼淫蕩的媚眼去迷惑聽她唱南管曲的男人。

「只有親像你這款，查脯戲子才敢放目箭勾引烏皮豬，我們才不敢。」

多年後，許情才體會阿婠這句話。

男人扮演女人，比眞的女人還要放肆大膽，更淫蕩妖冶，也只有男旦才敢淫詞穢語信口亂說。男人所扮裝的女人，表現了男人強烈的欲情渴愛，那種窮凶極惡的色情欲望是女人所少有的。京戲男旦飾演閻惜姣，第二次上場，口銜手帕，兩手插在腰間，做繫褲帶狀，這種色情的表演，正如烏秋所謂的：只有男人才知道男人的要求想望。

許情應洛津逍遙軒七子戲班之邀，給戲童排《荔鏡記》，到了七夕前兩天，才教到益春留傘，這是《陳三五娘》一劇中，身段最繁複，充滿舞蹈之美的做工戲。

陳三爲接近五娘，打破黃家寶鏡賣身爲奴，奈何五娘囿於禮教，又與林大有媒妁婚約，對陳三欲拒還迎，反覆無定。陳三顛連成疾，絕望之餘收拾行李，拿了一把傘，唱出「姻緣不就枉心癡」，正欲憤然不辭而去，益春聞聲追出，苦苦相留，勸他莫性急，寬心放落行李。

陳三踢傘荷在肩上轉身要走，益春從他背後挽傘，展開奪傘的雙人舞蹈。

許情手握一把綠漆不能打開的木傘，給飾演益春的小旦蘇螺排身段，嘴裡叮叮咚咚唸著鼓點，配合舞步節奏，由他扮陳三，先是單手奪傘，繼而兩人雙雙轉身，背靠背，傘在肩上拉扯，各不鬆手，再轉過來面對面拉鋸著。益春使力奪過傘，放在地上，雙手插腰，責備他不該不辭而別。

陳三俯身拾傘，就在這時，飾益春的蘇螺突然忘情地喚了聲：

「三哥啊！」

稚氣未脫的童音，淒淒切切，聲音包含著祈求哀懇，聽得許情心頭一震。那呼喚聲似曾相識，多年來縈繞夢中。許情嘴裡唸的鼓點被這聲「三哥啊」打斷了。蘇螺的這段戲還沒練熟，提早唸出這句台詞，俯身拾傘的許情驀然回首，與蘇螺四目交接。他在這小旦身上看到了從前的自己。

如意居的阿婠要求許情教她益春留傘的身段，她知道藝名月小桂的許情，扮演益春出了名，一聲淒淒切切的「三哥啊」，風靡了洛津的戲迷，人人爭相模仿，街頭巷尾一片三哥聲。

「你攏是做益春，教我益春的腳步手路，眞適當，」阿婠說：「不過，咱們欠一個小生演陳三！」

許情手指往自己胸口一戮：

「我就是陳三！」

阿婠望著眼前這上身穿了件藍青綢地四合如意大襟女衫，下面一條紫色大襠褲，裝扮與自己無異的伶人，無法說服自己相信。

許情向她解釋他初入戲班時，本來學小生，師傅教會了整齣的陳三，後來戲班演小旦的急病夭折，班主才改讓他取代轉學小旦。許情說著，抿了抿嘴，兩頰漾現了一對大酒渦。

他爲阿婠裝扮，讓她換上一身素衫褲，外面加上一件紫地盤金字襟的背心，扮成黃五娘的婢女益春，露出雙手表演各種手姿。他自己很想換下那一身青紫的大襟女衫褲，很想找一件男人的長袍充當褶子來扮演陳三。可惜整個如意居找不到一件男人的衣服。阿婠說她們家是「三代無阿公」，後車路的娼家，無子娶媳爲娼，無子也可養媳，珍珠點是月花的媳婦，阿婠是珍珠點抱養的童養媳，所以阿婠等於月花的孫媳婦，可是三代無一男人。

許情只好用一條藍色方巾蒙住頭，遮蓋住留著頂髮的女人髮型。

陳三俯身拾傘，被情急的益春踩傘時，踩了手指，益春只好歉然略退。乘勢拾起傘的陳三，把它挾在脅下出去，益春上前拉住相留，最後陳三順著益春的拉力一送，突然一收，奪傘在手，益春脫手顚步，再追上拉住雨傘，淒淒切切地喚了聲：

「三哥啊！」

一個急去，一個急留的對比情緒，把戲劇渲染到熱烈的高點。鼓聲戛然而止。一個凝止亮相的動作。陳三的眼睛與益春的眼睛對看，許情的眼睛與阿婠的眼睛對看。

在這一刻，許情就是陳三，陳三就是他自己。他把戲台上那個裝模作樣的月小桂置身度外，與他毫不相干。許情從戲裡走出戲外，走出他的角色，走出他一身的裝扮，回到他眞正的自己，找回那個隱藏在女服下面，與浮現在上面的正好相反的性別。

「三哥啊！」

比他矮半個頭的阿婠，仰著臉，淒淒切切地呼喚他，眼睛帶著祈求，拉扯著他的衣角，千呼萬喚，哀懇地祈求他留下來，不要走。眞正的許情留下不要走。

許情俯看著她，心裡底層緩緩浮升起一種對她欲望，一種連他自己都被嚇著了的欲望。他的魂附在陳三身上，隨同益春／阿婠進去了。他要留下來。

阿婠的瞳孔反映出一個頭綁藍頭巾，身穿青紫大襟女服，一個不倫不類的影子。他的影子。烏秋爲他量身訂做的女服。烏秋不止一次向他強調，要許情不去管他天生是什麼，只要他扮裝，一舉一動做得像女人，別人一定會從他外在的裝扮來認定他，是男是女全由服裝來標明決定。穿上女服的他，可以擁有成爲女人。

陳三被益春留住了，後車路如意居的阿婠沒留住泉香七子戲班的許情／月小桂。

烏秋最後還是贏了。許情始終沒有在阿婠面前除下他的女裝。

17 桐油籠裝桐油

台灣南部八掌溪、曾文溪和二仁溪一帶，都有造王船送瘟神驅邪的信仰。這種送瘟儀式，即是古代「儺」祭遺意，明鄭時期，已有「瘟疫一起，即請邪神作法，以紙糊船送之水際。」

台灣南部造王船，用樟木、青竹製作，先取龍骨開光點眼附以神靈，招請天兵天將前來，然後豎燈篙，導引陽間神靈、陰間鬼魂降臨，連續幾日由道士誦經拜懺，海邊普渡做醮，最後在溪河或海邊空地焚化王船，送走十二瘟神。傳說王船艙內四周堆積金銀紙，時辰一到，即自行著火，十分靈驗。

每次王船祭典，必請戲班通宵達旦演戲酬瘟神，鑼鼓喧鬧，廟場附近的村莊扶老攜幼，或乘舟、或趕牛車、坐轎步行前來看戲，人車不絕於道。

嘉慶末年，許情隨著泉州宜春七子戲班渡海到府城安平演王船戲。十九歲的他，早已經遠遠超過童伶的年紀，他在戲班當正籠，管理戲服砌末道具，以及樂師的樂器。

宜春七子戲班從廈門上船出海，抵達鹿耳門，已是隔日黃昏。鹿耳門因兩岸沙角環合，形狀像一對鹿耳而得名。戲班搭乘的帆船從雙耳當中長驅直入，一進來，門內視野豁然開朗，迂迴二、三十里，曾文溪與鹽水溪交會之處，爲適應潮汐變化而產生海濱沼澤地，濕黏黏的紅樹林一路延伸，濕地上生長著欖李、海茄苳、五梨跤等生命力強盛的植物，大片的五梨跤花瓣邊緣開白色細絲狀的花，十分美麗。

許情一行人抵達時，五梨跤花季已過，長出圓錐形的果實，成熟了，並不立刻掉落，而是留在母樹上，長出一根根褐綠色下垂的苗。這種胎生苗吸收了母樹的養分，慢慢滋長，要到明年七、八月才會完全成熟落地。

紅樹林吸引了各地飛來的候鳥、野鴨，從北方南飛，白露前抵達的紅尾伯勞，是安平人最熟悉的候鳥，灰面鷲沿著海線飛行，與黑面琵鷺在此築巢，濕地上可見大群野鴨集結的蹤跡，體型碩大的蒼鷺展開雙翼緩緩低飛，穿繞枯黃的蘆葦叢邊，早上離巢的白鷺鷥，黃昏集體回巢，與黑夜飛行，俗稱暗光鳥的夜鷺，雙向交替，在燦爛輝煌的晚霞裡，構成美得不可思議的景象。

帆船緩緩破水前行，野兔、雉雞出沒林投樹邊的水池，一群綠頭鴨來回靜靜地游著。牠們本來是遠地飛來的候鳥，成群飛到台灣來過冬，被台灣人拔去尾巴的一根羽毛，從此再也不能飛行，住了下來。

矮樹叢中傳來悅耳的啾啾鳥叫聲，那是喜鵲的聲音，傳說乾隆年間，有一位到府城任官的雲南人，特地從老家引入喜鵲，在安平、鹿耳門一帶縱放，本地人稱之爲客鳥。

成群客鳥向四草的方向列隊飛去，停棲幾株盤根錯結的老榕樹，旁邊矗立的大眾廟埋葬著三百多年前荷蘭士兵的屍骨，四草的居民建廟祭祀這些死於鄭成功部將刀下的異國孤魂。

當年荷蘭人以鹿耳門水道狹窄，舟楫難行，暗礁四伏，視為天險，以為無人敢犯，未設兵駐防。鄭成功率領數百艘戰艦，出現鹿耳門港外，也因水道淤淺，大船無法通行，國姓爺請出媽祖神像，設香案跪拜祈禱：

「助我潮水，行我舟師。」

媽祖助漲潮水，高漲數尺，海面又起了大霧為鄭軍做天然的掩護，數百隻船艦從被沖出的一條深水浩浩蕩蕩地開進鹿耳門，金鼓齊鳴，旌旗蔽天，與熱蘭遮城的荷蘭人做歷史性的對決。

這尊顯靈的媽祖像，尺寸極小，以罕見的萱芝材料刻成，臉相嫻雅莊肅，圓潤靜謐，座椅的前後基腳刻有八隻神態各異的獅子拱守，鹿耳門人建天后宮奉祀這尊媽祖像，以保衛海疆，廟內本來也供奉延平郡王神像，入清後才移走。

乾隆中期，台灣、澎湖工兵，在天后宮旁興建鹿耳門公館，供守風候潮迎送往來的官員、商賈下榻。

宜春七子戲班上岸當晚，一位在鹿耳門公館等潮漲好到廈門的李姓商人，喜好戲曲，聽說來了七子戲班，命人請去演堂會戲，答應戲金優厚。戲班一行人連晚飯也來不及吃，便被帶到公館的一間廂房，放下戲籠匆忙上妝扮戲。老旦無需擦粉，把一條烏巾繫在額頭上，用本臉上場即可，挑大樑的小生、大旦、小旦則抹水粉塗胭脂畫眉毛，打扮妥當，大旦還得梳頭貼水鬢，腦後包頭加髮髻。

許情在戲班當正籠，打點伶人穿妥戲裝，指揮管後台雜役在廳堂佈置戲台，李姓郊商在戲台下三面設宴席請公館的住客看戲，安排就緒，鼓師魚鰍先入座擊鼓，李姓郊商點了戲，他的眷屬也盛裝坐在簾子後垂簾觀劇。

善於鑒貌辨色的班主看到座中的郊商，對大旦小金花的唱做頻頻頷首稱讚，右手在膝上隨著音樂打拍子，知道是懂戲之人，果眞一齣唱完，又點了唱工戲五娘思君〈大悶〉，小金花唱得婉轉幽柔婉約，唱完已過半夜，李姓商人意猶未盡，招手喚來班主，問明宜春班在府城的行程，相約他十天後從廈門經商回來，請宜春班演一場戲。他是府城五條港三郊之一糖郊的成員，下個月輪到他請客，想演戲助興熱鬧一番。

班主看在豐厚的戲金上，也就答應了。

府城是台灣蔗糖出口的集散地，李姓商人在小西門開了一家「府玉」糕鋪，出產一種甜食，用蔗糖熬煮結晶成冰糖，氣味芬芳，晶瑩剔透，有如美玉，堪稱府城名產，稱爲府玉，店鋪也以之命名。

隔天日午，戲班搭乘小船來到安平，小船走的是台江沙洲線環繞的內海，裡面遼闊有如汪洋大海，一陣大風吹過，浪鼓如潮，小船晃盪，難以想像內海會掀起如此大浪頭，船夫形容海底盡是淺沙細礁，行船一不小心，停泊沙上，浪頭一掀，船底立刻成碎片，可見安平地勢之險峻。

荷蘭人在安平闢了台灣第一條街，棋盤形縱橫交錯，當年商行林立，歐亞各色人種穿梭，街衢繁榮，鄭成功的軍隊摧毀荷蘭人用細泥、蚵殼灰、糖漿、糯米混合築建的城牆，煙消雲散，而今徒賸斑駁破敗的半堵殘壁。安平媽祖廟前的瞎子，抱著三弦，唱起〈思想起〉，道盡歷史輪換滄桑。

演完王船戲，戲班過台江到小西門赴李姓郊商的戲約，班主僱了小舟，在台江內海晃盪，許情站在甲板上眺望，對面岸邊凌空矗立一座四方形的城堡，赤色的磚瓦壘砌，夕陽下宛如虹霞，似眞似幻，原來是荷蘭人建的赤崁樓。

小舟駛到岸邊，水淺不能直接泊岸，必須換牛車接駁，從淺水中牽挽上岸。府城人利用台江海退陸浮，泥沙淤積，把內海東側的浮覆地挖掘疏濬出五條港道，出內海接鹿耳門港，成爲通往廈門的門戶，輸出米、糖、豆、麻，從大陸運入藥材、絲綢、南北貨、煙絲等。

五條港港口帆檣雲集，舳艫相連，岸上商賈穿梭不息。郊商沿著港邊建築街市，蓋了一間間兩層樓高的店屋，一樓臨街的店面洽談生意，二樓用做存放貨物的倉庫，從內地運來的南北貨在碼頭卸下，來自泉州晉江的苦力立即一擁而上，把貨物搬到港邊的店屋，二樓的工人打開樓板，放下繩索，將一綑綑綢緞布匹、藥材、民生用品拉上去存放，以便日後批發給中盤商。

宜春七子戲班住進河港南側碼頭附近的一棟空屋，原是李姓郊商堆貨的倉庫，班主捧出戲神田都元帥的神龕，朝北供奉在戲籠圍架上，點上三支香喃喃有聲祝禱戲神，祈求保佑演出平安。

戲籠放置妥當，許情找了張舊椅子，撣去灰塵，伺候戲班的靈魂人物——被稱爲萬軍主帥的鼓師魚鰍先坐下抽水煙，又支使副籠把師傅的尿壺取出，那只錫做的尿壺放在戲籠裡，跟著戲班跑。

鼓師魚鰍先的技藝人人稱讚，他的敬業精神在梨園界更是出了名，有次坐在鼓架前指揮伶人排戲，老先生雙手擊鼓汗流浹背，不敢稍歇，爲了使演員的情緒不致中斷，儘管內急也不起身如廁，結果忍不住尿在褲子裡。別人把這件事當笑話談，許情聽了，卻是對魚鰍先更尊敬有加。

掃去空屋牆上窗前密佈的蜘蛛網，用破布堵住牆角的破洞，防止老鼠夜裡也來滋擾，許情又到河岸邊撿來幾張貨箱拆下的包裝紙，糊在破窗上擋風，空屋有了人氣，不再顯得那麼荒涼喪氣。

三年前的冬天，泉州泉香七子戲班應洛津郊商石煙城之請，從蚶江搭乘郊商船頭行旗下的戎克船渡海演戲，當時的許情藝名月小桂，是泉香班的小旦，在北頭天后宮前演完酬神戲，接下來慶祝八郊之首的泉郊會館成立，泉香班在會館前的廣場搭棚，與一班來自晉江東石的七子戲班拚台，一開始東石的七子戲班使出渾身解數，把觀眾整個吸引到棚下，泉香班不甘落敗，班主聽了鼓師獻計，貼出全本《荔鏡記》連續七天七夜，敷演全本陳三五娘的愛情故事。泉香班祭出梨園戲的經典戲寶，風聲一傳出，戲迷們興奮地奔走相告，從和美、二林、線西爭先恐後駕著牛車趕來看戲，洛津對外的連外道路，每一條都爲之壅塞不堪。

一直演到端午過後，泉香班凱旋而歸，回到泉州，剛過十六歲生日的許情被班主發現他腮邊長滿了鬍鬚角，喉結突出，嗓子變了，失去了童聲，高音唱不上去，又因肺火太重，滿臉的紅疙瘩，破了相，失去了七子戲班童伶的價值，便以賣身契期滿為理由，將許情趕出戲班。

背著包袱，剛變大人的他不知何去何從。這些年來隨著戲班穿城走鄉、衝州撞府演戲四處飄蕩，早已失去家人的音訊。散棚後無家可歸，不知以何為生。

許情害怕應了「搬戲頭，乞食尾」這句流傳戲班的俗話。

倘若不想當乞丐，散棚後的童伶有一個去處：到泉州東街的相公巷，那裡聚集著待價而沽的七子戲藝人。許情不想去，他也不後悔沒聽烏秋的話在洛津留住下來。

他考慮是不是到祥芝鄉海邊學織魚網混口飯吃，看看自己一雙從沒幹過粗活、演小旦的手，許情打消這念頭。「桐油籠裝桐油」，這也是流行戲班的一句俗語，表示任你轉業改行，終歸要回到戲班來。如果許情打算繼續粉墨生涯，唯一的出路只有轉入大梨園當演員，下南、上路大人演的戲班，各自擁有十八棚頭不同的傳統劇目，得拜師傅重新學起。

許情決定到西大街伶人、傀儡師傅相聚的承天寺打聽，當晚就在寺前露宿。

與聚集在承天寺外的梨園戲界伶人相濡以沫混熟之後，聽同行講起梨園界一些軼事，特別是幾個名氣響叮噹的名角苦練成家的過程，令他感動不已。他聽一位下南梨園戲退休的老藝人，形容戲班最受歡迎的丑角，一出場一句話一個動作，立即使全場氣氛活潑，這丑角模仿石獅一個八十歲的老嫗，塗脂抹粉黏鬢邊，插紅花，眉毛描得細細彎彎，動不動抽出手帕掩嘴，款款地扭過身，強作嬌嗔，故作扭捏。

那老藝人光形容還意猶未盡，索性站起身模仿那丑角的動作，惹得眾人捧腹大笑。笑完，說起丑角苦練功夫的種種，例如長年累月在燈下對牆壁照影，模仿各種人物的姿態，爲練習臉部表情，拿一枚銅板貼在額頭上，通過臉部肌肉不斷移動，使銅板移位，一天反覆練上好幾個時辰，日日如是等等。

上路梨園戲班一個演淨角的伶人，人長得又矮又瘦，本來不適合演穿蟒袍的工架戲，這個伶人脾氣硬不肯認輸，力圖克服天生的弱點，每天對著大缸喊嗓，經年累月的訓練，終於練出洪亮的嗓音。他自知身量矮小，穿起蟒袍嫌威嚴不足，於是，在做工苦下功夫，把動作加以適度誇張。這淨角的勤奮使他扮演的包公，神形兼備，被譽爲「活包拯」。

城南宜春七子戲班鼓師魚鰍先，許情早聞其名，他肚子裡的戲齣豐富，每一齣戲的每一個角色的身姿步法、手勢眼神、科白唱腔無一不牢記於心。在教《朱文走鬼》這齣古戲時，其中有一句台詞不能十分確定，魚鰍先當下放下鼓槌，連夜穿城走鄉找他師傅問個清楚，來回二十里路，有人問他何必那麼仔細。

「含混過去，熟戲的觀眾，或同行的詰問，就難堪了。」魚鰍先回答。

鼓師對藝術的認眞執著感動了許情，當下決定回到戲行，立志拜魚鰍先當師傅。爲了追隨名師學藝，許情自甘屈身，從挑戲籠兼在後台打叉鑼的下籠做起，一步步學會了吹長嗩吶，製造音響效果，如敲風聲的冷鑼，以及鳥鳴吹的「竹鳥」，一年後才當上管理戲裝和樂器的正籠。

魚鰍先看他虛心向學，已經答應許情這趟府城演完戲，回泉州升他當副鼓，做師傅的助手。「桐油籠裝桐油」，許情感慨，終歸要回到戲班來的。

宜春七子戲班在府城河港邊下榻的空屋，距離碼頭工人苦力崇拜的開基武廟才幾步路。府城階級限制嚴明，官府建的大天后宮、祀典武廟，每年由官員仕紳舉行祀典儀式，即使在平時，也不准苦力工人、雜役、女人入內祭拜。

勞動階級只有自立神廟，五條港南邊的這間開基武廟，相傳奉祀鄭成功部將渡台時，所帶來的關公神像，廟的格局雖小，神明據說很靈驗，求籤問卜的，絡繹不絕，吸引了算命、卜卦的相士到橫巷開館擺攤，成爲魚龍混雜之區。

隔天一早，許情被一陣雄渾的吼喝聲吵醒，他步出空屋循聲而去。港邊一排縴夫，赤身在隆冬的清晨拉縴，只在腰際間繫上一條短褲，雙足踩在草鞋裡，隨著吼唱聲往前挪移，手臂腿肚因用力肌肉僨張鼓起，一頭臉的油汗滴。

尾隨一排縴夫後頭，一個赤足的少年，冷得面色青紫，正在抽長的兩條青白色瘦腿，在寒風中抖顫，跟著行列，艱難地亦步亦趨。

五條港碼頭工人幫人拉縴，生活清苦，所生的兒子從小就必須打零工貼補家用，當童工所賺的工資極爲微薄，但是一滿十六歲就可以領大人的全薪。每年七夕七娘媽生日，父母帶著滿十六歲的兒子到開隆宮「做十六」成年禮，被視爲重要的大件事。

七夕這天，全家帶著牲禮、麻油雞、油飯、麵線、紅龜粿，以及供七娘媽梳妝打扮的梳子、茶油、胭脂、香水、針線等，還有時令的雞冠花、圓仔花、鳳仙花獻給七娘媽。祭拜行禮之後，滿十六歲的少年匍匐從供奉七娘媽的供桌下鑽過，再從父母雙手高舉竹片紙糊七娘媽亭下穿過，象徵已經成年，可離開這兒童保護神的庇護，成長獨立的儀式，最後以焚燒七娘媽壇做結束。

許情的十六歲是在洛津過的。烏秋給他「做十六歲」，拉他到城隍廟前用米糕當油飯，又叫了一大盅麻油雞，看到毛蟹正肥，點了一大盤，親自挾一塊蟹肉送到許情的土碗裡，自己抓起蟹螯大嚼，吃得汁液直流。啃完了兩隻，發現許情土碗裡那塊蟹肉動也沒動，便沒好氣地甩出一句：

「不合小爺口味？」

許情有口難言。戲班奉田都元帥爲戲神，每次戲開演前，都要上香祭拜供奉在後台的相公爺神像。班主用蘭青官話尊稱祂爲九天風火院田都元帥。演戲的都忌吃毛蟹，這有個典故：傳說田都元帥本來是個棄嬰，被拋棄在田間，幸虧靠毛蟹吐沫餵養，才得以存活。爲了感恩，伶人不吃毛蟹。

烏秋不懂得這些，給他臉色看。許情把一大半碗米糕全扒到嘴裡，心口一急，吞嚥不下，噎住了，憋得雙眉倒豎，滿臉漲紅，淚水奪眶而出。嚇得烏秋一手拍他的背，一手抓起茶壺對嘴給他灌了幾口冷茶。許情起身跑開，揿住脖子，對著水溝大口大口地嘔吐，吐到連青水都吐完了，才回到桌上，眼淚不聽控制，簌簌而下，淚流滿面，索性趴伏在桌上哭個痛快。

他的十六歲生日就是這麼過的。

隔天下午，烏秋親自到菜市頭買了一大把黃色的雛菊，抱到戲棚後台要送給許情，帶著歉意說時令不對，買不到台南「做十六歲」的圓仔花。班主出面好言謝絕，戲班後台禁止插花，花與「混亂」、「混雜」同音，請烏掌櫃諒解。

許情有太多傷心痛哭的理由。

十六歲生日前兩天，他在戲棚旁臨時搭就的草寮，坐在地上的草蓆，對著小鏡子妝扮上戲，先用食指從粉盒挖出一大塊鉛粉打底，厚厚的塗了滿臉，連眉毛都是白的，然後把眼睛一瞇，小心翼翼地描那兩道彎彎的眉毛，再點上胭脂。轉過頭，一旁演大旦的玉芙蓉用兩個手掌心劈哩叭啦拍打自己的臉頰，好讓粉膏吃進皮肉裡，整個人給拍得皮顫肉搖。許情看著他，也不等玉芙蓉化完妝，豁然站起身從管戲服的阿嫂手中奪過那一襲柳綠的小生褶子，陳三的戲服，打開來往自己身上一披，指著小生的腳路，搖擺來到玉芙蓉前面，從地上拉起他，說要和玉芙蓉唱《陳三五娘》。

「我就是陳三。」

這一鬧，幸虧當時班主並不在場，許情逃過一場責罵。演完夜戲，天才濛濛亮，戲班人馬筋疲力盡地倒頭在草蓆上呼呼大睡，許情趁機取過陳三穿的褶子，摺好包在包袱裡，挾在腋下走出草寮，他要到後車路的如意居，和阿婠重演〈益春留傘〉，這一回，他要以小生扮相，回復自己的眞面目，在阿婠面前現身。

沒走幾步，早晨的風從他的垂垂辮髮間穿過，許情想起陳三戴的那頂冠帽，摸摸自己留著女人頂髮的頭，他必須拿它來遮掩。轉身折回去，班主立在草寮前，手持一根粗木棍等他。一陣毒打，渾身上下打得遍體鱗傷，唯獨不碰他的臉，那張爲班主掙錢小旦的臉。

許情有太多傷心痛哭的理由。

18 擱淺的戎克船

洛津口門淤廢在即。

萬合行一艘船身長一丈八尺的戎克大船，壓船艙的貨物太多，載量沉重，吃水量太重，航行至洛津外海，距離港口二十海里，尚未抵達拋錨停泊之處，突然轟隆一聲，有如晴天劈下焦雷，海中水族鳥禽倉皇逃逸，岸上人家以爲又是地牛翻身，地震了。

戎克大船觸礁擱淺了。海底淤淺，加上沒有大潮水漲，這艘大船兀立於海水中，有如一隻浮出水面的大鯨魚，船首兩側邊各漆繪一隻外白內黑而形狀扁平，稱爲龍目的魚眼，船家用來趨吉避凶的圖形，兀自在海中圓睁著，視而不見。

萬合行大型戎克船觸礁擱淺在外海，平日喜歡採風問俗的沈明倫巡檢，坐鎮米市街巡檢署迫不及待地想出海一遊探看擱淺船隻。

沈巡檢自負精通易經陰陽五行，遺傳父祖輩神機妙算的本事，嘉慶初年，涂黑海賊前後六次佯裝侵犯洛津，沈巡檢選了個月明星稀的午夜，爲涂黑來犯一事卜了一卦，看到離卦和震卦方位之間隱升起一朵雲彩，他大鬆一口氣，趕忙坐轎子到粟倉的同知府，求見當時的同知盧鴻，親自把好消息告訴他：

「大人無需憂心，據下官卜卦推算，得了個喜卦，估計海賊將於四月十九日午時竄至洛津外汕，因官兵嚴防無從下手，轉篷西向逃，」沈巡檢信誓旦旦地預言：「海疆動亂平息指日可待，海賊涂黑氣數已盡，已到窮途末路，大人無需過慮。」

沈巡檢預言海盜涂黑將被三省海防官兵合剿於海中心，無路可逃，結局是沉船葬身海底。此一預言日後果然應驗。

這次他爲洛津港口興廢卜了一卦，得到了的是一凶卦，令沈巡檢感到不祥。洛津港口帆檣雲集、風帆爭飛的風光景象，恐怕是來日無多了。

沈巡檢掐指一算，選了個宜於海行的吉日，坐轎子來到低厝仔靠近貓橋的虎頭溪，修船師傅鹿角司早已立在他剛修補好的一隻小船，手持船槳等他一起鼓浪前行。

剛認識鹿角司時，沈巡檢佇立海邊，凝望遠處海面騰騰霧氣，感覺有如紫氣東來。當時他告訴這修船人，台灣是個蓬萊仙島，秦始皇派徐福率領幾千個童男童女入海求蓬萊、方丈、瀛洲三座神山，尋求長生不死之藥，古書上形容仙山悠邈飄茫，瀛洲指的就是台灣，這仙島上土地無雪霜，草木不死，四面是山。

「徐福望之如雲，終未能至，幾千年後，我沈某人身臨其境，雖不致窮山惡水，卻也絕非仙山。」

沈巡檢言下之意，對台灣極爲失望。

到洛津任職之前，沈巡檢在對岸的蚶江海關做過官，他對古名莿桐的泉州古城十分熟悉。蟄居洛津海角，沈巡檢苦於無處遊賞，便格外懷念對岸的泉州古城，幾杯黃酒下肚，他便會搖頭晃腦，拍案自問：

那個宋元時期海舶商諸蕃琛貢，亭台館歌飲酒賦詩，歌舞遊宴蓄養樂伎的莿桐城，於今何在？他很遺憾遲生了幾個世紀，那種「千家羅綺管絃鳴」、「柳腰舞罷香風度，花臉妝勻酒暈生」的風致，只能從詩句裡玩味，令他浮想聯翩。

泉州到了明代朝廷禁止民間海運通商，又遭到倭寇的洗劫，禁海遷界，加上晉江長期泥沙沖積淤塞，宋元時期水道深邃，海灣曲折的莿桐港，到了清代中葉已是浪細沙平。

沈巡檢平日米市街署中無聊，經常來到海邊，運用他觀察星象的想像力，極目望去對岸，想像昔日莿桐港海商番使雲集，海上梯航萬國，帆檣如林的繁榮景象！

嘴裡唸著元人「泉州道中」的一首詩：

海商到岸才封舶　番使朝天亦賜驂　滿市珠璣醉歌舞　歲人為爾竟沉酣

沈巡檢讓自己一次又一次神遊泉州城南的聚寶街，昔日的蕃坊，從街口往南走到車橋頭，足足一里長的路，此處當年熙熙攘攘，夏來冬去十洲人，充滿了異國情調，各國的商人、水手使節和傳教士遠渡重洋，到泉州來經營互市貿易，傳播不同的宗教，全都聚集在這蕃坊，街道兩旁的商店堆滿奇珍異寶，身著珠錦羅綺的巨商富賈，和不同膚色奇裝異服的波斯人、阿拉伯人夾道觀看路上夷歌胡伎翩躚跳舞，絲竹管弦喧沸盈天。這是威尼斯商人馬可孛羅和闊闊眞公主經過聚寶街時目擊的熱鬧景象。

每逢下雨打風，鹿角司不能在海邊補船，他坐在帳篷內，對著雨中茫茫大海出神，便把沈巡檢閒談中對泉州城的描述，每一條大街小巷在腦子裡拼湊，漸漸湊成一張地圖；開元寺、洛陽橋、青源山、宋代老君岩石像……好像他都親自涉足遊覽過似的。鹿角司向施輝複述他聽來的泉州經驗，使平常不容易服人的施輝，對他口服心服。

鹿角司搖著小船一駛出海，視野陡然開闊，沈巡檢負手佇立小船頭，萬里晴空，他憑著觀星象的眼力，極目眺望海的那一邊，對岸的蚶江港似乎隱約可見，泉州古城花崗岩砌成的城牆蜿蜒起伏，城牆突出的部份應該是門樓吧？

沈巡檢心情極好，興起了吟詩的情懷。然而，一見腳下滔滔黃浪，捲起層層混濁的黃泥水，他打消了吟詩的雅興。

攙雜泥沙的滾滾黃水，正是淤塞洛津港的罪魁禍首。

台灣地形南北狹長，天然優良的港灣屈指可數，舟楫只有利用天然海灣或河口之處泊岸，北部是沉降海岸，南部是珊瑚海岸，南北都無淤淺之虞，唯獨中部海底平淺，加上西流入海的河川，旱季即如荒溪，或涓涓細流，雨季一來氾濫成災，夾帶大量泥沙入海，每年颱風後的豪雨，崩蝕濫墾的山坡，流沙漂流而下，沉積港口。

萬合行擱淺的大型戎克船已然在目。

這艘擱淺的大船，船身巨大壯觀，風帆卻相當簡易，只適合在台灣海峽隨季風飄盪行駛，一共有三桅，中央的主桅由甲板深入至龍骨，高聳入天際，竹篾編成的帆篷頂端懸掛萬合行船頭行的旗幟，海面上風吹雨打，日曬雨淋，旗幟被撕扯成兩半，襤褸地垂掛下來。

沈巡檢自負對船隻的構造頗爲熟悉，他告訴鹿角司，舵是船舶導向必備的工具，據他估計，這艘巨大如白鯨的戎克船的舵，一定足足有兩丈長。茫茫大海中，掌握航行的方向和航道，就得靠羅盤來導航，羅盤放置在船尾的龕房，與保佑航行平安的媽祖神像並列龕中，沈巡檢形容羅盤的黑磁針長約兩寸，方位按照八卦、天干十二地支組合而成。用玻璃罩住的羅盤，晚上燃燈照明，通夜不滅。

洛津與蚶江航程一一九海里，與惠安距離一百海里，沈巡檢說，如果風向穩定，航行一晝夜即可抵達。如何計時？他說，船上用焚香計程，燃燒一尺長的香，燒完一根香大約是一個半時辰。

沈巡檢讓鹿角司把小船駛靠近大船，撥開糾纏船身的藤壺、貝類、海草，抓了一籮筐的蚵岩螺。沈巡檢對海中生物也充滿興趣，他知道洛津人不吃這種附在船身的海螺，可是蚵岩螺最愛吃的食物是牡蠣，所以漁民恨不得把它們趕盡殺絕。

鹿角司一手執槳，翻看籮筐裡的海螺，發現青一色都是公的，他很是詫異，不太相信他的獨眼，一隻隻拿在眼前細看，看到的是母螺長出雄性器官，禁不住大聲嚷叫，嘖嘖稱奇。

沈巡檢對這奇異現象也迷惑不解，海裡的水族雌化，母的多於公的，母的長出雄性生殖器，雌雄錯亂，這下考倒了見多識廣的沈巡檢。鹿角司告訴他蚵岩螺雄化，還不是單一的現象，幾天前，他看到一隻擱淺海灘的鯊魚，雄性器官特別短小，小到不成樣。鹿角司說，魚塭一池的鯉魚，一看也是母的變公的。

陰陽反覆，雌雄混淆，撲朔迷離，世道顚倒令沈巡檢憂心。

回程海面起了大霧，洛津城罩在雲霧裡，竟然悠邈飄茫，一時之間失去了蹤影，無以辨識，沈巡檢幽幽地吟誦李白的兩句詩，爲洛津打氣：

「長風破浪會有時，直掛雲帆濟滄海。」

萬合行的大型戎克船觸礁擱淺在外海，港口淤廢在即，洛津八郊郊商推舉石煙城向同知朱仕光進言，請他上書福建巡撫大人，陳情希望他近期渡海巡閱港口，趁此刻還來得及，下令用人力清除泥沙，疏濬港口，再遲堆積旺盛，就只有另覓海港，找一個水道深通的港口取而代之。

石煙城幾次陳情，遲遲未獲同知朱仕光的回應，使得這郊商之首頗有怨言，私下抱怨京官高高在上不知民間疾苦。

同知朱仕光知道洛津港口淤廢，海岸線不斷往南推移，首當其衝的便是萬合行。當初石萬佔據洛津溪入海河段咽喉的泉州街，築建碼頭，憑著地理位置優越，萬合行的船運蒸蒸日上，涂黑海賊作亂平息後，洛津船舶雲集，空前繁榮，每天有一百多艘船往來兩岸，其中萬合行的佔了半數。

一旦海水倒退，距離港口日遠，船隻無法附岸，萬合行的碼頭優勢地位一失，商務貿易江河日下，後果不難想像。

同知朱仕光眼前浮現郊商石煙城，親自爲海港一事到衙府來陳情，俯首卑恭姿態極低的模樣，嘴角漾出得意的笑紋。這個郊商之首自信在地方上有舉足輕重的力量，表面上對他這朝廷命官貌似恭謹，其實骨子裡並不服氣，現在有求於他，才不得不低聲下氣。

拿起桌上那封八郊聯名上呈的陳情書，同知朱仕光在手上掂了掂，靠海上貿易生存的郊商，甚至整個洛津的未來全在他掌握之中。

同知朱仕光有所不知的是，洛津郊商早已料到這地方官缺乏魄力承擔疏濬海沙的使命，已經爲自己準備好退路，尋覓取代洛津的港口，駕著小船在濱海近處探岸。距離洛津不遠的王功，水深碇泊容易，目前只是一個荒僻的海地，石煙城捐建一座媽祖廟，早已奠基動工了，一等媽祖廟建成，商民聚集，繁榮應是指日可待。

一等港口遷移到王功，石煙城將功成身退，步他父親的後塵，落葉歸根，渡海回到故里安享晚年。

瑤林街其他規模較小的船頭行商家，眼看港口沙淺不能泊船，再這樣下去，不出兩年，只有平底的澎船，四、五百石的三板頭船才可以進出，於是連合了十幾家規模較大的船頭行發起募捐，希望憑靠民間的力量修堤濬湲，由一新科秀才執筆寫了〈募濬洛津溪啓〉，洋洋千餘言，文情並茂，祈請本地紳耆各破慳囊「迴狂瀾於既倒，滌積淤於將來」，使洛津海港沙明水淨，恢復往日之舊觀。勸募文鼓勵全民效法古時愚公移山、精衛塡海之精神。

同知朱仕光得志意滿，自以爲掌握了洛津的生機命運，在他窗明几淨的衙府書齋，施施然坐了下來，繼續他對《荔鏡記》戲本刪修改編。把這齣流行於閩南、台灣、陳三五娘少艾相慕，曲折纏綿離離合合的愛情故事，重新裁製改編，使它變成一齣符合教化的道德劇。這也將會是他的政績之一。

到目前爲止，同知朱仕光已經批閱到「簪花」這一場。

陳三五娘私會佳期後，五娘派遣益春給陳三送花，囑咐他一半自己帶，一半等明晚給五娘簪。陳三讓益春摘了一朵，替代五娘爲他戴上，並道出三人同床共枕的想望。

兩人抱做一團親熱的場面，被隨後進門的五娘撞見，她責怪陳三「迷花蜂蝶無定期，花心採了又過枝，風流亂情性」，陳三以三人同一心說服五娘，讓他和益春成遂好事。

同知朱仕光批閱到這裡，頷首贊許，眉批：

「突出五娘女德，保留。」

北頭郭厝漁民與溪湖已婚婦女假戲眞做淫奔出逃藏匿，至今下落不明，沒想到一波未平，一波又起。萬合行石煙城的第三公子石啓瑞，出乎所有人的意料之外，把泉香七子戲班的兩個男旦帶入萬合行府邸，私藏了起來。早些時候，謠傳他看上的是飾演益春的月小桂，這下連大旦玉芙蓉也一併帶去，石家三公子此舉，令好些閒人艷羨嫉妒，說他仿傚陳三，假戲眞做，把戲搬到府邸演去了，更多的閒人抱著手等著鬧出事端看好戲。

石家三公子由家丁前呼後擁地來看戲。戲棚上的玉芙蓉，看公子衣著光鮮，是個名副其實的烏皮，看戲的排場更是不同凡響，對他另眼相待，打定主意第二晚便向他放目箭。

結果石三公子這晚沒出現在戲棚下。玉芙蓉撲了個空，找不到放目箭的對象，好不懊惱。其實是這齣全本《陳三五娘》情節進展十分迂緩，看得石三公子頗不耐煩。他在府邸與新納的小妾溫存一番，囑咐她等著，他出去看戲等下就回來。

玉芙蓉發現了他，如獲至寶，腰身緩緩一偏，斜斜睨視，飛眼向三公子放目箭。公子被撩撥挑逗得心神蕩漾，無法自持，轉身打道回府找等著他的小妾去了。親熱過後，三公子重新整裝，再回到戲棚下看戲，劇情還接得上。

最近玉芙蓉的兩隻稍嫌過大而福薄的耳垂又穿了兩個耳洞，加上原來扮戲戴耳環的，每邊一隻各有三個洞。爲了不讓新鑽的耳洞密合，他用茶葉梗塞住，塗了些茶油潤滑，還不時搓動茶葉枝，讓耳洞擴大。玉芙蓉聽戲班的樂師——此人專愛找男旦下手，人稱兔兒爺——他說穿了耳洞，下輩子會生爲女兒身。這是玉芙蓉夢寐以求的，他自覺裝錯了身體，下半身多出來那一塊贅肉，礙事討厭得緊，胸脯卻又扁扁平平，他每天撫摸乳頭，沾茶油把它們往上提，期待乳房膨脹起來。

偏偏該長的部位不長，不該長的卻躍躍欲出。近日他穿戲服，扣上領口鈕釦時，不意摸到脖子間的一粒硬殼，玉芙蓉差點氣暈過去。他想方設法發誓要把這躍躍欲出的喉結刮除。

玉芙蓉的母親是妓女，在泉州東街離相公巷不遠的妓院營生，他從小在女人堆中長大，妓女們尋他開心，給他塗脂抹粉，穿女孩衣服，讓他學女人扭扭捏捏走路，蹲著小便。一次妓女帶他到澡堂洗澡，把他推向男澡堂那邊，玉芙蓉嚇得大哭大叫，他怎麼可以和一群男人共浴洗身。這件事傳揚開來，他成爲嫖客分辨雌雄取樂的對象，命令他站在桌子上，扒下褲子驗明正身。

石三公子私藏戲子，玉芙蓉對他一廂情願，人盡皆知，戲班傳出閒話，說石家公子屬意的是月小桂，禁不起玉芙蓉的糾纏，不得已順勢把他也挾走。

南郊益順興掌櫃烏秋的孌童被擄走了，唯恐天下不亂的閒人興奮地奔走相告，洛津又要有事端，不太平了。

許情失蹤的那個下午，烏秋興沖沖的從貓婆的裁縫鋪出來，腋下夾了剛做好的新衣，預備給他一個意外的驚喜。他算準孌童正在家中等他，跨上三層階——許情給他的兩進磚屋取的代稱——烏秋想像孌童接過那兩件新衣，喜出望外的表情，頰邊漾出兩個大酒渦，不覺開心地吹起口哨，吹的還是他翻來覆去的那幾句南管戲曲。

屋子裡靜悄悄的，許情沒有在他預期之中迎了出來。烏秋掏出手帕拭去因疾走麻臉坑洞的汗水。小天井有聲音響動，以爲許情聽到他的腳步聲，迎了出來，烏秋拆開綑住新衣紙包的細繩，拎起一件胭脂色提花羅大襟短衫，配上草綠色軟綢的大襠褲，等許情來了換上新衣，一定會讓他眼前一亮。這件胭脂紅的短衫顏色明亮，很討喜，可以把他的皮膚襯得更白皙，另一件是天青色的提花緞，領口袖子滾上如意紋的紫綢邊，烏秋很是得意地拿起這件短衫，他的孌童的皮膚本來偏黃，如果不是他烏秋不惜工本，買上好的鵝油香胰，親手渾身上下爲他擦洗，使孌童的皮色轉爲白皙潤澤，在此之前穿這天青色，怕只會使他看起來整個人黯淡沒有光采。

經過他一手悉心調教修冶，他的孌童終於適合穿這類淺淡嬌貴的色系了，烏秋爲自己的成就感到無比驕傲。皮膚細嫩白潤了，麝蘭把他薰得香香的，香味把烏秋吸引過去，他的鼻子湊近那柔美滾圓的肩——青春的肩膀——吸嗅，深深的吸嗅……

許情始終沒有出現。小天井躺著一隻翠鳥，那響聲是翠鳥受傷墜地的聲音。

烏秋俯身拾起那隻羽色斑爛的鳥屍，輕輕地放到石台盆栽旁，那株倒懸的山毛櫸，經過他不斷的用鉛絲雕塑彎曲，已經傾斜下垂到像峭壁懸崖一樣了，烏秋欣賞盆栽直洩而下的奇險之狀，覺得很美。

盆栽可以隨他心意雕塑造型，人也一樣。烏秋已經按照自己的審美標準，把他的孌童雕成他心目中理想的女性姿姸，使這男旦比女人還要女人。如果他腳下踩著蹻，走的是一直線的貓步，小動肩膀，嬝嬝娜娜地在小天井來回走。小腳走磚面。纖纖細腰便會自然而然地扭了起來……

他一手調理的心愛的孌童被石家三公子擄走了。

烏秋早就對萬合行石家看不順眼，痛恨他們仗著財富盛氣淩人。

閩南移民鄉土觀念重，洛津郊商的成員以來自的地區及貿易範圍而分有泉郊、廈郊、南郊等，它們除了是一個商業同業公會，也是同鄉會的組織。烏秋雖在南郊益順興當掌櫃，他說他是同安人，由於地緣關係，也可以成爲泉郊的成員，只是他看不慣石煙城以八郊之首的領袖姿態自居，拒絕以鄉親身分加入泉郊。

可是當他與城南郊外客家村的寡婦勾搭，結果被該村的男人告以強姦之罪，威脅要用私刑處罰；如割下耳朵、強灌屎汁，甚至拿爆竹捅進他的肛門，點火爆炸等等，嚇得烏秋向益順興的老闆求援，請南郊郊主出面向客家村說情，表示分明是兩相情願，而非強姦。南郊郊主以烏秋是同安人，加上泉郊勢力大，執全洛津經濟的牛耳，最好借重泉郊來解決這場事關重大的糾紛，請石煙城制裁定奪。

結果石煙城裁定烏秋罰戲一場及當眾謝罪。最令烏秋感到屈辱的是演戲那天，在戲棚下分送檳榔，坐在首位的石煙城拿起一粒檳榔，嘴裡還說一句：「一口之貽，消怨釋忿。」他的幾個兒子——包括擄走兩個戲童的第三個兒子石啓瑞也在場，抱著手看烏秋被羞辱。

氣不過的烏秋，本來打定主意告到官府，請同知大人出面主持公道，卻硬被南郊的同行勸止，要他打消這念頭，同知大人一定會站在萬合行那邊，支持他的調處。

烏秋勉強忍住這口氣。

上個月益順興船頭行從深滬、獺窟運了整船廣東、澎湖的魚脯鹹魚海貨到洛津來批發，隨船還有幾千條鰱魚、草魚魚苗，養在幾口大水缸裡。本來這些淡水魚苗鮮蹦活跳的，不知是誰做了手腳，下船後沒兩天，翻出點點白肚，魚屍浮滿水面，益順興的老闆懷疑被人蓄意下毒。烏秋一旁搧風點火，最近傳言萬合行有意染指海貨貿易，石家詔安族人紛紛渡海陸續到洛津投靠石煙城，個個空手而來，石家爲了面子，除了資助衣食，提供住處安頓，還拿出本錢讓這些新移民做生意。聽說石煙城計劃擴大進口貿易，海貨買賣本輕利重大有可爲，他預備幕後操縱，讓新來的族人從事這項買賣。

南郊益順興的掌櫃烏秋不甘他鍾愛的孌童落入石家公子手中，他忍不下這口氣，已經放出風聲，鼓動販賣鹼魚、魚脯海貨的南郊商家爲他雪恥，發起一場械鬥。泉香七子戲班的班主也急著要找回他買來的兩個戲童，戲班缺了兩個要角，鼓點子一聲急似一聲地催，班主急得跳腳，向萬合行的掌櫃下跪，求他稟告石煙城大老闆，命令他兒子放人，把兩個男旦還給他，戲班才有活路。

萬合行甲第連雲，門深似海，石三公子究竟把玉芙蓉、月小桂帶到何處？近身伺候公子的奴才透露出底細：原來公子把兩個戲子藏在第四進那一頂屋子一樣大的紅眠床，三人頭併頭合睡一起日夜作樂。

這一頂紅眠床，是當年蓋萬合行時，石煙城重金禮聘潮汕木工好手，選用上乘楠木，足足花了一年時間精雕細琢完成的。八腳紅眠床分內外兩層，圍屏精雕百子圖，人物姿態神情各異，眉眼畢現，床前特地設計了一條短廊，放置腳踏，兩邊以雕刻花草禽鳥、亭台樓閣的壁堵圍起來，短廊的寬度足足可以擺上一張桌几，盛放茶酒點心，供應床裡的人就近享用。

這透露口風的近身奴才，被派守在紅眠床邊，按時換上熱騰騰的燒賣、鳳眼糕、杏仁茶等吃食，伺候躲在帳子後的三個人。據奴才向外人形容，眠床繡鴛鴦戲水的紅綢帳幔日夜低垂，不時有親暱的呢喃呻吟嘻笑聲傳出，隨著帳內人的翻轉身動，揚起的風，令帳幔波汶起伏，赤銅的魚形帳鉤也附和著，起了輕微的震盪，弄出響聲。

帳內與外邊唯一的連繫只有在奴才換上熱點心、酒食時，他會輕咳一聲，便會有一隻手——他的主人三公子的手，伸出帳外，把盤子端了進去。有時也會有雞爪似瘦瘦白白的五個指頭，好像擦了粉，伸出帳子像搶的一樣五指大張，抓走一大把李仔鹼、酸梅。戲子愛吃酸。這是奴才的觀察。

石三公子日夜由兩個男旦戲童侑觴媚寢，只聞其聲，不見人影。只有一次，公子發現錫壺裡的陳年花雕冷了，生氣地撩起帳幔，用力把酒壺往外一摔，奴才趨前遞上一壺新燙的酒，乘機瞄了帳子裡一眼，據他形容，他瞥見並排的紅皮黑邊枕頭，兩邊各躺了一個辮髮垂垂的戲子，中間空出的位子，顯然是三公子居中左擁右抱。帳子垂下，來不及細看，奴才只記得紅皮枕上散撒的黑髮，紅黑對比十分強烈。

爲了爭一個假男爲女的小旦，一場械鬥蓄勢待發。

同知朱仕光放下正在進行改編的《荔鏡記》劇本。台灣的幾次動亂都與演戲有關。朱一貴稱王叛變的導火線是也因看戲引起的，他與黨羽在演戲時拜把認兄道弟，被官兵拿緝才起了舉兵造反之心，台灣第一次發生大規模的漳、泉人分類械鬥，也是因演戲謝神，戲棚下聚賭所引起的。距洛津不遠的莿桐腳三塊厝演戲，聚賭的泉州人廖老與漳州人黃漆因賭博發生口角而爭鬥，廖老被毆致死，引起漳、泉人相互鬥殺焚燒，從彰化蔓延到諸羅、淡水，這次械鬥，官府就地正法了二百九十三名，流放三百二十五人，在重刑之下才告結束。

台灣三年一小亂，五年一大亂，小至因看戲引起的械鬥，大至豎旗造反最後都以族群仇殺而兩敗俱傷，大清帝國只消利用少數族群的情緒反彈，裡應外合，使能輕易消滅叛亂。漳州人叛變，以泉州人制之，泉州人叛變，以漳州人制之，這是清廷處理台灣民變的主要策略。

同知朱仕光不願在他任期內，洛津有任何爭端動亂。南郊郊商掌櫃與石家的兒子爲爭一個戲子相互威脅叫罵，本來是件不足掛齒的小事，在其他地方，官府下令石家放走人質，戲子回戲班便可了事，然而，在這移民性格慓悍，族群色彩濃厚的海城，萬一處理失當，極可能演變爲族群尋隙報仇打殺的大件事，造成社會不安。再挨上半年，同知朱仕光就要從行篋底取出那襲用來旅行的琵琶襟長袍，那袍服的右襟裁下一塊，緄上邊緣，用鈕釦綰住，方便騎馬旅行用，稱做缺襟袍。同知朱仕光將穿上它，提前起程，快馬加鞭回轉揚州。按照官場慣例，外放台灣三年俸滿通常會升官，這是皇帝體諒遠臣的表示，同知朱仕光以爲像他自己這樣操守才幹兼而有之的官員，回內地之後一定會被委以重任，官運更上一層。

不久前他接獲揚州來的家書，家鄉瓊花盛開，夫人很遺憾不能由他帶領家人去欣賞這揚州獨有的天下第一奇花，隋煬帝爲了看瓊花，才特地開鑿了運河。同知朱仕光捧著家書，閉上眼睛，瓊花淡黃色的小蕊，如一捧珍珠，四周環生九朵小白花，像花環似的花簇，花香沁人。最神奇的是花色每一個時辰變一種顏色，花謝時不落地就飄舞而去。

同知朱仕光聽老一輩的說，瓊花冰清玉潔，金兵入揚州時，花就不再開，元人到了揚州，瓊花更絕種了，難怪有文人寫詩讚嘆他日後修花史，定將瓊花與烈女並列。這天下無雙的奇花算是對大清王朝情有獨鍾，相隔數年，揚州人就可欣賞到那種淡黃色的、美如珍珠的小花，老遠可聞到那沁人的香味。

同知朱仕光每日焚香，祈求老天保佑，回程渡海風平浪靜，舟行海上，片篷全憑風力，官員無不視台海爲畏途，海上風浪傾檣沉舟，禍不可測。

如何平息這場紛爭，平安度過最後這幾個月？

卷六 鳥踏

心肝跋碎魂飄渺

妙音阿婠

有關萬合行敗落的傳說

夜宴

19 心肝跋碎魂飄渺

許情沿著府城五條港西門縴夫拉縴的河岸，踏著晨間那個尾隨在後，臉色凍得青紫的少年的足跡腳印，一步步往上走。西門河港兩側的店鋪林立，眞味茶鋪擺著一排半人高的黑陶缸，裝盛福建運來的茶葉，四季春、雨前茶、綠香烏龍、鐵羅漢、水仙等等，裝不同茶葉的陶缸，用紅紙註明每兩的價格，櫃台後幾個巧手的婦女在秤茶葉，分裝成四兩、半斤的小包，供應客人零買。

茶鋪隔壁是紙行，工人手上染得青青紅紅，用紙版套色印刷，把內地運來的紙，印成藥籤、道士符、寫春聯的紅紙等，和紙行相鄰的是一家冥紙店，粗糙的黃紙印神馬、金銀紙、冥紙，架上一束束供人買去當替身的草人，各分男女，與經衣白錢等紙錢，用五色線綁在一起。

許情看到一個竹枝紮成，糊著紅、黃、綠花紙，約一尺多高的戲台，貼了七個穿戲服的角色，一問老闆，說是七月半普渡燒給好兄弟。

「陰間的鬼嘛愛看戲。」

老闆嚼著檳榔，咧咧嘴笑著說。

許情搭過一個戲班，七月盂蘭做醮演戲，有晚夜已深，伶人們都已卸妝睡下，有人咚咚敲門，請戲班去演戲，班主以夜深回絕，敲門的人表示戲金雙倍，貪財的班主於是率班前往，到了一處屋舍堂皇的大戶人家，戲棚搭在寬敞的庭院，綠熒熒的燈火幽暗，台下等著看戲的觀眾影影綽綽，面目模糊。

那晚天氣悶熱，坐席間卻飄著一股逼人的陰氣。

伶人分飾生、旦，鑼鼓聲中賣力演出，觀眾也看得如癡如狂。中場休息，主人請戲班宵夜，麵條帶著泥土味，伶人感到不對勁，於是私下商量，下半場開鑼，改扮天神演出試個究竟。

當扮成天神的伶人從棚後搖擺而出時，觀眾一個個面露驚駭之色，四下奔逃，燈火桌椅霎時間消失不見，戲班伶人一時也都昏沉如夢，倒地不起。直到天亮陽光刺眼才醒過來，發覺一個個躺在一座大墓前，而旁邊羅列無數的小墓，地上擺了一些瓦缽，裡面蚯蚓鑽動，就是他們昨夜吃的麵條，而主人送的戲金則是一堆冥紙。

許情跨過鋪了一地的藥草，到青草攤喝了杯冬瓜茶，檀香味從香鋪隨風飄過來，店鋪裡四方形的鋁罐裝著石英、天仙子、上老山末等不同的香，店門外幾個女工用細辛、小茴香、甘檢、良姜、麝香水片、白芝等磨成粉末，加水搓揉做成圓球形狀，放在竹篩裡曬乾當香珠，穿孔貫上絲線作念珠，賣給客人掛在手上。

再過去是一家佛具店，一個藝匠在刻一尊關帝爺，右手戴著白手套，說是怕手流汗沾污了神明像。

冬天的日頭很短，五點剛過，天色已進入白天與夜晚的可疑地帶，西門外的大井頭接官亭，是五條港最繁華的商業區，有的店家已點了燈，來往行人摩肩擦踵，忙著交易，這種門庭若市的景象一直會延續到夜深。

府城詩人形容井亭的熱鬧：

井亭夜景鬧如何　交易燃燈幾度過
不是日中違古制　海關蜃市晚來多

五條港岸邊的商家並非刻意違背日出夜息的古制，而是川流不息的商機讓人們不知不覺交易到了夜深，渾然忘記已添了幾回燈油。

河港裡的畫舫紅樓，兩側的茶肆酒樓也應運而生，成爲郊商巨賈的銷金窟，此時也早已燈火通明，弦仔師調琴弄弦準備奏曲，曲折深巷的娼寮，茶店的娼妓，府城人所稱的「城邊貨」，也倚門而立招徠尋芳客上門。

一間湘簾半捲，油漆一新，門楣掛著「萬花樓」的酒樓，使許情看了，心爲之一動。洛津後車路如意居的歌伎，風流秀曼的珍珠點，正式出道賣藝之前，曾經由她的養母老鴇月花帶領，南下府城西門河港邊的萬花樓三年，增廣閱歷，觀摩酬酢應答，薰陶文雅的談吐，行話叫「飲墨水」。

幾年前一個洛津老戲迷，到泉州找到許情，此人也是後車路歌伎間的常客，兩人重逢敘舊，他告訴許情珍珠點在泉香七子戲班離開洛津後沒兩年，對風塵產生倦意，經常不願梳妝打扮，亂髮粗衣，嘴裡嚼著檳榔，抑鬱而終，死景頗爲淒涼，鴇母月花用一條破草蓆把屍體一捲，丟到崙仔頂的亂葬崗，草草掩埋。

那戲迷搖頭喟嘆鴇母何其心狠，珍珠點給她當搖錢樹，不知賺進多少銀子，死了連一口薄棺材都不肯給，很爲珍珠點不值。

許情聽罷，默默無語。眼前浮現珍珠點坐在如意居的客廳，左腳架在右膝蓋，露出紅色長筒弓鞋，一悠一晃的，她身子向前微傾，總像在探問什麼似的。

洛津南郊益順興的掌櫃烏秋帶領許情——那時他還是泉香七子戲班的小旦，藝名月小桂——假男爲女到如意居走動沒多久，便聽到珍珠點輕輕的空咳，她以爲霪雨不斷，空氣潮濕受了風寒，盛了半碗杏仁粉混合清酒，左手撫著胸口，仰頭分幾次一口口吞嚥下去，喝了幾次沒見好轉，午夜咳得厲害，把隔壁房間的鴇母月花咳醒了。珍珠點醒過來，就再也難以入睡，眼睜睜地躺在黑暗裡等雞啼。

月花看她眼神空洞面色憔悴，親自到城隍廟前的廣場，找那個以自己身體做廣告，肚皮壓上百斤重石臼的拳頭師，向他買「開胸隔離散」的藥粉。

賣藥的拳頭師以爲月花胸口有瘀傷，教她回家後寬衣解帶，把他祖傳十二代的祕方撒在胸口，保證兩個時辰後，遍體舒暢藥到病除，氣得月花差點跳腳大罵拳頭師赤口白舌咒她胸痛。按照鴇母的脾氣，當下就想把那包藥粉朝他臉上擲去，罵幾句好聽的扭頭就走。

然而，一想到珍珠點一手撫著八仙桌，揪心揪肺地猛咳，咳得面紅耳赤，全身發冷汗，鴇母月花眞擔心她一口氣轉不過來……搖搖頭不敢往下想。等到珍珠點病好了，回來找拳頭師這路旁屍算帳。

拳頭師祖傳祕方開胸隔離散也沒能使珍珠點心花朵朵開，她還是乾咳不停，唱一支慢板小曲，胸口起起伏伏，上氣不接下氣，當中要停下好幾次。咳嗽把她嗓子咳壞了，喉嚨破了，珍珠點拿琵琶出氣，使勁搓揉那五條弦，啪一聲，弦又斷了，她反而開心地笑，露出一口烏沉沉的黑齒。

究竟珍珠點得的什麼症頭？月花百思不解。

掉眼淚是肝病，喘氣是肺氣，食欲差噁心嘔吐是脾病，吐氣是胃病，不能入睡是膽有毛病。珍珠點自己診斷，說是到酒樓出局，酒喝多了，傷了腎，患了癆傷症。

烏秋取笑她：

「跟男人打撲太多了，才傷了腎。」

病中的珍珠點單眼皮的雙目微睜，雙腮紅赤，傍晚立在窗下，映著天邊的紅霞，把她的臉也染紅了，像塗了胭脂，美得令許情不敢逼視。

珍珠點咯了第一口血，鴇母月花慌了。她抓住養女枯瘦的手，只願意相信珍珠點是不小心跌倒了，體內血行受到破壞吐的是瘀血。她到鄰家院子摘了半盆九層塔，到中藥店買了七、八年才長一次的芙蓉花頭，和著豬肉燒了，給病人吃，說是可除舊瘀傷。

試遍種種偏方，珍珠點最後找到了治她心疼的魔藥——鴉片。一咳血就抽鴉片。

萬花樓傳來的歌伎幽幽的唱曲聲：

當春芳草地，萬物皆獻媚，為著什麼事？拋了妻，遠遊地，長別離……

許情懷念珍珠點婉轉曼妙有餘音的唱腔，當天晚上他夢見了她，珍珠點凝眸側立窗前，不知在想些什麼，雙目微睜，兩頰紅艷艷的。

一恍惚，珍珠點又換上另一個模樣，一張臉塗了厚厚的白粉，白濛濛的，連眉毛、眼睫毛、嘴唇都是白的，她咧嘴嘻嘻笑，笑出一口黑沉沉的牙齒。

有一次許情到如意居，王嫂在給珍珠點挽面。他一進小天井，看到廚房的走廊一個胖大女人的背影，坐在一張竹凳上，又圓又大的屁股把竹凳壓得吱吱叫響。

王嫂兩隻手上下左右不停地揮動，像是用力驅趕什麼，身旁擺著一個棉線球，一只打開的鋁盒，裡面裝了半滿的白粉，瓷碗裡有一粒大鴨蛋。

王嫂門板一樣的背擋住了和她面對坐的珍珠點，許情繞了過去，才看到她一張濛白的臉，連眉毛、眼睫毛、嘴唇都塗了厚厚的白粉。有很長一段時間，他想不起珍珠點的五官，浮上腦海的，總是一張塗了白粉、白濛濛的臉。

那天珍珠點穿了件家常黑色織花的背心，胸前搭了一條毛巾，防止掉落的白粉沾到前襟。王嫂用牙齒咬住線，雙手拉住棉線的兩頭交叉，在那張白面具一樣的臉上來回移動，絞掉臉上的細毫毛。許情眼看不斷拉扯咬牙切齒的王嫂，不禁問珍珠點痛不痛？

「不痛，蚊子叮咬同款。」珍珠點回答。「趁王嫂人在，要順便挽一挽？皮肉會變得又白又滑喔！」

許情聽了，下意識地摸了一下領口的釦子，（他讓爲他裁製女服的貓婆特別把領口做得很高）確定是扣得緊緊的，把正在蠢蠢欲動，作勢要長出來的喉核給遮掩在領子內，這才放下半個心，又感覺到珍珠點的眼睛在觀察他的手，一雙男人才會有粗骨節的大手，他趕快把手藏在背後。

其實是許情瞎疑心，他假男爲女是被阿婠無意間識破的。

聽說陰間與陽間正好相反，死人在笑表示是在哭泣，夢中的珍珠點濛白一片，好像沒穿衣裳，許情特地到嶽帝廟旁的紙紮店向師傅訂了一間靈厝，用竹枝搭架再糊上花紙，四尺多高，又糊了一對金童玉女及幾箱紙衣褲，連同冥紙庫錢帶到嶽帝廟，對著閻羅王神像禱念，燒了給珍珠點在陰間享用。

許情衷心相信憑著珍珠點過去與府城的因緣，她會識得路回來受用他的祭物的。

府城逗留了個把月，從泉州移栽的莿桐花，因天氣比泉州和暖，深紅色的花冠爭相搶先怒放，一團團如火炬，紅艷艷的，比起原產地的絲毫不遜色。許情走在路上，看到從家鄉移植過來的紅花，倒也多少撫慰思鄉之情。

他經常趁著演戲的空檔，獨自一人上街閒逛，足跡遍至府城每一個角落，到赤崁樓前面喝了大井打上來的水，水質清涼甘洌，府城有句諺語：「飲大井水，不肥也美」，傳說三保太監鄭和下西洋，曾在此井汲水。

當年荷蘭人以大井爲起點，往東一路斜坡上去，開闢一條普羅民遮街，沿著街道兩旁建築歐洲式的住家、庭院、倉庫，鄭成功驅逐了荷蘭人，改名赤崁街，而今行商雲集人車不絕，街衢縱橫，分別經營鞋街、帽街、草花街等。

許情對荷蘭人留下的熱蘭遮城遺跡、安平古堡、赤崁樓這些四方形的稜堡只有好奇，然而，每踏上一處明鄭王朝留下的遺跡，總是不免有些感慨。

比較起洛津，府城是個有歷史滄桑的城市，遲至嘉慶中葉才繁榮鼎盛，百姓殷富的洛津，靠貿易累積財富的海港城市，住民沒有府城市民的精神負擔，也同時缺乏府城的政治文化背景所造就的深沉與典雅。洛津不僅沒有荷蘭人、明鄭時留下的文物史蹟，就連大天后宮、關帝廟的規模氣派也難望其項背。

光是廟宇外觀，大天后宮、關帝廟高聳壯麗，連綿無盡的赭紅山牆已夠威嚴懾人了。許情沿著大天后宮的紅牆從後殿往前走，足足走了好一回才來到面對台江的廟埕，三川門踞立一對咧嘴威猛的石獅，青斗石的抱鼓石、壁堵石刻浮雕雙龍，靈動呼之欲出，窗櫺木雕內枝外葉更是雕工精美。

許情很想進去廟內瞻仰媽祖，據看過的人形容，神像與人同高，身披金碧輝煌的后服，雙手持奏板豎於胸前，法相莊嚴。最特別的是一進三川門，眼睛透過沿著坡度而建逐次升高的天井與殿宇，遙望中央的媽祖神像，然後亦步亦趨，神像不會因信徒步步向前走進而變大，只會更覺得親近。

他也聽說拜殿前後四簷角下各有一個憨番擎大杉的木雕，據說憨番造型怪趣，身著漢服，有的赤足有的腳穿長靴，單手撐住横樑，另一手托書卷。這些模樣各異的憨番洛津的媽祖廟就看不到。

可惜大天后宮是官建的廟宇，官員在此舉行春秋祭典，平日一般平民百姓、婦女都不准入內，更何況他是屬於下九流令人鄙視的戲子。如果許情被准許進入廟內，看到大天后宮重修的碑文上有洛津郊商捐贈佛銀的紀錄，又會勾起他的回憶，新愁舊恨鬱卒一番。

距離大天后宮不遠的關帝廟，也屬宮方祀典的廟宇，赭紅山牆高聳，三進五落連成一氣，屋脊馬背上升下降宛如波濤起伏，雄偉壯闊，氣勢撼人，許情挨著外牆跟走，也都戰戰兢兢。

臨近除夕一個凋年殘景的午後，許情懷念泉州的古榕深巷，信步來到開元寺，發現這座與泉州開元寺同名的廟宇。從外觀看，府城的開元寺也相當寬敞，按照「伽藍七堂」的規製而建，這是一座臨濟宗的禪寺，穿過綠蔭蔽天的前埕，兩旁各立枝葉繁茂的菩提樹，環境深幽靜謐，令許情塵念頓消。

許情穿過廂房長廊，來到大士殿拜觀音菩薩，步出左邊的月洞門，看到一叢秀美的竹林，那是開元寺著名的七弦竹，黃綠色的竹子，莖幹細長，上面浮現七條青色的絲紋，像琴的弦線，七弦竹是鄭經的母親董氏生前鍾愛修竹，特地從河南的臥龍園移植過來的。

府城開元寺的前身是鄭經修築的亭園別墅，稱爲北園別館。當年他在金門、廈門沿海與清兵對抗，戰敗後，退守台灣，築園造亭，修竹茂林，終日流連小橋樓台，酗酒縱歌，抑鬱而卒，清朝統治台灣後，才將溪流環繞，竹林蓊鬱的園林改爲開元佛寺。

雨靜靜地落了下來，雨絲使黃昏的寺院顯得更爲寂靜，許情佇立在廊下望著雨中的七弦竹，突然凌空揚起一陣琵琶琤琮聲，隨之絲竹合奏齊鳴，寺院空無一人，不知哪來南管樂音？許情豎耳傾聽，一個男聲清唱，引腔行氣還眞有講究，一句分三句唱，一唱三嘆，欲說還休，吹簫彈琵琶拉二弦奏曲的拉扯進退，婉約轉化無比矜持，曲意含蓄深遠，曲風含著絲絲哀愁。

雨絲愈下愈綿密了，許情午後一路走來，海風輕拂綠樹、稻浪飄香的情景完全消失了。看不見的樂人在奏南管的名曲五空管〈心肝跋碎〉，慢頭撩拍，洞簫琵琶迴腸盪氣，令人聽了欲斷腸。

又是一個孤忠的故事：

宋代靖康之亂，金人陷汴京，挾欽、徽二帝北去，南宋武官朱弁求見金國遊說不成，反被拘留，欲以賽花公主許配，朱弁拒婚，眷戀高堂髮妻回中原，公主柔腸寸斷，設宴餞別，心肝跋碎。

孤忠的臣子在歷史上不斷重複出現，不斷地重演，在這座當年鄭經抑鬱以終的雨中庭園，迴盪著宋室末代臣民的哀嘆，兩朝沒落流離的苦澀哀愁重疊相交，爲了延續明室香火，鄭氏父子以海峽做屏障頑抗不懈地抵抗清兵，終究還是失敗了。國家飄零，鄭家軍幽魂不散。

除夕夜，宜春七子戲班在五條河邊的水仙宮演通宵戲。這座供奉海神水仙尊王宏偉壯麗的三進廟宇，是由府城三郊商人出資合建的，祈求水仙尊王保佑海上船隻安全，後殿是三郊的辦事處，稱爲三益堂，統籌辦理五條港進出口業務及仲裁商業糾紛。

每年除夕，三郊都會在水仙宮廟前搭棚通宵達旦地演戲，凡是欠債被債主追討還銀子的，都會跑到水仙宮前戲棚下混入觀戲的人群之中。有意思的是三郊會派壯丁周圍把關維持秩序，債主怕犯眾怒挨打，不敢進入人群找人索債。一直到天亮初一，年過了，舊債來年再還。除夕夜水仙宮的戲被稱做避債戲。

宜春七子戲班演出傳統劇目《朱弁》，七子戲的唱腔和南管音樂的曲牌一樣，只是用月笛取代洞簫、二弦。朱弁辭別賽花公主，公主設宴於長亭，唱出〈心肝跋碎〉：

……心肝跋碎魂飄渺，贏得我雙眼淚絞綃，從今後，分開隔斷值只雲山飄渺，從今後，阻隔水遠山遙……

許情坐在戲棚後台照顧戲籠，耳邊傳來飾演公主的大旦淒絕慘絕的唱曲，他抱手於胸望著戲棚下鑽動的人潮，試著分辨出哪些是眞正看戲的，哪些是混進人群躲債的。突然一陣推擠，有人喊打，像是逼債的債主發現了目標，被三郊派來的壯丁上前驅趕。

人潮像海浪向戲棚下洶湧而來，這一波人潮中，有一個人吸引了許情的視線，那人在挨肩擦背的擁擠中，依然雙手插在短襖的口袋裡，兩隻手肘向外擴張，像刺蝟一樣，那人的頭臉好像以昏暗的煤油燈做掩護，籠罩在陰影裡，會是在躲著討債的債主？

陰影裡的人看不清額前頰邊出過天花的痲子凹洞，也看不清是否一臉的不耐煩——烏秋最容易不耐煩了——還是一臉落荒而逃的尷尬落寞？

後面另一波人潮把那個雙手插在口袋裡的人推撞得一個踉蹌，差點撞到戲棚下的柱子，和戲棚上的許情距離這麼近，近得如果他一伸手就可碰觸到那人的頭。沒等那人抬起臉，許情倏地站起身，頭也不回地向後台深處走去。

……從今後，秦樓不用吹玉簫，從今後，琴弦阮不彈出別調……四目相看，那已得我只珠淚難收……

戲棚上在演朱弁和公主的戲，戲棚下呢？

20 妙音阿婠

許情隨著泉州宜春七子戲班搭船渡海到安平演王船戲，這一年他十九歲，在戲班當正籠，管理戲服砌末樂器吹奏。

同一時間，阿婠也在西門外大井頭的夢蝶樓「飲墨水」，這酒樓與許情立在牆下聽唱曲的萬花樓僅隔著一條河。三年前，阿婠過了十六歲生日，珍珠點病在床上，由她的養祖母月花帶到府城五條港邊的夢蝶樓增廣閱歷。府城是台灣第一大都市，郊商巨賈雲集，文化水準也首屈一指，城中不乏風雅人士，鴇母月花帶著阿婠南下移樽就教，觀摩應接談吐技巧，在酒樓唱曲侑酒，人面熟了，客門也開闊了，闖出點名聲，在恰當時機載譽回到洛津，另樹艷幟自立門戶，憑著阿婠的條件，月花有信心她會一下子竄紅，只消假以時日勢必可成爲聲、色、藝三全的大色歌伎，甚至青出於藍，盛名將在珍珠點之上。

老鴇月花打散阿婠的辮子，把她的秀髮梳了個長圓形的髮髻，下垂於頸子後，所謂「下落鬃」，藝伎的髮型，頭戴一對鍍金的鳳凰簪釵，身穿紅緞地盤金的女褂，彩繡輝煌，讓她斜斜側坐在一張黑漆的玫瑰椅上，右腳架在左膝蓋，露出繡牡丹花的長筒弓鞋，横抱琵琶，自彈自唱。

隨著慢板曲聲，阿婠輕啓紅唇，曼聲低唱纏綿哀怨的文曲，歌聲清脆，有如春鶯出谷，座中一位鬍鬚半白的老者，一襲鐵灰提花緞大襟長袍，頭上卻梳了個道士髻，他覷著眼觀看阿婠這衣裝鮮麗、粉黛凝翠的小歌伎，尖尖的下巴，一張粉嫩嫩的小臉，卻雙眉微蹙強作愁，唱著哀感的曲子，覺得扭捏可愛，弦唱數番，只見她與客人周旋，卻又毫無曲禮矯情之態，不禁對她憐愛有加。

阿婠初抵夢蝶樓學藝不及半月，碰到三月十九日府城人祭祀太陽星君的誕辰，家家戶戶用綠豆糕做成九豬十六羊的形狀，拿到戶外朝東方上香點燭祭拜，五條港邊的酒樓茶肆也祭拜如儀無一例外，阿婠初來乍到，對這洛津所不過的節日很是好奇，那位頭上梳了個道士髻、打扮不道不俗的長髯長者神情凝重地低聲向阿婠解釋：

這習俗是從鄭成功時代流傳下來的，三月十九日是明朝崇禎皇帝的生日，入清後，府城人深恐滿人猜忌，以拜太陽公爲藉口，用九豬（久朱）十六羊（羊與陽同音，陽者「明」也），暗喻明朝十六世君王。

原來長者姓朱，先祖是明朝宗室的遺老，因不肯遵循滿州人薙髮結辮的習慣，才梳了個道士髻，他捋著灰白的長髯，斜躺鴉片煙榻，述說明鄭兩位先人死守漢人髮式的下場，語氣極爲沉痛悲涼：

鄭成功在世時，清廷利用其父鄭芝龍要求談判，條件是國姓爺薙髮結辮，清廷便賜予官爵，這對以反清復明爲職志的鄭成功而言，無疑是奇恥大辱，當然一口拒絕。

另一位是應鄭經之請，到府城當監軍的明宗室遺族寧靖王朱術桂，鄭克塽投降後，寧靖王知道大勢已去，寫下一首悲淒的絕命詩：

艱辛避海外　總為數莖髮
於今事畢矣　祖宗應接納

然後自縊殉國。

明朝亡國，寧靖王死守漢人髮式，雖然卑微無奈，卻也不愧忠心，府城人受到他的精神感召，清廷入主後幾十年，孔廟的祭典儀式仍然堅持採用明朝制度。

「寧靖王地下有知，也稍可告慰於心吧？」

朱姓長者說著，不勝唏噓。

爲他點煙燈的阿婠，對這些遺老舊事，似懂非懂，當她聽到寧靖王的五位姬妾在主人自縊殉國後，也冠笄披服，一起懸樑殉主，後人把她們合葬於城南的魁斗山，五妃墓四周古木陰森，青竹蕭蕭，墓中魂銷骨冷，一派淒清，乾隆時，一位巡台御史范成睹目傷情，寫了一首弔念五妃的詩：

天荒地老已無親　肯為容顏自愛身
遙望中原腸斷絕　傷心不獨是亡人

五位姬妾隨著主人自縊相殉，阿婠眼睛濕了，她聽說當年寧靖王所住的承天府（後來才改爲大天后宮），旁邊巷子保存一座五妃住的梳妝樓，阿婠表示很想去瞻仰。朱姓長者答應哪天放轎子來載她一遊，還說清明將屆，每年這時節，他都會去五妃墓掃墓踏青，如果阿婠也想去憑弔，他也樂於安排。

去魁斗山五妃墓途中，朱姓長者說，轎子會先停在一間佛寺，他的先祖隨寧靖王渡海到府城來，在城郊建了一座山水迴抱、花木幽邃的花園，明鄭滅亡後，先祖把園中奇花異樹悉數拔去，親手種植了幾百株梅竹用以明志，更把花園改爲佛寺，晚年誦佛唸經度過餘生。

以後朱姓長者鴉片抽足了，精神一來，常會說些歷史上改朝換代興亡變遷的故事，他對亡國之痛感懷深刻，一回阿婠琵琶橫抱，奏了一曲〈昭君怨〉，朱姓長者聽了，默然良久，半晌才說這種橫抱的姿勢是唐代的傳統。

「既然妳彈琵琶，知道一些歷史背景也無妨，增長一些見聞。」

南管音樂不少是唐代大曲、法曲，屬於宮廷貴族音樂，這種中原雅樂隨著歷代天崩地裂的變亂，傳到海濱僻處的閩南。泉州面海背山與世隔絕，佔天險地理之利，歷朝易代中原干戈動盪，泉州成爲士族公卿南下避難安身立命之地。

朱姓長者形容福建武夷山縱走於西，山路崎嶇，素有「軍不得成列，車不得成方軌」之稱。「泉州有條河，名曰晉江，名稱出處由何而來？

五胡亂華晉室南遷，大批華夏衣冠望族倉皇南奔入閩，在泉州沿水而居，因懷思舊土，將此水名為晉江。」

朱姓長者自問自答。

宋室南遷，建都臨安，王子皇孫宗室權貴內外三千餘口，逃到泉州避亂，落難的士大夫，初臨異地，居無定所，朱高宗下令讓他們佔寺為居，本來以為暫時避兵，沒料卻變成長久居留，朱姓長者提到《福建通志》立有〈僑寓傳〉，這對安土重遷的華夏巨族是何等的不尋常！

士族逃難入閩，樂工也紛紛南來，中原雅樂自此淪落江南，公卿文士把原鄉習俗禮樂帶到新居之地，所謂「南渡衣冠留晉俗。」梨園子弟遭逢亂世，四處漂泊，「每逢良辰勝景，為人歌數闋，座中聞之，莫不淹泣罷酒」。

朱姓長者把阿婠彈琵琶的纖纖素手，捧在自己的手掌心，感嘆道：

「唉，若非歷史上這些變亂，海島上的我們，哪能聽聞華夏之聲，是幸也或是不幸？」

阿婠抱起琵琶，輕輕奏了她剛學的〈平沙落雁〉，朱姓長者閉目靜聽，淚水緩緩溢出眼角。

夢蝶樓的第二年，阿婠一次到府城一位頗有名望的仕紳家侍酒唱曲，座中有位富家子弟談及最早把戲班帶到府城來的人，極可能是明朝末年的何斌，此人嗜愛戲曲如命，本來是鄭芝龍部將，後來成為荷蘭人通事，因迷戀戲曲侵用公款，怕荷蘭上司清算，索性獻計策請鄭成功攻打台灣，驅逐荷蘭人。

何斌不娶妻，講究生活情趣，在府城廣造私人庭園，園中開了一個魚池，據說可直通鹿耳門，每次一興起，便划小船到鹿耳門釣魚。

富家子弟恭維當晚設宴的主人花園盡善盡美。

「可惜沒一座戲台，當年何斌在庭園建戲台，不止建一座，而是兩座。」

富家子弟伸出兩個指頭，加強語氣。他說何斌派人到內地買了兩班戲童及戲箱戲服一應俱全，遇有朋友造訪，就準備酒食看戲，或者小唱觀玩。每年元宵，在花園中大點花燈，放煙火演竹馬戲，請歌伎絲竿唱曲奏樂玩樂，極盡奇巧之能事。

阿婠聽了，爲之神馳。

座中有位來自蘇州的名士，讚賞阿婠那雙小腳，以「瘦小香軟尖，輕巧正貼彎」十個字來形容，說它們弱不勝羞瘦堪入畫，她的立姿如倚風垂柳嬌欲心扶，他端詳阿婠的側臉，文謅謅地描繪阿婠的美貌，「柳眼含嬌、桃腮隱笑」。這位花叢中的常客，即席吟了一首艷體詩相贈，又說如果按照花榜評比，阿婠的技藝容貌可列入韻品，若以花卉的姿態來比擬，名士折了一支盛開的杏花：

「好此清妍的杏花，香韻天成逸情雲上。」

文士爲阿婠取了「花月痕」的藝名。

此後文士尋芳到夢蝶樓，指點略諳文字的阿婠運用唱曲中的詞句來塡詞，教她作詩。阿婠聽說五條港有位名詩伎，仕紳宴會雅集，不惜鉅金競邀前去侑酒吟詩，便以她為榜樣，學作幾首小詩，蘇州文士看了，以詞句清麗稱讚之。

「性靈為詩之生命，詩如無性靈，是死詩也。」

文士要阿婠謹記。每逢宴會雅集，帶著她同席，漸漸阿婠也敢於即席作詩，在宴會上與人相互吟哦唱和。名士回蘇州時，阿婠親手做了個筆墨袋相贈，墨袋背面繡了一株忘憂草。

老鴇月花對這一切冷眼旁觀，歡喜之中又夾著無以名之的不安。府城三年，阿婠受盡文人雅士的薰陶，飲足了墨水，培養夠了賣藝的本錢，只見她談吐優雅，舉止從容自信，與剛去時簡直換了個人，變得月花快要認不得了。

風塵中打滾一輩子的她，自信閱人無數，老鴇月花算準了那位頭上梳了個道士髻、身穿鐵色提花緞大襟長袍的朱姓長者，一定精於道家採陰補陽之術，給阿婠開苞的，非他莫屬。憑著過往的閱歷，老鴇月花知道道家採陰，必先固精，除了藉用藥物，講究行房時九淺一深，緩入急出的房中之術，擇「鼎」時喜歡以涉世未深的處女童女為上選，十七歲的阿婠剛發育，皮膚膩潔滑不留手，胸乳始發，私處墳起，口鼻腋下，一雙小腳，無一處不美。

令月花百思不解的是，朱姓長者對眼前這位美得那麼齊全少見的雛妓，竟然毫不動心。他用他長滿老人斑的雙手，把阿婠還很少被男人摸過、潔淨的纖纖素手，珍惜地包在掌心，輕輕撫摸，彷彿只消阿婠對他咧嘴一笑，笑出一嘴碎米牙，他便心滿意足似的。

他在煙榻上，手持一本《明室忠臣傳》，教阿婠認字，逐句讀給她聽，受到書中內容感動，阿媜淚光盈盈，朱姓長者萬分不忍，憐惜地輕拍她的肩，像對待乖巧的孫女兒似的。雖然美中不足，月花心中不無遺憾，値得慶幸的是老人出手大方，每次離去，總不忘留下一個大紅包，裡頭包的是沉甸甸的銀子。

那回清明節後，他眞如阿媜所願，放了轎子載她出遊，瞻仰當年五妃住的梳妝樓，到城外魁斗山祭掃五妃墓，老人也按照酒樓規矩，包了相當數目的銀錢，放在鴉片煙盤上，歌伎間稱此舉爲「壓煙盤」。

阿媜經過蘇州文士品題，身價高漲，聲名日增，她對郊商巨賈酒令傳花、酬酢肆應挾彈清唱的興致，遠遠不及應邀出席文士作詩吟唱的雅集，老鴇月花預感到不宜久留，抓住一個時機帶阿媜回返洛津。

接收了珍珠點在世時的廳房，阿媜拿出私蓄裝飾，客廳牆上懸掛府城名流文士相贈的書畫對聯，用以抬高身價。繡著孔雀開屛的門簾後的臥房，橫擺一張雕工精美的紅漆眠床，半垂著黃底繡鳳凰牡丹的帳幔，露出一對並排的紅皮黑邊雙人枕頭，眠床兩側懸掛彩繡的劍帶，鯉魚形狀的蚊帳鈎，靠牆立著一座金漆雕刻花鳥的衣架，一座臉盆架，梳妝台上擺了一套各式鏤花錫製粉盒，旁邊立了一面銅鏡。

如意居的阿媜能即席吟艷體詩的聲名傳了開來，彰化、清水等地的阿舍公子，個個爲她神魂顚倒，遺憾的是這些流連如意居的客人，能作詩吟哦的寥寥可數，然而個個對南管曲幾乎都有一手，他們興起時來個點唱，藝名花月痕的阿媜，無論大調小曲任考不倒，歌伎經常演奏娛賓的曲子，她當然駕輕就熟，難度高的琵琶名曲〈陽春白雪〉、〈將軍令〉，阿婠彈來大珠小珠落玉盤，眾客齊聲讚嘆她青出於藍，琵琶比珍珠點更上一層，賜她妙音阿婠的封號。

21 有關萬合行敗落的傳說

泉州街萬合行石家的敗落，傳說是敗在朝廷的陰謀，由金鑾殿的嘉慶皇帝一手造成的。洛津街頭巷尾父老們私底下偷偷耳語，應了「講天抓皇帝」這句諺語。

嘉慶中葉，洛津的繁榮達到巔峰鼎盛，與大陸商船往來頻繁，每天出航的一百多艘船隻中，泉郊萬合行獨佔了大半，石煙城翻修蓋大厝。萬合行落成之日，大醮五天慶祝，洛津街民以五朝大醮助普，石家為了酬謝街民的擁戴，又運了幾船用自設磚窟燒出來的磚塊，把洛津大街小巷加鋪紅磚。

名聲傳到京城金鑾殿皇帝的耳中，便有急於邀功的滿清官吏向皇上進讒言：台灣孤懸海外，三年一小反五年一大亂，朝廷鞭長莫及，一直是最大的隱憂。像萬合行這般豪族在地方盤據，財大勢大，對當地百姓的影響力遠遠超過官府的海防同知。

金鑾殿上的皇帝也接到福建巡撫的奏摺，府城、洛津、萬華三城的官員不斷向他投訴，郊商勢力淩駕於官府之上，致使官威不振，阻礙政令之推行。

嘉慶皇帝召集群臣，在金鑾殿上謀求良策。

朝中有一大臣獻計，彰化縣令揚桂森精通堪輿風水之術，何不讓他前往洛津勘察萬合行之地理，暗中設計破壞。皇帝認爲此計可行，楊縣官銜命來到洛津，眼見萬合行氣勢興旺，家道鼎盛，石家的弟子中舉，長石板廣場旗竿大張，心想靠販賣海鹽起家的一介商人，既富且貴，如此飛黃騰達，莫非風水厝宅所蔭。

楊縣官拿出羅盤測示，看出石宅屬青蝦穴，石家蓋宅邸之前，顯然請過高人指點，在拜亭旁挖鑿一池塘蓄水，那正是風水靈穴寶地。楊桂森求見主人，告之風水輪流轉，此時石家轉的是西北運，建議將門楹及旗竿漆上紅漆，池塘塡平。

青蝦被煮熟，風水靈穴被塡平，石家大勢已去。金鑾殿上的嘉慶君放下心中大石。

彰化縣令楊桂森蓄意破壞萬合行風水之說，文開書院泮池畔的鳳凰樹下，幾位讀書識字文化程度較高的文士卻持相反的看法。他們啜飲從文祠前那一口虎井取出的泉水泡的茶，水質清澈甘美，泡出來的茶芳香撲鼻。文士們一邊品茗，一邊拍膝頓足，無限遺憾地議論：

「萬合行敗在一個誤會，一句語音的誤會。」

金鑾殿上的嘉慶皇帝知道楊桂森縣令擅長風水堪輿，在他渡海上任之前，皇帝囑咐他到台灣之後，「排排」台灣的地理風水。

「北京官話的『排』，發音接近閩南話的『敗』，」文士們說：「楊縣官銜皇帝之命而來，結果不堪設想。」

一句話語音之差，台灣的風水寶地在他手中破壞殆盡，使楊桂森背負罪人的惡名。品茗的文士們舉出幾個被他破壞的實例：

第一個例子：楊桂森途經虎尾的大崙腳，望見五王廟有靈氣之鍾，命人於廟前鑿一條長溝，以洩其地氣。從此該地風水地理遂敗。

第二個例子：俗稱虎仔山的草屯大哮山，有一公一母的老虎作祟，楊桂森縣令唯恐老虎生下虎子，若不敗之，山下一姓簡人家將會出現帝王。於是用箭射向公虎陰囊，破壞虎仔山風水。

第三個例子：相傳往昔大甲、大安兩條溪，是黑白蛇精，如若相交生子，該番社將會出現番王抗清。楊桂森在大甲溪出海處，建築一蜈蚣壩來鎮之，完工時宰豬羊各一隻祭告山神，頓時滔滔溪水盡成血色。

黑蛇被殺後，番社永無番王稱雄之慮。

第四個例子：楊桂森抵達阿罩霧，發現山脈氣勢非凡，仔細觀察，卻是一座無頭山，雖有貴氣，煞氣重重，從羅盤排出風水不盡完美，此地他日能出貴人，最終難免遭殺頭之禍，或死於他鄉外里，心念一動，不敗其地理而去。

（第四例日後是否應驗，文開書院泮池畔品茗的文士們均早已作古，不得而知。）

萬合行石家的風水確實屬青蝦穴。當初楊桂森眼看旗竿顏色暗淡，的確起了破壞石家風水之心，但一經打聽，知道石家世代急公好義，修橋建廟、撫恤貧孤不餘遺力，決定手下留情，指點石家第三代將剝落的門檻以及中舉的旗竿漆上青漆。

「然而，楊桂森縣官精於堪輿，專敗地理的風聲已傳揚開來，」文士們以爲：「石家人心想他一定是不懷好意，而且門檻塗上青漆也著實怪異，故意反其道而行。」

石家將門檻、旗竿塗上紅色。不料紅漆一上，蝦子煮熟了，青蝦穴被破壞了。萬合行難逃衰敗的劫運。

龍山寺的雕刻師傅山林師對萬合行石家的沒落卻是另有說法。

他姨父是閩南出名的雕刻好手，石煙城在泉州聞名的開元寺，看到他雕的壁堵內枝外葉，精采非凡，於是重金禮聘過海，到剛完工的萬合行雕刻屏風、桌椅、八腳眠床。姨父帶了十幾個功夫一流的木雕高手，渡海入駐萬合行，還是孩子的山林師跟著來學藝。

花了好幾年時間才完成石家大厝內的家具、木雕，姨父老病客死異鄉，當年同來的雕刻師，落葉歸根回泉州老家，只有山林師在洛津落戶住了下來，帶出一批本地的學徒，轉移到城南龍山寺繼續進行大殿的雕刻。

山林師說他目擊了石家的興起與衰敗。

「石家就敗在幾個雞胗上。」

搖著白頭，山林師話說從頭：

石煙城從泉州請土木師傅來建造宅第，他的掌櫃聽說土木師傅最愛吃雞胗，特地吩咐廚房將每隻雞的胗醃漬貯存，以便完工之時，讓師傅帶回泉州享用。

哪知土木師傅餐餐不見雞胗，以爲頭家留給自己享受，於是懷恨在心，弄來一本祕傳《魯班經》木工手本，翻出惡毒符咒部分，對正在施工中的萬合行施行法術；在正樑合縫中藏了刻有「冰消」兩字的竹片，心存不甘的泉州師傅又同時在地基動了手腳，一團頭髮裏了一把刀，藏在正門門檻地下，破壞地氣風水。他知道石家開船頭行靠貿易發跡，又在隱密的角落畫了一幅「大船載出」的彩圖，施以符咒，使萬合行後代敗落。

宅第完工後，掌櫃拎出一大袋雞胗相贈，土木師傅才恍然大悟，知道錯怪了人家，於是謊稱還有一幅圖畫尚未完全完工，趕忙在「大船載出」下面畫了一幅「小船載入」，以謀補救。

新屋落成，一位擅長風水堪輿的天道法師雲遊到洛津，一聽當地首富做醮慶祝宅第落成，趕來看風水。天道法師跨過門檻時，眼前竟出現一條潺潺流水的小溪，溪水往外流去，定神一看，小溪又消失不見。法師心知此宅中了邪術，將所見告知主人石煙城，感念石家爲地方行善，指點他派人到江西龍虎山請他師父張天師的靈符回來，貼在正樑上，一邊又升壇做法事排除邪氣，用三牲福禮，横匾一架，腳踏七星步，祭告諸神，念魯班先師密符咒語：

> 惡匠無知，蠱毒厭魅，自作自當，主人無傷，木匠遭殃，吾奉太上老君敕令，他作無妨，百物化為吉祥，急急律令。

張天師的靈符以及天道法師的法事起了作用，石家躲過泉州師傅藏在正樑合縫處的「冰消」

妻離子散的毒咒，然而大船出小船入的命運還是挽救不及，注定了石家的衰敗。

石家傳到第四代，開始災禍頻傳，先是遭回祿之災，棧房及貨物焚爲灰燼，隔年船頭行的船隻被颱風襲擊，摧折打沉了數十艘，禍不單行，萬合行又遭強盜入侵搶劫，石煙城手下興建了一半的石樓大廈也被震災震塌毀壞，主人也因鬱悶齎志以歿，一代豪門煙雲滄桑，令山林師感嘆連連。

22 夜宴

妙音阿媎終於沒能成爲後車路的大色歌伎，像那位蘇州文士所預言的，儘管她聲、色、藝三絕。

阿媎從府城的夢蝶園「飲墨水」，回到洛津自立門戶，接收了珍珠點在世時的廳房，把如意居佈置得精雅怡人，客廳牆壁懸掛的書畫對聯，其中有一幅以精妙的行書抄錄阿媎所作的幾首艷體詩，那是她從蘇州文士受教學來的，阿媎自以爲可借此抬高身價。

妙音阿媎一身彩繡輝煌，小腳套著繡工精美的高筒弓鞋，腳環繫上一只蓮子形狀黃銅的小鈴鐺，每走一步，鈴鈴作響，人未到聲先到。她微微傾斜地坐了下來，把臉側向一邊，擺出最美麗的角度，徐徐抽著水煙，她把剛摘下來還帶著夜露的茉莉花，串成一串，掛在煙管的出口處，一邊聞著花香，一邊有意無意地等待豪客上門聽她的琵琶南管曲。

她想念府城，喜歡那兒的一切，包括比洛津精緻可口的小吃，那一小碗精心熬製的蝦湯，加上精製肉燥與蒜泥、黑醋、豆芽做的擔仔麵、鱔魚意麵，還有用經年不熄火的那口鍋的肉燥熬燉的滷蛋，吃到嘴裡醇郁香美。府城用細陶罐蒸熟，擺上蘿葶片吸油去膩的筒仔米糕更是阿婠的最愛。

遺憾的是，以經商買賣貿易起家的洛津，能夠像府城的文士飲客，即席與她作詩吟哦的，畢竟屈指可數。妙音阿婠生不逢時，她在洛津早生了幾十年。

妙音阿婠沒能成為後車路的大色歌伎，她的致命傷在於她不善於在筵席上飲酒猜拳取悅賓客。除了不擅飲，還對酒精極度過敏，黃酒紹興，酒精純度低，對她還起不了太大作用，只要旁坐的飲客有一杯高粱大麯在手，阿婠聞嗅到酒精味，皮膚便立刻起了反應，全身紅點斑斑，出現風疹塊。手臂脖頸尚有博袖寬衣身的大襖遮掩，紅斑飛到臉上，飲客看了少了情趣，紛紛離席。

妙音阿婠生不逢時。她早生了幾十年。

洛津靠海港貿易經商致富的人家，每有「商而優則仕，富而後求貴」的想法，將希望寄託在後代，不惜重金，從內地聘請飽學之士，渡海教導子弟勤讀四書五經。到了道光初年，街市深巷算盤聲裡傳來朗朗讀書聲，莫不希翼子弟學有所成，日後參加科舉考試，取得功名，改換門庭，使得排在四行之末的市儈商家，頓成書香門第，躋身士子之林，改變身分。所謂「人思俗易風移，士勉家絃戶誦」。

瑤林街一家開船頭行的商家，翻修三進大屋時，在頂層加蓋了一座閣樓，開了一個桃子形的花窗，地上鋪設釉面花磚，闢爲書房供子弟研習修學，書房佈置素雅不在話下，最特別的是故意不設樓梯，而是以一架活動的竹梯來取代，以便管制樓中讀書的學童，不讓他們隨意上下樓梯荒廢學業。商人之家借此督促子弟專心向學，不可不謂用心良苦。

洛津非縣治，體制上不准建孔廟，嘉慶年間，本地紳商在頂街尾建了一座文祠，與一旁的關公廟合稱文武廟，文祠內供奉文昌帝君，掌管洛津的文教活動。到了道光初年，江西人鄧傳安到任理蕃海防同知，有感於洛津文風已盛，學子卻無專心就學之場地，於是率領八郊商民倡建書院，經過一番周折，在文武廟旁的空地築建書院，四年後落成。

書院以文開命名，是爲紀念明末大儒沈光文，沈氏號斯庵，字文開，荷據時代到台灣來，教導漢人移民讀書識字，被譽爲「台灣漢文化之祖」。文開書院佔地二甲有餘，入口的山門牌樓匾書「青雲捷步」，門前豎有石坊，第一進爲正堂，供奉南宋大儒朱熹，左右祭祀對台灣文教有貢獻的八名賢士的牌位，（按照規制，只有官方設置的地方府學，如孔廟才有資格供奉孔子，民間書院只准奉祀朱熹）第二進爲講堂，即授課讀書及歲考之處，兩廂後之後院，則爲塾師居住之處。

文開書院一經成立，即有藏書二萬餘部，以供士子研讀，並聘請名儒執教，隨著書院制度日趨完善，造就洛津學子參加科舉比試，道光中年以後，高中秀才、舉人亦時有聽聞。

道光十四年，陳盛元秋闈得意中了舉人，消息傳來，洛津舉城歡騰，陳家上下更是欣喜若狂。

陳盛元祖上是晉江海澄人，曾祖父那一代渡海到洛津郊外落戶開荒，搭草寮爲居，他的祖父開始在溪旁開布料染坊。陳家染坊染製的澀烏布料，價廉物美耐洗且不褪色，做出了名聲，以好染而遠近聞名。

到了他父親這一代，更具經營頭腦，在街市上開了一家布莊，從大陸進口大量素布，不經過中盤零售從中抽取利潤，而是利用自家染坊染好顏色之後，整疋賣給人口眾多的大家族，分給族人自行縫製衣裳。

道光初年，台灣中部接二連三每年都有大颱風，種植在洛津郊外做染布染料用的菁仔樹，全被風颳倒，陳盛元曾祖父的草寮前的幾株菁仔樹，卻奇蹟似地活了下來，而且幾年都特別豐收。

陳家採收了好幾缸的種子，高價賣給中部各地的染坊，一夜之間成爲富戶，於是買下草寮四周好幾甲土地，廣種菁仔，在溪水邊開起染坊，用杉木做高約四尺、口徑約五尺的染桶，桶裡放竹條編成的竹篩，以防染布沾到桶底的沉澱物。

陳家的染坊除了用菁仔做染料，染出深藍色近黑，洛津人所謂的「澀烏」之外，也染其他不同的顏色，如用薯榔、茄萣、芭蕉汁、車輪梅合成染出的茶褐色，薯榔是北頭漁民不可或缺的染料，漁民出海捕魚所穿的衣服、魚網都少不了它。蘇木、檳榔的種子可染成紅色，薑黃染著力強，染出的黃色鮮艷明亮。

白布染成紅、藍、褐、黃等顏色之後，必須泡在水中將色渣沖去，曬乾後需要經過修整，用形狀像元寶的研石碾壓，把染布的縐紋壓平，產生光澤。

洛津海港泥沙淤積，水淺船隻航行不易，自嘉慶中葉以降，港口遷至王功，道光年間又遷移至番仔挖港，港口一再遷移，與大陸貿易往來日形艱困，陳盛元的父親嘗試就地取材，利用鳳梨纖維、苧麻、黃麻、芭蕉纖維爲原料，織成布料，鳳梨纖維織成的鳳梨布，布料通風不黏帛，冰涼乾爽，重量又輕，適合夏天穿用，可惜不夠美觀，難獲顧客青睞。

陳盛元身爲最小的幼子，父親沒讓他跟幾個哥哥學做布莊染坊生意，從泉州聘來飽學之士啓蒙讀書識字，自此陳家算盤聲裡傳來朗朗讀書聲。陳盛元把四書五經倒背如流之後，接著學作詩文，參加科試。

滿清政府爲了便於統治，重視籍貫，不准百姓隔省流寓，科舉只限在本籍地報考。陳盛元初試啼聲，在科試中二十人只取他一人，鄉試百人他又拔了頭籌。鄉試榮登解榜，陳家喜出望外，望子成龍，搭船到福州省試，帶了書僮隨行，替他背負行李、書籍，還僱了個嚮導沿途照應。

陳盛元果然不負眾望，雀屏高中，得了舉人。新立功名。陳盛元意氣風發，回程船上，對著遼闊的海與天，立下宏誓，日後效法古人頭懸樑、椎刺骨窗下苦讀，三年後如果高中進士，他將專程前往長安大雁塔，仿傚唐代的新科進士，在塔旁的石壁上寫下自己的名姓，再找人雕刻以永垂千古。

爲了慶賀陳盛元科場奏捷，陳家在五福街不見天的中段蓋了一棟三坎三落二落水的大厝，建築形式屬於道光中期的兩層樓房。

洛津地小人稠，空間有限，住商合一的街屋，承襲泉州店屋的形制，門面狹窄，一進進向後延伸，面窄深邃狹長如竹筒，受限於福州杉建材的長度，門面的寬度不超過十五尺左右，進深往往是面寬的好幾倍，陳家三進大厝進深是面寬的十倍。

潤色布莊染坊的店面，看似平淡樸素，這是遵循自古以來的傳統，爲了避免引起盜匪的垂涎，洛津大戶人家故意把屋宅的外貌建得極爲簡樸無甚可觀，一到廳堂內部卻不惜工本，裝飾得富麗堂皇，三個進落的正堂、神明廳、樓井、宴會廳、陳家居住的五、六個房間，樓上樓下的屛門、壁堵木架、板壁，無一不是選用上等的檜木，爲符合內室建築的陰陽之觀念，大厝內部以佛青爲主調，遍髹青漆，第一進洽談生意聯誼的正堂，牆上彩繪人物山水，並題有詩詞書法，分隔空間的封屛、木屛門，格心、裙板以內枝外葉的透雕木刻嵌飾，並勾勒彩繪花卉翎毛，輝煌華麗筆墨無以形容。

五福街不見天的連棟長條街屋，室內幽暗，光源有限，陳家大厝設計用二樓的樓井來採光，正堂後的神明公媽廳是全家進行宗教儀式的活動之處，擱桁下的燈樑懸掛天公爐、天公燈，樑上橫披金漆「春滿乾坤福滿堂」匾額下，屛壁兩側懸掛對聯當中奉祀關公像，三層精美講究的紫壇木供桌，最上一層的長案桌，供奉觀音神像，左邊精雕的神龕，則祭祀陳家祖先的牌位。

陳盛元的先祖，到了道光中葉已傳了四代人。祖父開染坊發跡致富後，曾經率領子孫回晉江海澄老家祭祖，並將先人遺骨遷葬祖墳，落葉歸根，然而，他的祖父衣錦榮歸回鄉祭祖也只此一回，到了他父親這一代，祖籍觀念逐漸淡薄，而是以洛津爲家，陳盛元中舉之後，五福街起大厝安居，奉祀祖先牌位，每年過節，清明先人忌日，全家聚集神明公媽廳舉行祭祀儀式。

爲了表示對神明祖先的崇敬之意，在供桌前的上方，樓層間的地板中央挑空，設計一個四方形的樓井，屋頂上開天窗，納引自然天光，照亮神明廳，做爲一種崇高的精神象徵，也使上、下兩層的空間流通銜接起來。樓井的裝飾爲了與神明廳的莊嚴富麗相配合呼應，成爲一體，木欄杆的間框嵌裝的雕刻極盡精美華麗之能事，精雕細琢塗飾金箔的圖案裝飾，多取吉祥好意頭的象徵，如碎水紋是賓客川流不息之意，柿蒂型取「柿」與「事」同音，象徵萬事如意，迴井文圈圈套在一起，陳家子孫興隆連綿不絕。

陳盛元高中舉人後，並沒有更上層樓，反而以吟詩品茗、展畫聽曲消磨時日，又自命風流，新近娶了一位能畫幾筆的才女粘繡做爲第三房妾侍。陳盛元經常在樓井後的宴會廳宴請內地來的游宦幕客、宿儒詩人，與博學名士雅集作樂，夜宴吟詠，笙歌不絕。

一個燠熱的盛夏黃昏，陳盛元在三姨太粘繡二樓的房間午睡醒來，穿著自家生產的鳳梨布做的汗衫，坐在床頭像一座小山，懷中依然抱著「竹夫人」，那是一種用細竹編的竹籠，暑熱夏日難以入睡，以竹夫人伴在懷中既防汗濕又涼快通風。陳盛元中年發福，極爲怕熱，竹夫人要用到秋風起才收起來。

婢女上樓來報今晚宴客的主客，來自杭州姓周的游宦，由幕客相陪已經抵達文開書院巡視，書院的山長派人來陳府通報，巡視完畢，直接坐轎子來赴宴。

陳盛元催促三姨太伺候他穿上宴客的服飾，搖著扇子，施施然搖擺下樓，去迎接貴客。

主人帶領周姓游宦及幾位作陪的文人雅士參觀大厝，來到第二進前面的天井，鋪著花崗岩長石板的天井，寬敞有如庭院，圓井旁花磚砌成的石台上養著蘭花盆景，牆角四處花木扶疏，種著四時花樹，鼓椅旁養金魚的瓷缸，泡泡眼金魚在碧綠的海草中泅泳，周姓游宦對山牆上築了一條細細的屋簷，好讓天雨時，鳥禽棲息躲雨，羽毛不致淋濕的「鳥踏」設計，連連點頭，稱讚主人有好生之德。

賓主在上樓到宴客廳的樓梯口，推讓客氣了半天，最後陳盛元卻之不恭，領著眾客爬上陡斜的樓梯上了二樓，眾客對樓井的設計也表示新奇，穿過鋪著紅磚的通道，來到宴客廳，只見牆上掛滿字畫名跡，出自主人之手的連幅中堂石鼓文，與福建籍的名家之作並列，張瑞圖元氣淋漓的草書、揚州八怪之一華喦的蘭竹圖、黃慎的人物畫，幅幅精絕，一座十二扇的黑漆屏風，以玉石嵌鑲桃雀花鳥，屏風前一張迎賓床，設有腳踏，招待客人泡茶下棋，棋桌上棋盤有四個字：楚河漢界。

喜歡下圍棋的幕客，讀著象棋盤「你有炮來我有軍，連環馬，看你老帥那裡逃」，覺得俚俗有趣，本地陪客也含糊附和。

迎賓床兩旁各四張太師椅一字排開，盡頭一張畫桌紙硯筆墨整齊，等待宴席過後，客人酒酣耳熱，趁興作詩揮毫。

賓主就坐奉茶，陳盛元表示周姓游宦渡海公幹，一路風塵僕僕，可謂勞苦之至，幕客代替面露矜持之色的主人回答，形容橫渡海峽，舟船在海上漂浮，突然狂風大作，驚險萬狀，難得大人人雖未入境，卻已隨俗，率領眾乘客焚香祈禱媽祖天后庇佑，安全渡海。

「大人禱念未止，海面立即風和浪靜，大舟安然抵達，周大人已決定到天后宮奉獻『慈航福庇』匾額答謝。」

幕客撫著山羊鬚，不急不緩地說著，在座的無不個個爲之動容。陳盛元指著畫案紙硯，懇請周姓游宦宴會後勢必高抬貴手留下墨寶。

屏風後的宴席是一桌食一桌看，眾客對看桌莫不嘖嘖稱奇，讚嘆極富創意巧思。

看桌出自洛津最富盛名的米雕師傅之手，本來安田師以年事已高退休在家，廟裡做醮，中元普渡大拜拜陳列的看桌，早已由兒子徒弟代勞捏塑，這次陳家宴客，安田師愼重其事親力而爲，他一早起身，選了黏度夠的糯米，磨細後混合麵粉加水，蒸熟後加上明礬和少許鹽，再染上紅、黃、綠、藍各種鮮艷的色彩。

材料準備就緒，安田師坐在屋前，瞇聚一雙老眼，就著天光，一塊米團到他手上，經他一揉捏，像變魔術似的，變出花草果蔬、山珍海味、鳥禽動物，金絲猴、小白兔、大公雞、螃蟹、蝦子……無一不生動逼眞，仕女人物眉眼更是栩栩如生，精采至極。

安田師尊敬陳盛元舉人讀書人，爲配合文人雅集的樂趣，他又用米雕捏塑了銅器、花瓶等骨董的造型，贏得賓客拍手叫絕，嘆賞不已。

食桌鋪上紅色餐布，今晚用的是四季春的瓷盤，主人從杭州銀鋪訂做的一套銀餐具第一次上桌，兩支筷子當中牽了條細細的銀鏈子，調味用的小銀碟，蓮花形狀，像一朵白色捲雲附在紅彤彤的天際。

晚上掌廚的總鋪師阿祥師自信擬出的菜單，會讓客人終席回去後，猶是唇齒留香，難以忘懷。席間本地的陪客，包括文開書院的山長在內，都是第一次使用帶有鏈子的銀筷，感到牽牽絆絆不太熟練，幸虧火候控制恰到好處的冬菜鴨，香糯熟爛，容易下箸，鮑魚肚絲咬勁恰如其分，紅蟳肉做的水晶丸，雖然滑溜，一個剛好一口，味道鮮美至極。

宴席前三日，阿祥師用五隻老母雞微火清燉的魚翅，黃澄澄的湯上漂浮著紅艷的火腿絲，一絲絲細得可以穿針，總鋪師的絕活魚翅一端上來，撲鼻一股濃香。座中本地的文士陪客，手握銀湯匙，無從估計金屬碰觸瓷碗可能發出的碰響聲，屏息望著魚翅冒起的熱煙，一邊揣度必須以什麼樣的嘴型喝湯，才不致窸窣出聲，在貴客面前有失禮儀。

十二道菜上了一半，即是半宴。一旁伺候的傭僕上前用熱水替客人清洗銀湯匙，上杏仁豆腐，喝完甜湯，主人起身把客人讓回屏風後的客廳休息，鴉片煙、水煙任君選擇。

就在此時，宴客廳外樓井旁的木樓梯起了響動，不止一人拾級而上的聲音，黝黑的通道滲出一絲微弱的光，接著一陣細碎的腳步聲繞過樓井，由遠而近，那光暈愈來愈明亮，最後一盞燈籠在宴客廳的門檻前停了下來，照亮了一地的四方形紅磚。

手持燈籠的在等候落在後面的人，聽到細碎的腳步聲更近了，便舉高手中的燈籠照路，在燈火簇擁下，門框出現了一個麗人，好像從繡畫裡走出來似的，廳裡十幾隻眼睛同時感到眼前一亮。來人款款跨過門檻進來，褪下披在身上那襲繡著牡丹花的銀白披風，露出裡面桃紅綢繡花，紫色鑲滾的大襟衫，下身是新綠色梅竹花紋的綢褲，褲腳管滾了一截黑邊，一雙盤金彩繡的紅弓鞋若隱若現。

眾人的視線追隨她的一舉一動，捨不得移開，被看的人似乎早已習慣這種焦點凝聚在她身上的注視，只見她凝眸側立，伸出一隻纖纖素手，（指甲用鳳仙花汁染得紅艷艷的）她輕輕撫著胸口，平息上樓以及走路的微微嬌喘。

跟在後面駝背蒼老的弦仔師正是當年迷戀歌伎珍珠點，為了她，違背了南管子弟不准與倡優同坐奏曲的禁忌，自願降低身分，下海給歌伎伴奏的蔡尋，只見他，小心翼翼地把樂器放在桌几上，褪去緊裹的紅絲絨套，露出一把琵琶，眾人這才回過神來。

座中一位年紀較大的郊商陪客，早年流連後車路，眼前這個下巴尖尖、粉粉嫩嫩的藝妲，扭捏作態的風情，無一不像極了如意居的妙音阿婠。難道會是阿婠來唱曲？老人伸出長老人斑的手，屈指一算，妙音阿婠從府城「飲墨水」回洛津自立門戶，怕不已是二十幾年前的往事了，今晚這藝妲和阿婠那時剛出道，他常去捧場聽曲的年紀相彷彿，難怪他老眼昏花，一時看走了眼。

斜側坐在屏風前，橫抱琵琶的麗人，兩只袖口滾了寬寬的紅緄邊，老人記得當年妙音阿婠穿的大襟衫，袖口從來沒這樣大鑲大緄，而且袖子也比這藝妲的寬了許多，總會形成一個優美的弧形，斜斜垂懸下來，平添不少風韻，令他產生無限遐思。

調好了琴弦，藝妲朱唇輕啓開始唱曲，客人品嚐傭僕端上來的糕餅點心，眼睛始終沒離開唱曲的麗人，簡直食而不知其味，只有杭州來的游宦咬了一口綠豆餅，嚐出香甜酥鬆，風味極佳，問陳盛元這可是洛津的名產？

座中一位陪客連忙代爲回答：

「大人說的極是，這綠豆餅的確是菜市頭極品軒的名產，用豬油、白糖、桂花做的，皮薄餡重，味道口感都好，極品軒的麥芽酥，喏！就是這個，也請大人品嚐品嚐。」

精於飲饌的周姓游宦吃了之後，點頭表示洛津的幾種名產糕點，比起他造訪過的府城的絲毫不遜色。

菜市頭的極品軒遲至道光中葉才開張。妙音阿娘生不逢時。她早生了幾十年。

卷七
此情誰得知

月斜三更相𤆬走
誰知一逕深如許
追容
歌哭的老歌伎

23 月斜三更相𢊍走

咸豐初年，洛津衰相畢現，瀕臨沒落邊緣。應聘從泉州渡海教戲的鼓師許情，卻很想在教完《荔鏡記》之後，繼續在洛津留下來。

每天黃昏從戲館教完戲，許情總愛上街閒逛，足跡踏遍洛津的大街小巷，信步來到瑤林街，昔日的船頭行都沿河聚集在這裡，整條街鋪著泉州著名的長條石板，這種氣派，許情在其他地方少見，腳下的石板路，總會令他想起過去的繁華。

洛津爆發致富後，住民生活奢華，吃盡山珍海味以滿足口舌之慾，佳餚必須佐以美酒，時至今日，洛津大街小巷還保留當年飲宴的痕跡，許情一路走來，到處可看到紹興酒的空甕砌成的甕牆。早年船隻從洛津載運米、糖到大陸，回程以紹興酒壓船艙，穩定船行。酒喝光後，用灰粉、糯米、黑糖、草灰等攪拌後，將空甕黏住砌成甕牆，既可通風，又富裝飾美觀。

洛津大街小巷的甕牆俯拾皆是，但極少像金盛巷的這幾處這麼壯觀，兩面牆四排酒甕，少說也有近百個，不難想像貿易極盛時期，洛津人是何等的揮霍，消費何等驚人。

夕陽餘輝投射在構圖優美、富設計巧思的甕牆，陰影分明，令許情留連牆下，不忍離去。

第一次隨泉香七子戲班到洛津來演戲，那時正趕上洛津貿易鼎盛，剛過完十六歲生日的許情，卻是迫不及待地想逃離洛津，搭船回泉州。三十幾年後，這海港城日薄西山，繁榮落盡，他卻反而想留住下來。

烏秋說要認他做義子，有了父子名份，連同知大人再要動月小桂的腦筋，都得顧忌三分，更不要說石家那個不肖的老三了。

台灣人把契子叫做螟蛉子，《詩經》有云：「螟蛉有子，蜾蠃負之，教誨爾子，式穀似之。」粗通詩文的烏秋向許情解釋：螟蛉是一種可憐的昆蟲，雖能產子而不知哺育，土蜂又叫蜾，自己不能生產，看螟蛉無依無靠、可憐兮兮的，就把牠孵化出來的幼蟲，當作親生骨肉來照顧。

台灣盛行領養螟蛉子，單身漢買來貧苦人家的男孩當養子，傳宗接代，有的甚至領養年紀與自己相差無幾的，也以父子相稱。這種異姓亂宗，顛倒家庭倫常的風格，最令讀聖賢書、講究三綱五常的同知朱仕光痛心疾首。他聽過一個企圖豎旗造反的匪徒，事敗後，逃匿山裡，親友想將他的頭顱賣給官府，領取重金懸賞，匪徒向他們開出交換條件：「可與我兩百銀，買一棺材，又買一螟兒，使後人知吾有子，則予出降。」

親友答應，匪徒欣然就擒。

同知朱仕光認為這樣不父其父，謂他人父，不子其子，謂他人子，情意乖離倫常斯滅的惡俗，最應該明令禁止。

烏秋摟過他的孌童，背在背上繞屋疾走，說是土蜂背螟蛉。笑鬧了一陣，才把許情放下，講起自己四處浪跡，至今膝下猶虛，也該有個後嗣，既然一向視許情如己出，認他做螟蛉子也是理所當然的事。

「來，叫聲阿爸來聽聽！」

烏秋以為說了算。見許情不作聲，便想到以禮物來安撫。因為是臨時起意，認親的禮物隨後補送。上次帶許情到老波錫店，看他捧著一只蓋子上有隻麒麟的精巧小壺，愛不忍釋了手，那是富家少奶奶梳妝時用來倒水調和脂粉的、大戶人家嫁女兒的嫁妝。烏秋答應明後天去一趟車路口錫坊街，買了那只錫壺當作認親的禮物。

期待的叫聲沒有從許情唇型優美的嘴裡溢出。他心思遙遠另有所繫。

為了阻止一場蓄勢待發的械鬥，同知朱仕光命令手下到萬合行府邸將石三公子私藏的兩個戲班男旦帶到府衙，再作定奪。同知朱仕光雖身在府中，對石三公子的動向早有所聞，玉芙蓉在戲棚上向他頻頻放目箭，兩人眉目傳情醜態百出。這個妖冶如花蕊的男旦，被帶進府衙，以為洛津的父母官運用權力，想把他據為己有，自作多情對同知朱仕光做眉做眼，嬌癡無賴，以眼色相勾，惹得同知哭笑不得。

一個南來的吳姓幕客，到府衙拜見同知朱仕光，聽說此間商家公子與俗民為爭搶男旦，差點引發一場械鬥，吳姓幕客表示不足爲奇。福建男風特盛，以酷愛男色聞名，不僅是人，甚至連草木、鳥禽、蜜蜂都受到這種風氣影響，也有同性相吸的傾向。這種風氣隨著移民流行島上，亦是自然不過。台灣男女比例懸殊，男人盛年好淫，爲了解決所需，當然以男寵替代女色。

來洛津之前，吳姓幕客在泉州小留，學到一個韻書裡找不到的字，大概是福建人自己編撰的，他寫給同知朱仕光看，一個「孯」字。閩南兩男同床共寢，家人不以爲怪，如果其中一男和別的男的私通，被抓到稱爲「孯姦」。常有不少情深愛重，卻無法如願廝守的，兩人相抱繫石投河自盡。筆記小說對福建好男色多所描寫，〈艷異篇〉的作者雖言明此風不可長，又忍不住將這奇癖再三訴諸筆墨稱奇道絕，形容爲如食橄欖，起初嚥澀無味，韻在回甘，又好比飲酒，初初哽噎辛辣，繼而醉酒般柔軟，起初好像可厭，過了就又思念。

有此癖好之士，極端的甚至視妻子如敝屣，獨以孌童爲性命，挾之離家遠去。

其實這種癖好古來有自，不足大驚小怪。幕客提到屈原的《九歌》，山鬼嘆曰：「君思我兮不等閒」，表現出對楚懷王的戀慕，雖然極爲隱諱，但同是文人不難嗅出。

府衙作客無聊，吳姓幕客獲悉同知朱仕光改編《荔鏡記》，便攛唆他何不讓這兩個優童妝扮演唱，愉情遣興之餘，對同知舊戲新編也不無啓發幫助才是。幕客很想見識一下這齣流傳閩南，才子佳人煙粉靈怪的鄉土戲。

同知朱仕光搖手，期期以爲不可，洛津兩家郊商爲了爭一個戲子，差點聚眾大打出手，相互殘殺，同知好容易運用地方官的權力安撫平息了一場可能爆發的械鬥，他怎能讓這兩個肇事的男旦笙歌作樂，在府衙裡演戲？身爲洛津的父母官，同知朱仕光必須樹立好榜樣，孔老夫子惡佞聲，朱熹一到閩南上任，立即下召禁止演戲，同知朱仕光一直想效法他這本家理學大儒。

踱步來到衙府二進的庭院，爲了瞭解何以一齣鄉俚俗劇，會令庶民村婦如癡如狂，甚至還模仿戲中的陳三五娘演出淫奔醜行，同知朱仕光曾經召來泉香七子戲班，在這裡搭棚演戲，但他始料不及的是，兩個假男爲女的優伶在戲棚上竟然極盡聲色之美，眸光乍迴，若有情若無情的瞥視，幾乎令同知朱仕光難以自持。幾天之後那纏綿悠遠的唱曲猶是哀怨盈耳，特別是那個飾演五娘婢女的益春，盈盈十五、六的小旦，嬌憨柔媚楚楚動人。

那個小旦此時就被關在衙府一間堆雜物的棧房，近在咫尺，只要他一聲令下，沒有敢不爲他蟬鬢傅粉喜嘆悲啼一番的。

一陣含著腥鹼味的海風吹拂過來，掃得牆角的灌木叢花枝亂顫，刷刷作響，這種本地才有的花樹，四季開著碗口大的紅花，從不凋謝。同知朱仕光入住衙府上任，嫌紅花俗艷難以入眼，命令園丁悉數剪去，沒料到這花叢很是粗生，一陣雨過，立刻又竄出新芽，不多時又開出紅花迎著海風起舞。

海島土質鬆脆，繁殖得特別快，種什麼長什麼。同知朱仕光望著在暗黑的夜晚猶可看到紅彤一片，他叫不出名的大紅花，鼻子吸入潮濕、帶有腥鹼味的空氣，海邊特有的空氣，感覺到家鄉揚州遠微了，家人已經許久不曾出現在他的夢中，他孤家寡人一個在這裡睡覺時獨自臥、醒來時獨自坐，過得悽清寂寞，不過卻也體會到沒有家眷在旁的自由。

同知朱仕光徐徐伸了個懶腰，除了沒有家眷約束，他隔著海峽，身在化外，天高皇帝遠，無形之中，中原儒家的禮制規範逐漸鬆動了，好些在大陸內地不敢想像、不可能發生的情事，在這孤懸的海島，他可以為所欲為擅自作主，結果都變得可能，就像他異想天開讓一個七子戲班進到衙府內演戲，換成在內地，這是絕對連想都不會想到的。更不可思議的是，兩個男旦的笙歌妙舞，竟然令他目眩神迷搖情動魄，雖然同知朱仕光死不肯承認。

姓吳的幕客有他的道理，讓這兩個優童妝扮演唱《荔鏡記》中的戲齣，對同知朱仕光正在進行的舊事新編應該不無啓發才是。

同知朱仕光被說動了。命令泉香七子戲班的班主不用抬戲服箱籠到府中，只需帶個軟包供兩個戲子抹臉化妝，也不搭戲棚，就在衙府第二進的門廳三面設宴席，當中鋪上紅氍毹唱戲。

兩個男旦給石家三公子藏在床帳內，日夜作樂，被帶入府中時，面色黃黃，兩眼空洞，被淘空了似地無精打采。然而，一經上妝扮戲，蟬鬢敷粉，再出現時，竟然換了個人，有如戲靈精魂附身，令他們脫胎換骨，活了過來。盛妝濃飾的優童，一顰一笑，舉手投足，盡是美的化身，未開演，早已進入戲中人的內心世界，與之合而為一。坐在太師椅居中觀戲的同知朱仕光，暗自讚嘆妝扮的力量，簡直可化腐朽為神奇。難怪優伶可顛倒眾生，具有勾魂攝魄的本事。

他們唱的是〈私會佳期〉這一折，夜深人靜，益春去接陳三到五娘繡房深閨。兩人過了一個亭子又一個，途中風敲竹響，影弄海棠，令偷香的公子心內驚惶，柳絮纏著益春的髻針，陳三為她解開，笑曰：

「足見花木亦識春，況於人乎。」

益春教他從容入五娘閨房：

「若是閨少怕繡床，邀枕上，睡鴛鴦，團圓就寢，好相溫存，莫把花心殘忍，致使蝶亂蜂狂。」

陳三笑她：「小妹，妳年紀幼小，此中意味，為何知透徹。」

一對有情人終於同衾枕，錦帳裡鴛鴦交頸敘情。玉芙蓉的五娘，雙唇微啓，唱腔忽高忽低，使出淫情浪態，討同知朱仕光歡喜，只見他鬢亂釵橫，滿臉香汗淋漓，張三羅巾為他擦拭時，玉芙蓉眼睛卻盯著同知。相形之下，月小桂飾演的益春，在房門外，偷眼看側耳聽兩人歡愛，好奇羞澀中，還見幾分矜持，他腰細如柳，柔媚的嬌憨，楚楚動人，與同知朱仕光距離這麼近，近得他一伸手，即可摟過小旦的纖纖細腰，摟過來依依侍坐。

然而，同知朱仕光感覺到這盈盈十五、六的小旦，故做澀勒，不肯著人，令他欲近不能欲遠不捨。

呵，好一個孤意在眉深情在睫的月小桂！

白天這兩個七子戲班的童伶被關在一間堆雜物的棧房，軟禁一樣被衙役看守著，一步也不准跨出門檻，夜晚兩人抹臉上妝，穿上戲服，班主帶著樂師鼓師進府，在門廳宴客的紅氍毹上唱些《陳三五娘》的單齣小戲，同知朱仕光坐在太師椅，一邊看戲一邊飲酒。唱完一折又一折，同知大人喝得酩酊大醉，猶是不許他們停下戲來，好幾晚唱到天光，比在廟埕演酬神戲還要累。

陪同知大人看戲的吳姓幕客離開後，有個晚上同知朱仕光又命令起鼓唱陳三私會五娘連帶勾搭益春那一折，同知朱仕光突然斥退進府演陳三的小生，把捏在手上的戲本翻到一頁，帶著酒意宣稱由他自己來扮演陳三，接著口齒不清地唸了好一些口白，嚇得班主跪在地上叩頭如搗蒜，不知如何是好。

這一晚，醉眼惺忪的同知大人招手要月小桂近前。這一晚，月小桂被留了下來。

烏秋在老波錫鋪的那個故事還沒講完，大官的兒子想把骨董店兩個東主輪流共宿的孌童據爲己有，拿了價值一千兩銀子的古玩，聲明用孌童來交換銀子，兩個店東捨不得放棄他們心愛的孌童。後來這孌童被大官兒子強姦，丟給他十二兩銀子做爲代價，孌童出門時將這十二兩銀子交給門房，表示他的貞潔。

許情沒有收到任何饋贈。同知朱仕光憑著他的權勢，龐大的身軀把他壓在下面，壓得他無法動彈，抿著嘴咬牙別過頭去，聽任同知大人繼石家三公子之後，在他身上爲所欲爲。他的腰肢在侵犯他的人的輕薄肆意撫摸下變得僵硬冷淡。那種狀態又回來了，小時候學戲，被班主或教戲師傅虐待毒打，在戒尺或籐鞭揮掃過來的瞬間，他的臉上、身上的肌肉立刻變成僵硬，四肢進入一種無知無覺的狀態，把自己轉化成一具不具生命現象的傀儡，全身上下三十六條線，任憑壓在他身上的抽拉，抽到哪一根線，那個部位才會有機械反應。

那的喚做甚傀儡，墨墨線兒揑著紅兒粧著人樣東西。

同知扳過他木頭一樣的頭臉，罵他天生骨頭賤，哪裡借來的膽子膽敢跟大人玩這種欲迎還拒的遊戲，命令他把身子放鬆，讓他俯身遷就。

一直到洛津的戲迷們夜夜聽到管弦唱曲越過同知衙府的磚牆，開始不約而同地聞鼓聲而來，聚集在距離粟倉不遠的草仔市街、車埕，靜靜地守候，戲迷愈聚愈多，形成好幾道人牆，不遠不近地包圍同知府，牆內的同知感覺到那股蠢蠢欲動的力量，在一股無形的壓力之下，才不得不命令班主領回玉芙蓉、月小桂。

回到戲班，《陳三五娘》的戲繼續演下去，飾演益春的月小桂已然身力交瘁，被烏秋當做戰利品接收回來，爲了確保擁有他的戰利品，烏秋要認他做螟蛉子。

「來，叫聲阿爸來聽，做了我的兒子，以後任何人想再碰你一下，」烏秋手指戮戮胸口：「還得先過我這一關哩！」

許情心繫的是後車路如意居的阿婠。在他被石家三公子當禁臠，深藏在大得像屋子一樣的紅眠床、軟禁在粟倉同知衙府內的時日裡，甚至在他重回烏秋身邊的此刻，阿婠無時不刻總是在他念中。烏秋把孌童一反常態，對他即將獲贈的禮物——梳妝用的錫水壺，沒有顯出預期的興奮，他以爲是許情嫌他年紀不夠大到當父親，心中有疙瘩。

「驚什麼，有人收的契子才小自己幾歲，嘛叫老爸！」

烏秋喚來酒菜慶祝，許情伺候他抽水煙吃酒，舉著蘭花指把煙裝好了，連吸了幾口，吸著了，才送給對面的烏秋。望著童伶那兩片青稚柔軟而濡濕的嘴唇，烏秋的喉嚨癢癢的，說不出話來。

烏秋多喝了幾杯，醺醺然中，扶在許情的肩上，用筷子挾了一片腰花送到他嘴裡，含了一口酒，捧住童伶俊俏的臉，闊嘴對著那一點珠唇，慢慢地把酒沁到對方嘴裡。被灌酒的直著脖子，喉嚨咭咯咭咯，嗾了幾嗾，雙頰立刻泛了桃花，把肩一側，不勝酒力，一邊伸手解開脖子立領的鈕釦透氣，他穿了一件紫紅提花綢大襟女衫。

烏秋把變童摟在懷裡，低下頭欣賞他的醉姿，解開鈕釦的脖子，瓷瓶一樣的細長有致，他順著手從下頦撫摸下去，指尖被一粒突起的硬物所阻擋，定睛一看，隱約可見喉結初長，烏秋爲這發現大吃一驚，拿著酒杯的右手一震，酒灑出了大半。

男旦的青春之短暫，更甚於少女，難怪文人形容他們五年爲一世。窗外小天井的那株觀音茶花猶在兀自盛開著，彷彿就在昨天，許情坐在窗下對鏡梳頭的姿妍，使烏秋一時興起，起身到小天井摘下一朵開得正盛的紅茶花別在他的鬢邊，平添姿色。

摘茶花時，石台上的那幾株盆栽，觸動了烏秋的靈感，使他像雕塑那盤懸崖式的山毛櫸一樣，按照自己的心意來雕鑿這童伶，隨他任意調冶彎曲。

觀音茶花的花季尚未結束，他懷中這個他用鵝油香胰洗澡擦身，麝蘭薰香肌膚，精心修冶調成蓮臉柳腰柔情逸態的童伶，一旦成人，喉結突出，本來柔美的骨架改異，變成肌肉壯碩的男人，一時的盛美轉爲烏有，何等可傷可嘆！

爲了欣賞戲子在小天井走磚面的扭捏風姿，烏秋讓許情學蹻工，希望他走起路來婷婷娜娜，需要人扶。

這一切都還剛開始，怎麼就要結束了，果眞伶人如彩雲易散，如水蓮泡幻。

烏秋失神地跌坐在那裡。怎麼就好像洛津海口一樣短暫，他們南郊益順興正計劃大展鴻圖，大批從獺窟運進魚苗，批發給瑯璚的漁池，卻聽到進口港泥沙淤積，船進不來了，口門淤廢在即了。剛才他在益順興，還碰到洛津郊商聯名發起疏濬港口的籌款活動。

一切都才開始，怎麼就要結束了？

男童轉變爲成人，內分泌性激素起了作用，喉部聲帶發生變化變聲之後，喉結突出，聲帶增長一倍，失去淳美的嗓音，高音唱不上去。許情除了爲他侑觴媚寢、嬉戲之餘，烏秋最愛聽他輕啓朱唇，清唱些纏綿哀絕的戲曲，由他自己打板湊興娛樂一番。烏秋無法想像懷中的童伶「倒倉」變聲，變得聲音沙啞跑調，出現怪音。

他拿筷子敲著桌沿打板，令許情唱〈益春送花〉。

采來花蕊手內香，素香間在只薔薇花叢，花圍不甘帶，使阮送渡有情郎……

雙頰桃花未盡、微醺中的許情，曼聲清唱婉轉如意喉清嗓嫩，烏秋放下心，鬆了一口氣。幸虧尖細清脆的嗓子還在。他伸手摟過童伶纖纖欲折的細腰。伶人樂部本多聚散，短暫的繁盛，其後都各自散去，許情隨戲班子來演戲，戲演完了，勢必得隨戲班回泉州。

烏秋不想讓他離開。他要把這童伶留在身邊，專供自己賞玩。

青春期的特徵之一是變聲。七子戲班的傳統，一等童伶變聲失去童嗓，立即逐出戲班，另招七、八歲的新血，從頭教戲。童伶長大，如果順利度過變聲期，可加入「上路」「下南」大梨園繼續演藝生涯。至於如何保護變音期的嗓子，伶界看法不一，有的師傅認爲應當禁聲，停止練唱，持相反意見的，認爲愈啞愈要唱，對著牆壁或水缸拚命喊嗓，才能練出金嗓子。

無論是禁聲或愈啞愈唱，烏秋都沒有耐性等許情度過變聲期，他只關心如何能夠保持童伶的童嗓假音不變。

這個併膝端坐他腿上的小旦——他總是兩隻膝蓋併得緊緊的——烏秋每次行樂時，都得稍微使力才能掰開他併緊的雙膝。他不知道這戲子八、九歲時，從小生改行學小旦，師傅教他練旦角的碎步，拿一張紙夾在他的兩個膝蓋之間，命令他開步走路。

開始練習時，每次一抬腿，夾紙就掉了下來，打斷了師傅好幾根戒尺，還是學不會。最後師傅換來一支木棍，頂住他的褲襠，威脅再學不會，他就要拿把刀子把兩粒礙事的丸子割下。

「閹小公雞一樣把你給閹了！」

許情害怕被閹割，自此雙膝併緊。

今天他穿湖水綠地牙子飾邊的大襠褲，烏秋新給他做的，提花綢微微閃光，軟軟地服貼在他的鼠蹊部位波紋起伏，褲襠鼓鼓囊囊的。

烏秋推推坐在他大腿上的童伶，叫他立起身，示意他解開褲帶，褪下他的大襠褲。突如其來的命令，加上烏秋的臉色，許情一時之間有點手足無措，慌亂中，解開打結的手有點顫抖，足足摸索了好一會。烏秋上前嘩一聲剝下他的褲子。被剝下褲子的，赤裸著下半身，毫無遮掩地袒裎烏秋面前，羞恥加上早年的恐懼，使許情雙手重疊護住胯下。

烏秋掰開他的手，動作近乎粗暴，彎下腰審視戲子的下體；陰毛變黑了，呈現盾形分佈，還微微捲曲，烏秋抓了一小把，在指間撫摩，好像也變粗了，陰囊的顏色也不再是初識時的微紅，還皺皺的，像他自己的一樣。

如何保持未成年的童伶不比尋常的美妙嗓音？烏秋的大手把戲子那兩粒睪丸捏在掌心裡，沉吟著。

小天井的那株山毛櫸盆栽，懸崖式的垂枝隨著傍晚的風搖盪，無聲嗚咽。

再遲就來不及了。

後車路的鴉片煙館，一個隨著京官到洛津來的幕客，在煙榻上閒聊他的北京見聞，他形容太監被閹去勢後，臉蛋光溜溜的，皮膚白嫩，不長鬍子，眼神帶有幾分怨恨，特別迷人，說話的聲音尖尖細細，音節拐了好幾個彎，像戲台上唱戲小旦的假嗓。

太監淨身的季節最好是在二月或八月，道理何在？幕客自問自答，淨身後下體不能穿褲子，怕摩擦傷口引起感染，太冷或太熱都不適合。淨身之前，先送三十斤小米到淨身師家中，等於療傷一個月的口糧，幾大簍燒炕用的玉米棒子，幾擔燒成灰的芝麻殼，那是用來清除穢物，撒在下身部位的。芝麻殼灰最細，不傷皮膚。幕客說明。還有半刀厚窗戶紙，用來糊窗子，不讓屋子透風。

淨身還得選個良辰吉日，之前三天不進米粒，住進淨身房——進去過的太監形容給幕客聽——小房間和一般的土房民宅沒啥兩樣，一進去就聞到一股血腥味，不是新鮮的血的味道，而是歷年來多少閹人流血後，去除不去和空氣同生共死的血腥味。屠宰場的氣味。

動刀之前，用野蒿子、蒲公英和金銀藤熬湯水，熬好了用來喝和洗下身，另一鍋兩個新鮮的豬苦膽、兩個雞蛋和臭大麻煲煮……

有一次去如意居看阿婠，她正要洗小腳。小床前那只許情常坐的黑漆方凳上，擺著一只蓮花瓣形的青瓷腳盆，鴇母月花端詳阿婠微微隆起變形的腳背，拇指輕輕蹺起，她形容這小腳好似一對出殼的乳鴿，很滿意自己的成績，阿婠這雙小腳令她臉上有光。過些日子，阿婠穿上新繡的高筒弓靴，嬝嬝婷婷走起路來，一定步步動人，沒有一個客人不會雙目灼灼注視她尖瘦可愛的雙蓮而不想入非非的。

鴇母月花說，阿婠先前所受的痛，換來的是男人的無限愛憐疼惜。她可以靠這雙小腳去奪他們的魂、攝他們的魄。阿婠垂著頭深情地看著自己變形彎弓的兩隻小腳，眼睛閃著光，露出苦盡甘來的滿足。

爲了獻殷勤，許情上前要幫阿婠洗腳，除去裹腳布，阿婠本能地把小腳一縮，再怎麼說，這個假男爲女的戲子，終究還是個男的，胯下多長了一塊贅肉。女人的小腳最是幽祕，不能輕易露出給男人看。意識到一旁的鴇母月花，到現在還不知道這戲子的眞實性別，阿婠不能拒絕，勉爲其難地把腳放回去，聽任許情一層一層爲她解開裹腳布。

鴇母月花教他如何爲阿婠剪趾甲、磨腳底厚肉，洗好腳後，如何輕輕擦乾，抹上明礬，每個腳趾間都不要放過，囑咐完了，就留下他們兩人，自己推門出去。

淨身師身穿十三排十字排釦的緊身衣，顯得很俐落，家丁把被閹人的手腳和大腿鐐銬套鎖綁在板上，免得亂動。下刀子之前，淨身師例行公事，問三聲：「你後不後悔？」如不表示後悔即可動手，如果臨時反悔，立刻把人從腳鐐手銬解下來，放他回家。

割睪丸時——幕客的聲音突然放低，鴉片煙館安靜了下來，煙客們屏息，眼睛一齊投向他，闃暗中一隻隻鬼火一樣地閃爍著——割睪丸時，煮得又硬又韌的雞蛋派上用場了，塞在嘴裡，堵住嗓子眼，讓他出不動氣。淨身師先在球囊左右打橫，割開一個深口子，將皮膚下的筋絡割斷，然後把睪丸往外擠……那種疼痛……

煙客們發出一片吸氣的㗭㗭聲。

阿娟裹得尖尖像粽子的小腳，纏得很緊很緊，解開裹腳布很是費勁。許情幫著她解纏，一層又一層，阿娟縮腳害羞地拒絕他，那情態使許情的心漾了一下，揭開最裡的一層裹腳布，小腳穿著凌波小襪，阿娟左支右擋不讓他除去小襪，故作閃躲，卻像是在邀請他伸手去探觸女人最幽邃神祕的深處。一股滾燙的熱血湧上許情的臉，充血的興奮令他感到眩暈，使自己吃驚不已的，他眞的用他的手——一雙男人的手——剝掉小襪，解除纏裹在女人腳上最後一層的束縛，揭開後展露他眼前的是一雙未經霜露、皮膚細白薄得如嬰兒的變形扭曲的小腳，乍看之下，畸形的骨骼，有點恐怖醜陋，然而卻又如此弱不禁風，如此無助，許情從心底湧起一陣愛憐疼惜，忍不住把它們托在掌中細心呵護，他已經不再艷羨阿娟有他自己所沒有的小腳，從前每次見到它們那種刺心的嫉妒消失了，代之而起的是把柔若無骨的小腳一握在手的銷魂。他想像愈握愈緊情愈濃。

呵，多麼柔軟如綿的一雙小腳。

喉嚨堵著雞蛋，憋急了，渾身用力，一股力氣使到小肚子上，用力往外一鼓，淨身師就利用拚命掙扎的一剎那，兩下子把睪丸擠了出來……擠出割口……燉好的豬苦膽黏性足，切成兩片，等把睪丸擠出來後，貼在球囊兩邊，用來止血消腫。那種疼痛，像下身火鉗子挾著一樣，從下身爬到小腹，折向肋部，到脖頸、太陽穴、髮梢、頭頂……那種疼痛……

淨身房點著煤油燈，鬼火一樣，日夜不熄。

去勢成爲閹人後，臉蛋光溜溜的，皮膚白嫩，聲音尖尖細細，像戲台上小旦的假嗓……

泉州來的那個老戲迷，跟烏秋說過，七子戲班的童伶除了假男爲女裹小腳往來市中，在變音轉大人之前，也有被全身浸泡在熱水裡，壓住頭部的靜脈，讓他暈過去，然後割去下身那兩粒睪丸。一定得在變音之前，再遲就來不及了。閹割去勢後，喪失了性慾的衝動和渴望，可是，嗓音婉轉依然。

再遲就來不及了。

雙手緊緊護住胯下，許情併緊兩膝，慢慢移動，跨出極小極小的碎步，戲台上旦角的碎步，走出烏秋的家，那個空氣中瀰漫著血腥味、屠宰場氣味的家。

挨蹭著，步履艱難地步下三層階，離開烏秋的二進磚屋。泉州來的戲子站在興化媽祖宮前的巷子口，舉目無親，一時之間不知何去何從。

他首先想到粟倉附近的同知衙府。

同知朱仕光伸出食指，勾起月小桂的下顎，說他深情在眉眼，卻總愛低垂著頭臉，不知在想些什麼。

府中的大人曾經說要帶他回揚州，許情知道是在哄他，要自己心甘情願地俯身遷就。

雙手緊緊護助胯下，他剛逃出虎口，難道又要把自己送進狼群裡？

粟倉同知衙府燈火通明，書齋桌上攤開《荔鏡記》戲本，同知朱仕光批閱到陳三隨黃五娘的父親到赤水莊收租，五百田客當著黃父面前叫陳三「三爹」，身分被識破，陳三假病回來。他與五娘的私情敗露，林大催親，擇定九月重陽娶親，陳三問五娘：

「亞娘有乜主意？」

五娘回答：

「你查脯人都無主意，阮姿娘人有乜主意？」

陳三這才說：

「走去泉州，即無煩惱。」

相約月斜三更時候，一起走出潮州地界，回到三哥泉州故里。

同知朱仕光的筆落在五娘責備陳三沒有擔當這句對白，考慮如何改動。

傳說晚明的文人李贄根據這個流傳閩南的民間故事，只用了一個晚上的時間，編寫成筆記小說，取名《荔鏡傳》，梨園七子戲演出的劇本還是按照李贄的小說改編而成的，才使得沿村荔鏡流傳遍。

李贄出身泉州望族，祖上是以海外貿易致富的巨商，娶色目女爲妻，一直到他曾祖父一代國際色彩才消失，據說李贄寫《荔鏡傳》時，寫到陳三五娘私情敗露，林大逼婚，無法轉圜之時，舉筆沉吟，狀至艱苦，他的女兒恰在身邊，便爲父親獻計：

「何不令兩人私奔。」

李贄聽從女兒的建議，卻又擔心女兒罔顧禮教，他日敗壞家風，一時情急，竟將女兒撻死。

換做是他，同知朱仕光也會有同樣的舉動，而且毫無遲疑。不假思索，同知朱仕光濡筆，刪去五娘責備陳三沒有擔當那句對白。

他自己也不是沒有犧牲。同知朱仕光放下筆，燭火搖曳，使他映顯在紗窗的影容看起來更加晦暗憔悴，身旁的那只椅子空著，本來坐在這位子的人早已不知去向。同知朱仕光撫摸著椅背，他其實可以把月小桂這小旦留在身邊，讓他依依侍坐，撫慰自己旅居客寄的寂寥。

同知朱仕光站起身，從後面抱住這只空了的椅子，低下頭深深吸嗅椅背殘留的氣味，那一股汗臭混合脂粉，伶人特有的味道，初初聞時令他噁心，聞久了滲入心扉，讓他懷念的氣味。獲得這個妝扮的優童是他洛津上任以來，唯一有過的美好事件。他像隻漂亮的花蝴蝶在紅氍毹上翻飛，他雙唇微啓，喉清嗓嫩的唱曲，總會把同知朱仕光帶到另一個境地，一個彩色流轉，樂音曼妙的世界。在洛津蠻荒不文的海角餘地，這小旦用他的青春姿色聲藝爲他創造出一個賞心悅目的情境，同知朱仕光享受視聽聲色之美。

每天晚上唱完戲，他不准月小桂卸妝，命令這男旦抬著粉墨油彩的臉上床侍枕，只有這樣，同知朱仕光才不會從那異色的艷情中醒轉過來。他但願可以永遠沉醉其中。

臉上塗了厚厚一層鉛粉，床上的許情像戴了面具，固定只有一種表情，傀儡木偶一樣，任憑同知朱仕光在他身上牽線抽拉，他僵硬的臉才會像活人一樣，睜眼啓嘴。

那的喚做甚傀儡，墨墨線兒捏著紅兒粧著人樣東西……

這個孤意在眉深情在眼的男旦碰觸到同知朱仕光柔軟的部位，使他釋放出連他自己都感到吃驚的熱情。他被自己狂恣的情慾給嚇住了。那個道貌岸然舉止有度的朝廷命官到哪裡去了？一夜歡好，晨起梳洗，同知朱仕光不敢面對鏡子，害怕認不出自己本來的面目。他花了好一番功夫說服自己，把他的放浪形骸歸結於外放這化外的異地，沒有尺度制度可循，才會允許自我放縱，才會有這種違反常態的行爲。

同知朱仕光把無法塡滿的慾望歸罪於洛津的天氣水土，他是被腥鹹潮濕的海風薰得懶散到只顧逸樂，喝多了帶鹽味的井水所致，這個充滿誘惑的地方，使他毫無顧忌的恣意求歡，任憑自己的感官擴張膨脹全無限制，同知朱仕光安慰自己，幸虧這只是暫時的現象，他不會久居這化外之地，自棄王化，置儒家倫理於不顧，他也不會沉溺太深，像那些有些奇癖之士，極端到把妻子棄之如脫屣，獨以孌童崽子爲性命。

同知朱仕光只是不懂，爲什麼放走月小桂後，他不准人撤去那塊唱戲的紅氍毹，每天晚上，他獨自一個人坐在看戲的太師椅裡，也不點燈，對著死寂的黑暗悵然若失。無計澆愁，唯有以酒作伴，一個人獨酌至夜深，往往喝得酩酊大醉，酒後慟哭，沾濕了衣襟，等他回轉內地整理行裝時，一定會發現不少衣裳淚漬斑斑。

許情想到後車路如意居的阿婠。

他以爲阿婠會跟他走。

……洗完一雙小腳，他用乾布溫柔地抹拭腳趾的水漬，極輕極輕地撫抹，阿婠敏感的腳底被他的手指揉弄捏摸，搔癢一樣地微麻，有著說不出的刺激，舒服得像許情用牙齒輕輕地咬著她的兩個耳垂。輕微的嘆息聲從阿婠那兩個小小趣致的鼻洞發出，許情移開青瓷腳盆，托著晾乾的小腳繼續他的撫弄。兩手往後支撐，阿婠仰著上身斜坐床上，穿著許情第一次見到她時，那件紅花鑲黑邊的褂衣，衣服已經嫌小了，撐開手的坐姿，使她胸前微微鼓起。

第一次見到她，鴇母月花給她纏足，阿婠攤手攤腳杵在床裡，胸前凹陷下去，好像有什麼東西在裡面破碎了。一個沒有生命的傀儡。許情很想伸手覆在她的胸前，把那凹陷的部位塡滿。

他終於得以如願以償。左手托著兩隻小腳，空出右手往上移，伸進她的衣衫摸索著，碰觸到鼓起的胸乳，盈盈半握，果眞如他那次看到時用眼睛估計的大小，軟綿綿的，像拜神明剛出爐的麵龜仔，乳頭圓圓的。被撫摸的阿婠，兩道彎彎如初月的眉毛舒展開來，又輕輕嘆了一聲息。

他的左手指在阿婠彎弓的腳底搜尋著，搔弄撫摸著腳心，足尖與足跟曲拗成拱橋，腳底摺疊成一條深縫，縫隙可塞入一枚銀圓。許情的手指徐徐探入那摺痕，一深一淺地撫摩，手指漸漸有點濕滑，滑進更深邃的裡面，阿婠體態舒展，雙眼矇朧，低低地呻吟了起來……

他和阿婠兩心相屬。她會跟著他走的。

邁著小碎步，挨蹭到後車路，穿過「門迎後車」的隘門，許情來到窄巷盡處的如意居，倚在疊成花格長窗的紅磚牆下，月黑如墨。

牆內點燈的廳房傳來尚未熟練的琵琶聲，伴著稚氣未脫的唱曲。阿娟坐在廳中抱著琵琶在唱《荔鏡記》陳三五娘私情敗露，私奔出走的那晚，深閨中的五娘翹首盼望著情郎的到來：

三更時候卜困不成，空倚門兒，聽見子規叫在枝頭。人傷心，目滓只處愛流，障設短幸，真個通惱等到障更深，我三哥夭夫見到。

三哥就在牆門外，等著她「捎起秀羅衣，兜緊秀鞋步步移，一路相扶持」，月斜三更時候，一起走出洛津地界，回到三哥泉州故里。

七月十四三更時，三人同走出只鄉里，君恁有心，阮即有意，月光風靜，只好天時。

路遠如天，陳三五娘益春三人「相焉走」。如意居的小歌伎咿咿啞啞唱著這首膾炙人口的名曲。

24 誰知一逕深如許

下午陳盛元在她的房裡午睡，黃昏醒來，脫下潤色行自家用鳳梨纖維織的內衣，換上見客的服飾，由粘繡伺候穿上一件簇新的褐色莨紗馬褂。陳盛元中年發福，人極怕熱，莨紗原名粘柴布，通風涼快適合盛夏穿著。

穿戴整齊，粘繡給他繫上玉器佩囊，裡頭手帕煙絲袋齊全，陳盛元笑她這樣打點，彷如要送他出遠門。

粘繡聽了，眼睛紅了，睃了她的男人一眼，幽幽地嘆了口氣：

「唉，敢不是嗎，老爺這一踏出我的房門，嘸知何時何日價也再回轉！」

陳盛元呵呵笑著，捏了一把幽怨小妾的薄肩，接過遞給他的一把解谷扇，用崑崙北谷的竹子做的名扇。粘繡頷頭頂住房門，目送陳盛元下樓梯，他胖重的身軀令木梯不勝負荷，每踩下一級，發出呻吟的聲響，一直到踩完最後一級，粘繡緊提的心才放了下來。

晚上的宴席擺在第一進二樓的客廳，繞過樓井，後面就是元配秀貴的臥房，一間朝南寬敞無比的大房間。秀貴姓黃，娘家在米市街開米鋪，道光初年，洛津人口激增，需米甚殷，黃家生意興隆，秀貴的父親經過媒婆透口風給陳家，給女兒的陪嫁是全廳面的家具：包括長桌、帖案、四仙桌、八張椅、四只茶几、上、下櫃、洗臉架、衣架、梳妝台，除此之外，還特別傳話過去，給女兒做老本的棺材，準備用成色足的全金打鑄，而不是俗話所說的「金棺材銀蓋蓋」。

黃家嫁女兒大講排場，陳盛元愛面子的父親聽了媒婆這般傳話，說了句：輸人不輸陣。爲了爭一口氣，找來土木水泥師傅，把二樓的新房改建，打掉後面的小廂房，請來手藝一流的細木工，做了一頂雕工精細的百子床，鋪上厚厚的棕席，向媒婆誇耀新房寬敞的面積：

「嘸免講全廳面金棺材，就是眞的壽材，嘛也有位通擺！」

黃秀貴出閣那天，七十二箱陪嫁盤擔遊街的盛況，時隔多年，至今仍爲洛津父老津津樂道。當時還梳著小女孩髮辮的粘繡，聽到敲鑼打鼓嗩吶吹喜樂聲，正在吃午飯的她把筷子一丟，跑出門看盤擔遊街，從最前頭的拖竹掃，兼具節節高升、貞潔雙重意義，竹子有頭有尾，象徵夫妻偕老子孫多，全豬全羊、雙魚都有去邪迎福的寓意，接下來的盤擔，每一擔由兩個穿喜服的挑工一前一後地擔著，裡面的陪嫁細軟須成雙作對，左右各一。

粘繡倚在門邊，數到七十二擔，最後，走完澡盤、腰桶、尿屎桶，日頭已經西斜。

命運作弄，十年後她與秀貴共事一夫，同住在一個屋頂底下。粘繡緩緩閤上房門。她第三進二樓的房間朝北，終年見不到陽光，每年南風天時，晾在洗臉架上毛巾老是濕答答的，從沒乾過。她這間小小的偏房，一張眠床佔據了大半個空間，擺了半廳面的上、下櫃、鏡台、洗臉架、衣架，所臢的空間極爲有限，特別是胖大的陳盛元來她房裡過夜時，粘繡感覺到整個房間都滿了起來。

她喜歡那種充滿的感覺。陳盛元一去，房間被抽空了。粘繡在床頭坐了下來，怔怔地望著求好意頭葫蘆和古錢圖案交錯的圓窗，圓窗終年緊閉，借著從縫隙滲進來的天光，可看到窗戶兩旁的一幅對聯，福建名書法林朝英用竹葉形的書體寫的：

誰知一逕深如許
猶有敲門看竹人

晚上的宴客聽曲結束後，如果客人還有興致，主隨客意，極可能來個「二次會」，全班人馬秉燭夜遊，挾著請來獻唱的鳳凰女，一起回到後車路的藝妲間消夜，清粥小菜繼續飲宴至夜深，甚至整夜不歸。哪來的人敲門？

一年四季，粘繡以現在的姿勢，坐在床前，上身微微前傾，像在狩候什麼。她坐在黑暗裡，也不點燈，除非陳盛元來時。她的房間永遠是晚上，她在黑黑的房裡摸摸索索，碰到觸到的全是她熟悉不過的東西。

整整六年了，她在這朝北陰暗的房間裡無聲無息地過著。眠床過去暗沉沉的那一頭，垂掛繡著鴛鴦戲水的門簾，簾子後擺著發出異味的紅漆尿桶，青灰色的牆斜靠著一張小木梯，房頂樓板有一處是活動的，只要粘繡伸手拉那圓鐵圈，拉下兩塊樓板，架上小木梯，便可爬上閣樓，上面別有洞天，斜斜的屋頂下，面窗擺了一張黑漆的畫桌，桌上紙筆丹青齊全，陳盛元特地爲她佈置的畫室，供她作畫消倦自娛，當初他就是看中粘繡能畫兩筆而討回來做他第三房的妾侍。

粘繡從小在字畫堆中長大，她的父親粘笑景是洛津著名的畫師，在板店街開了一間畫鋪作坊「集雅齋」。

粘笑景出身近郊粘厝庄農家，長相極爲奇特，皮包骨的瘦臉眨巴一雙老靈的眼睛，一邊一個似蒲扇一樣大的招風耳，人極矮小，卻有一雙不成比例奇大無比的手。他從小行徑怪異，家中木板床不睡，喜歡跑到村子口棺材店，趁人家不注意，把一具豎立的薄木棺材扳倒，躺進去睡覺裝死嚇唬村中的孩子。不作怪時，只見他那獸爪似奇大無比的手抓著枯木枝、竹片，蹲在地上鬼畫符塗鴉，畫了一泥地。

粘厝庄的人都說這孩子中了邪。

一天他不知怎的進城摸到龍山寺，那時候寺內正在大興土木，來自泉州、潮州的畫師們忙著在棟樑、斗拱、椽柱彩繪龍鳳，他撿了一塊破磚，蹲在山門外的日月池畔模仿寺內雕樑的彩繪，畫蓮瓣、寶珠、曲水紋等圖案，適巧走出一位潮州畫師，發現趴在泥地上塗鴉的他，想到寺中正需要人手，隨口問他可想學藝，粘笑景抱住畫師的腿，點頭不停，當下叩頭拜師學藝。

講好當三年六個月的學徒，一開始時幫潮州師父做些挑水、清洗畫具、搬梯子等粗活，也被喚去泡茶、點煙伺候師父。接下來學習擂顏料、熬油熬膠，焙製畫彩，然後用披麻捉灰工，把龍山寺的柱子、屏門、板壁一層層用苧麻布披覆，再塗上豬血灰泥打底，髹好漆，讓師父彩繪圖畫，寫上聯對詩詞。

三年六個月滿期，粘笑景出錢備酒謝師，按照行規師父會把出師徒弟的名字寫在紅榜上，向同行推薦，就可以出師當畫工搭班幹活。然而，嘉慶年間洛津無班可搭，加上龍山寺這座三進四院的大寺若想全部五彩遍裝，需要假以時日，粘笑景接受師父的挽留，出師後繼續留下來當下手。

下一步他開始學習勾描劃線「開臉」和「勒手」臨摹粉本，在壁畫不重要的部位著色暈染。邊做邊學，粘笑景得到師父傳授一些作畫的口訣，諸如：

若要人臉笑，眼向下彎嘴上翹，若要人帶愁，嘴角下彎眉緊皺。道釋神仙菩薩諸像威儀，要畫得輝煌耀眼，袍帶天衣金甲亮鎧華麗。畫美人要削肩修長，目正神怡，氣靜眉舒，眉間距離稍寬……

又過了三年，潮州師父的彩繪工已接近尾聲，最後精繪點描完成了三川殿的兩扇門神當作臨別贈物，獻畫給龍山寺。師父有意帶粘笑景一起回潮州，被他拒絕搖首不肯同去。臨別師父以「十年出一個秀才，十年卻出不了一個畫匠」鼓勵他深入琢磨畫藝，肯定他是可造之才，教他記住配色歌訣：

「黑靠紫，臭狗屎，紅靠黃，亮晃晃，粉青綠，人品細，文相軟，武相硬……」

最後一句「軟靠硬，色不楞」，指的是大紅大綠之間，必須用中間色調使軟中有硬更好看。潮州師父也將瀝粉貼金的訣竅傳授給他，教他在畫好人物後，在冠冕、鎧甲、瓔珞、釧鐲貼金，增加輝煌燦爛氣氛。

師父離開洛津後，粘笑景在板店街開了洛津第一家畫鋪子「集雅齋」，臨募師父留下的粉本，畫些神仙菩薩像，送子娘娘、福祿壽等賣給人回去供奉，時爲道光初年。在這之前，洛津民間所需的畫軸、裱褙材料皆來自福州、廈門及泉州。

粘繡從小耳濡目染，幫父親拉紙作畫，也跟著研墨調色，使用界尺，從地上撿起裁賸的紙頭練習筆道線條。粘笑景看女兒對窗迎光站著描線練手勁，線條粗細勻稱，開始讓她按照粉本勾勒神仙菩薩一些不重要的部位，漸漸地也能畫上幾筆，有次趁父親午睡，偷偷在畫稿上敷彩暈染，居然沒被看出破綻。

自此，「集雅齋」畫鋪好些手持淨水瓶、楊柳枝，垂首合目的觀音菩薩像，臉是父親開的，身上的纓帶長裙、天衣纏身都是出自女兒的妙手。端午應景的鍾馗嫁妹，鬼王身旁那一群短衣虎皮裙、上紮護肩下赤足的鬼卒，是粘繡最喜歡描畫的題材。

在陳盛元命家僕拿了一幅黃愼的墨梅到畫鋪找粘笑景裱褙之前，板店街附近的住民沒有人曉得畫師的獨生女具有繪畫天份。

那幅黃愼的墨梅是陳盛元赴福州省試時，在父親友人家中看到獲贈的。當他聽說這位福建籍畫家小時家貧，寄居蕭寺，白天作畫，夜裡買不起蠟燭，借佛殿的光明燈讀書，很受感動。黃愼與出身造紙工人之家的華品齊名，同爲福建籍名家。

陳盛元知道黃愼畫價不菲，有意結交，可惜畫家游居江南不在福州，只好帶回這件簡逸寫意墨梅，囑咐家僕指明要師傅粘笑景親自裱褙，不得假手作坊中的徒弟。

黃愼的墨梅裱在板上待乾，棄盡繁枝，僅瘦幹一枝，梅花數朵，疏影橫斜，恣意疏簡溢於紙上。粘繡張眼細看那濃淡層次分明的墨色，情不自禁地對畫臨摹起來，臨了幾幅之後，漸漸體味到筆情墨趣。

陳家僕人來取裱好的畫軸，粘笑景出示女兒臨摹的畫稿，好不得意，僕人順手要了一幅回去。沒想到就是這幅仿作決定了粘繡的下半輩子。

陳家僕人取去畫軸後沒隔兩天，捎了一部《芥子園畫譜》，說是他家少主人送給畫師的女兒臨摹學畫，粘家父女仍未覺察出不尋常之處。粘繡翻閱那本厚厚的木版刻印的畫譜，裡頭梅蘭竹菊四君子，梅蘭兩種花卉粘繡從沒見過，畫譜裡的雙鉤梅花，她也沒能和黃愼的暈染墨梅聯想在一起。她對畫譜上的花卉的興趣，遠不及種在自家小天井的閒花野草吸引她。

粘繡放下翻了兩頁的《芥子園畫譜》，走到小天井，拿起圓井邊她用來洗衣服的小竹凳，選了個太陽照射不到的陰涼角落，膝上放著她用父親裁賸下來的宣紙釘成的寫生薄，對著牆角蔓長的九層塔、沿著竹片往上攀爬的豆莢作素描。隨著天光，荳莢晨間開的紫色的花，到了日午漸漸轉爲淡紫，傍晚顏色變得更淺。當她畫到豆莢花結果，長出一條條豆莢垂掛，漫長的一個夏天過去了。

那年臘月，洛津前所未有的寒冬，一頂藍色小轎抬著粘纁進入五福街潤色行陳家大厝的邊門，洞房花燭夜，陳盛元把她漿糊膠水浸漬，以致皮肉粗糙的雙手捧在鼻尖下端詳，就是這雙手令他驚艷，斷定洛津出了個善於丹青寫畫的才女。粘纁臨摹黃愼的那幅墨梅畫，掛在洞房壁上，陳盛元題上「新聲變曲奇韻橫造」，墨跡在霜寒的冬日似是仍未乾透。

正是這幅墨梅，使她成爲陳盛元第三房小妾。做丈夫的以爲娶了個能寫擅畫的紅粉知己，得以談畫論藝平添閨房風雅情趣，特地托人從福州帶來上好的宣紙筆墨顏料，爲她在臥房上的閣樓佈置了一間精雅的畫室，一張對著窗的黑漆畫桌，鋪著宣紙，筆酣墨飽就等著她落筆作畫，一旁幾本書法碑帖疊在她出嫁時一起帶過來的那本《芥子園畫譜》。

一開始粘纁還偶爾畫上幾筆，一邊臨摹畫譜裡的梅蘭竹菊，一邊心中想念板店街畫鋪家中的小天井，她離開前闢了一小塊地，種了幾株茄子，不知活了沒有，如果沒有被蟲咬，春來之後會結出紫色的小茄子。嫁入陳家後，她大門不出二門不邁，看不到自己種的茄子如今長成什麼樣？

陳家第一進廳堂後的天井，寬敞一如庭院，中舉之後喜歡附庸風雅的陳盛元，開始蒔花種草養蘭花，他命人從汕頭進口彩繪漂亮的大瓷缸，種了一院子的花樹，如果粘纁打開她第三進樓上房間的圓窗，風向對時，一年四季她將可聞到曇花、月季、含笑、桂花、茉莉的花香，可惜她圓窗終年緊閉。

粘纁向丈夫懇求，准許她拿著畫板，像從前在娘家畫鋪時一樣，下樓坐在天井對著花木寫生，陳盛元以天井庭院一邊是廚房，照顧布店門市的伙計三餐都到廚房吃飯，也不時有閒雜人等走動，陳家三少奶坐在天井畫畫，傳出去會成爲什麼樣的笑柄，勸她打消這念頭。

做丈夫的還加了一句：

「這裡可不比你們家畫鋪，拋頭露面的。」

爲了安撫她，陳盛元命一個廚下打雜的粗工女傭把一盆正臨花季，花苞滿枝滿椏的梔子花搬上閣樓畫室，給粘繡對花寫生。含苞的花蕾窩在綠葉叢中，像是藏了一隻隻肥肥白白的蠶寶寶，她小時候養過的蠶，粘繡拾回了寫生的興趣，拿著毛筆從不同的角度勾勒這一盆梔子花，沉浸在一室的花香裡。

可惜梔子花的花期很短，一朵朵複瓣的白花爭先恐後彷如一夜之間一起綻放，沒隔兩天，花瓣變黃萎垂凋謝，戶外粗生的枝葉也因缺乏陽光日照，無法適應陰幽的閣樓，紛紛掉葉，沒多久就枯死了。

粘繡把畫筆一丟，從此不再塗弄丹青。

她把時間轉移到打點自己的頭臉，消磨深閨沒有盡頭的漫長日夜。每天花上一個早晨對鏡梳理一頭青絲，一直要梳到稱心滿意才放下手中的梳子。粘繡梳著已婚婦女的髮型，俗稱三把頭，首先將一頭濃密微捲的髮絲分成三束，先用紅線各自紮緊，再將三束合紮在一起。爲了使前面的門股高高鼓起，必須在裡面裝上假髮，再用香楠樹幹外皮，浸水後生的黏汁一層層，極慢極慢地塗在門股上面，使盤於頭上的髮髻定型。

梳完頭，只消她在鏡子裡發現一根沒妥貼的短毛，粘繡總會將三把髮髻拆開來重新梳理。她對自己晦暗的皮膚極不滿意，認定這是陳盛元不常到她房裡的主因。「一白遮三醜」，她想方設法來補救美白她的肌膚。她把從小跟著父親背誦畫工口訣，認得的幾個字用來研讀各種美白的配方：

梨花白畫法：宮粉、蜜陀僧、白檀香、輕粉、蛤粉共研細末，雞子調貯錢，每晚用雞子白調敷，次早洗去，令面瑩白絕似梨花，且香美異常。

楊貴妃玉容法：金色蜜陀僧一兩，研極細，用蜜調或乳調如薄糊，每夜略蒸，帶熱敷面，次早洗之，半月後面如玉鏡生光。

她照著配方如法炮製實行如儀，結果卻令她極爲喪氣，距離「瑩白絕似梨花」、「面如玉鏡生光」遠矣。

隔十天半月，粘繡請周嫂上來替她挽面，除去細毛和表皮的角質，使皮膚光滑細嫩。最近一次周嫂在她臉上鋪上白粉之前，赫然發現粘繡鼻翼兩旁長著斑斑點點的雀斑，這一驚非同小可，她連忙翻閱《集驗良方》去雀斑潤顏色玉容方法，當下派遣婢女到泰興街口的長生藥房配藥方：白殭蠶、白附子、白芷、三奈、硼砂、石膏、滑石、白丁香、冰片，研爲細末，當晚前，用水混合，擦在雀斑部位。

試了幾次，雀斑依然故我。粘繡又找了幾種偏方，其中有一種要用雄雀糞敷臉。到哪裡去找雀糞？粘繡坐在床前，爲此深感苦惱。耳邊隱約一陣鳥叫聒噪聲，她以爲是自己想得太過專注，耳生幻音，定神細聽，鳥叫聲似是從圓窗的縫隙滲入。粘繡起身，做了一個前所未有的稀罕動作——把那兩扇終年緊閉的圓窗破例打開，窗外的楊桃樹春來發枝，新綠欲滴，原來春天悄然而至。枝頭鬧的雀鳥叫聲啓發了粘繡，大廳後面的天井，擺放蘭花的花崗石台上面，山牆用紅磚砌成凸字形突出的一排磚飾，那是專門供飛來造訪的鳥禽歇息，稱之爲「鳥踏」，凡是到過陳家的文人雅士，對這鳥踏無不嘆賞，感佩主人設想周到，連鳥禽的安適都顧及到了。

粘繡對這鳥踏別有妙用。她讓一個身手比較敏捷的婢女爬上竹梯，用鏟子去鏟鳥踏上的雀鳥遺留的糞跡。偏方指明要用雄雀糞，這超出粘繡分辨的能力，無從知道究竟鳥糞是屬於雄雀或雌雀，只好將就曬乾的雀糞與瓦花研成粉末，調入菜油塗在雀斑處，試過好多次，並未見效，鼻子兩翼的斑點依然故我，粘繡斷定塗的是雌雀鳥的糞，爲此遷怒婢女。

五斗櫃上的自鳴鐘咕咕作響了七下，她的丈夫在前面樓井旁的宴會廳宴客。聽說今晚的主客是溫州來的一位游宦，不知會以什麼新奇玩物相贈?粘繡把目光投向五斗櫃上兀自滴答的自鳴鐘，嘴角漾出得意的笑痕。剛嫁入陳家門不久，上海來的一位官吏應邀到陳家作客，送來這座洋鐘當作見面禮，陳家上下圍觀這新奇的禮物讚嘆不絕。元配秀貴對自鳴鐘愛不釋手，捧回去擺在她房裡，粘繡憑著剛入門的新寵，向丈夫連撒嬌帶哭鬧，最後眞的把自鳴鐘弄到手。

不遂心時（粘繡這種時候居多）看看五斗櫃上的戰利品，告訴自己，並不一定永遠是個失敗者。

琤琮的琵琶聲從天井傳送過來，藝妲鳳凰女幽幽地唱著琵琶名曲〈月兒高〉。前面宴會廳的酒席半席剛過，賓客用過甜點，暫時離開筵席，回到屏風前的客廳抽水煙、鴉片，聽後車路請來的藝妲清唱南管曲遣興。等客人抽足了水煙，過足了鴉片煙癮，聽夠了唱曲，再回筵席繼續下半席的飲宴。

如果粘纁打開她房裡那一扇圓窗，從她坐的床頭便可以看見一輪明月已然高掛窗外的楊桃樹梢。月兒已然高升，她回頭望了一眼床裡的雙人枕頭，幽幽嘆了口氣，看來她的男人今晚不會回到她房裡了。

月明的漫漫長夜，最難將息。該如何打發必須被打發的時間？五斗櫃上的自鳴鐘兀自滴答，粘纁懶懶地從床頭站起來，伸手到洗臉架後摸出藏在碗中的幾隻鴿子蛋，那是她支使婢女從陳盛元二哥養的鴿子偷來的蛋。一天幾次她支使婢女上天台的鴿子籠巡視，一等鴿子下蛋，立即包在手絹偷偷取回。

粘纁一連打破六個鴿子蛋，取出蛋清，倒入杭州白粉，用筷子攪勻了，也不點燈，就著梳妝鏡的反光，熟極而流地把糊狀的液體塗在臉上、脖頸間。美容書上記載，使用十回後肌膚瑩白如玉。密訣是敷臉後，必須門窗緊閉，不可見風。

這倒不成問題，她的圓窗終年緊閉。把手擦拭乾淨，粘纁坐回床前，自鳴鐘的時間一分一秒流淌過去，臉上的蛋清白粉漸漸乾了，好像多長了一層皮，戴了一張面具。她嘛嘛嘴，扭動眉眼，繃緊的臉僵硬麻木毫無所感，似乎不屬於她。一張面具。如果這時候粘纁想哭，她有太多哭泣流淚的理由，淚水從眼眶流出，滴在僵硬麻木的面具上，算是在哭嗎？

粘纁沒有深入細想，她把心思轉移到她的晚餐，一個淺淺的碟子裡盛著炸得捲起來的魚皮，另一個小碗裝著雄雞的睪丸。下午陳盛元午睡醒來，看到碗裡白色的丸子，以爲她吃的是魚丸。嘿，男人眞糊塗，也不看看那一粒粒腰子的形狀。

服食炸魚皮和雄雞的睪丸會令肌膚像綢緞一樣嫩滑，讓陳盛元摸上去滑不留手，更疼惜她。

25 追容

洛津自道光中葉以後，與蚶江的舟船航行日益艱難，清明年節渡海回唐山掃墓，重修祖塋的日益減少，紛紛改變成在居住地立宗祠獨立奉祀先祖。一有長者過世，洛津人也多半就地擇風水安葬，不再像上兩代長輩抱著落葉歸根、埋骨故里的想望。觀念一變，家家戶戶在廳頭供奉觀世音菩薩的供桌旁邊，安置一座祖先牌位的公媽龕，逢年過節先人祭日做祭祀拜。爲了追念上幾代或剛去世的先人，他們請畫師繪畫爲先人追容，求畫人不約而同找上「集雅齋」的畫師。

粘笑景坐落於板店街的畫鋪，整天門庭若市，門口鋪的磚石差點被絡繹不絕的求畫者踩平。「集雅齋」開業以來，畫鋪的生計主要靠粘笑景和兩個徒弟按照當年潮州師父留下來的粉本畫稿，描繪些道釋神仙、觀音菩薩、送子娘娘的畫軸，讓人請回去供奉。

繪畫的題材改變後，爲了應付應接不暇的求畫人，粘笑景準備了一本《追容像譜》，按照人的長相歸爲幾個大類，每類畫上多種容顏形貌頭像，由上門求畫的人指認其中一種，畫師再根據像譜的造型，參照親人的樣貌作畫，一直畫到求畫者滿意爲止。

一般來說，求畫的人都希望畫師把先人的遺容畫得臉型豐盈潤澤，嘴角向上面露喜容，拿回去懸掛廳堂每日瞻仰，生出孺慕之心，即使畫中的先人早已死在內地，屍骨已寒從未謀過面。

在這之前，找粘笑景畫像寫照的，僅限於洛津經商暴發的富商，或是新立功名的文士。陳盛元在福州中了舉人之後，衣錦還鄉，彩旗鼓吹到處逢迎，陳家爲了光宗耀祖，也請粘笑景到陳府爲新科舉人寫照存念。畫師默念當年潮州師父所教的寫照口訣：

「……官高品上的退居者，相露恬淡高潔之氣，俠義肝膽之士，要帶吐氣如虹之勢，詩酒文人容貌帶有風雅不拘之相，王府公侯必威嚴福厚，宮人貴戚要紛華驕奢之相……」

粘笑景手持畫筆，面對當時還沒成爲他女婿的陳盛元，發現很難將他歸類。面相雖然早有定論，但他相信也會因人而論，世間不乏有神清而質濁，外形局促而胸懷沖淡，儀表開朗而心地狹窄者。

寫照完成後，被畫的本人並不滿意。

陳盛元中了舉人，五福街上好些從經商致富晉身爲仕紳階級的家族，剛寫就另立的家譜，找上陳家，必恭必敬地央請新科舉人爲他們的家譜撰序文，陳盛元也眞的卻之不恭，以他那一手並不出色，卻是洛津認識字與不識的都異口同聲讚嘆不絕的繩頭小楷，一本本在別人的家譜上敬書。獲得舉人手跡的，無不感到彌足珍貴，備增榮耀。

陳盛元模仿福建名家華喦的簡逸寫意畫，寥寥幾筆的蘆葦野鴨圖也成爲爭相索求珍藏的墨寶，洛津仕紳家庭以家中有無陳舉人的畫作來界定雅俗。

舉城上下對陳盛元崇拜有加，就連娶平埔族女人為妻，家住大橋頭棚屋的施輝也未能免俗。他哪裡知道滿清朝廷為了籠絡台灣才智之士，加強儒學漢化，舉行科舉考試，明知早期移民都屬下層體力勞動階級，文化水準較低，因此仿照海南島的成例，當作邊疆生加分保送。想來即使是施輝知道他所崇拜的偶像因加分才中舉，也不至於影響他對陳盛元的傾倒。

施輝動腦筋籌備另一次濁水溪之行。這一次是預備到濁水溪上游的山峰去尋覓一塊上好的螺溪硯，拿回來獻給陳盛元磨墨寫碑。

讀過幾年書的施輝，記得宋代的歐陽修曾經說過：「硯可以一世，墨可以一歲」。文人雅士都把一方石硯視作等同一方石田，這方石田不只可耕作一輩子，還可傳給子孫，世世代代耕作不絕。施輝輾轉聽說陳盛元舉人喜歡收藏硯台，還為自己取了一個別號，叫做「硯石富翁」，施輝發願不計艱難，一定要去覓得一方螺溪硯回來奉送舉人，文士名硯相得益彰。

施輝打聽出這螺溪硯出現在濁水溪上游山裡，被洪水沖激，山峰石土崩潰，隨水流入溪中，埔里水沙連最北的東螺溪可發現這種色青質潤的異石，然而它的分佈並沒有定向，多攙雜於砂礫深水之中，藏匿在泥土之內，如不具慧眼與運氣，往往走了幾里路，仍是一石難求。

施輝沿著東螺溪一路尋尋覓覓，鎮日徬徨於溪底砂礫土石之間，日曬如焦，全身汗如雨濕。

鳳山寺附近的居民，集資重建被地震損毀的角頭廟，修復完工後，請陳盛元撰寫〈新建鳳山寺碑記〉以誌其盛。陳家族人讀了廟前立的石碑碑文，感到身居洛津首富的潤色染坊陳氏家族，所缺的就是一座家祠供奉列祖列宗牌位，逢年過節子孫祭祀追思先人，紛紛提議由家族中唯一得功名的陳盛元帶頭覓地建立陳氏家祠。

陳盛元志不在此，他把建家祠的任務交給長兄籌劃，心中另有打算。龍山寺三川門後的戲亭完工後，從泉州請來宜春七子戲班慶祝落成演戲，陳盛元連續看了幾晚的戲，他抱手坐在廟場中埕，沒有月亮的夜晚黑天暗地，火油燈閃爍的戲亭，是唯一有聲光的所在，鏡框一樣三面門牆封閉的戲台，使他的視線集中，伶人揚眉瞬目舒手探足盡入眼中，唱曲樂音聲聲清晰入耳，音響效果絕非臨時搭就的草台戲棚所能及。

看完戲打著燈籠回家路上，陳盛元記起福州省試回程，曾經在泉州逗留，漫步古城深巷，兩旁門牆高聳盡是官宦豪富之家，幽徑深處傳來絲竹唱和，豪貴人家豢養童伶自組家班，在自家邸園唱曲演七子戲，供家族及賓客觀賞娛樂。陳盛元極思效法，他娶了擅寫丹青的才女當作第三房妾侍，想更上一層，集風雅享樂於一身，打算在寬敞的二進廳堂搭建一個一丈見方的戲台，自組家班。

主意打定，隔天派人請來宜春七子戲班的班主，商議如何從泉州買來童伶豢養作樂。陳盛元的戲台才造到一半，家中發生了凶事，他的三姨太粘繡上吊自殺，結束了性命。

洛津的王爺廟遍佈各個角落，大大小小共有三十六座，每逢添了冤死、溺斃、上吊、婦人難產死亡的橫死事件，死者喪家境內的王爺廟，便會有王爺透過乩童降壇，奉玉旨代天巡狩掃蕩妖魔，王爺率領七爺、八爺、牛頭馬面、天將天兵進行暗訪，藉神明威靈除祟，維護境內安寧平靖，派出牛頭馬面這些陰間護衛，捉拿流離失守的冤魂，回陰間閻王面前報到，以免危害生靈。一遇到橫死慘事，境內王爺廟便在王爺奉旨夜巡前三天，敲鑼分發靈符安宅，通知角頭信眾犒將，並準備草人替身，將穢氣霉運都哈氣附在草人身上，放到王爺廟供桌下，由天兵天將看管。

暗訪那天，入夜後家家戶戶門窗緊閉，並貼上神明靈符，用掃帚堵住門後，以防邪靈入侵。當天晚上，爐主請正駕王爺坐上神轎，用黑令旗交叉封住廟前通道，禁止閒雜人等穿梭。前來助陣的神駕陸續到廟前集合。

時辰一到，擂鼓三通，鳴炮出發，神廟轎班以低沉的聲音唱〈請神咒〉，乩童縱跳吆喝，鑼鼓聲在暗夜的街上一聲聲，彷如來自遙遠不可測的冥界。牛頭馬面、諸將軍各執捉妖刑器，七爺八爺一路舞跳而來，大街小巷立刻陷入一種怪異陰森的氣氛。遶境暗訪隊伍經過時，大人會把熟睡的小孩喚醒，深恐魂魄被邪魔陰祟帶走。

一個秋雨纏綿的夜晚，粘繡在閣樓以一條青絲懸樑自盡，頭七那晚，有個夜歸人路過城南城隍廟，在根鬚飄垂、鬼氣陰森的老榕樹下看到一個黑影，伸出長長的紅色舌頭，對著月亮嘆息。吊死鬼現身。夜歸人嚇得爬了回去。粘家板店街境內的三王爺廟，選定了時辰，夜黑風高率領天兵天將、牛頭馬面暗訪捉拿吊死鬼陰魂，帶回陰曹向閻羅王報到。神轎在轎伕的唸咒聲中，來到「集雅齋」畫鋪，死者生前的娘家驅魔逐妖，乩童又舞又跳作法一番。

痛失愛女的畫師粘笑景，那老靈的眼珠赤紅，抖跳著，幾乎要跳出眼眶，他飛舞兩隻獸爪一樣奇大無比的手掌，不顧一切，奪門而出，掙脫幾個壯漢的拉扯阻止，執意跟在暗訪隊伍後面遶境巡街，一邊聲嘶力竭喊著女兒的乳名，兩邊蒲扇一樣大的招風耳跟著嘶喊一張一翕，喊到後來喉嚨都啞了。

天將發白時，一行人來到三王爺指定的港底溝圳邊送草人。送祟的路口，用王爺的黑令旗鎮守壓制，防止邪魔到處亂竄，乩童紛紛起乩，將草人紙錢堆置起火焚燒，乩童全身顫抖，不住地揑印打指，對著熊熊火光驅趕陰祟。一等草人焚燒殆盡，手持黑令旗乩童便將灰燼掃入水中，流入大海，然後放鞭炮除祟。

神轎回駕時，有幾個禁忌隊伍必須嚴守：

一是偃鑼息鼓後，不准回頭觀望。二是如聽到有人叫喊名字，被叫者不可答應回頭，以免邪煞循聲跟隨。

粘笑景打破禁忌，回程路上頻頻回頭，呼喚愛女的名字，希望能與天人永隔的女兒見上一面，哪怕她以伸出七寸紅舌吊死鬼的嚇人模樣現身，做父親的也將毫不遲疑地迎迓上去。

女兒是他一把尿一把屎拉拔大的。妻子難產生下她，失血過多而死，嚥氣前來不及餵過女兒一天奶，是他從妻子身上扯下一小塊布，用水洗乾淨，沾著糖水塞入嬰兒口中，止住她不停的啼哭。父女相依為命，一直到陳盛元憑著錢勢娶去當第三房妾侍，才將他們硬行分開。粘繡一嫁入陳府，深閨深似海，從此少通音訊，只有元宵、中秋，粘繡到北頭天后宮、城南龍山寺手執瓣香燈下竄，向媽祖、觀世音菩薩、送子娘娘求賜子息，才會順道回板店街探望老父親。

粘繡進了陳府多年，一直沒有生養。今年中秋粘笑景本來期待與女兒好好相聚一番，沒想到中秋前夕，突然被龍山寺的住持冥然禪師召去。

冥然禪師剛完成龍山寺的重修工作。當初築建這座仿照泉州龍山寺格局的佛寺，所用的一木一石一磚一瓦全都來自大陸，從廈門運進來粗石，窗石、石堵則來自泉州，所有石材依需要大小尺寸，在內地做好，再由廈郊、泉郊船頭行旗下的船隻免費運載過海，同時派人遠至寧波鑄造銅鐘，至於建寺的工匠，粗細泥水匠、彩繪、木石雕刻師傅也無不來自泉州、潮州。

龍山寺歷經多年風雨侵蝕，到了道光年間完工之餘也同時進行整修，修復的材料如杉木、石材、磚瓦、石灰、油漆、新雕佛像仍是全部來自大陸，泉、廈郊的海船經王功港接駁，還是免費運到洛津。

經過道光末年兩次大地震，龍山寺規模雖存，然而風雨剝蝕，牆上粉堊漶漫，瓦翎參差，加上每年夏天颱風肆虐，山牆搖搖欲墜，如不立即修葺，恐將傾圮。龍山寺的住持冥然禪師有鑒於此，早已開始籌措資金，預備大事進行重修。禪師聲明此次修建工程所需的材料，不再是像乾、嘉、道三朝，一木一石皆運自大陸，這次重修，他決定就地取材，材料皆來自本土。

冥然禪師在公開向商民募捐的開示中提到杉木、木材一如天下萬物，皆有其自性，福州以產杉木聞名，屬於原始林，木質堅硬不易腐爛蛀蟲不侵，台灣杉木品質不及福州杉，形狀雖滾圓，內心卻空心不實，有見於近年來海運不便，船頭行也已然無力提供船隻免費駁運，只好就地取材，運用本地出產的杉木、磚石修復龍山寺。

冥然禪師已經派人到阿里山深山物色杉木，一等資金籌足，立即砍伐所需之木材。他轉述深山伐木工人所見給信眾聽：

「山中大樹如傘蓋，周圍聚足水氣，終年潮濕泥濘，一經砍伐，不出三日，周圍的泥土轉為乾燥，風沙塵土四起，古人造林以保持水土，自有其道理。」

禪師語重深長地叮嚀信眾，切忌暴殄天物，否則天地覆育斷絕將置生民於絕境。

龍山寺修建工程完竣之後，冥然禪師打算閉關修行，修白骨觀——這是佛法四大清淨觀法之一的觀身不淨觀。他本來的構想是離開龍山寺禪房，到洛津郊外的崙仔頂墓地做塚間修，荒郊曠野，屍林間墳塚壘壘，死屍臭爛狼藉，甚至會看到蟲鳥噬食屍體的慘象。墓地便於使修行者觀想人之不淨，對三界的欲樂產生厭離之心，觀無常、苦、空，了脫生死。

塚間淒涼寂靜，遠離喧嘩，有助於用功精進，氣場穩定更適合修行，面對死亡，領悟人生之虛妄，體會心性，參悟不生不滅的眞知，歷史上好些大成就者都是從塚墓間觀練薰修出來的。

可惜因緣不具足，冥然禪師想到崙仔頂亂葬崗修行的願望沒能達成，只好退而求其次，在龍山寺的禪房四壁畫上白骨死屍骷髏，使他見了產生厭離之心。

粘笑景被冥然禪師召去，在他後殿禪房四壁圖畫白骨，以供他閉關修行。

畫師一向對冥然禪師敬重有加，感佩禪師努力去除無始以來的貪愛妄想執著，聽說禪師閉關修行期間，將日食一餐，夜不倒榻，以頭陀行苦修面對生死，長養救渡眾生的慈悲心，粘笑景更是感動得涕泣泫零。

冥然禪師無法如願到崙仔頂塚墓間日曬雨淋，餐風飲露苦修，粘笑景聽了心下竊喜，以禪師高齡之軀——沒有人知道他確切的年齡，龍山寺還在暗街仔原址時，他已是住持，寺廟遷建現址，歷經乾隆、嘉慶、道光三朝，禪師暮鼓晨鐘數十年如一日——實在不宜戶外苦行。入禪房作畫之前，粘笑景沐浴茹素，住進後殿一間小廂房，每日靜坐禁語。

八月十五中秋，粘繡由婢女相陪，提著金漆紅籃到龍山寺燒香拜送子娘娘，同一時刻她的父親那雙獸爪似的與身型不成比例的大手，正牢牢抓住畫筆，按照冥然禪師的指示，將人死後的種種形相呈現在禪房四壁上。

修白骨觀是以九想對治人之六欲，這九想是：死想破威儀、言語之兩欲，脹想、壞想、噉想破形貌欲，血塗想、青瘀想、膿爛想破色欲，骨想、燒想破細滑欲。九想通破忻著之人相欲。

冥然禪師閉關觀九想薰修，自我期許如不修到白光從頂門而出，升上去與虛空合一，入靈明虛空，寂滅性空空境，誓不出關。

粘繡在板店街畫鋪沒見到父親，悵然坐轎回到陳家，重又把自己關在暗沉沉、永遠像是晚上的房間。她滿懷心事地坐在紅木床的床沿，兩隻腳露出寂寂平垂的帳子外邊，嚇得伺候她的女僕以爲見到了鬼，拔腿往外邊跑。

中秋過後一個月，粘繡腿軟腰痠，小腹脹痛，摸摸胸乳比平時脹滿，全身懶怠，不思飲食。

她坐在床前，不安地掐指數算，她經水失調，經期從沒準過。長生藥鋪的老中醫爲她把脈，診斷出她體瘦多火，眞陰不足，血虛子宮乾澀虛寒，津液枯涸，不能攝精，致使多年不孕。

掐指數算，距上次來經已四十多天，丈夫陳盛元新近迷戀後車路一個剛竄起的妙齡藝妲，這期間沒踏進她房門一步，然而，憑著女性的直覺，粘繡把身上種種反應歸爲有了身孕的徵象，難道中秋節龍山寺燒香，送子娘娘眞的回應了她的千祈萬求，在她荒蕪的子宮播了種？

爲了打發漫漫長日，最近粘繡會選在黃昏時分，扶著小木梯上到閣樓，坐在那張面窗的黑漆畫桌前。她久已不弄丹青，紙筆碑帖，還有那本《芥子園畫譜》全都擺到一邊，她趴在畫桌上假寐，消磨這段白天與黑夜之間的辰光。閣樓朝西，斜斜的一面窗垂著竹簾，夕陽透過簾子灑了她一身，似睡非睡中，粘繡感覺到自己被罩在一片光暈裡，那片光逐漸凝成一束，穿過竹簾斜射進來，強烈的一束紅光，充血一樣，射入陰暗的閣樓，交織成一種明暗層次複雜的氣氛。

那束紅光有腳，從粘繡並排的雙足一寸寸慢慢往上挪移，刺穿她豆青色提花綢的褲子，皮膚像螞蟻爬行般的微癢，爬過她併緊的雙膝。她覺得那股熱力升溫，雙腿之間著火一樣火燙，不由自主地慢慢把兩個膝蓋打開來。朦朧間，浴於那股熱流裡，渾身燥熱，卻又舒服得捨不得移開，她聽到自己輕輕地嘆息。

那一束紅光突然轉變成一支堅硬的長矛，向她的肚腹揮刺過來，一次又一次，強烈到使她的五腑六臟移了位，在她的裡面翻騰蛟滾，她抽搐著，發出呻吟。那種被刺的痛苦帶著無限的喜樂，使她希望一直不停地持續下去。

不知過了多久，粘繡恢復意識，發現自己兩眼緊閉，兩腿劈開，仰著臉，小腹還在抽搐，她羞愧地急忙調整坐姿，把兩個膝蓋合併起來。

一直等到第四十五天，月經還是沒在盼望中到來，粘繡在閣樓上用一條白綾結束了自己的生命。她懸樑自盡的那一晚，街頭後來紛紛傳言，板店街畫鋪的大門鐵環叮噹作響，屋子裡她出嫁前用的衣櫃，裡面白色的舊衣裳全都變成血一樣的紅色。

女兒粘繡一條青絲上吊自盡，做父親的首先想爲女兒追容。他構想了幾種布局，然而，不論是倚窗閒眺，或玩花賞鳥，閒步庭園，或是捧書散坐，他在宣紙上呈現的那個削肩細腰平胸、衣裙飄然拂動的美女，無論從哪個角度來看，都與古畫的仕女圖無異。畫師爲攫獲不到女兒的神采特性而惆悵鬱卒不已。

既然是爲橫死的女兒追容，而且自她死後畫家的心情從沒開朗過，粘笑景使畫中人的嘴角向下彎，眉頭緊皺，帶著一臉愁容，又把她身上的彩衣改爲樸素的灰袍。

經過這些改動，應了畫像口訣的兩句：「想要俏，帶點孝」，畫面景色繁複，風景庭院，傭僕眾多，分不出主角，如果這時讓重點人物穿上一襲樸素色調的灰袍，反而可在畫面上俏立突出。

粘笑景又把畫中人的衣領、底衿、袖口加上黑色、青色邊，這樣可襯托出仕女粉面嬌嫩之感，使人物顯得精神，合了畫訣裡的「要想精，加點青」。

連續畫了好幾幅，改了又改，始終抓不到女兒粘繡生前的神容。畫師暗自心驚，執著不肯放棄。他想出一幅女兒倚欄賞菊，旁邊一個婢女倚立的布局，一反作畫先開臉的慣例，而是把臉相留到最後，等到涼亭欄杆、菊花點景，婢女侍立全部精心描畫完成，最後才點描倚欄而立，兩眼向遠方眺望的女兒，粘笑景以為側臉比較容易捕捉，哪知道落筆的結果並不如此。

畫中那個倚欄而立、顧盼之間神情專注的仕女，絕對不像嫁入陳家後被過重的心事壓迫到精神恍惚，以致眼神渙散茫然，失去焦距的女兒粘繡。

粘笑景把畫筆一丟，酸淚漣漣，頹然長嘆。他深深自責女兒不明不白的自盡，屍骨未寒，做父親的竟然連至親骨肉的形態樣貌都掌握不住，虧他還是個人像畫師，專門為求畫人追容畫像。受此刺激，粘笑景從此封筆不畫。他把那本《追容像譜》交給作坊的徒弟，由他們應付上門的顧客。畫師閉門尋思，何以同樣用黃慎簡逸筆法，為出關後的冥然禪師寫照，畫的那幅禪師捧缽的畫像，僧衣線條洗練，以簡馭繁寥寥數筆，甚至連出關後更是道貌岸然、極少言語的禪師看了，也不禁頻頻頷首，表示欣賞。看過此畫像的人沒有一個不讚嘆神形兼備，活現了佛門一代高僧的尊相。何以至親骨肉反而筆拙，描繪不出女兒的影容？畫師百思不得其解。

板店街「集雅齋」畫師粘笑景閉門封筆，一直到了咸豐年間那次突如其來的大水災。濁水溪百年來的大氾濫，洛津難逃此劫。災難發生之前三天，冥然禪師在龍山寺後殿的禪房打坐，如止水的心湖突然微波蕩漾，禪師心知有事即將發生，他看到一個幻境，自己站在水岸邊，面向無邊無際的大水，水上無人也無舟船，只是鋪天蓋地的水。

冥然禪師手捻念珠，唸了一聲佛號，洛津恐將遭大難。三天之後，預言果然靈驗實現，濁水溪百年來的大氾濫波及洛津，水淹羅難的生靈不計其數。

按照以往的慣例，每年夏季颱風在呂宋形成，一路北上襲擊台灣，都是先打雷再颱風。這次的颱風異於往常，先是狂風橫掃了一天一夜，到了隔天傍晚天邊傳來連聲暴雷，應了「雷打颱，大水來」的俗諺。先颱而後雷則水溢，濁水溪雷風相薄，海水上騰，氾濫成災淹沒了整個洛津。

佛經中提到：天難、地難、賊難、水難、火難、一切夜叉羅剎之難、天龍鬼神難及魔難，洛津頻遭地震水災肆虐，魔難不盡。粘笑景立在大水中，想起他應冥然禪師之召，到他龍山寺禪房四壁畫白骨屍相，禪師見他面壁而立，運筆懸肘難以控制，墨彩過多，順牆而漫流，太乾了則引起飛白，禪師提到唐代的吳道子，在佛寺畫佛相，當著眾人畫佛光的圓形，拿起畫筆一揮而就，線條像一陣急風似的，畫菩薩天衣飛動，滿壁風生。

「畫聖吳道子在景雲寺的壁畫《地獄變相》，使長安屠夫看了，放下屠刀紛紛改業。」

從「地獄變相」，冥然禪師談到「降魔變」：

佛陀成道之前，六年在菩提樹下苦修，魔王波旬率領魔軍魔女擾亂他的道行。佛陀作結跏趺坐，不爲所動，魔軍射出的箭矢紛紛折斷，最後前來誘惑的魔女也現出醜惡的原形，魔王投降，佛陀悟道成正覺。

此時此刻，洛津最需要的是超凡入聖的佛祖的力量來安定人心。

粘笑景立在畫鋪及膝的大水中，雙肘按住漂浮的畫桌，鋪上宣紙畫「降魔變」，佛陀靜坐正中，做降魔手印，他憑自己的想像創造魔王魔女群魔亂舞，光怪陸離的景象，畫家在左右兩個角落，各畫魔王波旬的女兒的兩種面相：

左邊頭戴寶冠，忸怩作態，以妖媚的姿態誘惑佛陀，右邊是邪不勝正，魔女露出醜陋的色相原形。

完成「降魔變」，已經半個月飲食不進，不眠不休的畫師，用完最後一絲力氣，終於筋疲力盡，暈了過去。兩天之後甦醒過來，一睜開眼，發覺大水退盡，自己躺在泥地裡，獸爪一樣的大手牢牢抓住畫禿了的筆。

粘笑景感覺到一雙熟識的眼睛，不遠不近地瞅著他，朝著他笑，他打了一個哆嗦，覺得毛骨悚然。從泥地一躍而起，尋找那對瞅著他笑的眼睛。迷離的目光來自畫中，「降魔變」的左下角，魔王波旬的女兒妖嬈作態，粘笑景趨前細看，魔女頭戴寶冠下的那雙眼睛、那張臉——天啊，竟然會是他自己屍骨未寒的女兒粘繡。他千尋萬覓，捕捉不到的容顏，經由他的畫筆，借著魔女還魂。他的愛女。

畫師粘笑景把畫筆一丟，整個人瘋掉了。

26 歌哭的老歌伎

同知朱仕光著手把流傳閩南、台灣的《荔鏡記》改編成爲符合教化百姓的道德劇，當他批閱到陳三五娘私情敗露，林大逼婚不果，告到官府，私奔的三人途中被捉，知州蕭建德審姦情，受林大賄賂，判陳三發配崖州充軍，同知朱仕光放下筆，起身繞室盤旋，苦思如何懲罰這一對賴婚脫走，離經叛道的男女。繞室三匝，最後得到靈感，回到桌前，拿起毛筆在「敘別發配」後，寫上「劇終」二字。他決定讓戲劇到這裡結束，以不團圓的悲劇收場。

同知朱仕光滿意地放下筆，從今以後，戲棚下看戲的曠夫怨女再也不敢效法陳三五娘淫奔脫走了。

如何交代五娘這個人物，安排她的下場？同知朱仕光尋思。他在戲詞中找尋，讀到五娘的一句獨白：「擔心深夜思君啼哭聲，會引起議論，鄰居姊妹若得知，會笑她」。顯見五娘尚有羞恥之心，同知朱仕光頷首贊同，可惜就只這麼輕描淡寫的一句，除非加上懺悔知恥的詞句，否則無法以一句話大作文章，令這踰越禮教、不守婦道的女子，自食惡果，以之懲罰。

益春只是個婢女，她的作用是穿針引線撮合了陳三五娘，同知朱仕光覺得大可不必費心思去思量她的下場，他自己對飾演益春的月小桂離開同知府衙後的行蹤從來不聞不問。

同知朱仕光倒是對七子戲棚上知州蕭建德的造型，很有意見。這個代表朝廷的官員，被塑造成一副可笑的模樣；文巾丑打扮，戴著官帽，帽翅像兩只圓圓的團扇，抖啊抖的，毫無朝廷命官莊重的官威。泉香七子戲班扮演知州的演員，生得太過矮小，官袍戲服下襬摺起一大截，看起來鼓鼓囊囊，腰間官帶不好好戴，卻是繞頸斜掛，一副不倫不類的模樣，又不知戲班根據什麼典故，知州說的是一口蘭青話。

同知朱仕光在改編的劇本註明知州蕭建德衣冠扮相必須重新設計。原劇裡，這個知州又是個受賄的貪官，拿了林大一千兩銀子，才把陳三問罪關監，蕭建德受賄，同知朱仕光以爲有辱朝廷官員形象，琢磨如何改編，把這知州塑造成爲一個光明正大的清官，只有如此，他判陳三發配崖州，對觀眾才有說服力。

去蕪存菁，同知朱仕光按照自己的意思完成了《荔鏡記》的改編，心中頗有失落之感，這齣取自閩南民間故事的戲劇，呈現的只是一個世俗庶民社會男歡女愛悲歡離合的情事，圍繞著幾個名不見經傳的小人物小題大作一番，甚至連個烈女義士豪傑都沒有，更不要說帝王將相忠君愛國了。劇中一切實在太不足觀。

同知朱仕光改編的劇本到這裡結束，原劇可還沒完。

知州判陳三發配崖州充軍，放逐途中巧遇陳三又升官上任的哥哥陳伯賢，靠官大壓服了州官，赦免陳三無罪，衣錦回鄉，與五娘大團圓的結局。

幾百年來，閩南、台灣滿城爭唱的《荔鏡記》都是這麼結尾的。許情給洛津第一個自組的消遙軒七子戲班教《陳三五娘》，也是遵循傳統，安排大團圓的結局。

戲棚上的陳三五娘爲了愛情膽敢反抗禮教，做出相偕私奔的驚人之舉，最後還是苦盡甘來結爲連理，戲棚下的人爲什麼不能也有同樣美好的結局？

許情悶悶地抽著水煙自問。

陳三起解崖州之前，五娘探牢，憂心情人孤棲無伴，冷冷清清，衣裳破損無人補，寫了封信訴衷情，讓家僕小七送去，這一折戲就是家喻戶曉的「小七送書」，許情很遺憾自己少了個傳書送信的小七，他才無法對阿婠傾訴衷情。

那個夜黑如墨的晚上，他雙手護住胯下逃出烏秋的家，夾緊膝蓋，邁著小旦的碎步，挨蹭到後車路如意居的紅磚牆下，阿婠在牆內點燈的廳房抱著琵琶在唱曲。

十三歲的阿婠，身材不比懷中的琵琶高出多少。一個溫州來的詩人憐惜她這小歌伎，爲她寫了一首詩：

雲情雨亦未曾過　十三輕盈艷冶多
一墜火坑千萬丈　護花無計奈花何

未解終身墜愛河　朝朝喜自畫雙娥
可憐身似琵琶大　也抱琵琶學唱歌

如意居的小歌伎咿咿啞啞地唱著。陳三五娘益春三人「相悉走」。

七月十四三更時，三人同走出只鄉里，君恁有心，阮即有意，月光風靜，只好天時。

三哥就在牆外，等著帶她走出洛津地界，到三哥鄉里泉州。許情相信阿婠會跟他走。他帶她回泉州過日子，他甚至爲兩人設想好了，離開戲班後，他可以學做裁縫，幫人縫衣服，做戲服賺兩餐。興化媽祖宮旁巷子裡裁縫鋪的貓婆，把他當女人打扮，爲他量身製作了好些時裝艷服。她裁縫鋪的平台堆放一疋疋布料，許情從她那兒學會分辨縐紗、絲絨、暖羅、秋羅、紡綢、絲緞……不同的布料，貓婆讓他拉過一截軟熟的絲綢，用竹尺量到她要的尺寸，對摺成兩半，手捏住摺痕，對齊了，嘶一聲，把絲綢撕開來，那聲音好聽極了，許情想到他撕給阿婠聽，一定會讓她笑出一口細米牙。

阿婠生來一雙巧手，十個短短小小的指頭可愛極了，做什麼像什麼，她可以做女紅，幫泉州大戶人家嫁女時做粧奩。許情偷偷看過珍珠點腳下的蓮鞋，樣式和當時泉州流行的不太一樣，看起來有點老套不夠時興。嘉慶中期泉州婦女的弓鞋，鞋底內凹形彎弓，彎得很厲害，幾乎要摺疊起來一樣，珍珠點的蓮鞋彎弓，並不很彎，似乎還停留在從前的式樣。聽說渡海的移民喜歡原封不動地保存原居地的一切，弓鞋的樣式變化比較緩慢。以阿婠過人的聰慧，用不著許情提醒，她一到泉州，看到新穎的鞋樣，一定立刻拿起紙板仿剪，做好的蓮鞋繡上仙鶴、鹿、龜、蝙蝠，象徵福壽，手巧的阿婠用五色絲線彩繡出來的圖案，一定比一般的女人別緻，她細針密縷，繡線顏色由淺漸深，層次分明，配色尤其精妙。靴子上面的飾褲，所繡的圖案稍微大一點，腳帶兩頭的散穗帶，他想像阿婠會用蔥綠配灰黑青。她穿上繡花弓鞋，腳環繫上蓮子狀的黃銅鈴鐺，人走到哪裡響到哪裡。

家學戶習的刺繡，不只是女人的專長，泉州也有男人學繡花，阿婠也可以教他，他願意學。許情相信阿婠會跟著他回泉州。

然而，那個時候的他一無所有，連身上那件桃紅花綢大襟女衫，還是烏秋給他做的。他沒有蔡尋的洞簫指，教珍珠點彈二弦，使阿婠曲藝更上一層。

第二次到洛津來，許情已經脫下青紫女服，回到本來的面目，他是泉州宜春七子戲班的副鼓師，夜半在龍山寺的戲亭上，手執鼓槌指揮操縱整場演出的萬軍主帥，他要用手執雙槌的手——他的身體的延續——去敲如意居的門。

牆的那一邊，從府城夢蝶樓飲墨水回來的妙音阿婠珠喉鶯轉，挾彈吹唱，她如花含蕊，一定是打扮得彩繡輝煌，穿著小靴子似的高筒的繡花弓鞋，腳環繫上蓮子形狀的黃銅鈴鐺，人走到哪裡響到哪裡，她能書會寫，還學會摘取唱曲中的詞句來塡詞作詩。

許情自慚形穢，他身上這件寶藍素色麻布對襟男衫，也穿有幾年了，仍然感到不合身，好像跟別人借來暫時穿上的，漿水洗過的領子硬梆梆的，許情扭了一下脖頸，腰身也不由自主地跟著扭動，七子戲班小旦扭腰擺臀故作姿態的習性還是沒改過來。他沒有眞正地被烏秋閹割，卻自覺是個殘廢。

宜春七子戲班的副鼓師始終沒有勇氣用他的鼓槌去敲如意居的門。

他和當年的蔡尋一樣，每天倚在如意居花格長窗牆頭下，聽屋裡的妙音阿婠唱曲，聽到夜深，隘門的兩扇門關了，猶是不肯離去。颳風下雨的夜晚，他多麼盼望阿婠會派遣她的小養女爲他送來簑衣，像當年珍珠點給蔡尋避風遮雨一樣。

如果阿婠知道他在牆外頭，她聽了也不過夷然一矣，不予理睬吧？娼妓和優伶同屬下九流，優伶甚至比娼妓還低賤，見了妓女還要請安，原因是妓女有朝一日從良脫籍嫁人，有可能妻以夫貴，優伶卻永世不得翻身，更何況他曾經是個假男爲女的男旦。許情在阿婠面前抬不起頭來。

在妙音阿婠面前抬不起頭的還不止他一個。這位色藝才齊全的歌伎，艷名遠播到清水、台中，如意居每晚飲客盈門，有位彰化富商的公子，爲了聽她的南管曲，有意重金把阿婠娶回家去據爲己有，妙音阿婠當著眾飲客的面侑酒吟詩，即席作了一首詩，還押了韻，要富商公子與她唱合，窘得那求婚者落荒而逃，從此不敢上如意居的門。這事件在後車路的歌伎間引爲美談，也不乏東施效顰的。

宜春七子戲班結束洛津龍山寺戲台的演出，離開前夕，許情手持鼓槌，心中有一番掙扎。妙音阿婠取笑富商公子粗俗不文，目不識丁的許情當然不敢對她存非份之想，只要能夠跟在阿婠後面，幫她拿琵琶樂器，供她差遣做雜役，只要耳朵裡可以聽到阿婠腳環繫的銅鈴鐺，走動時發出輕微的響聲，他就心滿意足了。

可惜他投靠無門。

越過牆頭的那棵花椒樹，依然枝葉繁茂如昔，許情在如意居唯一留下的，就只有這棵樹，花椒不留籽，花苞一打開，種籽就墜落到地上來，紅磚牆下掉了一地的花椒籽，許情彎下腰撿拾掉到地上的花椒籽，捏在手指間搓揉，他很遺憾沒能早點認識蔡尋，錯過了由他引薦的時機。

泉州來的鼓師許情打算教完戲之後，有意在洛津留下來長住不走。風聲一傳出去，不少好事者自動為他奔走謀求生計，有的幫他牽線到遏雲軒歌館去教南管戲曲，有的輾轉相告，後車路一個剛出道的藝姐，在物色一位高明的弦仔師，除了教習樂器，也陪同藝姐出局到酒樓拍板當伴奏，問許情可有興趣去應徵。

後車路的藝姐間曾經慕名到金門館找到弦仔師蔡尋，看他齒豁牙落，一口牙齒掉得七零八落，吹簫難以出氣，只好作罷。蔡尋向來訪者感嘆笛板飄零，批評時下的戲曲表演「失了韻腳、差了平仄、亂了宮商」，愈來愈趨向庸俗，從這兩年大為興盛的車鼓戲可見一斑。

簡簡單單的草台，旦角衣著隨便，頭上插一朵紅綢花，額頭圍一條珠花巾，腰間束一條絲帶，一手拿帕，一手執扇，丑角臉畫成小麻臉，外加一顆大黑痣，八字鬍，動作誇張，小丑不時吃旦角的豆腐，旦角半推半就，醜態百出。

蔡尋最關心的南管子弟社團也起了很大的變化。子弟們不再在彈奏清唱高雅的南管技藝上下功夫，蔡尋氣憤地批評現在他們只曉得講排場虛飾。早期各館頭的旗幟，不過是紡綢之類，現在非用銀線金線編織不可，南管子弟的服飾也講究奢侈華麗。

「講是輸人不輸陣，輸陣生鳥面，也嘸管厝裡的囝仔肚子餓，某嘸衫穿在啼哭……」

這評語傳到許情耳裡，他也深有同感，只是他不懂這個南管曲調無一不精通，洞簫、二弦等樂器造詣深湛的蔡尋，爲什麼總是翻來覆去只是彈唱〈百家春〉這不是南管的曲子，他可是在藉著歌詞呼喚死去的情人珍珠點？

一個落雨的黃昏，許情心中慘然，新愁舊恨齊上心頭，他想到金門館探望這個淪落異鄉，洛津人心目中的傳奇人物，找他說說話，看看能不能抖落些許愁情，許情經常趁逍遙軒教戲的空檔，和這個齒牙動搖的弦仔師促膝回憶往事，一個因替歌伎珍珠點伴奏，被南管館頭除籍的前南管子弟，一個身分低賤的戲子，兩人同病相憐，他鄉遇故知。

蔡尋聽說許情曾經跟泉州開元寺的和尚學會全本《目連救母》戲，還會其他的法事戲，也跟過傀儡戲班在蘭盂會上演戲超渡亡魂，會好些陰間過橋儀式之外，甚至懂得打地獄的不少黑對話，對許情這個人感到好奇。

上一回蔡尋還問他，有沒有聽說永春一個七子戲班到東石演戲，戲籠被大水沖走流失的事？洛津東北角漁村東石地勢低下卑濕，不下雨也經常積水，漁民在拖泥帶水中過日子。李王爺廟生日，戲班前去演戲酬神，雖然大雨如注，大水一寸寸漲高，漫到戲棚上來，把棚後的戲籠一個接一個漂走了，管戲籠的顧前不能顧後，跳下水裡搶救，戲籠像搖籃一樣，漂浮在水面上，流遠了，戲班賴以為生的戲籠被大水沖走，管戲籠的頭也不回地泅水而去，不敢再回戲班。

「東石的李王爺被稱做『浸水王爺』，名不虛傳啊！」

「人講芒種雨無乾土，見雲即雨，親像齊天大聖孫悟公七十二雲頭……」

兩人有一搭沒一搭地閒聊，打發時光。許情問起這些年來洛津的一些變化，蔡尋搔著白頭，眼前這鬢角飛霜、已然老去的戲子，他細長的眼睛顧盼之間，還帶著與他的年紀、性別並不相稱的嫵媚女氣，看人時，總是漫不經心，飛著眼風瞟人。男旦習性難改。蔡尋記起嘉慶年間的塵封舊事，當時洛津首富，萬合行船頭行的石家三公子憑著財大氣粗，硬把許情和另一個男旦藏在宅邸深處，南郊的掌櫃不甘心愛的孌童被搶走，差點為了一個戲子，引起一場械鬥。蔡尋撫掌喟嘆，說還好洛津已經不再動不動就拿刀執棒打打殺殺了，從前好勇鬥狠的械鬥，到了咸豐以後，演變成為頂、下角南北各自裝扮，相互諷刺叫罵的拚角頭藝陣，叫做落地掃。

蔡尋形容，開始多用傳統的戲齣相互諷刺，如下角扮「羅通掃北」，北頭漁民頭纏烏頭巾，身束腰巾，來個孔明「七擒孟獲」等，兩陣挖空心思借用地名俗語或諧音語詞攻擊對方，例如「挑糞澆菜園」，「雞尾（街尾）鵝尻川（屁股）」，「車埕打鐵仔，夠（狗）賺，夠（狗）吃」等，一來一往互不相讓，漸漸拚鬥愈來愈激烈，甚至人身攻擊，戲況充滿硝煙味。地方上的頭人或富商往往也難逃被戲弄羞辱的命運。南北雙方壁壘分明，甚至貨物互不流通買賣，需要到外地去購買。

「聽講你要住落來，」蔡尋跟許情說：「等明年元宵過後，你就也看到。」

……到如今，霜葉兩鬢垂……君你設使亡他鄉，亦當在夢裡來……

蒼老嘶啞的聲音從金門館兩扇斑駁的門神後傳出來，配著嗚咽的弦聲，飽經滄桑的蔡尋又在歌嘆人生，呼喚死去的情人。門廊下，有個離鄉背井的浪人，暫時借住破敗失修的金門館，停下流浪的腳步，他雙手抱著頭，似乎把歌曲聽入心坎裡。

許情撐著一把油紙傘，尋著雨中聽來更爲悲涼的樂音來到門牆外，金門館棟毀樑摧，至今仍未從兩次大地震中恢復過來，從朱漆剝落傾圮半倒的大門看進去，荒廢的中埕長滿了蕪蔓的野草，蔡尋抱著樂器坐在廊下守著那株半枯的含笑花，乾癟下塌的嘴一張一翕，淒瘂地唱著……

本來想進去和他敘舊的許情，停住了腳步，這個愁煞人的落雨黃昏，就是見了面，兩個傷心人也只是相對默然無語，想著各自的心事吧！

快快地離開金門館，許情撐著傘，腳下不由自主地來到後車路，穿過「門迎後車」的隘門，巷子深處，那個正在物色弦仔師教曲當伴奏的藝姐，距離如意居才幾步路之遙。

許情輾轉聽說妙音阿娝很後悔當眾羞辱那個富商公子，從如意居流傳出來的詩裡，有一首幾句反映了她的心情：「當初悔不嫁商人，斷送鶯花幾度春……那有空房寄此身……淚痕如水月如銀……」

這已是多年以前的事了。

後車路盛傳著妙音阿婠沒能成爲大色歌伎之後，染上了不少惡習，自甘往下溜。她姘上土城游擊營一個包娼包賭的班兵，結果弄得人財兩失。在這之前，一個來自廈門的商人，愛聽她的南管唱曲，在如意居住了半年，阿婠把商人腰中盤纏搜刮殆盡，只給他兩桿鴉片煙管，把他掃地出門。

許情拒絕相信後車路一帶的飲客鴇母對阿婠的議論，他以爲這些負面的惡評是嫉妒阿婠的才藝，故意散播出來的謠言。

這次許情回洛津教戲，也聽說阿婠招贅了一個老公。她學一般婦人，自詡是有夫之婦，花錢倒貼男人，把他招贅入家。後車路沸沸騰騰地傳著，阿婠招的是個斗六來的農家子弟，一雙奇大無比的農夫手，十指骨節突出，性格很溫呑，對阿婠唯命是從，每天幫她燒鴉片，鋪枕蓆，伺候她供她差遣，像個男婦。阿婠待他卻極凶悍，一言齟齬，半夜會把他踢下床。

阿婠贅老公，若是眞有其事，如意居不再是「三代無阿公」了。

那個正在物色弦仔師的藝妲間，傳來幽怨的歌聲，在唱〈嘆煙花〉小曲：

……唉呦恨一聲爺，罵一聲媽，養大了女兒，自該嫁人家，嫁到貧窮是奴家命，為什麼將奴家賣在煙花門……

眞的像蔡尋說的，洛津人的品味愈來愈趨向庸俗，藝妲間居然也唱起這種不入流的〈三更天〉、〈嘆煙花〉俗曲。

悒悒地穿過隘門，步出後車路，車路口揚起一陣淒厲的嗩吶聲，一家大戶人家剛出完殯回來，送葬的隊伍中，幾個喪家僱來歌哭的老歌伎，穿著喪服夾在行列裡扮孝女，哭聲錯雜，迎面走來。

許情不自覺地停下腳步，落在最後面的那個，披麻帶孝，卻露出裡面一截紅裙翠袖，走到他面前，突然揚起手中的繡帕，像是羞恥地遮住了顏面。那老歌伎垂著頭頸的姿態，使許情想起一個人，會是他朝夢夕想、無時不刻總在他念中的那個人？

二〇〇二年七月初稿於紐約

二〇〇三年二月二稿、五月三稿、十月定稿於花蓮東華大學

後記

原本以爲離開一住十七年的香港，搬回台灣定居後，就會停下流放的腳步，終老於我最愛的原鄉。再怎樣也想像不到我竟然又一次出走，從大島移居到曼哈頓小島。想來我眞是天生的島民，這輩子註定在三個島之間流轉度過。

移居紐約之前，我三番兩次坐火車回老家，細細踩遍故鄉每一寸土地，每一條袖子一樣狹窄的幽徑小巷，眼睛不放過任何一堵銘刻記憶的牆，一扇窗，一棵樹……

以小說爲清代的台灣作傳，我生怕自己不能免俗，患了大鹿港沙文主義的毛病，特地南下走訪府城，虛心地去認識接續荷蘭人的經營之後，這座明鄭三代政治文化中心的台灣第一城，再加上我對隔海的泉州古城的印象，然後我在異國關起門來，終日與泛黃的舊照片、歷史文籍爲伴，在古雅的南管音樂與蔡振南〈母親的名叫台灣〉的激情呼喊交錯聲中，重塑了我心目中的清代鹿港。

在我不算短的寫作生涯中，從來沒有一本書，寫得像《行過洛津》這樣費勁痛苦，過程中經歷過多次的改動，卻也碰遇到以前未曾有過的神奇經驗。

整整有半年多的時間，我被掩埋在龐雜的歷史文獻堆中，爲不知如何下手把閱讀過筆錄的材料融入創作而焦慮到寢食難安。爲了串連整部小說的結構，我差點沒把頭想破，無計可施之餘，索性把筆一丟，到紐約上州閉關禪修，聽從聖嚴師父的指示，試著放下一切，先把心中的煩惱、創作所碰到的障礙打包，擺在禪堂外，然後才進去認眞坐禪。在一次甚深的禪定中，突然一個細小的聲音浮上來，極簡短的一句話，卻解決了糾纏多時無以理清的結構上困擾。

那一句話有如一根絲線，把散落四處的珍珠瞬間連成一串。我找到了小說的主幹。

出關後，我足不出戶，回到書桌前，任由那股力量拉著我，人物一個個現身，令我驚喜的事件不斷湧出，我不知道也不去理會筆下書寫的會變成什麼式樣，夜晚入睡，等不及天亮好趕快起來繼續往下寫。

我找到了每天必須起床的理由。

這本書從移居異國，二十一世紀的第一年春天，寫到九一一紐約世貿大樓倒塌化爲灰燼，一直到今年八月完成獨生女兒的終身大事，然後是在花蓮東華大學對著溫柔起伏的青山，黃昏時白鷺鷥群集的東湖邊完成最後的修改。

感謝主編葉美瑤一路陪著我走過這幾年，鹿港鄉親左羊出版社黃志農先生的慷慨贈書，國家文藝基金會贊助的調查與研究經費。很懷念那一夜福建梨園劇團到鹿港演戲，我扶著病弱的二姊淑蘭，姊妹相依到龍山寺看演出，我在闃暗的廊下找到一張籐椅，讓虛弱的二姊仰頭靠著看戲。

我會永遠記住她坐在戲亭前的側臉。

二〇〇三年十月三十一日於台灣

AK0056

兩個芙烈達·卡蘿

作者◎施叔青
書系◎新人間叢書
定價◎160元

長篇「台灣三部曲」暖身大作

這本半自傳的小說是作者作為寫作長篇「台灣三部曲」的暖身大作。天涯海角的行旅中，她與芙烈達相遇。全書描寫墨西哥才華洋溢卻因性別身分的壓抑，受困於形體、受困於精神磨難，最終以自殺解脫的女畫家芙烈達·卡蘿。藉著追尋芙烈達兩個分裂的自我，施叔青展開一趟自我省思的內心旅程，傾聽著自己內心兩種對立的力量翻騰。延伸出作者對於自己寫作者的角色追尋，並將國族與個人融合，是一部豐富的女性寫作認同之旅。

BC123a

枯木開花

書系：歷史與現場

作者：施叔青

定價：360元

名家施叔青生動細膩的展現聖嚴法師的傳奇經歷

「我的一生是用來報三寶恩的，只要還有一個地方爲了佛法非我去不可，無論如何我都一定前往。」聖嚴法師在艱辛中見其悲願，在堅毅中見其禪慧，對他而言，生命即是一趟實踐佛法的旅程。

一代高僧聖嚴法師出身江蘇農家，14 歲自狼山出家，從軍渡海來台，後隨東出老人二度出家，負笈東瀛獲立正大學文學博士……。承繼禪宗臨濟、默照法脈，聖嚴法師以禪慧接引中、西無量善知識，懷抱大悲願倡建法鼓山，弘法利生，建設人間淨土。聖嚴法師生涯的曲折迭盪，在名小說家施叔青筆下，生動細膩的展現法師一生四世爲人的傳奇經歷。閱讀的過程，彷彿可以隨著法師的人間行腳，見證枯木開花的奇蹟。

新人間叢書⑦⑨
行過洛津
作　者—施叔青
主　編—葉美瑤
編　輯—黃嬿羽
校　對—許常風、黃嬿羽、施叔青
董事長—趙政岷
總經理
總編輯—余宜芳
出版者—時報文化出版企業股份有限公司
10803台北市和平西路三段二四〇號三樓
客服專線—(〇二)二三〇六—六八四二
讀者服務專線—〇八〇〇—二三一—七〇五・(〇二)二三〇四—七一〇三
讀者服務傳眞—(〇二)二三〇四—六八五八
郵撥—一九三四四七二四時報文化出版公司
信箱—台北郵政七九～九九信箱
時報悅讀網—http://www.readingtimes.com.tw
電子郵件信箱—liter@readingtimes.com.tw
法律顧問—理律法律事務所　陳長文律師、李念祖律師
印　刷—盈昌印刷有限公司
初版一刷—二〇〇三年十二月一日
初版十刷—二〇一七年一月二十五日
定　價—新台幣三六〇元
(缺頁或破損的書，請寄回更換)

時報文化出版公司成立於一九七五年，
並於一九九九年股票上櫃公開發行，於二〇〇八年脫離中時集團非屬旺中，
以「尊重智慧與創意的文化事業」爲信念。

本書感謝國家文藝基金會贊助

ISBN 978-957-13-4018-0
Printed in Taiwan

國家圖書館出版品預行編目資料

行過洛津／施叔青著. -- 臺北市：時報文化，
2003〔民92〕
面；　公分. --（新人間叢書；79）
ISBN 957-13-4018-9（平裝）

857.7　　　　　　　　　　92020708

編號：AK0079	書名：行過洛津
姓名：	性別：________ 1.男 2.女
出生日期： 年 月 日	e-mail：
________ 學歷：1.小學 2.國中 3.高中 4.大專 5.研究所（含以上）	
________ 職業：1.學生 2.公務（含軍警） 3.家管 4.服務 5.金融 6.製造 7.資訊 8.大眾傳播 9.自由業 10.農漁牧 11.退休 12.其他	
地址：________縣（市）________鄉鎮區________村________里 ________鄰________路（街）________段________巷________弄________號________樓 郵遞區號________	

（下列資料請以數字填在每題前之空格處）

________ **您從哪裡得知本書／**
1.書店 2.報紙廣告 3.報紙專欄 4.雜誌廣告 5.親友介紹
6.DM廣告傳單 7.其他 ________

________ **您希望我們爲您出版哪一類的作品／**
1.長篇小說 2.中、短篇小說 3.詩 4.戲劇 5.其他 ________

您對本書的意見／
________ 內　　容／1.滿意 2.尚可 3.應改進
________ 編　　輯／1.滿意 2.尚可 3.應改進
________ 封面設計／1.滿意 2.尚可 3.應改進
________ 校　　對／1.滿意 2.尚可 3.應改進
________ 翻　　譯／1.滿意 2.尚可 3.應改進
________ 定　　價／1.偏低 2.適中 3.偏高

您的建議／

請沿虛線摺下裝訂，謝謝！

廣告回郵
北區郵政管理局登記證北台字1500號
免貼郵票

時報出版
CHINA TIMES PUBLISHING COMPANY
尊重智慧與創意的文化事業

地址：10803台北市和平西路三段240號3樓
讀者服務專線：0800-231-705・(02)2304-7103
讀者服務傳眞：(02)2304-6858
郵撥：19344724 時報文化出版公司

請寄回這張服務卡（免貼郵票），您可以——
●隨時收到最新消息。
●參加專為您設計的各項回饋優惠活動。

新感覺・新人間・文學的新版圖

新人間

寄回本卡，掌握新人間系列的最新訊息